Carolin Wahl
Vielleicht nie

Bisher bei Loewe Intense erschienen:

Vielleicht jetzt
Vielleicht nie

Viel leicht

CAROLIN WAHL

NIE

Loewe INTENSE

FSC
www.fsc.org
MIX
Papier aus verantwortungsvollen Quellen
FSC® C014496

ISBN 978-3-7432-1096-7
1. Auflage 2021

Umschlaggestaltung: Andrea Janas
Redaktion: Franziska Jaekel
Printed in the EU

www.loewe-verlag.de

Für meine Familie – weil es diese Reihe ohne euch nicht gäbe. Ich bin so unheimlich dankbar für die liebevolle Unterstützung.

Und für Jessi, weil du seit zehn Jahren immer von Anfang an dabei bist, und wegen Kilian.

Playlist

Boston – More Than a Feeling

Daniel Caesar (feat. H.E.R.) – Best Part

Deichkind – Luftbahn

Doja Cat (feat. SZA) – Kiss Me More

Emily Burns – Is It Just Me?

Fall Out Boy – My Songs Know What You Did In The Dark

Felix Sandman – Every Single Day

Ginuwine – Pony

Glimmer of Blooms – Can't Get You Out Of My Head

Grace Carter – Wicked Game

Griff – Black Hole

Harry Styles – Watermelon Sugar

Hollow Coves – Coastline

Ivy Levan – Who Can You Trust

Machine Gun Kelly, YUNGBLUD & Travis Barker – I Think I'm Okay

Mark Forster – Übermorgen

Maroon 5 – She Will Be Loved

Mika – Happy Ending

Olivia Rodrigo – 1 Step Forward, 3 Steps Back

Regard – Ride It

Sofia Karlberg – Toxic

The Flying Pickets – Only You

The Weeknd (feat. Ariana Grande) – Save Your Tears

Tove Lo – Cool Girl (Part of my Fairy Dust)

Vance Joy – Mess Is Mine

Zhavia Ward – Candlelight

Liebe*r Leser*innen,

dieses Buch enthält potenziell triggernde Inhalte.
Deshalb findet ihr auf der letzten Seite eine Triggerwarnung.

Achtung: Diese enthält Spoiler für die gesamte Geschichte!

Wir wünschen euch das bestmögliche Lesevergnügen.

Euer Loewe Intense-Team

Kapitel 1

»Oh, da wollte ich schon immer rein!« Mit einem aufgeregten Leuchten in den Augen zeigte Brie – seit diesem Sommer meine Mitbewohnerin und mittlerweile Freundin – auf den gewaltigen Monsterkopf, der sich alle zehn Sekunden in die eine, dann in die andere Richtung bewegte.

Es war Samstag, und um uns herum herrschte das übliche dichte Gedränge auf der Wiesn. Kindergeplapper und der Duft nach Zuckerwatte und gebrannten Mandeln erfüllte die Luft, gemischt mit einem leichten Malzgeruch. Hin und wieder wurde das beständige Summen der Gespräche von dem ein oder anderen gellenden Schrei unterbrochen, der so schrecklich klang, dass ich seit fünf Minuten eine permanente Gänsehaut hatte.

Ausgerechnet als ich hochschaute, fixierten mich die rot glühenden Augen des überdimensionalen Kopfes, und ich unterdrückte ein Schaudern, während ich mich rasch abwandte. Genau in diesem Moment ertönte ein lautes, zischendes Geräusch über mir, und ich schrak ein weiteres Mal zusammen, einen Fluch unterdrückend.

»Keine Chance«, murmelte ich.

»Was, wieso nicht?« Brie zog enttäuscht eine Schnute, sodass sie wie ein niedlicher Hundewelpe aussah, dem eine Kuscheleinheit verweigert wurde. »Das wäre doch bestimmt witzig!«

Meine Definition von *witzig* sah definitiv anders aus. Notgedrungen schielte ich noch einmal in Richtung des Monsters, das hämisch seine Fratze verzog und alles daransetzte, mich heute mit Albträumen nach Hause zu schicken.

»Hast du dir das Ding mal angesehen?«

»Ja! Es sieht genauso aus, wie ich mir eine Gruselbahn immer vorgestellt habe. Ach komm schon, das wird lustig, wenn die anderen da sind ...« Sie schob ihre Unterlippe vor und sah mich mit diesem flehenden Blick an, der ihre bernsteinfarbenen Augen noch größer und runder wirken ließ. »So als Geburtstagsgeschenk?«

Na toll. Das konnte ich Brie unmöglich abschlagen. Schließlich waren wir nur aus diesem Grund heute auf die Wiesn gegangen: um ihren Geburtstag zu feiern. Ihre Landung in München war keine Woche her, nachdem sie sich dafür entschieden hatte, hier ihr Architekturstudium fortzusetzen. Sie war vor knapp fünf Monaten aus Brasilien in die bayrische Hauptstadt gekommen, um ein Praktikum bei der Catering-Firma *Leckerste* anzufangen, wo meine beste Freundin und zweite Mitbewohnerin Karla und ich gelegentlich im Service arbeiteten. Dort war Brie quasi *undercover* in der Küche angestellt gewesen, um alles über ihren Vater, einen der Geschäftsführer, herauszufinden, dem sie zuvor noch nie begegnet war. Dabei war sie in unsere WG gestolpert, hatte sich in Anton – oder *Toni*, wie wir anderen ihn nannten – verliebt und unser Leben mit Wärme und Licht erfüllt. Denn genau daran erinnerte mich Brie, wenn ich sie beschreiben müsste: an einen perfekten

Sommertag am Strand von Rio. Oder zumindest stellte ich ihn mir so vor.

Ich seufzte ergeben. »In Ordnung, wenn die anderen mitmachen.«

»*Yes!*« Begeistert reckte sie einen Arm in die Luft.

Brie scherte sich kein bisschen darum, was andere Leute von ihr denken könnten. Genau das liebte ich so an ihr. Diese unbändige Freude am Leben und den Kleinigkeiten, die es mit sich brachte. Vorgestern zum Beispiel war sie durch die Wohnung getanzt, weil sie einen Marienkäfer entdeckt hatte. Getanzt. Wortwörtlich. Deswegen war ich auch so glücklich darüber, dass sie ihr Studium in München fortsetzen und weiter in unserer Mädels-WG wohnen würde.

In diesem Augenblick klingelte mein Handy, aber es war nicht Karla, sondern mein Freund Manu, wie ich mit einem Blick auf das Display feststellte.

»Hey. Wir gehen gleich rüber zum Festzelt, sobald Karla auftaucht. Treffen wir uns dort?«, begrüßte ich ihn über den summenden Lärmpegel hinweg.

»Ich komme nicht.«

»Was?« Ich hielt mir das andere Ohr zu, um ihn besser verstehen zu können, gleichzeitig wandte ich mich etwas von Brie ab.

»Ich kann nicht, mir ist was dazwischengekommen.«

»Aber es ist Bries Geburtstag. Was kann denn jetzt dazwischengekommen sein?«

»Vikki hat mich um einen Gefallen gebeten, ist ein Notfall.«

Ich zog die Stirn kraus und überlegte fieberhaft, ob Vikki eine Kollegin oder Kommilitonin war. Ich konnte mich beim besten Willen nicht daran erinnern, was ein dumpfes Gefühl in der Brust hinterließ. Wir glitten auseinander, immer weiter, und standen mittlerweile vor einem gewaltigen Krater, der so riesig war, dass ich langsam den Glauben daran verlor, ihn überwinden zu können. Spürte Manu das auch?

»Okay. Dann … viel Spaß.« Ich klang weder eingeschnappt noch enttäuscht. Tatsächlich war es mir sogar ein Stück weit egal, ob er kam oder nicht, und das erschreckte mich zutiefst. Wann war das passiert?

»Dir auch.«

Täuschte ich mich, oder klang Manu jetzt angefressen?

»Sag liebe Grüße. Und Happy Birthday.«

Mit diesen Worten legte er auf und ich starrte für einen Moment ins Leere.

Unsere Beziehung war wie eine Drehorgel, deren Melodie über die Jahre eine falsche Tonspur angenommen hatte. Sie war so schief und krumm geworden, dass sie nicht mehr passte, während wir immer noch fleißig an der Kurbel drehten und die warnenden Anzeichen ignorierten.

»Alles gut?«

»Manu kommt leider nicht, aber er richtet dir liebe Grüße und alles Gute zum Geburtstag aus«, antwortete ich mit einem gezwungenen Lächeln und schielte auf die Uhr. Noch immer keine Spur von meiner besten Freundin Karla. Und natürlich zuckte ich jedes Mal zusammen, wenn wieder das gefährliche Zischen in meinem Nacken ertönte, was Brie nun mit hochgezogenen Augenbrauen quittierte.

»Du hast Angst.«

»Vor einer Kindergeisterbahn?« Selbst in meinen Ohren klang mein Lachen hysterisch.

»Jo hat tatsächlich Angst vor etwas.«

»Jo wird dir zukünftig nicht mehr helfen, wenn du das Karla unter die Nase reibst.«

Brie kicherte verzückt. »Ich wusste nicht, dass es etwas gibt, was dir Angst macht. Du wirkst immer so, als könnte dir nichts und niemand etwas anhaben.«

Wenn sie wüsste …

»Können wir bitte einfach das Thema wechseln?«, bat ich Brie. »Wir hätten Karla übrigens eine falsche Uhrzeit sagen sollen, damit wir uns pünktlich treffen.« Ich warf einen weiteren raschen Blick auf meine silberne Armbanduhr, die neben dem Anhänger an meiner Kette das Wertvollste war, was ich besaß. Nicht, weil die beiden Schmuckstücke besonders viel hergegeben hätten, sondern weil die Uhr Matilda gehört hatte und der Anhänger mir viel bedeutete. Bei dem Gedanken an meine tote Schwester verkrampfte sich mein Herz und ich bekam wie jedes Mal für einen Moment keine Luft.

Bries dunkle Augen glitzerten belustigt. »Du kannst das ruhig zugeben. Es ist nicht schlimm, sich eine Schwäche einzugestehen. Das macht dich nur menschlich.«

»Ich bin menschlich«, antwortete ich gepresst und versuchte, den scharfen Klang aus meiner Stimme zu streichen, schließlich war es ihr Geburtstag, und ich wollte keinen Streit vom Zaun brechen.

Augenrollend stieß sie die Luft aus. »Genau. Und ich bin stets kontrolliert, trage mein Herz nicht auf der Zunge und habe noch nie geweint, seit ich nach Deutschland gekommen bin.«

»Du bist erst gestern in Tränen ausgebrochen, weil jemand seinen Hund Bambi genannt hat«, erwiderte ich lächelnd.

»Eben.« Brie nickte und stieß ein heiteres Lachen aus, das für mich jedoch wie eine Drohung klang.

Bei dem Gedanken an eine Fahrt in der Geisterbahn legte meine Herzfrequenz dramatisch an Geschwindigkeit zu, während mein Gehirn sämtliche Ausreden aus allen Ecken beleuchtete. Genau in diesem Moment erspähte ich den dunkelbraunen Longbob meiner Freundin Karla in der Menge und seufzte erleichtert auf. Doch der Anblick des hochgewachsenen Kerls an ihrer Seite, der mit seinen Lederhosen und dem passenden Jankerl optisch perfekt zu ihrem lilafarbenen Dirndl passte, ließ mich zu einer Salzsäule erstarren.

Kilian. Karlas Bruder.

Er war älter geworden, reifer. Das war mir schon bei unserer letzten Begegnung vor ein paar Monaten auf dem LMU-Sommerfest aufgefallen. Es war immer noch seltsam, ihn so erwachsen zu sehen, denn mit dem schlaksigen Jungen, der in meiner Erinnerung herumspukte, hatte er kaum noch etwas gemeinsam. Kilian war tatsächlich zu einem Mann geworden.

Das weiße enge Hemd ließ darauf schließen, wie sportlich er wirklich war. Mein Blick wanderte höher. Sein Gesicht war maskulin, aber was ihn schon immer unverschämt attraktiv gemacht hatte, war seine Ausstrahlung, die mich jedes Mal in den Bann zog. Auch wenn ich das nicht einmal mit vorgehaltener Pistole zugegeben hätte, ich mochte diese Unbekümmertheit. Diese Leichtigkeit, die ihn umgab. Als wäre das Leben sein Spielplatz. Die etwas zu gerade Nase passte perfekt zu dem markanten Kiefer und den sinnlichen Lippen, was von dem dunklen Bartschatten noch unterstrichen wurde. Das nachtschwarze Haar war etwas kürzer, als ich es in Erinnerung hatte, und ordentlich gestylt.

Am interessantesten waren jedoch seine Augen – schon immer. Schieferfarben. Im Licht wirkten sie wie ein kühles Flaschengrün. Ähnlich wie Karlas, aber doch ganz anders.

Wütend knirschte ich mit den Zähnen, denn ich konnte ihm ansehen, dass er im Gegensatz zu mir genau gewusst hatte, dass wir uns heute begegnen würden. Sein Auftauchen traf mich unvorbereitet, was ihm einen Vorteil verschaffte, denn ich hätte gern meine Waffen geschärft, bevor ich mich einem Zweikampf mit ihm stellte. Während er einen halben Meter hinter seiner Schwester herschlenderte, glitt sein Blick scheinbar desinteressiert über mich hinweg und ich ärgerte mich, ihm ausgerechnet heute in die Karten zu spielen. Meine platinblonden Haare waren glatt wie Papier und flossen bis zu den unteren Schulterblättern, der schmale, mit pinkfarbenen Rosen bestückte Blumenkranz saß fest auf meinem Kopf und betonte meine rosafarbenen Lippen, die sich nun zu einem verächtlichen Lächeln kräuselten.

Ich wusste, was Kilian dachte, als er mein pinkes Dirndl, die auf das Täschchen abgestimmten Pumps und meine stark geschminkten Augen mit dem exakt gezogenen Eyeliner registrierte. Ja, das war ich. Ich liebte es, mich zu schminken. Ich liebte es, mich weiblich und begehrenswert zu fühlen, auch wenn Kilian mich anschaute, als hätte ich mich für den Kinderfasching hergerichtet. Ich hatte es für eine gute Idee gehalten, Brie mit dem Blumenkranz anlässlich ihres Geburtstags eine Freude zu machen. Und während er bei ihr in allen möglichen Rottönen auf ihrer dunklen Lockenpracht wie eine Krone erstrahlte, kam mir meiner nun wie die Bestätigung aller bissigen Bemerkungen vor, die Kilian mir jemals an den Kopf geworfen hatte.

Eisprinzessin war nur eine davon.

»Sorry für meine Verspätung«, stieß Karla atemlos hervor, ein entschuldigendes Lächeln zierte ihren herzförmigen Mund, sobald sie uns erreichte. »Ich musste erst noch meinen Bruder aufgabeln. Natürlich hat er sich auf der Suche nach einem Geldautomaten vor der Theresienwiese verlaufen.«

Noch bevor jemand etwas darauf erwidern konnte, riss Karla einen Finger in die Höhe und fuchtelte damit mahnend vor meinem Gesicht herum, um im nächsten Moment zu Kilian zu schwenken.

»Benehmt euch, alle beide. Es ist Bries Geburtstag.«

Kilian sah träge in meine Richtung, das Lächeln auf seinen Lippen war eindeutig eine Herausforderung und ich merkte, wie mir prompt das Blut in die Wangen schoss. Meine Hände ballten sich reflexartig zu Fäusten, aber ich versuchte, mich mit einem inneren Mantra und einem lautlosen *Ham Sa* zu beruhigen. Dennoch tobte in mir ein Sturm.

»Ich kann mich benehmen.« Der feurige Blick, den ich in seine Richtung abschoss, strafte meine gesäuselten Worte Lügen.

Jetzt wurde Kilians Grinsen eindeutig teuflisch und mein Puls verdoppelte sich, als hätte es eine stumme Aufforderung dazu gegeben. Dann zuckte er mit den Schultern. »Ich kann mich auch benehmen.«

Meine Augenbrauen wanderten in Erwartung des bevorstehenden Schlagabtauschs in die Höhe. Das konnte doch unmöglich alles sein!

»Aber …«, fügte Kilian nun hinzu und grinste noch eine Spur breiter.

»Aber was?«, fragte ich mit blitzenden Augen.

Er wandte sich an seine Schwester. »Ich kann auch nichts dafür, dass du eine wandelnde Barbiepuppe zur Freundin hast. Das ist die perfekte Steilvorlage.«

Mit diesen Worten drehte er sich zu Brie, schloss sie in eine Umarmung und gratulierte ihr herzlich, aber nicht aufgesetzt zum Geburtstag, während ich dastand und innerlich kochte. Er musste sich dafür kaum zu Brie hinunterbeugen, obwohl sie nur Ballerinas trug, und sie wurde förmlich von seinen Armen begraben. Dabei beobachtete ich, wie seine Miene weich und der Ausdruck in seinen hellen Augen freundlich wurde – ein seltener Anblick, der mir noch nie vergönnt gewesen war. Zumindest nicht, solange ich ihn kannte, und das waren immerhin knapp fünfzehn Jahre.

»Barbiepuppe?«, zischte ich, als ich meine Stimme wiedergefunden hatte.

Kilian schmunzelte, während er sich von Brie löste. Dabei taxierte er mich noch einmal von oben bis unten. »Heute schon in den Spiegel geschaut?«

Gott. Was. Für. Ein. Sexistischer. Arsch.

»Garantiert nicht öfter als du«, konterte ich schnippisch und warf schwungvoll mein glattes Haar über die Schulter.

Bevor die Situation noch weiter eskalieren konnte, stellte sich Karla mit einem tiefen Seufzen zwischen Kilian und mich, als Brie plötzlich begeistert in die Hände klatschte und Karla anschließend an den Schultern packte.

Irritiert wandte ich mich ihr zu.

»Was?«, wollte auch Kilian wissen.

»Danke«, antwortete Brie mit leuchtenden Augen und einem Lächeln, das sogar mein kaltes Herz erwärmte.

»Wofür?«

Brie drückte der verdutzten Karla einen Kuss auf die Wange. »Für das absolut beste Geburtstagsgeschenk! Du hast dich an meine Bitte vom Sommerfest erinnert. Und ich dachte, du hast es längst wieder vergessen …«

Karla schmunzelte. »Sozusagen. Auch wenn das eine Entscheidung in letzter Minute war.«

»Was genau soll das sein?«, fragte ich, weil ich keine Ahnung hatte, worüber die beiden sprachen.

Kilian verschränkte die Arme vor der Brust. »Das würde mich auch mal interessieren.«

Brie kicherte. »Euch beide live zu erleben. Ihr wart damals schon eine Wucht und ich hatte mich auf ein Wiedersehen gefreut.«

»Ganz ehrlich, Karla?«, murrte ich beleidigt. »Das ist echt eine miese Aktion.«

»… die du durchgehen lässt, weil du mich liebst und Brie Geburtstag hat. Tatsächlich weiß ich auch erst seit ein paar Stunden, dass er mitkommt. Wie gesagt, es war ein spontaner Einfall von mir.«

»Und deswegen hat er Lederhosen an? Aus dem Schrank gezaubert, oder was?« Ich knurrte wie ein wütendes Tier. »Und deine spontanen Einfälle bedeuten nie was Gutes.«

»*Er* steht übrigens neben dir und könnte dir auf deine Fragen eine Antwort geben.« Kilian hob die Hand, als würde er sich für einen Beitrag melden.

»Nicht streiten … Es ist doch so ein schöner Tag.«

Bries Einwand ließ mich schuldbewusst den Kopf einziehen. Da hatte sie recht. Lächelnd hakte sie sich bei Karla unter, die ausnahmsweise sogar schuldbewusst lächelte, und zog sie in Richtung des Hofbräu-Festzeltes davon.

»Vielleicht hätte ich mir eine Schleife umbinden sollen.«

Fragend sah ich zu Kilian, der neben mir stehen geblieben war und auf mich zu warten schien. Dank meiner Pumps musste ich nicht den Kopf in den Nacken legen, um ihm in die Augen zu schauen, so wie Karla. Aber ich war auch gute zehn Zentimeter größer als sie, denn ich hatte die »ostfriesischen Haxen« meines Vaters geerbt. In der Schule war es für mich immer der Horror gewesen, die meisten meiner männlichen Klassenkameraden zu überragen. *Giraffe* war ihr Lieblingsspitzname für mich gewesen – bis zu den langen Beinen die passenden weiblichen Rundungen hinzugekommen waren. Danach hatten sie nichts mehr gesagt, sondern einfach nur geglotzt und seitdem nicht mehr damit aufgehört.

»Als Geburtstagsgeschenk und so.« Wieder musterte er mich eindringlich, als würde er sich über etwas wundern.

Fragend zog ich eine Braue hoch. »Was ist? Hab ich was im Gesicht?«

»Du siehst so … anders aus.«

»Wie anders?«

»Keine Ahnung, anders, als ich dich in Erinnerung hatte.« Er tippte sich gegen die Nasenspitze. »Liegt womöglich daran, dass deine Sommersprossen nicht zu sehen sind.«

»Vielleicht sollte ich dir wöchentlich ein aktuelles Foto schicken, dann hättest du dieses Problem nächstes Mal nicht.«

Kilian lachte schallend los, was völlig unerwartet ein angenehmes Kribbeln in meinem Bauch auslöste. Als er mich jetzt ansah, lag nichts als pure Freude in seinem Blick.

»Gott, ich hab dich vermisst, Eisprinzessin.«

Hastig wandte ich den Blick ab und setzte mich mit einem

unechten Lächeln in Bewegung, um meine Freundinnen nicht aus den Augen zu verlieren. Mühelos hielt Kilian mit mir Schritt und wir schlossen rasch zu ihnen auf.

»Karla hätte mich ruhig vorwarnen können«, maulte ich ihn an. Ich konnte es mir einfach nicht verkneifen.

»Dann warte ich mal besser nicht deine Reaktion ab, sobald du erfährst, wie oft wir uns in den nächsten Monaten über den Weg laufen werden.«

Panisch sah ich zu meiner besten Freundin, die jedoch plötzlich ein ausgesprochen großes Interesse an den Fahrgeschäften entwickelt hatte. Das Kreischen und Schreien der Leute in der Achterbahn klingelte in meinen Ohren.

»Was meinst du?«, fragte ich dumpf.

»Hat dir das niemand gesagt?« Mit einem frechen Grinsen drehte sich Kilian zu mir um, während in meinem Kopf sämtliche Alarmglocken losschrillten. »Ich ziehe nach München. Na ja, besser gesagt bin ich vergangenes Wochenende umgezogen.«

»Das hätte ich mitbekommen.«

»Weil du bei deiner Schwester zu Besuch warst?«, half er meinem Gedächtnis auf die Sprünge, was tatsächlich stimmte. Ich war von Donnerstag bis Sonntag in den Norden gefahren, wo Marie mit ihrer Familie vor drei Jahren unser altes Elternhaus bezogen hatte. Nach Matildas Tod waren wir zwar ausgezogen, aber meine Eltern hatten es nicht übers Herz gebracht, das Haus zu verkaufen, sondern es zwischenzeitlich vermietet.

Kurz fragte ich mich, woher Kilian davon wusste, dann dämmerte mir, weshalb ich Karla am Wochenende so schlecht erreicht hatte. Wahrscheinlich hatte sie beim Umzug geholfen.

Großartig. Meine Laune sank gegen den Gefrierpunkt.

»Selbst wenn du hier wohnst, muss das nicht heißen, dass wir uns häufiger sehen.«

»Eventuell schon.«

»Studierst du jetzt etwa auch Biochemie?«, fragte ich spöttisch. »Mein letzter Stand war, dass du für Kulturwissenschaften eingeschrieben bist. Aber so, wie ich dich kenne, ändert sich das jedes Semester.«

Bevor Kilian antworten konnte, räusperte Karla sich geräuschvoll, sodass ich meine Aufmerksamkeit auf sie lenkte. Zu meinem Entsetzen zeichnete sich ein zerknirschter und vielleicht auch etwas schuldbewusster Ausdruck auf ihrem Gesicht ab.

»Tja ... also Kilian hat da schon irgendwie recht.«

Bei ihren Worten umklammerte ich das kleine Ledertäschchen, das an meiner Seite hing, etwas fester. »Wieso? Womit hat er recht?«

»Ihr werdet euch garantiert öfter über den Weg laufen.«

Verdutzt starrte ich Karla an, die jetzt aussah, als würde sie sich am liebsten auf einen anderen Kontinent beamen. Zu Recht, denn normalerweise konnte ich mich auf sie verlassen. Dass sie mir nichts von den Plänen ihres Bruders verraten hatte, grenzte an Hochverrat, zumal sie wusste, wie ich zu ihm stand.

»Du hast ihr also wirklich nichts erzählt?« Mitleidig schüttelte er den Kopf.

Mein Herz geriet ins Stolpern. »Kann mir jetzt bitte jemand sagen, was hier gespielt wird?«

Kilian strahlte mich an, als hätte er und nicht Brie heute Geburtstag. Dann verkündete er: »Ich werde nebenbei als Barkeeper bei *Leckerste* arbeiten.«

Mein Kiefer klappte herunter. »Im Ernst?«

»Ja.« Er lachte viel zu selbstgefällig, zeigte auf sein Gesicht und ließ die Spitze seines Zeigefingers an seinem Oberkörper entlangwandern. »Gewöhn dich besser an diesen Anblick.«

»Niemals.« Entrüstet funkelte ich ihn an.

»Ich nehm dich beim Wort, Wendl.« Es klang wie eine Drohung, doch ich kannte uns gut genug, um zu wissen, worauf unsere Begegnungen in den nächsten Wochen und Monaten hinauslaufen würden. Friede, Freude, Eierkuchen gehörte definitiv nicht dazu.

Das konnte ja heiter werden …

Kapitel 2

Vor den Zelten herrschte riesiger Andrang, aber glücklicherweise hatten wir einen Tisch reserviert. Als Brie ihren Namen dem mürrisch dreinblickenden Mann mit Headset nannte, schickte er uns zu einem anderen Eingang, der verdächtig nach VIP aussah. Die Dirndl wirkten eine Spur teurer, die Uhren um die Handgelenke der Männer exklusiver.

»Habt ihr da was gedreht?«, fragte Brie uns verwirrt, doch wir schüttelten einvernehmlich den Kopf.

Beim nächsten Einlass wurde jedoch schnell klar, wer da seine Finger im Spiel gehabt hatte, denn als wir in einem privaten Bereich auf einer Galerie unseren Tisch zugewiesen bekamen, von dem aus man das komplette Festzelt überblicken konnte, kramte Brie ihr Handy hervor. Mit strahlenden Augen rief sie ihren Vater an, der irgendetwas von »altem Spezl« und »Geburtstagsüberraschung« redete. Anscheinend gehörte das Zelt einem guten Freund, der für uns den Tisch bereitgestellt hatte. Nach und nach stießen noch ein paar andere Mitarbeiter von *Leckerste* dazu, aber auch Freundinnen von Karla und mir, die Brie eingeladen hatte, sodass wir nach zwei Stunden eine Truppe von zwanzig Leuten waren.

»Hier sind wir!«, rief Brie mit geröteten Wangen und sprang von der Holzbank, auf der wir gerade noch gestanden und getanzt hatten. Noch immer lag dieser völlig faszinierte Ausdruck auf ihrem Gesicht, weil sie all die neuen Eindrücke verarbeitete: das Tanzen auf den Bänken, der hohe Stimmpegel, die Mengen an Alkohol, aber auch die Tatsache, dass die Zelte so riesig waren, dass es sogar ein zweites Stockwerk gab, das man über jeweils zwei Treppenaufgänge erreichen konnte.

Neugierig wandte ich mich um und erblickte Toni, der mit seinen fast zwei Metern die meisten anderen Gäste im Zelt überragte und deshalb in der wachsenden Menge kaum zu übersehen war. Seine sonst so abweisende Miene nahm einen liebevollen Ausdruck an, sobald er seine Freundin entdeckte. Als wäre sie alles für ihn. Das Beste in seinem Leben.

Einen Herzschlag lang verspürte ich einen neidvollen Stich. Nicht, weil ich eifersüchtig war, sondern weil ein kleiner Teil von mir – ein winziger, unbedeutender Teil – sich auch so etwas wünschte. Und das, obwohl ich eigentlich Manu an meiner Seite hatte. Aber mit Manu war es anders. Verlässlich und sicher, nicht aufregend und abenteuerlich. Allerdings hatte selbst diese Verlässlichkeit Risse bekommen, was ich dank seiner Abwesenheit noch einmal deutlich vor Augen geführt bekam. Manchmal fragte ich mich, wer von uns zuerst den Mut finden würde, den unausweichlichen Dingen einen Namen zu geben.

Aus dem Augenwinkel bemerkte ich, dass Kilian mich beobachtete, den Blick nachdenklich auf mein Gesicht gerichtet. Es war, als würde er mir unmittelbar in die Seele schauen, meine intimsten Wünsche und verborgenen Sehnsüchte zutage zerren. Also schlug ich rasch die Lider nieder und nahm noch einen kräftigen Schluck von meinem Halben, als Toni schließlich an unseren Tisch trat. Auch er trug Lederhosen und ein weißes Hemd, was mich überraschte, da ich ihn nicht für den Trachtentyp hielt. Aber so, wie ich Brie kannte, hatte sie ihn mit ihrer sonnigen Art überredet, sich heute in Schale zu werfen. Vor versammelter Mannschaft drückte er ihr einen Kuss auf den Mund, während sie die Arme um ihn schlang und verträumt zu ihm aufblickte.

Ein Lächeln stahl sich auf meine Lippen. Wenn die beiden sich ansahen, schien die ganze Welt für sie in den Hintergrund zu rücken. Und so doof das klang, insgeheim war es das, was auch ich mir von einer Beziehung erhoffte.

Wir tanzten und sangen ausgelassen, während im Zelt immer wieder Regenschirme geöffnet wurden, wenn jemand eine 1,5-Liter-Flasche Champagner bestellt hatte. Meistens war es irgendein großer TV-Sender, eine Produktionsfirma oder der VIP-Tisch eines Prominenten, der sich das kostspielige Gesöff bringen ließ.

»Ist das immer so?«, fragte Brie.

»Hier ja. In anderen Zelten regnet es nicht«, antwortete Karla.

Ungläubig starrte Brie über die Balustrade nach unten, während die Kapelle ein »Prosit« anstimmte, der Champagner geköpft wurde und sich auf die geöffneten Regenschirme ergoss.

»Das ist doch ein Scherz«, sagte sie. »Wer macht denn so was? Und wie teuer soll das bitte sein?«

»Du kannst ja auf der Karte nachsehen«, schlug ich vor, was Karla zum Anlass nahm, die Preisliste einmal genauer unter die Lupe zu nehmen.

»Oh. Mein. Gott«, stieß sie atemlos hervor. »Ich glaube, ich sollte so eine Flasche mitgehen lassen und online verhökern. Die kostet mehr als unsere Monatsmiete.« Dabei verzog sie schmerzvoll das Gesicht.

Augenblicklich spürte ich einen Hauch Mitleid in mir aufsteigen, weil ich genau wusste, wie es um ihre finanzielle Lage stand. Sie musste sich ihr Studium komplett selbst finanzieren, auch wenn sie es stets verbarg und sich den Hintern aufriss, damit niemand es mitbekam. Genügend Geld zusammenzubekommen war in München eine Mammutaufgabe. Und sie hasste nichts mehr als einen verschwenderischen Lebensstil.

Trotzdem – oder gerade deswegen – liebte sie Momente wie diese. In denen sie einfach lebte. Glücklich war. Genoss. Und ausnahmsweise nicht auf die Rechnung schauen musste. Eine der größten Gemeinsamkeiten von Kilian und ihr.

Diese Leichtigkeit fehlte mir völlig.

»Ein Königreich für deine Gedanken«, erklang in diesem Augenblick eine tiefe Stimme dicht an meinem Ohr und als ich nach links schaute, fing ich Kilians Blick auf. Er war mir so nah, dass ich seinen unverwechselbaren Duft von Zedernholz und Bergamotte einfing. Dennoch fiel mir der ernste Ausdruck auf, der in seinen schieferfarbenen Augen schimmerte und so gar nicht zu ihm passte. Ich mochte nicht, wie aufmerksam er mich beobachtete, und fuhr sämtliche Schutzwälle nach oben.

»Lächeln! Es ist mein Geburtstag!«, flötete in diesem Augenblick Brie dazwischen. Strahlend hakte sie sich bei mir unter und zog mich mit sich, um zum nächsten Wiesn-Hit zu tanzen. Ich war noch nie dankbarer für eine ungewollte

Rettungsaktion gewesen und schaute bewusst nicht mehr in Kilians Richtung, auch wenn ich spürte, dass er mich immer noch ansah.

Meine Füße schmerzten und meine Waden fühlten sich mittlerweile an, als hätte ich ein stundenlanges Fußballtraining absolviert. Aber da ich es mir angewöhnt hatte, immer perfekt auszusehen, ließ ich mir nichts anmerken.

»Ich muss mal eben auf die Toilette«, erklärte ich Karla, die mir anbot, mich zu begleiten, da die Schlange so lang war, dass man für die Wartezeit mehrere Zeitschriften hätte einpacken können. Mit einem Blick auf den schnuckligen Australier, der den Arm um Karlas Taille geschlungen hatte, und ihre verdächtig geröteten Wangen lehnte ich kopfschüttelnd ab.

Als ich mich eine geschlagene Viertelstunde später durch das Gedränge zurückkämpfte, stieß ich gegen eine harte Schulter und rieb mir mit schmerzverzerrter Miene über den Oberarm.

»Sorry«, murmelte der Typ, und wir blickten uns an.

Mein Atem stockte, als ich in vertraute tiefbraune Augen starrte. Nein. Nein, das konnte nicht sein. Nicht hier.

Die Vergangenheit holte mich ein und rauschte wie ein Güterzug über mich hinweg, ohne mir eine Chance zum Luftholen zu geben. Ich spürte, wie alles Blut aus meinen Wangen wich, und erinnerte mich hastig daran, meine Lunge mit Sauerstoff zu füllen. Sekundenlang starrte ich in diese Augen, an die ich so lange nicht mehr gedacht hatte.

In meiner Erinnerung war Philipps Gesicht gezeichnet von Trauer und Schmerz, jetzt sah er gesund und glücklich und … verändert aus. Verändert, aber gut. Sein Haar war nicht mehr ganz so voll, er war dünner und seine Züge reifer geworden. Der dunkle Bartschatten wirkte wie eine schlechte Maskierung und doch hatte ich ihn sofort erkannt. Ich verharrte regungslos wie ein Reh vor einer Gewehrmündung.

Perplex starrte er mich an. Sein Blick wanderte an mir hinauf und hinunter, als hätte er einen Geist vor sich, und ich schluckte, weil ich wusste, dass er genau das dachte.

»Philipp«, stammelte ich verblüfft, unfähig, etwas anderes als seinen Namen zu sagen. Ich hatte nicht damit gerechnet, ihm je wieder über den Weg zu laufen. Schon gar nicht hier in München. Erst recht nicht auf der Wiesn. Und doch stand er vor mir, live und in Farbe.

»Woher … kennst du meinen Namen?«, brachte er schließlich mit rauer Stimme hervor.

Innerlich zuckte ich zusammen, äußerlich bewahrte ich Haltung, auch wenn meine Beine sich anfühlten, als würden sie aus Gummi bestehen. Er hatte keine Ahnung, wer ich war. Natürlich nicht. An seiner Stelle würde es mir genauso gehen. Ich war ein Niemand gewesen, unscheinbar, mit viel zu dünnen Beinen und strohigen blonden Haaren, die ich meistens wie ein Nest auf dem Kopf zusammengebunden hatte. *Storchenstelzen* hatte mein Vater die mageren Beinchen immer liebevoll genannt, bis das Leuchten in seinen Augen verschwunden war. Ich war ein Schatten gewesen, Matildas Schatten. Im Vergleich mit meiner schönen, strahlenden Schwester war ich immer das blasse Abziehbild gewesen. Nie das Original. Die Trauer erfasste mich unerwartet und so heftig, dass ich meine kleine Lederhandtasche unwillkürlich fester umklammerte.

Unser Schweigen konnte nicht länger als ein paar Sekunden gedauert haben, doch es kam mir vor wie eine halbe Ewigkeit. Als hätte jemand die Zeit angehalten. Meine verwundete Seele zog sich zurück und ich verbannte mit gestrafften Schultern jede Emotion aus meinem Gesicht. Krampfhaft rang ich nach Worten und öffnete den Mund, doch es drang kein Ton heraus.

In diesem Augenblick drehte sich die Welt weiter, mein Sichtfeld nahm wieder Konturen an, sodass ich bemerkte, wie eine niedliche Brünette mit einem Pärchen zu uns stieß. Sofort hakte sie sich bei Philipp unter und zerbrach damit endgültig die Trance, in der ich gefangen gewesen war.

»Hey, eine Bekannte von dir?«, flötete die hübsche Frau an Philipps Arm fröhlich, doch in ihren Augen stand ein giftiger Ausdruck. Angesichts der Spannung, die in der Luft lag, und der seltsamen Stimmung war das auch kein Wunder. Sehr wahrscheinlich würde ich auch die falschen Schlüsse ziehen.

Philipp löste den Blick nicht von meinem Gesicht. Er sah mich so eindringlich an, dass meine Kopfhaut zu jucken begann. Das Leid in seinen Augen, das ohne Vorwarnung darin aufblitzte, war so intensiv, dass es mir die Kehle zuschnürte.

»Ich … weiß es nicht. Sie sieht … jemandem sehr ähnlich«, murmelte er mehr zu sich selbst.

Das Pärchen hielt sich verwundert zurück.

»Ich muss weiter«, würgte ich mit einem aufgeklebten Lächeln hervor, drehte mich um und setzte einen Fuß vor den anderen. Wie Feuer brannten ihre Blicke in meinem Rücken. Mit zittrigen Beinen näherte ich mich der Treppe zur Galerie und stieg die Stufen nach oben, obwohl sich jeder Schritt anfühlte, als wären meine Muskeln in Eiswasser getaucht worden. In meinem Kopf herrschte ein wildes Durcheinander aus verdrängten Erinnerungen und tief vergrabenen Emotionen, die sich wie ein Karussell in mir zu drehen begannen. Mein Herz klopfte wie wild. Dunkelheit drohte mich zu überwältigen. Das war einfach zu viel.

Sobald ich den Tisch erblickte, wurde mir übel. Brie lachte und tanzte ausgelassen an der Seite von Toni, der den linken Arm um sie geschlungen hatte und mit dem rechten einen Bierkrug in die Höhe hielt. Auch die anderen Geburtstagsgäste feierten so voller Freude und Glück, dass ich mich wie ein Fremdkörper fühlte. Am liebsten hätte ich mich in mein Schneckenhaus verkrochen, an den dunklen Ort, den ich nur selten aufsuchte, weil er mich um den Verstand brachte.

Karla. Vielleicht konnte ich mit Karla reden.

Mein Blick schwenkte zu meiner besten Freundin, die ihre Hände in den dunkelblonden Haaren des Australiers vergraben hatte, während sie in einen innigen Kuss vertieft waren, der die Welt aus den Angeln zu heben schien. Das konnte ich ihr unmöglich wegnehmen. Betrübt wandte ich mich ab und lief zitternd die Treppenstufen wieder nach unten. Ich hatte mich noch nie fremder, noch nie so fehl am Platz gefühlt.

Luft. Ich brauchte dringend frische Luft. Hier drinnen war alles so stickig und zu intensiv, getränkt von dem schweren Hefearoma, gemischt mit der Begeisterung der Feiernden. Normalerweise ließ ich mich nicht so leicht aus der Ruhe bringen, aber warum musste ich auch ausgerechnet Philipp begegnen?

Draußen angekommen, atmete ich tief durch, die Stimmen aus dem Festzelt drangen nur noch gedämpft an mein

Ohr und das Poltern in meinem Trommelfell nahm ab. In einer Raucherecke standen ein paar Wiesn-Besucher, ich nahm Gesprächsschnipsel und die Geräusche der Fahrgeschäfte wahr und brauchte einen Augenblick, um mich zu orientieren.

Mit fahrigen Fingern griff ich nach meinem Smartphone und wählte die Nummer von Marie. Meine große Schwester war der einzige Mensch auf der Welt, der verstehen würde, was gerade passiert war. Der einzige Mensch, der diesen Sturm in mir beruhigen konnte.

Das Freizeichen ertönte. Doch Marie nahm nicht ab. Stattdessen schaltete sich die Mailbox ein und ich hörte Valentina und Linus im Hintergrund quäken, gefolgt von der warmen Stimme meiner Schwester, die freundlich darum bat, eine Nachricht zu hinterlassen.

Frustriert kniff ich die Lider zusammen.

Shit.

Für einen kurzen Moment überlegte ich, Manu anzurufen. Manu, der nie hinter mein Lächeln blickte und alles immer so hinnahm, wie es war. Manu, mit dem sich alles gut anfühlte, aber nie perfekt. Manu, der nie verstand. Nie hinterfragte. Nie einen Schritt weiterging. Dem ich mich aber auch nie wirklich öffnete, weil ich zu feige war.

»Ist alles in Ordnung?«

Mein Finger über der Anruftaste zuckte zurück und ich drehte mich zu Kilian um, der sich lautlos genähert hatte. Er stand keinen Meter von mir entfernt und sein sonst so spöttisches Grinsen war einem fast schon besorgten Ausdruck gewichen. Sein fürsorglicher Blick durchlöcherte mich förmlich und brachte den letzten Widerstand zum Wanken. Wie ein Kartenhaus stürzte meine innere Barriere zusammen. Panisch versuchte ich, gegen die Tränen anzukämpfen, die sich in mein Sichtfeld drängten, doch ich war absolut machtlos dagegen.

»Woah, Eisprinzessin, was ist passiert?«, hörte ich Kilian fragen, doch ich war unfähig, darauf zu antworten, denn mein Mund war wie zugekleistert.

Auf einmal umfingen mich zwei starke Arme, tröstend und voller Sicherheit. Kilians Duft stieg mir in die Nase, diese herbe Note, die plötzlich Bilder aus der Vergangenheit aufsteigen ließ, an die ich lange nicht gedacht hatte. Apfel- und Mirabellenbäume. Die große Schaukel dazwischen. Kinderlachen. Nicht nur Karla, Kilian und ich, sondern auch Matilda kam mir in den Sinn. Sie hatte immer eine schlichtende Rolle eingenommen, war der Ruhepol zwischen uns gewesen.

Vielleicht lag es daran, dass ich Philipp gesehen hatte. Vielleicht war es auch einfach Kilian selbst. Ich wusste es nicht. Jedenfalls fiel ich. Immer tiefer. In die Dunkelheit hinein, die ich stets zurückdrängte und die trotzdem einen großen Raum in meinem Leben einnahm. Tränen liefen mir über die Wangen. Ich weinte an Kilians Brust und fühlte mich absolut beschissen dabei. Warum war ausgerechnet er mir hinterhergelaufen? Schluchzend vergrub ich meine Finger in seinem Hemd, krallte mich in den weichen Stoff und ließ den Emotionen freien Lauf. Meine Schultern bebten und mit jeder Minute, die verging, kehrte ein kleines bisschen Erleichterung zurück, verdrängte die Leere, die mein Inneres aushöhlte.

Als keine Tränen mehr übrig waren, setzte mein Verstand wieder ein – und mir wurde schmerzhaft bewusst, wie hemmungslos ich mich an Kilians Schulter ausgeweint hatte. Ohne jedes Schamgefühl. Dafür schlug die Erkenntnis nun umso härter zu.

Mit einem Stöhnen löste ich mich von ihm, den Blick gesenkt, weil ich es nicht über mich brachte, ihn direkt anzusehen. Meine Wangen brannten vor Reue und ich kam mir unglaublich dämlich und schwach vor. Am liebsten wäre ich weggerannt, aber ich zwang mich, an Ort und Stelle zu verharren.

»Ich könnte jetzt eine Achterbahnfahrt vertragen. Du auch? Ein bisschen Adrenalin. Gedanken loslassen. Einfach sein.«

Irritiert hob ich den Kopf. Kilians schiefes Lächeln traf mich völlig unvermittelt. Mit einer Hand kratzte er sich verlegen den Nacken, aber dennoch strahlte er wieder dieses unerschütterliche Selbstbewusstsein aus, das ihn sonst immer umgab.

»Eine Achterbahnfahrt?«, echote ich mit belegter Stimme. Ich musste zwei riesige rote Tränensäcke unter den Augen haben. Mascara-Wangen. Scheiße! Mein komplettes Makeup war wahrscheinlich völlig ruiniert.

»Oder Geisterbahn.« Sein Grinsen wurde unverschämt frech. »Wobei ich mir nicht sicher bin, ob sie dich dann als Statistin dabehalten. Hier.« Er zauberte ein Taschentuch aus seiner Gesäßtasche und hielt es mir mit zwei Fingern unter die Nase.

Schniefend griff ich danach und trocknete mir vorsichtig die nasse Tränenspur ab, um nicht noch mehr Unheil anzurichten. Dann holte ich den kleinen Taschenspiegel aus meiner Handtasche und richtete das Chaos, so gut es eben ging. Dabei fiel mir ein, dass ich noch gar nicht auf seine Bemerkung reagiert hatte. Mir lag bereits ein empörter Spruch auf der Zunge, als mir schlagartig bewusst wurde, was er eigentlich bezweckte. Er bot mir einen Ausweg an, damit die Situation nicht ganz so peinlich war. Außerdem war ich froh, dass er nicht nachhakte, was eigentlich los gewesen war. Karla hätte mich dagegen vermutlich so lange mental geschüttelt, bis die Wahrheit aus mir herausgebrochen wäre.

Blinzelnd starrte ich ihn an und zum ersten Mal in meinem Leben verspürte ich gegenüber Kilian Massimo Kohlhammer so etwas wie Dankbarkeit. Tiefe, echte Dankbarkeit.

»Okay«, sagte ich zu meiner und seiner Verwunderung, was seine überrascht geweiteten Augen verrieten. »Lass uns Achterbahn fahren.«

Kapitel 3

Nichts war schöner als die Wiesn bei Sonnenuntergang. Ein wahrer Lichtorgasmus, wie Karla immer mit schelmischem Lächeln sagte. Ein Meer aus bunten und grellen Neonfarben, magisch und voller Energie. Wenn man über allem schwebte, war alles möglich. Vielleicht hatte ich deswegen so eine große Angst vor Achterbahnfahrten. Weil ich sie nicht kontrollieren konnte.

Um nicht an Philipp und die Nachwirkungen der Begegnung denken zu müssen, starrte ich geradeaus. Sein Blick, die Art, wie er mich gemustert hatte, all das hing mir noch in den Knochen und beschwor Empfindungen und Gefühle herauf, die ich normalerweise gut unter Verschluss hielt. Vielleicht hatte ich mich deswegen auf diesen bescheuerten Vorschlag eingelassen, um mich keine Sekunde mit meinen eigentlichen Emotionen beschäftigen zu müssen.

Als ich gerade mein schmales Portemonnaie aus der Umhängetasche hervorholen wollte, hob Kilian die Hand und machte eine wegwerfende Bewegung.

»Lass stecken. Ich lade dich ein.«

»Du musst nicht für mich bezahlen«, murrte ich, doch er schob mich einfach galant zur Seite und beugte sich vor das

Fahrkartenhäuschen, sodass ich keinen Platz mehr daneben fand.

Kurze Zeit später drehte er sich grinsend zu mir um und hielt mir zwei rechteckige goldene Chips vor die Nase. »Los geht's.«

Wie selbstverständlich platzierte er seine Hand auf meinem Rücken und schob mich in Richtung der Warteschlange. Die Berührung prickelte wie ein Brausebonbon genau dort, wo seine Wärme durch den Stoff meiner Bluse drang, und ich machte einen Satz nach vorn, um der Intensität zu entkommen. Was zur Hölle war das?

»Keine Sorge, ich haue schon nicht ab«, sagte ich schnippisch und mit polterndem Herzen über meine Schulter hinweg, um meine merkwürdige Reaktion zu überspielen.

»Da bin ich mir nicht so sicher«, erwiderte er zweifelnd.

»Nur weil ich nicht aus Flugzeugen oder von Klippen springe wie du, heißt das nicht, dass ich das hier nicht kann.«

»Das habe ich auch nie behauptet.«

Wir stellten uns an.

»Karla erzählt dir also, was ich so treibe, hm?«, fragte er dann und sah mich unergründlich an.

»Ja. Sie bekommt jedes Mal fast einen Herzinfarkt, wenn Basti sich meldet und sie vorwarnt, weil du dich mal wieder in eine halsbrecherische Aktion stürzen musstest. So wie im Sommer, als du dir den Knöchel verstaucht hast.«

Er verzog genervt das Gesicht. »Erinnere mich bloß nicht daran. Das war wirklich unnötig.«

»Was hast du denn gemacht?«, fragte ich und konnte nicht verhindern, dass sich allein bei der Vorstellung eine leichte Panik in mir breitmachte. Wie immer, wenn es um Gefahren ging. Zwar bedeutete mir Kilian nichts, aber ich wollte mir auch nicht ausmalen, wie sich Karla fühlen würde, wenn ihm etwas zustieß.

»Wir waren in der Nähe der Eiger-Nordwand in den Schweizer Alpen beim Base-Jumpen. Lauterbrunnen ist ein Jumper-Hotspot, es gibt viele erfahrene Leute dort. Alles hat geklappt, nur bei der Landung mit dem Fallschirm bin ich dann doof aufgekommen. Das war alles.«

Mir stockte der Atem. »Du hast dich nicht beim Parkour verletzt?« Ich meinte mich vage daran zu erinnern, dass Karla das damals behauptet hatte.

Ertappt blickte Kilian zur Seite, fuhr sich mit einer Hand in den Nacken und wirkte auf einmal ziemlich verlegen, was gar nicht zu ihm passte. »Erzähl das bloß nicht meiner Schwester. Sie macht sich auch so schon genug Sorgen.«

»Du hast sie angelogen?« Meine Stimme überschlug sich fast.

»Ich würde es eher flunkern nennen … aber ja, ich war nicht ganz ehrlich.«

»Du springst mittlerweile nicht nur mit dem Fallschirm aus Flugzeugen, sondern auch von irgendwelchen Bergklippen, und erzählst es ihr nicht einmal, wenn du dich dabei verletzt?« Ungläubig starrte ich ihn an, während sich mein Herzschlag wie eine Kriegstrommel anfühlte.

»Richtig.« Sein unbekümmertes Grinsen stand ihm viel zu gut. Er wirkte jungenhaft und in sich ruhend, als wäre das alles nur ein Spiel für ihn.

Abenteuer Leben.

Wir hätten nicht unterschiedlicher sein können.

»Findest du nicht, dass es ihr gegenüber etwas unfair ist? Dass sie ein Recht auf die Wahrheit hat?«

»Damit sie nachts kein Auge mehr zumacht?« Er schüttelte nachdrücklich den Kopf. »Nein, das tue ich ihr nicht an. Weder ihr noch meiner Mutter. Der Einzige, der Bescheid weiß, ist mein Vater. Und auch er wartet manchmal viel zu lange auf eine Nachricht von mir.«

Der Boden unter meinen Füßen wankte gefährlich bei seinen Worten und ich zwang mich, nicht an Matilda zu denken, die dabei plötzlich vor meinem geistigen Auge auftauchte. Matilda und ihr Unfall. Ich schwieg und sog die Luft ein, irgendwie gab es dazu auch nichts mehr zu sagen.

Wellenartig schwappte die Dynamik der Fahrgeschäfte auf mich über, als wir in der Schlange der größten Achterbahn auf dem Rummelplatz weiter nach vorn rückten. Ich spürte Kilians körperliche Präsenz dicht neben mir und auch wenn ich ihn nicht ansah, war ich mir durchaus bewusst, dass er mich von der Seite beobachtete.

Je länger es dauerte, desto mehr Zweifel überkamen mich. Was tat ich hier eigentlich? Warum hatte ich diesem idiotischen Vorschlag zugestimmt? Das war völlig untypisch für mich. Meine Fingernägel bohrten sich fast schon schmerzhaft in meine Handflächen und ich kämpfte gegen den Impuls an, doch einfach umzudrehen und zu gehen.

»Keine Chance, Wendl.«

Ich verengte die Augen zu Schlitzen, aber meine Erwiderung blieb mir angesichts der Ernsthaftigkeit in seinen männlichen Zügen im Halse stecken. Diese Mimik kannte ich nicht und sie hatte auch nichts mehr mit dem unschuldigen Jungen aus meiner Erinnerung gemeinsam. In diesem Moment wurde mir schmerzhaft bewusst, wie wenig ich über ihn wusste. Wie wenig ich ihn im Grunde kannte.

»Was willst du damit sagen?«, stieß ich nach einigen Sekunden aus.

»Du zermarterst dir umsonst dein hübsches Köpfchen darüber, wie du aus der Sache wieder herauskommst. Ich würde sagen: Augen zu und durch.« Er legte den Kopf schief, sodass ihm einzelne schwarze Strähnen in die Stirn fielen. »Oder hast du Angst?«

»Ich habe keine Angst«, protestierte ich empört und erkannte, dass er genau diese Reaktion erwartet hatte. Jedenfalls wirkte er auf einmal sehr zufrieden.

»Wieso siehst du dann aus, als würdest du in der nächsten Sekunde davonrennen wollen?«

Ich knurrte eine unmissverständliche Antwort und senkte den Blick. Um mich nicht weiter mit ihm und der Tatsache befassen zu müssen, dass ich anscheinend völlig den Verstand verloren hatte, holte ich mein Handy hervor. Zwei neue Nachrichten. Eine von Brie und eine von Karla.

Alles okay? Du bist nicht mehr von der Toilette zurückgekommen.

Mein Bruder meinte, du bist frische Luft schnappen, und er begleitet dich, damit du dich nicht verirrst. Er traut deinem Orientierungssinn nicht, seine Worte. Melde dich, falls er dich verschleppen will.

Sofort spürte ich einen dumpfen Schmerz in der Brust. Karla war meine beste Freundin und auch Brie war mir in den letzten Monaten sehr ans Herz gewachsen. Trotzdem brachte ich es nicht über mich, ihnen einfach die Wahrheit über meine Begegnung mit Philipp zu sagen. Schließlich war es Bries Geburtstag und die beiden hatten sich so köstlich amüsiert. Mit fliegenden Fingern tippte ich eine vage Ausrede in unseren Gruppenchat und verstaute mein Smartphone wieder.

Inzwischen hatte sich die Schlange merklich verkürzt, wie ich zu meinem eigenen Entsetzen feststellte. Noch ein oder zwei Fahrten, dann waren wir an der Reihe.

»Orientierungssinn, ja?« Herausfordernd hob ich eine Braue, eine Fähigkeit, um die mich Karla schon als Zwölfjährige beneidet hatte.

Kilians Mundwinkel sprangen wie auf Kommando in die Höhe. »Falls du dich nicht erinnerst: Du hast dich mehrfach vom Bäcker auf dem Weg zu dir nach Hause verlaufen. In unserem Dorf. Das ist eine Kunst für sich.«

»Ich war sechs Jahre alt.«

Er zuckte bloß mit den Schultern.

Am liebsten hätte ich ihm einen Stoß verpasst, damit endlich dieser selbstgefällige Gesichtsausdruck verschwand, aber ich war keine gewalttätige Person.

»Bereit?«, fragte mich Kilian in meine Gedanken hinein und ich stellte erschrocken fest, dass wir gleich an der Reihe waren. Die Leute vor uns verteilten sich auf die Zweiersitze. Sofort begab sich mein Puls auf Talfahrt und meine Knie fühlten sich an, als hätten sie sich in Wackelpudding verwandelt.

»Shit«, murmelte ich. Plötzlich war mir kotzübel.

»Du brauchst das, vertrau mir«, sagte Kilian und strahlte dabei eine Ruhe und Gelassenheit aus, als würde uns eine Kaffeefahrt auf der Isar und nicht ein Ritt in einer halsbrecherischen Achterbahn bevorstehen.

»Habe ich gerade laut gedacht?«, wollte ich von ihm wissen.

»Ja.«

»Oh, Mann.«

»Es wird halb so wild«, versicherte Kilian mir und schob mich sanft, aber bestimmt näher zu den Eisenbeschlägen, die uns von den einfahrenden Waggons trennten. Zischend hielt das Ungetüm direkt vor uns und ich starrte mit schreckgeweiteten Augen auf die strahlenden Gesichter der jungen Leute, die gerade ihre Fahrt hinter sich gebracht hatten. Über unseren Köpfen dudelte irgendein Wiesn-Hit, die angenehme Abendluft war getränkt von Lachen und guter Laune und ich versuchte, meinen rasenden Herzschlag zu beruhigen, indem ich mehrfach tief ein- und ausatmete.

»Ich bin da.« Kilians angenehme Stimme war auf einmal ganz nah.

Ich presste meine zitternden Lippen aufeinander und nickte abgehackt. Für den Bruchteil einer Sekunde schloss ich die Augen. »Das weiß ich. Und ich wünschte, es wäre nicht so.«

Als ich sie wieder öffnete und nach rechts schaute, schwebte Kilians Gesicht genau vor meinem. Er hatte sich nachlässig rasiert, aber der dunkle Schatten um seinen markanten Kiefer stand ihm unverschämt gut. Ich hätte den Schwung seiner Lippen nachfahren können, wenn ich die Hand gehoben hätte. Kilian stand so dicht neben mir, dass mir zum ersten Mal auffiel, wie unterschiedlich die Farbe seiner Augen eigentlich war. Eins leuchtete wie ein grünes Meer, das andere schimmerte in einem dunklen Grauton. Vielleicht lag das aber auch an der schummrigen Beleuchtung des Fahrgeschäfts.

Ich blinzelte irritiert.

»Einsteigen, bitte!«

Rasch nahm ich meine Umhängetasche ab und drückte sie Kilian in die Hand, der sie auf seiner Seite in einem kleinen Schließfach verstaute, während ich mich völlig aufgelöst in den Hartplastiksitz quetschte.

»Warte, nicht, dass du den noch verlierst«, sagte er und

nahm mir meinen Blumenkranz ab, um ihn zu der Tasche zu legen.

Verwundert sah ich ihm zu. Das war wirklich aufmerksam von ihm, was ich gar nicht erwartet hätte. Als Kilian neben mir Platz nahm, hätte ich vor Nervosität am liebsten geschrien, aber ich biss die Zähne zusammen, um keinen Mucks von mir zu geben. Die Haltebügel wurden von einem Jungen heruntergedrückt, der nicht älter als fünfzehn aussah. Durfte der hier überhaupt arbeiten?

Dann hielt alles den Atem an. Wie von selbst krallten sich meine Finger in die Sicherung, so fest, dass die Knöchel weiß hervorstachen.

»Ich hasse dich, Kohlhammer«, knurrte ich.

»Das wollte ich hören, Eisprinzessin«, erwiderte er gelassen.

Verdutzt warf ich ihm einen Blick zu. »Was? Warum?«

»Weil alles besser ist als diese Eisshow, die du immer abziehst.«

Bevor ich mir über seine Worte den Kopf zerbrechen konnte, setzte sich die Achterbahn mit einem Ruck in Bewegung. Panisch klammerte ich mich noch etwas fester an den Bügel.

»Oh, Gott«, stöhnte ich und kniff die Augen zu.

»Schau hin und genieß es«, forderte Kilian sanft, während wir in Zeitlupe immer weiter in die Höhe stiegen.

Unter mir ratterte das Fahrzeug, ich konnte jedes einzelne Zahnrad fühlen, während wir uns Stück für Stück nach oben schoben – dem *Point of no Return* entgegen.

»Niemals!«

»Der Ausblick ist wunderschön. Vertrau mir.«

Da war sie wieder. Die Bitte, ihm zu vertrauen. Seltsamerweise und ohne dass ich es verhindern konnte, hatte Kilian diese Wirkung auf mich – dass ich auf ihn hörte. Vorsichtig öffnete ich ein Auge. Unter mir erstreckte sich das bunte Lichtermeer der Wiesn, ein kühler Wind strich um meine Nase. Es roch nach Herbst und Bier, nach Freiheit und Atemlosigkeit. Die Sonne stand tief am Himmel und ergoss sich in roten und rosafarbenen Schleiern über den Festplatz. Die Geräusche der anderen Fahrgeschäfte drangen nur wie ein fernes Echo zu uns herauf, als würden wir über allem schweben, und das taten wir auch. Mein rasender Puls ließ etwas nach und machte stattdessen einem irrwitzigen Glücksgefühl Platz, das ich so noch nicht gekannt hatte.

»Nicht übel, oder?«

Ich wandte den Kopf nach rechts.

Kilians Augen funkelten wie zwei Sterne, als er mich direkt ansah. »Hier oben kannst du alles vergessen.«

Ja, das konnte ich wirklich. Philipp und das Gefühl, das die Begegnung mit ihm ausgelöst hatte, lastete nicht mehr auf mir. Es ging weniger um die Begegnung selbst als um meine Schwester. Eigentlich hatte ich gedacht, dass ich inzwischen ganz gut über ihren Tod hinweggekommen war. Ich hatte sogar eine Therapie gemacht. Aber es gab diese kleinen Schlüsselmomente, die etwas in mir auslösten und mich wieder in die Tiefe zogen. In diese namenlose Dunkelheit, die mich zu verschlingen drohte. Normalerweise fand ich daraus immer einen Ausweg. Oder ich tat etwas Unüberlegtes, das ich am nächsten Morgen bereute. Wie das Tattoo. Das Bauchnabelpiercing. Die rot gefärbten Haare. Mit Manu war etwas Ruhe eingekehrt, aber ich hatte oft das Gefühl, dass ich vor dem eigentlichen Problem davonrannte.

Kilian sagte nichts, sondern betrachtete mich schweigend, ließ meinen Gedanken ihren Raum, wofür ich ihm noch dankbarer war. Selbst als wir immer langsamer wurden und schließlich anhielten, schlug mein Herz gleichmäßig und stark. Keine Spur von Angst mehr.

»Und für die folgenden zwei Minuten entschuldige ich mich schon mal im Voraus«, sagte Kilian plötzlich, lächelte dieses unverwechselbare schiefe Lächeln, das ein kleines bisschen spitzbübisch wirkte, und gab mir keine Möglichkeit, mich auf den nächsten Moment vorzubereiten.

»Wa–«

Es ging abwärts.

Ich schrie mir die Seele aus dem Leib, während der Fahrtwind mir ins Gesicht blies und mein Magen Purzelbäume schlug. Ich schrie, während wir einen Looping drehten und ich Himmel und Boden nicht mehr voneinander unterscheiden konnte. Atemlos. Ohne Pause. Adrenalin rauschte wie eine Sintflut durch meinen Körper, nahm jeden Winkel ein und verpasste mir ein Hochgefühl, das ich schon lange nicht mehr erlebt hatte.

Als wir anhielten und sich die Sicherung wieder öffnete, stieg ich mit wackligen Beinen aus. Ich brauchte einen Moment, um mein Gleichgewicht wiederzufinden. Ich war absolut sprachlos.

»Bitte schön«, sagte Kilian und setzte mir den Blumenkranz wieder auf, der sich jetzt ganz komisch anfühlte. Wie ein Fremdkörper, der nicht mehr zu mir gehörte.

Verlegen senkte ich den Blick und wusste auf einmal nicht, wohin mit meinen Händen. Also holte ich mein Handy heraus, nachdem ich auch die Tasche wiederbekommen hatte.

Karla hatte geschrieben.

Wir wollen eine Runde Geisterbahn fahren. Treffen wir uns dort? In zehn Minuten?

Okay, schrieb ich zurück und erklärte Kilian den Plan, auch wenn ich nicht wusste, wie ich mich ihm gegenüber verhalten sollte. Ich hatte diesen Kick gebraucht. Und Kilian hatte das gewusst – oder gespürt –, ohne mit mir darüber zu reden, was meine Tränenflut eigentlich ausgelöst hatte. Er hatte mich durchschaut, obwohl ich mich meistens selbst nicht verstand.

Schulter an Schulter gingen wir zu dem vereinbarten Treffpunkt. In meinem Kopf herrschte so ein Durcheinander aus Buchstaben, dass ich selbst meine Großeltern in Scrabble nicht hätte schlagen können.

»Du siehst aus, als könntest du eine Portion Zucker gebrauchen. Du bist etwas blass um die Nase«, sagte Kilian in meine Gedanken hinein und deutete auf einen Wagen, dessen Auslage voller Süßkram war. Gebrannte Mandeln, Magenbrot, Zuckerwatte, Lebkuchenherzen, verziert mit absolut kitschigen Kosenamen wie *Mäuschen* oder *Herzblatt*.

»Danke, nicht nötig.« Mein Blick blieb an einem riesigen Plüschhasen hängen, den eine junge Frau etwa in meinem Alter unter den Arm geklemmt hatte. Sofort stieg Sehnsucht in mir auf. Wie oft hatte ich mir so einen Gewinn gewünscht? Wie oft hatte ich es versucht und war gescheitert?

»Sag bloß, du stehst auf diese China-Exporte?«, fragte Kilian, der meinem Blick gefolgt war.

Röte schoss mir ins Gesicht. »Tut das nicht jedes Mädchen?«, erwiderte ich, auch wenn das wahrscheinlich eine Klischeebombe war.

»Karla nicht unbedingt.«

»Karla hat mit zehn Jahren die Jungsclique aus dem Nachbardorf aufgemischt. Alleine. Karla ist kein guter Vergleich«, entkräftete ich sein Argument.

Bei der Erinnerung zuckte sein Mundwinkel, doch in seinen Augen lauerte ein neugieriger Ausdruck. »Was haben gigantische Kuscheltiere nur an sich? Gibt es irgendeine geheime Anziehungskraft, von der ich nichts weiß?«

Ich zuckte mit den Schultern. »Keine Ahnung. Bei mir liegt es wahrscheinlich daran, dass ich noch nie eins besessen habe. Oder insgesamt noch nie etwas auf der Wiesn oder einem Jahrmarkt gewonnen habe. Oder jemand für mich etwas gewonnen hat.«

»Wie?« Kilian wirkte ehrlich verwundert. »Nicht einmal Manu?«

Als er Manu erwähnte, zuckte ich innerlich zusammen. Die Sache mit uns war … seltsam. Ich liebte ihn noch auf eine ganz bestimmte Weise, aber ich wusste, dass ich nicht fair zu ihm war und dass ich den Schlussstrich nur aufschob. Wahrscheinlich wusste Manu das auch, traute sich aber ebenfalls nicht, die richtigen Fragen zu stellen und die Konfrontation zu suchen. Insgeheim war ich sogar froh darüber, denn mein Herz sank bei dem Gedanken daran, dass ich ihn verlieren könnte. Das war egoistisch, ja, aber Manu gab mir die Stärke, meine Fassade Tag für Tag aufrechtzuerhalten. Mit ihm an der Seite fiel es mir leichter, mich selbst zu belügen. Und ich wusste nicht, ob ich bereit war, diese Lüge zu zerschlagen. Denn dann hätte ich mich mit der Wahrheit beschäftigen müssen und ich war mir nicht sicher, ob ich ihr in die Augen blicken konnte.

»Nein«, sagte ich schließlich. »Auch Manu nicht.«

»Verstehe.«

Schweigend setzten wir unseren Weg fort.

»Da seid ihr ja endlich!«, rief Brie, sobald wir uns in Sichtweite der Geisterbahn befanden.

Toni hatte einen Arm um ihre Schultern gelegt. Neben ihm wirkte selbst Brie eher zart, obwohl sie so groß war. Karla, der Australier, Pete und zwei weitere Mitarbeiterinnen von *Leckerste* waren auch dabei.

»Bereit für die Fahrt des Grauens?«, fragte mich Brie lachend und mit leuchtenden Augen und ich konnte nur mit Mühe verhindern, das Gesicht zu verziehen.

»Wenn es dein Wunsch ist?«

»Natürlich!« Enthusiastisch löste sie sich von Toni und hakte sich stattdessen bei mir unter. »Wir können auch gemeinsam fahren, wenn du magst.«

Ich schielte zu Toni, dessen stoische Miene ausdruckslos blieb, allerdings wollte ich auch nicht, dass Brie wegen mir auf eine Fahrt mit ihrem Freund verzichtete. Also schüttelte ich den Kopf. »Nein, das passt.«

»Sicher?«, wollte sie zweifelnd wissen.

»Ganz sicher«, erwiderte ich und nickte in Karlas Richtung. »Ich sitze neben Karla.«

Meine beste Freundin zog eine bedauernde Schnute. »Also, ehrlicherweise wollte ich die Fahrt ein wenig anders nutzen«, verkündete sie vielsagend auf Deutsch und wackelte mit den Augenbrauen. Der Australier neben ihr schien von seinem Glück noch nichts zu ahnen.

»Erspar mir bitte die Details«, murmelte Kilian stöhnend, was Karla mit einem glockenhellen Lachen kommentierte.

»Sei nicht so prüde, Bruderherz. Schließlich habe ich jahrelang in dem Zimmer neben dir gewohnt.«

»Wir können uns einen Wagen teilen«, bot sich Pete an, aber ich schüttelte den Kopf.

»Es geht sowieso nicht auf«, erwiderte ich. »Ich setze einfach aus.« Das war mir auch am liebsten.

»Sag mal, hast du geweint?«, fragte mich Karla, nachdem sich fast alle entfernt und in der Schlange angestellt hatten.

»Tränen der Angst, weil ich sie gezwungen habe, mit der *American Horror* zu fahren«, sprang Kilian mir bei, bevor ich mir eine Ausrede einfallen lassen konnte.

Überrascht schaute meine beste Freundin zwischen uns hin und her. Ich konnte ihr von der Stirn ablesen, wie sie die Wahrscheinlichkeit dieses Szenarios durchkalkulierte, das genauso glaubhaft war wie Schnee in Dubai.

Dann wandte sie sich direkt an mich. »Du? Achterbahn?«

»Ja«, antwortete ich und mein Blick schwenkte zu Kilian, der sich mit einem spöttischen Ausdruck zu seiner Schwester beugte und verkündete: »Das war eine kleine Wette.«

»Eine Wette?«

»Ich wollte dem aufgeblasenen Ego deines Bruders einen Dämpfer verpassen«, antwortete ich und sah, wie bei meinen Worten etwas in Kilians Augen aufblitzte.

Karla musterte mich höchst argwöhnisch, doch dann zuckte sie mit den Schultern. »Verdient hätte er es.«

Als Kilian und ich uns ansahen, geschah etwas, womit ich nicht gerechnet hatte. Ein winziges, verschwörerisches Lächeln erhellte seine Züge, als hätten wir den gemeinsamen Plan zur Weltherrschaft ausgeheckt. Die Achterbahnfahrt war jetzt unser kleines Geheimnis. Wir waren unwiderruflich miteinander verbunden.

Ich war mir nur nicht sicher, ob mir diese Tatsache gefiel.

Kapitel 4

Am nächsten Morgen wachte ich mit einem Kater auf. Mein Schädel brummte und meine Mundhöhle fühlte sich an, als hätte ich stundenlang an einem Salzstein geleckt. Mir ging es absolut beschissen. Stöhnend zog ich mir das Kissen über den Kopf, weil ich die Jalousie in meinem Zimmer nicht heruntergelassen hatte und die strahlende Oktobersonne mir unmittelbar ins Gesicht schien.

Dann fiel mir alles wieder ein. Der Geburtstag von Brie. Das Feiern auf der Wiesn. Die Begegnung mit Philipp. *Oh, Shit.* Die Begegnung mit Philipp und alles, was danach passiert war, vor allen Dingen die Achterbahnfahrt. Wieso hatte ich mich nur darauf eingelassen?

Zähneknirschend starrte ich an die Decke und versuchte, die Kopfschmerzen zu ignorieren. Das emotionale Echo, das Philipp in mir ausgelöst hatte, hallte noch in mir nach. Kilian hatte mich davon abgelenkt, mir einen kleinen Ausweg daraus gezeigt.

Das schlechte Gewissen setzte ein, als ich auf mein Handy schielte und Manus Nachrichten von gestern Abend las – sowie meine knappen Antworten darauf. Was war ich nur für ein Gefühlsarschloch. Ich hasste mich selbst dafür, aber ich konnte nichts dagegen tun. Wieso schaffte ich es nicht, mich wirklich wahrhaftig zu öffnen? Mich voll und ganz, mit Haut und Haaren, in diese Beziehung zu stürzen? Es war, als würde sich ein Teil meiner Persönlichkeit immer im Schatten aufhalten. Immer auf Abstand bleiben. Damit der Schmerz nicht wirklich einsetzen konnte, sollte es doch in die Brüche gehen.

Nach ein paar Minuten schwang ich mich aus dem Bett und verschwand kurz im Bad, um mich frisch zu machen. Ich trug etwas Tagescreme, meine Foundation und ein wenig Make-up auf, dann tapste ich nur in meinen knappen Shorts und einem Seidentop in die Wohnküche, um mir ein Glas Wasser zu holen. Als ich es gerade mit wenigen Zügen ausgetrunken hatte, kam Karla um die Ecke gekrochen. Ihre Augen waren zu zwei schmalen Schlitzen zusammengekniffen, während ihr kinnlanges braunes Haar wie elektrisch aufgeladen in alle Himmelsrichtungen abstand. Sie trug ein übergroßes Shirt, das ihr bis zu den Knien reichte. Ich fragte mich, ob das ein Überbleibsel des Australiers war, denn ich erinnerte mich verschwommen an eine gemeinsame Taxifahrt.

»Zu früh«, brummelte sie und musterte mich aus schmalen Augen. »Und wieso siehst du schon aus, als hättest du gleich ein Fotoshooting? Du hast mindestens genauso viel getrunken wie ich.«

»Das kann gar nicht sein«, erwiderte ich und füllte ihr ebenfalls ein Glas mit Wasser, das ich ihr über den Küchentresen zuschob. »Ich habe mich früh genug ausgeklinkt.«

»Ja, das habe ich gemerkt«, sagte sie vieldeutig und trank ein paar Schlucke. »Hast du denn gar keinen Kater? In meinem Kopf arbeitet gerade ein Presslufthammer.«

»Geht mir nicht anders.«

»Dafür, dass ihr beide angeblich einen Kater habt, zwitschert ihr mir aber viel zu viel«, erklang in diesem Augenblick eine tiefe männliche Stimme vom Sofa, das mit der Rückenlehne zur Küche stand, und ich fuhr erschrocken zusammen, weil ich Kilian vorher gar nicht wahrgenommen hatte. Tatsächlich hatte mein Hirn seine Anwesenheit komplett ausgeblendet. Und anscheinend auch verdrängt, dass er mit uns gemeinsam in die Wohnung zurückgekehrt war. Aber da war doch noch etwas …

Bevor ich mir weiter den Kopf darüber zerbrechen konnte, tauchte Kilians dunkler, verwuschelter Haarschopf oberhalb der Lehne auf, dann sein nackter Oberkörper und keine Sekunde später stand er nur in Boxershorts mitten im Raum. Ich sah ausgeprägte Brustmuskeln, fein definiert, leicht gekräuselte obsidianschwarze Haare, die sich unterhalb des Bauchnabels etwas verdichteten – und es dauerte einige Herzschläge, bevor mir bewusst wurde, dass ich ihn unverhohlen anstarrte. Als mein Blick zu seinem unrasierten Gesicht zurückkehrte, prangte ein breites, wissendes Lächeln auf seinen Lippen. Er hob die Augenbrauen und fuhr sich mit der Hand durch das Haar.

»Guten Morgen, Eisprinzessin. Schwesterlein«, er nickte uns zur Begrüßung zu, die Haltung aufrecht und stolz wie ein Krieger, dann schritt er breitbeinig an uns vorbei ins Bad.

»Du kannst den Mund wieder zumachen«, sagte Karla trocken und ich lenkte ertappt den Blick von Kilians beeindruckender Rückenmuskulatur zu meiner besten Freundin, die mich spöttisch beobachtete.

»Ich habe … ich habe nicht …«, stammelte ich, während

mir gleichzeitig eine verräterische Röte in die Wangen schoss, weil mir das unglaublich peinlich war. Ich glotzte eigentlich nie einen Kerl so an. Schon gar nicht ihren Bruder!

»Doch, hast du. Und du kannst ruhig dazu stehen«, antwortete Karla mit einer lässigen Selbstverständlichkeit. Sie holte eine angebrochene Packung Mandelmilch aus dem Kühlschrank und schüttete ihr selbst gemachtes Granola in eine taubengraue Keramikschüssel, die sie auf einem Markt in Barcelona ergattert hatte.

»Gut. Vielleicht ein bisschen.« Ich seufzte. »Das ändert aber nichts an der Tatsache, dass er absolut unausstehlich ist. Schon allein, dass er mich immer Eisprinzessin nennt.« Ich verdrehte die Augen, auch wenn er mir gestern so geholfen hatte. Insgeheim wusste ich, dass ich nur so heftig auf ihn reagierte, weil er bewusst sämtliche Halteschilder ignorierte, die ich um meine geschundene Seele errichtet hatte. Meine Abneigung ging bei ihm tiefer, weil er tiefer grub. Weil er einen verborgenen, im Schatten liegenden Teil von mir ans Licht zerrte.

»Ich weiß, dass dich das nervt. Das ist auch völlig in Ordnung«, erwiderte Karla und stopfte sich eine Ladung Anti-Kater-Granola in den Mund.

»Was ist in Ordnung?«, fragte Kilian, der in diesem Augenblick in die Wohnküche zurückkehrte.

Ich ignorierte seine Anwesenheit und starrte überall hin, nur nicht in seine Richtung, weil mich seine Nacktheit irgendwie verlegen machte.

»Dass du Jojos liebstes Hassobjekt bist.«

»Das ist nichts Neues.« Kilian ging um das Sofa herum und fischte sein Unterhemd aus dem Polster, bevor er es sich zu meiner Erleichterung überstreifte. »Das war schon vor fünfzehn Jahren so. Und seitdem hat sich kaum etwas geändert.«

Seine Aussage versetzte mir einen dumpfen Stich in der Brust. Vor fünfzehn Jahren war ich gerade mal fünf Jahre alt gewesen, wieso konnte er sich daran erinnern?

»Gibt es ein bestimmtes Ereignis, das dir vorschwebt?«, fragte ich.

Er sah mich direkt an. »Oh, lass mich überlegen. Da wäre die Geschichte mit den Kaulquappen bei uns im Garten. Der Mirabellenbaum. Der Tag mit der selbst gemachten Pizza. Oder mein absoluter Favorit: mein elfter Geburtstag.«

Bei jedem Wort riss ich die Augen etwas weiter auf. Wie kam er auf Ereignisse, an die ich mich nicht im Geringsten erinnern konnte? Nichts davon sagte mir etwas, als hätte ich mit einem Radiergummi sämtliche Augenblicke, auf die er anspielte, aus meinem Gedächtnis gelöscht.

»Ich habe nicht den blassesten Schimmer, wovon du sprichst.«

»Wirklich nicht, Joana?«

Joana. Nicht Jojo. Nicht Jo. Sondern Joana, wie Matilda mich immer genannt hatte.

Alles in mir erstarrte. Buchstäblich.

Aus dem Augenwinkel nahm ich wahr, dass auch Karla ihre Position veränderte, sich aber nicht äußerte. Der Löffel verharrte kurz auf dem Weg zu ihrem Mund, dann aß sie weiter, während Schweigen den Raum erfüllte. Wahrscheinlich, weil sie genau wusste, was dieser Name in mir auslöste. Wenn ich könnte, hätte ich ihn wie ein benutztes Kleidungsstück abgelegt. Aber er gehörte zu mir wie meine verflixte Lieblingsjeans. Ich konnte mich einfach nicht von ihm trennen.

»Was machst du eigentlich hier?«, versuchte ich einen Themenwechsel, weil ich plötzlich nur noch schwer Luft bekam. Selbst meine Stimme klang krächzend und viel zu tief.

»Ausschlafen. Eigentlich.« Er warf mir einen schnellen Blick zu. »Aber das hat sich ja erledigt.«

»Du bist doch letztes Wochenende umgezogen, oder wie war das? Hast du keine Wohnung, in die du dich zurückziehen kannst?«

»Doch, ich habe ein Zimmer in einer WG. Aber dann hätte ich einmal quer durch die Stadt gemusst. Außerdem ist es noch etwas kahl dort.«

»Du hast mich vermisst, gib's zu«, warf Karla ein.

»Das natürlich auch. Ich hatte aber sowieso Glück, dass Lotte mir den Tipp mit dem Zimmer gegeben hat, sonst hätte ich euer Sofa womöglich etwas länger in Anspruch nehmen müssen.«

»Wahrscheinlich nur über Jojos Leiche«, meinte Karla grinsend. »Aber ja. Lotte hat dir den Hintern gerettet. Auf sie ist sowieso immer Verlass. Wie war das damals auf dem Festival? Du hättest dir wahrscheinlich die Eier abgefroren …«

Während ich mich fragte, wer Lotte war, fiel mir erneut auf, wie unverschämt attraktiv der Bartschatten auf Kilians Wangen und der kantigen Kinnpartie aussah. Er wirkte nicht nur erwachsen, er hatte sich gestern auch fürsorglich verhalten. Ganz anders, als ich es bisher von ihm gewohnt war. Die Ablenkung, die Achterbahnfahrt, die er bezahlt hatte, die Tatsache, dass er an meinen Blumenkranz gedacht hatte. Ein schlechtes Gewissen regte sich in mir. Gleichzeitig kam mir die mahnende Stimme meiner Großtante Ingeborg in den Sinn, die verlangte, dass ich mich wenigstens ein kleines bisschen revanchierte. Andernfalls hätte sie sich im Grab umgedreht.

»Möchtest du etwas trinken? Einen Cappuccino vielleicht?«, fragte ich dazwischen und erntete dafür zwei völlig gegensätzliche Gesichtsausdrücke. Karla sah aus, als hätte ich ihr gerade von einer Begegnung mit singenden Bäumen erzählt, wohingegen Kilians schieferfarbene Augen amüsiert zu funkeln begannen.

»Sieh an, da hat jemand seine Manieren wiedergefunden?«

Ich zwang meine Mundwinkel, das breite Lächeln zu erwidern. »Nur ein kleines Dankeschön. Mehr nicht.«

»Gern einen Kaffee. Schwarz.«

Bevor ich der Bitte nachkommen konnte, ertönte aus meinem Zimmer eine schrille Handymelodie. Es war der Song *Hello* von Adele, den Marie mir vor zwei Jahren unter ihrem Kontakt eingespeichert hatte. Anscheinend hatte sie mal eine ruhige Minute gefunden, um mich zurückzurufen. Sofort schnellte mein Puls in die Höhe, da ich mich in ihrer Gegenwart am wenigsten verstellen konnte. Und ich wusste, was das bedeutete. Meine Gefühle waren wie die Büchse der Pandora. Einmal geöffnet, konnte ich sie nicht wieder unter Kontrolle bringen.

»Sorry, Kaffee kommt später. Da muss ich rangehen«, murmelte ich entschuldigend und ging in mein Zimmer, ohne auf die verwunderten Blicke zu achten.

»Hallo, Schwesterherz«, sagte ich in den Hörer und vernahm Kindergebrüll im Hintergrund. Vor Sehnsucht zog sich mein Herz zusammen. Ich vermisste Linus und Valentina, schließlich war ich ihre Tante. In diesen Semesterferien war ich nur ein Mal kurz in meiner alten Heimat gewesen und der nächste Besuch stand erst zu Weihnachten an. Das war viel zu wenig. Aber da meine Schwester in unserem alten Elternhaus lebte, fiel es mir schwer, dorthin zurückzukehren.

»Wie geht es meinen beiden zuckersüßen Zwillingen?« Inzwischen waren sie fünf Jahre alt und ich liebte sie abgöttisch. Ihre kindliche Neugier, ihren Enthusiasmus.

»Oben kommt Zucker rein und unten kommen ganz andere Dinge raus«, knurrte Marie erschöpft und ich hörte den müden Unterton in ihrer warmen Stimme.

»Alles in Ordnung bei dir?«

»Natürlich, du kennst mich doch. Was Heidi Klum mit vier Kindern hinbekommt, schaffe ich locker mit zweien.«

»Aber die hat auch eine Horde gut bezahlter Feen, die ihr dabei helfen«, warf ich ein und unterdrückte ein Grinsen.

Früher, als wir noch jünger gewesen waren, hatte meine älteste Schwester mich stets damit aufgezogen, dass ich noch nichts machen durfte. Heute, mit achtundzwanzig und den beiden Kindern, saß ich am längeren Hebel.

»Auch wieder wahr. Aber du hast mich gestern angerufen. Deshalb wollte ich fragen, ob bei dir alles in Ordnung ist?«

Ich zögerte. »Ich bin mir nicht sicher.«

»Du klingst seltsam. Ist etwas passiert?«

Maries bohrender Ton kam nicht von ungefähr. Sie war die Einzige, die meine dunkle Seite kannte und immer zu mir hielt. Meine Eltern einmal ausgenommen. Aber im Gegensatz zu Marie schafften sie es nicht, ihre Trauer vollständig zu verbergen, wenn wir Kontakt hatten. Auch wenn sie sich bemühten, ihre Gefühle zu überspielen. Daher ging ich meistens auf Abstand.

»Vielleicht.«

»Du musst schon offen mit mir reden, wenn du Hilfe von mir erwartest.« Das liebte ich so sehr an Marie, sie nahm kein Blatt vor den Mund.

»Ich habe gestern Philipp getroffen.«

»Philipp?«

»Schwarz.«

Ich hörte, wie Marie am anderen Ende der Leitung scharf die Luft einsog. Dann gab sie Valentina und Linus irgendeine Anweisung, die ich nicht verstehen konnte, weil das Blut so laut in meinen Ohren rauschte. Keinen Augenblick später war sie wieder dran.

»Erzähl mir alles.«

In knappen, abgehackten Sätzen brachte ich meine Schwester auf den neuesten Stand. Dabei ließ ich kein Detail aus. Doch, die Sache mit der Achterbahnfahrt, weil das eine Kurzschlussreaktion gewesen war. Als ich fertig war, entstand eine Pause.

»Hast du einen Termin bei Frau Bansleben gemacht?«, waren Maries erste Worte. Natürlich fragte sie nach meiner alten Therapeutin, die ich schon seit drei Jahren nicht mehr aufgesucht hatte.

»Nein, noch nicht.«

»Dann mach das bitte.«

»Ja, Mama«, erwiderte ich brav.

»Das ist nicht lustig. Du weißt, wie kurz du schon einmal davor warst, Mittel gegen deine Angstzustände zu nehmen. Ich werde nicht noch einmal mitansehen, wie du dich fast kaputtmachst. Mit PTSD ist nicht zu spaßen. Du bist meine Schwester, Jo.«

Wie einfach das klang. PTSD. Als wäre eine posttraumatische Belastungsstörung etwas, das mal eben auftrat und mit ein wenig Spucke wieder abzuwischen war. So ein bisschen Fliegenkacke.

Ich atmete tief ein. »Matilda war unsere Schwester und ich habe sie nicht retten können. Und ihren damaligen Freund Philipp zu sehen hat so viel wieder aufgewirbelt.«

Es war ausgesprochen. Ich hatte es so lange unter Verschluss gehalten und mit niemandem darüber geredet. Dabei hatte ich eigentlich gedacht, es endlich hinter mir gelassen zu haben. Manchmal kam es zurück. Wellenartig. Und mit jeder Welle nahmen die Wassermassen zu. Drohten mich immer tiefer mit sich zu reißen, immer weiter in die Dunkelheit zu ziehen. Um mich herum verschwammen die Zimmerwände, die Lichterkette am Bettende, genauso wie die Bücherregale, in denen meine Ordner und Unterlagen fein säuberlich einsortiert waren. Mit zittrigen Beinen sank ich auf mein Bett.

»Es war nicht deine Schuld.« Marie klang, als würde sie durch Watte sprechen. Weit weg.

Doch, genau das war es.

»Ich weiß, dass ich keine Schuld trage.«

Die Lüge klang nach so vielen Wiederholungen wie die Wahrheit. Selbstverständlich war es meine Schuld. Dass meine offenherzige, warme und immer perfekte Schwester nicht mehr lebte, war einzig und allein meine Schuld. Mit klammen Fingern stützte ich mich mit dem Ellbogen auf dem Knie ab und verbarg mein Gesicht in meiner Hand.

Einatmen. Ausatmen. Einatmen. Ausatmen.

Mein Pulsschlag erhöhte sich, kleine Punkte begannen vor meinen Augen zu tanzen. Mir wurde unerträglich heiß und ich rang verzweifelt nach neuem Sauerstoff.

»Beruhige dich, Jojo!« Maries Stimme erschien mir nicht mehr so fest wie zuvor.

»Ich … ich …«

»Du hörst auf, dir jetzt wieder diesen Schwachsinn einzureden. Ich weiß, was du denkst. Das ist Quatsch. Steigere dich bitte nicht in die Vergangenheit hinein.«

Meine Atmung hatte sich beschleunigt, mein Herz pochte wie wild in meiner Brust.

Einatmen. Ausatmen. Einatmen. Ausatmen.

Auf meinem Rücken bildeten sich Schweißperlen und ich konnte förmlich spüren, wie sich das rote Fleckengestrüpp auf Hals und Dekolleté ausbreitete. Was für ein erbärmliches Bild ich abgab. Eigentlich hatte ich gehofft, nie wieder in diese Situation zu geraten. Nie wieder in diesen Strudel gerissen zu werden. Dafür hatte ich Stunden in der Therapie verbracht, Wochen und Monate.

Und doch war ich wieder an genau diesem Punkt.

Wieso musste das ausgerechnet jetzt passieren?

Dann war es vorbei. Ebenso schlagartig, wie sich mein Körper gegen die Tatsache zur Wehr gesetzt hatte, dass ich für den Tod meiner Schwester verantwortlich war.

»Er hat mich angesehen, als wäre ich sie«, wisperte ich.

»Wer?«, fragte Marie verständnislos.

Ich sah meine große Schwester direkt vor mir, mit ihren glatten kastanienbraunen Haaren, die sie meistens in einem Dutt trug, mit ihren langen Beinen und der ausladenden Hüfte. Ich sah die Sorge, die sich auf ihrem Gesicht abzeichnete, und schämte mich dafür. Marie hatte genügend eigene Probleme. Eine ganze Familie, um die sie sich sorgen musste, und ich war so egoistisch, ihr auch noch meine Probleme aufzuhalsen.

Ich seufzte leise. »Philipp. Er hat mich angesehen, als wäre ich Matilda.«

Marie schwieg einen Augenblick lang. »Du siehst ihr auch sehr ähnlich.«

Hinter meinen Lidern begann es zu brennen und ich kniff die Augen fest zusammen. »Ich wünschte, sie würde noch leben. Sie würde bestimmt einen fantastischen Job in der Pharmazie machen und mit ihrer Forschung die unsichtbaren Gegner bekämpfen.«

»Ja, das würde sie.«

Und jetzt erfülle ich Matildas Traum.

»Ich muss Schluss machen.« Wieder eine Ausrede.

»Du solltest dir eine Auszeit gönnen, bevor das Semester losgeht. Schlaf doch ein paar Tage zu Hause, Mama würde sich bestimmt freuen. Du musst ihr nur sagen, dass du kommst, dann macht sie garantiert ein paar Dampfnudeln, um ihre bayrische Seite auszuleben und dich zu verhätscheln. Bleib doch da ein oder zwei Tage.«

Nein, ich wollte meine Eltern lieber nicht sehen, auch wenn sie nur einen Katzensprung entfernt in der Nähe des Tegernsees wohnten. Dorthin waren wir nach Matildas Tod gezogen. Aber ich wollte ihnen nicht begegnen, nicht jetzt und nicht nachdem ich mich so schwach und fertig fühlte. Matilda hatte niemals Schwäche gezeigt, sie war eine Vorzeigeschülerin gewesen, genau wie ich es geworden war, um sie zu ersetzen.

Nur hatte das bisher niemand bemerkt.

»Oder komm zu uns, heute noch. Ich richte dir das Gästezimmer her. Ich weiß, es ist eine lange Fahrt und du warst erst letztes Wochenende bei uns, aber es tut dir bestimmt gut.«

»Nein«, erwiderte ich müde. »Aber danke für das Angebot. Danke für alles.«

»Jo, leg jetzt bitte noch nicht auf.«

»Ich muss nachdenken«, antwortete ich leise, aber mit Nachdruck. Ich brauchte Abstand von meiner Familie. Zumindest für einen Augenblick, auch wenn ich mir dadurch noch viel schäbiger und egoistischer vorkam als zuvor.

»Jojo …«

»Marie, es tut mir leid. Ich möchte allein sein.«

»Um in Selbstmitleid zu versinken und alte Bilder auszupacken, die du in mühseliger Kleinarbeit während der Therapie verbannt hattest? Über Jahre hinweg? Philipp kann doch nicht der Grund sein, warum du jetzt wieder damit anfängst?«

Aber er war der Auslöser.

»Ich …«

»Ja, Matilda ist tot«, fiel Marie mir ins Wort. »Und daran können wir nichts mehr ändern. Sieh doch, wo du jetzt stehst. Du hast wunderbare Freundinnen, du studierst Biochemie, du lebst. Und du lebst für unsere Schwester weiter!«

Nein, ich lebe ihr Leben weiter, hätte ich am liebsten gebrüllt, aber schon der Gedanke versengte meinen Brustkorb auf so gefährliche Weise, dass ich es vorzog zu schweigen.

»Ich melde mich.« Endlich hatte ich wieder zu meiner neutralen Stimme gefunden und richtete mich etwas auf. »Ich hab dich lieb«, verabschiedete ich mich schließlich.

Nachdem ich aufgelegt hatte, stellte ich mein Handy auf lautlos, zog mir meine Laufklamotten an, die Jogginghose und mein eng anliegendes Trainingstop, und band mir meine blonden Haare zu einem hohen Pferdeschwanz. Laufen. Ich würde laufen, um den Kater loszuwerden – und all die kreisenden Gedanken, die meinen Kopf in einen Heuhaufen verwandelten. Danach würde ich mich hinsetzen und in meinem Kalender die nächsten Wochen planen. Struktur. Struktur war etwas, woran ich mich festhalten konnte. Einkaufslisten erstellen, Tagespläne und To-do-Listen, das gab mir ein Gefühl von Kontrolle. Und ich brauchte Kontrolle, sonst drohte mir alles zu entgleiten.

Im Flur begegnete mir Kilian. Natürlich. Mir entging nicht sein prüfender Blick, der wie ein Scanner über mich hinwegglitt. An meinem Gesicht blieb er hängen.

»'tschuldigung«, nuschelte ich und quetschte mich an ihm vorbei. Er rührte sich keinen Zentimeter, schien mit sich zu hadern.

»Du drehst eine Runde?« Fragend verschränkte er die Arme vor der Brust.

»Ja, hast du ein Problem damit?«, fauchte ich, zog mir die Schuhe an und band die Schnürsenkel auf dem kleinen Schemel mit der Stoffgarnitur.

Er quittierte meinen kratzbürstigen Tonfall lediglich damit, dass er die Augenbrauen hob. »Nein. Ich hatte mich nur auf den versprochenen Kaffee gefreut.«

Mist, den hatte ich vergessen. »Tut mir leid … fühl dich wie zu Hause und bedien dich selbst. Ich muss raus.« Ich wollte gerade zur Tür hinaus, als mich seine Stimme innehalten ließ.

»Ich habe da was Besseres für dich.«

Meine Hand verharrte über der Türklinke.

»Und das wäre?«, wollte ich wissen und drehte mich halb zu ihm um.

»Sonntag. Acht Uhr. Pack deine Sportsachen ein. Ich hole dich ab.«

»Kannst du nicht etwas genauer werden?«

»Lass dich einfach überraschen.«

Das war mein Stichwort. Was ich jetzt brauchte, war keine Überraschung, sondern eine klare Linie. Also schüttelte ich den Kopf. »Nein danke.«

»Du weißt nicht, was dir entgeht. Die Achterbahnfahrt ist ein Witz dagegen.«

Kurz zögerte ich, spielte sogar für einen Moment mit dem Gedanken, mich doch darauf einzulassen. Aber dann überwog die Angst. Die Angst vor der Person, die ich in den letzten Jahren geworden war. Also hörte ich mich sagen: »Nein, ich verzichte.«

Mit diesen Worten ließ ich ihn stehen. Ich schloss die Wohnungstür hinter mir, stöpselte meine Kopfhörer in die Ohren und tauchte während des Laufens in eine Welt voller Klänge und Töne ein. Ein Ort, an dem meine Gedanken so leise waren, dass ich sie nicht mehr hören konnte.

Kapitel 5

Ich konnte nicht schlafen. Letzte Nacht nicht und diese auch nicht. Ich wälzte mich von einer Seite auf die andere, vergrub mich unter meinem überdimensionalen Kissen oder lag komplett ohne Decke da. Es brachte nichts.

Meine Sinne waren wie betäubt, jeder Muskel schmerzte wie nach einem mehrtägigen Marathon, während ich mich jeden Morgen aufs Neue vor den Spiegel stellte und meine Maske anpinselte. Sobald ich geschminkt war, legte sich innerlich ein Schalter um. Es war wie eine Kriegsbemalung, ich fühlte mich sicher, stark und unbesiegbar, obwohl mein Inneres zu verwelken drohte.

Tagsüber wandelte ich durch unsere kleine WG, ließ mich von Karlas Geplapper berieseln und von Bries fantastischen Kochkünsten verwöhnen, nahm aber nicht wirklich an den Gesprächen teil. Zombieartig ließ ich die Zeit vergehen, bis es wieder Abend wurde, und verkroch mich dann mit einer Netflix-Serie in meinem Bett. Selbstverständlich witterte Karla, dass etwas nicht stimmte, aber ich konnte sie ausnahmsweise mit fadenscheinigen Ausreden von ihrer Spur abbringen. Gleichzeitig hatte ich nicht den blassesten Schimmer, weshalb mich die Begegnung mit Philipp so sehr aus der Bahn warf. Hatte ich mir in den letzten Jahren nur eingeredet, dass die Therapie erfolgreich verlaufen war und ich Matildas Verlust verwunden hatte? Es kam mir vor, als hätte sein Anblick die Risse in meinem stahlharten Panzer mit einem Schlag auseinanderbrechen lassen, um all die Emotionen zutage zu fördern, die ich bisher ausgeblendet hatte.

Ich ignorierte Maries besorgte Nachfragen, genauso wie ich Manus Nachrichten einsilbig beantwortete, was er nicht eine Sekunde infrage stellte. Es war nicht fair. Mein Verhalten, unsere Beziehung. Er war kilometerweit davon entfernt, an meiner Seite zu sein. Einerseits, weil ich ihn nicht ließ, andererseits, weil er sich nicht bemühte. Vielleicht war es Bequemlichkeit. Als wäre der Kühlschrank voll mit leckeren Lebensmitteln, aber man bestellte trotzdem beim Pizzaservice, weil das Handy gerade neben einem lag.

Der Gedanke, mich von ihm zu trennen, war in den letzten Tagen immer weiter gereift. Jetzt musste ich nur noch offen und ehrlich mit ihm darüber sprechen. Das war ich uns beiden schuldig. Wenn er es nicht schaffte, den Schlussstrich zu ziehen, musste ich die Stärkere von uns beiden sein. Es wurde Zeit.

Können wir reden?, schrieb ich ihm deswegen drei Tage nach der Begegnung mit Philipp. Wir hatten uns seit dem Wochenende, an dem ich meine Schwester besucht hatte, nicht mehr gesehen.

Ja. Ich bin zu Hause.

Am Samstag, kurz bevor ich mich zu einem Catering-Job für *Leckerste* aufmachte, fuhr ich zu seiner WG, die er gemeinsam mit drei anderen Leuten bewohnte. Das war auch so eine Sache. Seine Mitbewohner waren für mich Fremde, obwohl sie einen wesentlichen Teil seines Lebens ausmachten.

Vor dem mehrstöckigen Gebäude in Bogenhausen, ganz im Westen der Stadt, blieb ich stehen und zögerte, bevor ich schließlich klingelte.

»Hallo, Jo«, sagte Manu, der im Türrahmen lehnte, während ich mit den letzten Treppenstufen kämpfte. Bei seinem Anblick schlug mein Herz schneller, aber nicht, weil ich mich freute, ihn zu sehen, sondern weil ich den Ausdruck in seinem Gesicht sofort bemerkte. Diesen »Wir müssen miteinander reden«-Ausdruck, den er so selten aufsetzte. Seine dunkelbraunen Haare waren kurz geschnitten, was ihm gut stand, doch seine haselnussbraunen Augen wirkten dumpf, als hätte jemand das Licht darin gedimmt. Er trug Sportshorts, ein Shirt und rote Flipflops.

Jetzt verzog er den Mund zu einer harten Linie.

Okay. Womöglich war ich nicht die Einzige, die etwas loswerden wollte.

»Möchtest du was trinken?«, fragte er mich, sobald ich den Flur betreten hatte. Er hielt zwei Schritte Abstand, als wären wir zwei Fremde, und ich machte keine Anstalten, diesen Krater zu überwinden. Stattdessen schüttelte ich den Kopf, fühlte mich seltsam befangen. Das hier war längst überfällig.

Schweigend gingen wir in sein Zimmer, das am Ende des langen Flurs lag. Aus einem der anderen Räume drang laute Rockmusik und ich erinnerte mich, dass einer seiner Mitbewohner in einer Band spielte. Gleichzeitig registrierte ich den miefigen Geruch von abgestandener Luft, als hätte Manu seit Tagen das Fenster nicht geöffnet. Oder als wäre er längere Zeit nicht hier gewesen. Das Bett war ordentlich gemacht, sogar die weiße Tagesdecke, die er von mir hatte, war darüber ausgebreitet. An der Wand hingen noch die Bilder, die ich ihm zu unserem zweiten Jahrestag geschenkt hatte.

Mit steifem Rücken setzte ich mich auf den Drehstuhl vor seinem Schreibtisch. Der Kloß in meiner Kehle wuchs weiter an, aber ich schaffte es irgendwie, Manu direkt in die Augen zu sehen, während er auf dem Bett Platz nahm und mich abwartend betrachtete.

»Also, was ist los?«

»Ich …«, begann ich und wusste nicht, wie ich weitermachen sollte, obwohl ich die Worte in meinem Kopf so oft durchgegangen war. In einem neutralen Ton, mit einem Hauch Traurigkeit. Das hier war schrecklich, einfach schrecklich. Ich hatte seit der siebten Klasse mit niemandem mehr Schluss gemacht.

»Du willst dich von mir trennen«, stellte Manu fest, die Enttäuschung hatte sich in seine Miene gegraben.

Ich ließ meine Hände in den Schoß sinken und atmete hörbar aus. »Ja. Ich glaube, es ist das Beste.« Jetzt war es raus.

»Natürlich.« Manu schaute mich abfällig an, seine mir so vertrauten Züge zu einer Grimasse verzogen. Auf einmal sah er verletzt und wütend aus, was ich verstehen konnte.

»Was meinst du damit?«

»Natürlich hältst du es für das Beste. Du entscheidest immer, was das Beste ist. Selbst, wenn du unsere Beziehung beendest.« Er machte eine fahrige Bewegung zwischen uns, stand wieder auf und begann, in seinem Zimmer wie ein Raubtier unruhig auf und ab zu tigern.

»Es tut mir leid«, setzte ich an, doch er unterbrach mich einfach.

»Mir nicht.«

Erschüttert von seinem bellenden Tonfall, riss ich die Augen auf. Manu war sanft. Nachsichtig. So kalt kannte ich ihn gar nicht, aber wahrscheinlich hatte ich es auch nicht anders verdient. Schließlich hatte ich diesen Moment monatelang hinausgezögert.

»Du bist ein emotionales Wrack, Jo. Schon allein die Tatsache, dass ich dich nicht einmal Joana nennen darf. Das ist doch krank.«

Plötzlich wurde mir schlecht. »Ich …«

Seine Mundwinkel verzogen sich höhnisch. »Weißt du, eigentlich hatte ich nicht vor, es dir zu sagen. Aber ich habe das hier schon kommen sehen, also kann ich genauso gut ehrlich zu dir sein. Spielt ja jetzt ohnehin keine große Rolle mehr.«

»Was sagen?«, wiederholte ich dumpf.

»Ich habe mit Vikki geschlafen. Genauer gesagt läuft da seit ein paar Wochen etwas zwischen uns. Wenn du nicht immer so mit dir selbst beschäftigt wärst, wäre dir das vielleicht auch aufgefallen.« Er schüttelte ungläubig den Kopf, als er meinen Gesichtsausdruck bemerkte. »Wahrscheinlich weißt du nicht einmal mehr, wer Vikki ist.«

Blitzschnell stachen seine Worte zu, wie ein tückischer Messerangriff. Das hatte ich nicht kommen sehen. Weder die Gehässigkeit in seiner Stimme noch den Inhalt seiner Worte. Warum sagte er diese Dinge?

Weil er dich genauso verletzen will wie du ihn, hallte eine Stimme in meinem Kopf.

Das Schlimme war, er hatte recht. Ich hatte nicht den blassesten Schimmer, wer Vikki eigentlich war. Ein Name ohne Gesicht, ohne Identität. Mein Herz füllte sich mit

Schmerz und Unglauben, bis es schwer und langsam in meiner Brust schlug. Manu hatte mich betrogen? Er hatte nicht einmal das Rückgrat besessen, sich vorher von mir zu trennen? Wow.

»Keine Reaktion?«

»Ich weiß ehrlich gesagt nicht, was ich sagen soll«, antwortete ich erstaunlich fest, angesichts der Unverschämtheiten, die er da von sich gab.

Er schnaubte verächtlich. »Wie wäre es mit ›du Arschloch‹? Du Idiot? Du Schwein? Irgendetwas, das eine menschliche Reaktion zeigt? Aber selbst dazu bist du kaum in der Lage.«

Ich verengte die Augen und stand auf, damit wir auf Augenhöhe miteinander sprechen konnten. »Was soll das?«

»Was meinst du?«

»Warum bist du so?«

»So *was*? Unnahbar? Distanziert? Fühlt sich scheiße an, oder? Vielleicht weißt du jetzt, wie das ist, nicht an jemanden heranzukommen.« Er blieb stehen und fixierte mich mit seinen braunen Augen, die hart wie Granit wirkten. »Weil ich es leid bin, ehrlich gesagt. Weil ich die Nase voll habe von dir und deiner Art und dem Meter Abstand zwischen uns. Fuck, sogar im Bett warst du ein einziger Eisklotz.«

Das saß. So richtig.

In meinen Ohren herrschte ein einziges Dröhnen, als würde ich gerade einige Bahnen unter Wasser schwimmen. Wenn er mir damit einen letzten Gnadenstoß versetzen wollte, hatte er es geschafft. Etwas in mir splitterte und ich war mir sicher, dass es mein Herz war.

»Das muss ich mir nicht anhören«, würgte ich hervor und machte auf dem Absatz kehrt. Meine Beine fühlten sich an wie brüchiges Holz.

»Ja, genau.« Manu lachte auf und seine nächsten Sätze waren voller Bitterkeit. »Renn weg. Das kannst du ja besonders gut, Jo. Aber ganz ehrlich? So, wie du bist, wirst du niemals glücklich werden. Und eigentlich wünsche ich mir das für dich. Dass du glücklich wirst.«

»Und deswegen betrügst du mich?«, zischte ich über die Schulter hinweg. Rasende, glühende Wut strömte durch mich hindurch, aber ich zwang mich, sie zu unterdrücken.

Manu besaß doch tatsächlich die Frechheit, einfach mit den Schultern zu zucken. »Besser, als in einer emotional verkrüppelten Beziehung zu stecken.«

»Das ist so verdammt feige und schäbig, Manu. Wir waren drei Jahre zusammen und du bist nicht auf die Idee gekommen, mir irgendetwas davon zu sagen? Stattdessen schaffst du es nicht einmal, Schluss zu machen, bevor du mit einer anderen schläfst? Wow.«

»Ich habe versucht, mit dir zu reden. Mehr als einmal. Aber du hast einfach dichtgemacht.«

»Du bist keine Träne und kein Mitleid wert«, erwiderte ich so kühl wie möglich, weil ich ihm nicht die Genugtuung verschaffen wollte, ihm jetzt meine Gefühle zu offenbaren. Denn anscheinend wollte er genau das. Irgendeine Reaktion in mir hervorrufen. Egal, um welchen Preis.

»Du kennst meine Adresse. Mein Zeug kannst du mir gern per Post zukommen lassen.« Keine Minute länger blieb ich in diesen vier Wänden.

»Was hast du denn groß hier?«, fragte Manu. Er klang müde, wie ein alter Mann. Als hätte die Beziehung mit mir ihm jegliche Lebenskraft geraubt. Und das jagte mir eine Scheißangst ein. Was hatte ich getan? War das meine Schuld?

Nein. Nein, das konnte nicht sein.

»Genug Zeug«, entgegnete ich eisig.

»Wenn du meinst. Mach's gut, Jo. Ich hatte mir ein anderes Ende für uns gewünscht.«

»Ja, ich mir auch.«

Meine Finger zitterten unkontrolliert, als ich mich kommentarlos aus dem Zimmer schob. Trotz meiner Größe fühlte ich mich klein, als hätte mir Manu mit seinen Vorwürfen ein Schrumpfserum verabreicht. Mein Inneres lag zerschlagen am Boden und ich wusste nicht, wo ich Halt finden konnte.

»Wirklich?«, fragte er jetzt hinter mir.

Alles an ihm stieß mich plötzlich ab und ich fragte mich, wer diese Person war, mit der ich drei Jahre verbracht hatte. Ich versteifte mich, schaffte es gerade noch rechtzeitig, die Wohnungstür zu erreichen, bevor mich seine nächsten Worte wie ein Peitschenhieb in den Rücken trafen.

»Da bin ich mir ehrlich gesagt nicht so sicher. Sonst hättest du dich ein bisschen mehr angestrengt. Aber wahrscheinlich bist du einfach zu bequem, um dich deinen Problemen zu stellen und daran zu arbeiten. Weil es viel leichter ist, sich im Selbstmitleid zu suhlen.«

Wortlos stolperte ich nach draußen, blinzelte gegen das grelle Sonnenlicht an und fuhr mit diesem tobenden Sturm im Bauch mit der Tram zu der Location, wo *Leckerste* heute das Catering übernahm. Eine Agenturfeier, auf der nicht viele Serviceleute nötig waren. Wahrscheinlich würden wir nur zu dritt sein – und Karla war nicht dabei. Was mir ganz recht war. Vor ihr hätte ich die Fassade nicht lange aufrechterhalten können. Ein Blick in mein Gesicht und sie hätte gewusst, was los war. Und das wäre zu einem einzigen Schleusenöffner geworden. Jetzt musste ich nur den Abend durchstehen. Mit Karla an meiner Seite hätte mich der dunkle Strudel mitgerissen. Unter anderen Umständen hätte ich wahrscheinlich abgesagt, aber das konnte ich nicht mit meinem Gewissen vereinbaren, dafür war ich zu geradlinig.

Die Worte, die mir Manu an den Kopf geworfen hatte, spukten durch meine Gedanken. Mit jeder stummen Wiederholung schnitten sie ein kleines bisschen tiefer. Kamen meiner verletzten Seele gefährlich nah. Ich zwang mich, nach draußen zu schauen und an etwas anderes zu denken.

Das hübsche Viertel zog wie ein Film an mir vorbei. Die Konsulate, Wohngebäude, der Bundesfinanzhof – all das nahm ich nur am Rande wahr, obwohl es mir normalerweise Spaß machte, mit den öffentlichen Verkehrsmitteln unterwegs zu sein. Jetzt glich ein Gebäude dem anderen. Ein Farbschleier aus Fassaden und Fenstern.

Wie ferngesteuert stieg ich an der Sternwartstraße aus und gab die Adresse in Google Maps ein, bevor ich die letzten Meter zu Fuß zurücklegte. Es war merklich kühler geworden und trotz der Jeansjacke fröstelte es mich. Nein, mir war eiskalt. Als hätte ich ein Bad in der Antarktis genommen.

Sobald ich den weißen Catering-Bus von *Leckerste* sah, dessen Ladefläche offen stand, machte mein Herz einen schwachen Hüpfer. Die Arbeit würde guttun und mich ablenken. Und das brauchte ich jetzt ganz dringend. Ablenkung.

Vor dem breiten Eisentor standen bereits langbeinige Schönheiten in verspielten Röcken und modischen Outfits. Mein Blick fiel auf das sandfarbene Schild vor dem Eingang: *LC Agency*. Stimmt. Auf der heutigen Party sollte das

Jubiläum einer Modelagentur stattfinden, die ihren Sitz in einer alten Villa hatte. Seufzend trat ich um die Ecke und stolperte über meine Füße. Ein fester Handgriff um meinen Oberarm stoppte meinen Fall.

»Hoppla«, murmelte eine angenehm tiefe Stimme und als ich den Kopf hob, blickte ich in zwei schiefergrüne Augen, die mich anfunkelten.

Kilian. Er trug ein graues *Leckerste*-Hemd mit dem Firmenlogo – ein orangefarbener Kochlöffel in Notenschlüsselform –, dazu eine schwarze Jeans und passende Schuhe. Als mein Blick zu seinem Gesicht zurückkehrte, stellte ich fest, dass er sich seit unserer letzten Begegnung vor drei Tagen nicht mehr rasiert hatte. Was ihm ausgesprochen gut stand. Das dunkle Haar fiel ihm lässig in die Stirn und er hob jetzt fragend die Brauen, weil ich ihn einfach nur verdutzt anstarrte.

»Was … was machst du denn hier?«, hörte ich mich fragen. Erst jetzt fiel mir ein, dass er nun auch bei *Leckerste* angestellt war.

»Ich bin der neue Barkeeper, schon vergessen?«, antwortete er augenzwinkernd und ließ mich wieder los.

»Stimmt.« Ich räusperte mich und fing mich schnell wieder. So kratzbürstig wie möglich fügte ich hinzu: »Diese Tatsache hatte ich wohl verdrängt.«

»Scheint so. Aber etwas anderes hätte mich auch gewundert.« Er sagte es nicht vorwurfsvoll, sondern mit einem Hauch Spott in der Stimme.

»Als ob du dir etwas merken könntest«, antwortete ich.

»Wahrscheinlich nicht mehr als du.« Kilians Mundwinkel zuckten belustigt. »Aber tatsächlich war es eine spontane Entscheidung.«

»Natürlich war es das.« Wie alles in seinem Leben.

Seltsamerweise gab mir dieser kleine Schlagabtausch etwas Auftrieb und die bösen Geister, die Manu heraufbeschworen hatte, kehrten an ihren dunklen Ort zurück. Zumindest für den Augenblick.

Das hier war etwas, das ich gut kannte. Geschärfte Klingen, ein Ventil für die ganzen angestauten Emotionen. Die Wortgefechte mit Kilian waren etwas, womit ich umgehen konnte. Und vielleicht war es genau das, was ich heute Abend brauchte, um mich von all den Dingen zu lösen, die Manu mir vorgeworfen hatte.

Kapitel 6

Obwohl ich darum bemüht war, es zu verbergen, hatte ich das Gefühl, dass man mir mein gesplittertes Inneres ansehen konnte. Wie eine Keramikvase voller Risse. Jeder flüchtige Blick in meine Richtung fühlte sich an, als würde ich einmal von oben bis unten geröntgt werden.

Also nahm ich eine gerade Haltung an und schritt so würdevoll wie möglich zu dem Raum, der uns als Umkleidekabine zugewiesen worden war. Die schicke Villa bestand aus einem pompösen Eingangsbereich mit einer weißen Wendeltreppe, die bis in den dritten Stock hinaufführte. Stuckdecken. Kronleuchter. Das volle Programm. Die Böden hatten ein wunderschönes Eichenholzparkett, das unter den Schritten der Gäste stöhnte und quietschte wie eine schlecht geölte Tür. Überall hingen Fotos von Covermagazinen oder Shootings in schlichten schwarzen Holzrahmen. Es gab kunstvolle Blumenvasen, aus denen beeindruckende Orchideen ragten, und Spiegel, die den meist schmal geschnittenen Räumlichkeiten eine optische Weite verliehen.

In einem der größten Zimmer war die Bar aufgebaut und direkt dahinter befand sich die Küche, wo Till, einer der

Köche von *Leckerste*, heute das Essen vorbereitete. Brie, die nach ihrer Rückkehr aus Brasilien ab und zu als Aushilfe einsprang, war heute ausnahmsweise nicht dabei. Zu meinem Glück. Mit ihrer sprühenden guten Laune wäre ich meinem persönlichen Untergang geweiht gewesen.

Elyas, einer der drei Teamchefs, überprüfte, ob die richtigen Speisen angeliefert worden waren und wies uns in einer letzten Besprechung in den heutigen Ablauf ein. Mein Körper funktionierte wie eine Maschine, aber das klappte nur, weil ich meinen Verstand völlig abschaltete und damit ausblendete, was eigentlich passiert war. Oder es zumindest versuchte. Nichtsdestotrotz geisterten Manus hässliche Worte in meinem Kopf herum, durchdrangen mich wie Tausende mit Widerhaken versetzte Eispickel, bis mir ganz kalt war.

Hatte Manu doch recht gehabt? War ich so gefühllos? Hatte ich ihn dazu getrieben, mich zu betrügen? Lag es an meiner Art? Beißende Selbstzweifel nagten an mir, das Gedankenkarussell fuhr schneller und tönte immer lauter, bis dröhnende Kopfschmerzen einsetzten. *Shit.* Das hatte mir gerade noch gefehlt. Ich straffte die Schultern und versuchte, mich auf Elyas zu konzentrieren, was mir misslang. Selbstverständlich.

Nach drei Jahren war ich also nicht länger in einer Beziehung. Die Tatsache schmeckte bitter auf meiner Zunge, wie ein Schluck abgelaufene Milch. Bisher hatte mir die Zeit mit Manu immer eine Art Sicherheit vorgegaukelt. Dabei wusste ich inzwischen, dass alles nur eine Illusion gewesen war. Eine gute Täuschung, wie ein dämlicher Zaubertrick, der nichts Echtes besaß. Nur ein ausgeklügelter Plan und sehr viel Schall und Rauch.

Als ich schließlich zur Bar ging und ein unerschütterliches Lächeln aufsetzte, das sich klebrig und falsch anfühlte, traf mich Kilians Blick, während er die erste Champagnerrunde ausschenkte. Mit geübten fachmännischen Bewegungen füllte er die stilvollen Gläser. Klassische Musik dudelte im Hintergrund, ich kannte das Stück sogar, weil ich es erst neulich in einer Theateraufführung gehört hatte. Theater. Am liebsten würde ich mich jetzt in einem dunklen Zuschauerraum verkriechen und irgendeiner Tragödie zuschauen, die nicht meine eigene war. Sehnsucht stieg in mir auf, weil die Bühne für mich früher immer ein Zufluchtsort gewesen war, ich diese Zeit aber lange hinter mir gelassen hatte.

Genau genommen seit Matildas Unfall.

Seufzend schloss ich die Augen und atmete tief durch. Einmal. Zweimal. Erst Philipp, jetzt Manu. Beide hatten etwas in mir aufgerissen. Und ich wusste nicht, wie lange ich das Chaos noch unterdrücken konnte, das unter der Oberfläche brodelte.

»Du wirkst heute etwas neben der Spur«, sagte Kilian in meine Gedanken hinein und ich öffnete blinzelnd die Augen. Er stand auf der anderen Seite des Tresens. Das dunkle, schlichte Hemd stand ihm viel zu gut, es passte zu seinen schwarzen Haaren und unterstrich die Wildheit in seinem Blick.

»Ach ja?«, fauchte ich, weil mir nichts Besseres einfiel. Ich wusste selbst, wie hässlich ich mich ihm gegenüber verhielt, aber ich brauchte das. Irgendwie.

»Ja, man könnte meinen, du springst gleich jemandem an die Kehle.«

Ich schielte absichtlich auf seinen stoppeligen Hals.

Kilian lachte. »Tu dir keinen Zwang an.«

Mir fehlte die Kraft, etwas Geistreiches darauf zu erwidern, was er mit einem schlichten Augenbrauenheben quittierte.

»Was ist los? Kein frecher Spruch? Du bist doch sonst nicht um eine Antwort verlegen.«

»Du hast recht«, gestand ich. »Ich bin heute etwas neben der Spur.«

»Okay«, sagte er gedehnt. »Dann verrat Onkel Kilian doch mal, was dir auf dem Herzen liegt.«

Jetzt sah ich ihn direkt an. *»Dir?«*

In gespielter Bestürzung schaute er sich um, denn außer uns war niemand anwesend, dann richtete er den Blick wieder auf mich. »Mir oder den halb vollen Gläsern. Ganz wie du magst. Zuhören war Teil der Stellenausschreibung, ich kriege das also hin.«

»Warum bist du eigentlich nach München gekommen?«, fragte ich, weil ich mich nicht überwinden konnte, die Wahrheit auszusprechen. Denn dann hätte ich mich dem Abgrund in meinem Inneren nähern müssen. Und ich war mir nicht sicher, ob ich von dort wieder zurückkehren konnte. Im Augenblick zumindest.

»Ah, der therapeutische Themenwechsel. Okay, von mir aus.« Kilian köpfte eine zweite Flasche und machte mit seiner Arbeit weiter. »Ich musste raus aus Hannover. Hummeln im Hintern. Ich kann selten lange an einem Ort bleiben.«

Ich erinnerte mich daran, wie Karla mir immer mal wieder erzählt hatte, auf welchem Fleckchen Erde sich Kilian gerade befand.

»Du reist viel, oder?«

»Ständig. Ich werde unruhig, wenn ich nicht rauskomme. Fühle mich dann wie … eingesperrt.«

»Bei mir ist es genau andersherum.« Fremde Orte, ungewohnte Situationen, andere Kulturen, das alles überforderte mich schnell.

Mit schief gelegtem Kopf betrachtete Kilian mich. »Woran liegt das?«

»Vermutlich daran, dass ich gern einen Plan habe. Und wenn ich in eine Stadt komme, die ich nicht kenne, ist es einfach … zu viel. Meistens.« Wahrscheinlich hatte ich mich aus diesem Grund auch für ein Studium in München entschieden.

»Aber genau das macht das Reisen doch aus. Etwas zu entdecken, das du nicht kennst.«

Ich zuckte mit den Schultern, blieb ihm eine Antwort schuldig und sagte stattdessen: »Du bist also nur hergezogen, weil du Hummeln im Hintern hattest?«

Kilian nickte. »Das, und mir gefällt die Nähe zu den Alpen. Ich finde, die Berge haben etwas unheimlich Beruhigendes und ich bin gern draußen in der Natur. Nur die Schweiz könnte noch etwas näher liegen.«

»Damit du zum Base-Jumpen kannst?«

»Jupp.«

»Und das geht nicht auch in Österreich?«

»Nein, da ist es nämlich verboten.«

Oh, daran hatte ich gar nicht gedacht. Mir fiel auf, dass es die erste normale Unterhaltung war, die wir führten – von der Situation auf der Wiesn einmal abgesehen, denn das war ein Ausnahmezustand gewesen.

»Wie lange machst du das schon?«

»Dieses Jahr war der erste Sommer. Davor bin ich nur aus

Flugzeugen gesprungen. Und ich habe während der letzten Jahre viel Parkour gemacht. Dadurch hat sich das einfach ergeben.«

»Du bist lebensmüde.«

»Nein. Ich liebe das Leben. Und genau deswegen mache ich das. Um jede Sekunde davon auszukosten.«

Auf eine verdrehte Art klang das sogar logisch. Trotzdem würde ich ihn in diesem Punkt niemals verstehen können, weil ich das genaue Gegenteil war. *Es hat sich einfach ergeben.* Als würde er über ein stinknormales Hobby sprechen und nicht darüber, mit jedem Sprung seine Gesundheit aufs Spiel zu setzen. Allein der Gedanke daran trieb mir Schweißperlen auf die Stirn, was Kilian nicht verborgen blieb. Mein Herz flatterte nervös in meiner Brust.

Der Ausdruck auf seinem Gesicht wurde ernst, als er mich musterte. Dann beugte er sich vor, und sein Duft umfing mich, während ich mich automatisch am Tresen festkrallte.

»Wenn ich es nicht besser wüsste, würde ich fast behaupten, dass du dich um mein Wohlergehen sorgst.«

»Was?«, erwiderte ich entrüstet. »Niemals!«

»Wenn du das sagst. Und willkommen zurück.« Kilian lächelte verschmitzt.

Ich blinzelte. Tatsächlich. Die Wolken hatten sich etwas gelichtet und ich konnte wieder befreiter atmen. Mit einem selbstgefälligen Grinsen lehnte Kilian sich zurück und setzte eine geschäftsmäßige Miene auf. »Wie viele Gläser nimmst du auf?«

Normalerweise schaffte ich ein voll beladenes Tablett, aber heute Abend wollte ich kein Risiko eingehen.

»Neun«, sagte ich, nachdem ich die Anzahl überschlagen hatte.

»Okay. Das sind zehn«, meinte Kilian und deutete mit dem Kinn auf das sprudelnde Gläsermeer vor sich. »Ich denke, das kriegst du hin.«

Ich biss mir auf die Zunge, um die schnippische Antwort herunterzuschlucken, und machte mich schweigend an die Arbeit. Ich verteilte die Champagnergläser, balancierte jedes Mal das Tablett aus, wenn jemand aus dem Augenwinkel nach einem neuen Glas griff und sammelte sie wieder ein, sobald sie ausgetrunken waren und an ungünstigen Stellen parkten. Ich spulte alles ab, was ich gelernt hatte, wuselte um androgyne Männer, Typen mit kantigen Kinnpartien oder elfenhafte Gestalten in Plateauabsätzen herum, als hätte ich mein ganzes Leben lang nichts anderes getan.

Je länger ich unterwegs war, desto lauter schrien die Gedanken in meinem Kopf und desto mieser wurde meine Laune. Eigentlich war ich davon ausgegangen, dass die Arbeit mich ablenken würde. Doch offensichtlich fühlte ich mich heillos überfordert. Mit der Situation. Mit mir. Mit allem.

Eisklotz im Bett. Eisklotz im Bett. Eisklotz im Bett.

Emotionslos. Emotionslos. Emotionslos.

Ich habe mit Vikki geschlafen. Ich habe mit Vikki geschlafen. Ich habe mit Vikki geschlafen.

War ich so scheiße?

Mein Magen rumorte gefährlich. Übelkeit machte sich in mir breit, durchdrang mich und setzte sich mit jedem Atemzug ein kleines bisschen mehr fest, bis ich das Gefühl hatte, es nicht mehr auszuhalten. Als würde die ganze Wortkotze von Manu jeden Moment aus mir herausbrechen.

Mit wackligen Knien kehrte ich schließlich an die Bar

zurück, wo Kilian gerade den Jigger befüllte, um einen Drink zu mixen, der verdächtig nach Gin & Tonic aussah, da der *Fever-Tree* und ein *Monkey 47* schon bereitstanden. Zwei Männer in schicken Anzügen lehnten am Tresen, als ich mit meinem leeren Tablett wieder bei Kilian ankam. Keine Ahnung, weshalb es mich in seine Nähe zog, aber wahrscheinlich lag es daran, dass ich mich nach einem Schlagabtausch sehnte.

Ich brauchte einen Blitzableiter. Dringend.

Sonst würde ich explodieren.

»Wie läuft's?«, fragte er mich, ohne seine Aufmerksamkeit von den Getränken zu nehmen.

»Großartig«, knurrte ich und fing den Blick eines der beiden Anzugträger auf. Er war groß und schlank, trug einen gepflegten Dreitagebart und eine schlichte Brille mit schwarzem Rand, die ihm zusätzlich zu den dunklen, ordentlich gestylten Haaren eine Clark-Kent-Aura verlieh. Er sah gut aus. Seine Augen wanderten anerkennend über mich hinweg, bevor sie zu meinem Gesicht zurückkehrten. Ich schätzte ihn auf Mitte zwanzig. Normalerweise hätte ich seinen Blick ignoriert oder mit einem höflichen Lächeln abgetan. Doch dann kamen mir Manus Worte in den Sinn. *Eisklotz*. In meinem Kopf machte es klick und ein Schalter, von dem ich gar nicht gewusst hatte, dass er existierte, legte sich um.

Dieses Mal war mein Lächeln herausfordernd, als ich noch eine Runde Champagnergläser auf mein Tablett stellte. Der Typ ließ mich nicht aus den Augen, obwohl er in ein Gespräch verwickelt war, und auch sein Mund verzog sich einladend.

Bingo.

Als ich wieder zu Kilian sah, bemerkte ich, dass er meinen kleinen Flirt mit einem Stirnrunzeln beobachtet hatte.

»Hätte dich für ehrlicher gehalten, Wendl«, raunte er mir im Vorbeigehen zu, sodass es sonst niemand hören konnte, während er mit einer Zange Gurkenscheiben aus einem Glasbehälter fischte. Der hübsche Raum mit den aufgebauten Stehtischen, die mit weißen Hussen überzogen waren, hatte sich merklich gefüllt und das Stimmengewirr der anderen Gäste übertönte die meisten Unterhaltungen. Auch unsere.

»Das geht dich nichts an«, zischte ich Kilian zu.

»Dass du hinter Manus Rücken mit einem Kerl flirtest? Du hast recht, das geht mich nichts an. Aber das hätte ich nicht von dir erwartet.«

Er hörte sich an wie ein enttäuschter älterer Bruder und ich fühlte mich seltsamerweise in unsere Kindheit zurückversetzt. Er hatte Karla und mir eine Standpauke über Moral und Vertrauen gehalten, nachdem wir uns auf eine Oberstufenparty geschlichen hatten. Das war zu Karlas vierzehntem Geburtstag im November gewesen. Einen Monat bevor sich meine Welt auf den Kopf gestellt hatte.

»Ich kann tun und lassen, was ich für richtig halte.« Jetzt klang ich wie die bockige beste Freundin der kleinen Schwester. »Und nur zu deiner Information: Wir sind nicht mehr zusammen.«

Der Flaschenöffner, mit dem Kilian gerade das Tonic Water öffnen wollte, rutschte ab und er hob überrascht den Kopf, um mich eindringlich anzusehen. »Was?«

»Manu und ich sind getrennt«, wiederholte ich und reckte, so würdevoll es ging, das Kinn. »Also, falls mir der Sinn danach steht, heute Abend mit einem wildfremden Typen in die Kiste zu steigen, kann ich das einfach machen.« Meine Wangen brannten, aber ich schaffte es, nicht zu stottern oder den Blickkontakt mit Kilian zu unterbrechen, auch wenn alles in mir kreischte. Denn ein One-Night-Stand und ich waren in etwa so abwegig wie Vanillepudding und Gulasch in einem Kochtopf.

Ich sah, wie Kilians Kehlkopf auf und ab wanderte und es gewaltig hinter seiner Stirn arbeitete. Wahrscheinlich hatte er mich noch nie mit Sex in Verbindung gebracht, aber verdammt noch mal, Manu hatte mich zutiefst gedemütigt! Als wäre ich nicht auch so schon unsicher genug. Irgendwie konnte und wollte ich das nicht auf mir sitzen lassen. Vielleicht war ein kleiner Flirt genau das, was ich jetzt brauchte. Um meinen Stolz zurückzugewinnen. Mein Selbstvertrauen. Um mich nicht ganz so nutzlos und leer zu fühlen.

Mit hoch erhobenem Haupt rauschte ich davon und verteilte weiter fleißig Champagner. Gleichzeitig fühlte ich mich, als hätte ich das prickelnde Zeug seit Schichtbeginn selbst in mich hineingekippt. Beschwipst und seltsam schwerelos.

Jedes Mal, wenn ich an die Bar zurückkehrte und eine neue Runde Getränke auf mein Tablett stellte, tauschte ich einen heißen Blick mit dem Anzugträger, dessen Lächeln von Stunde zu Stunde eindeutiger wurde. Kilians Miene verwandelte sich dagegen mehr und mehr in Stein. Kein Wunder, denn ich beachtete ihn kaum.

Als ich schließlich eine kleine Pause einlegte und mir in der Küche etwas zu essen stibitzte, war ich hochzufrieden mit mir. Dieser ungezwungene Flirt tat gut. Locker, leicht, ohne mir den Kopf zu zerbrechen. Als ich gerade wieder zu meinem Posten zurückkehren wollte, hielt mich eine angenehm tiefe Stimme auf.

»Hey.«

Verwundert blieb ich stehen. Der Anzugträger stand auf der anderen Seite des Flurs, in der einen Hand einen Gin Tonic, die andere lässig in der Hosentasche vergraben.

»Hallo«, erwiderte ich und strich mir verlegen eine Haarsträhne hinters Ohr.

»Ich dachte, ich nutze kurz die Gelegenheit«, meinte der fremde Typ und verzog einen Mundwinkel nach oben. »Ich bin Samuel.«

»Jo.«

»Freut mich.« Er streckte mir eine Hand entgegen, doch bevor wir überhaupt ins Gespräch kommen konnten, tauchte wie aus dem Nichts Kilian auf. Seine Miene war grimmig, die hellen Augen glitzerten wütend.

»Da bist du ja – *Schatz*.« Er packte mich am ausgestreckten Arm und zog mich um die nächste Ecke. »Entschuldige uns einen Moment«, sagte er über die Schulter zu Samuel.

Völlig perplex von seinem Überfall ließ ich mich von ihm in einen Raum schieben, der in einen Teil des Gartens führte, wo sich glücklicherweise keine Gäste aufhielten. So würde niemand mitbekommen, wie ich den Barkeeper lynchte.

»Was zur Hölle tust du da?«, zischte ich, nachdem ich mich gefangen hatte. Ich riss mich von Kilian los und drehte mich mit verengten Augen zu ihm um.

Er hatte eine Unschuldsmiene aufgesetzt, professionell und gleichgültig, als hätte er mir nicht gerade die Tour vermasselt.

»Dich retten.« Er seufzte. »Glaub mir, du bist ohne den Typen besser dran.«

»Mich retten?«, schimpfte ich und baute mich in voller

Größe vor ihm auf. »Sag mal, spinnst du?! Ich kann sehr wohl auf mich selbst aufpassen. Dafür brauche ich bestimmt kein Machogetue – schon gar nicht von dir!«

»Was soll das denn heißen?«, fragte er und klang dabei ein kleines bisschen gekränkt.

»Kilian, der große Bruder und ständige Aufpasser. Sorry, aber auf diese Pavian-Affenshow habe ich absolut keine Lust.«

»Pavian-Affenshow?«, wiederholte er ungläubig.

»Oder was auch immer das ist.« Ich deutete zwischen uns hin und her.

Ein Muskel an seinem Kiefer zuckte verdächtig. »Ich wollte dir lediglich einen Ausweg bieten. Wenn du wüsstest, wie die beiden über dich geredet haben …«

»Ehrlich gesagt ist mir das herzlich egal«, unterbrach ich ihn. »Wenn ich festgestellt hätte, dass der heiße Typ ein Arsch ist, hätte ich ihn schon selbst abgeschossen! Aber zumindest wäre es meine Entscheidung gewesen. Du mischst dich nie wieder – und ich wiederhole mich da gern deutlicher – *nie wieder* in meine potenziellen Bettgeschichten ein! Das ist absolut affig und total daneben!«

»Ich habe nur –«

Aber auch hier schnitt ich ihm eiskalt das Wort ab. »Du hast nur *was*? Den starken Beschützer markiert? Dann habe ich eine Neuigkeit für dich: Ich bin ein großes Mädchen. Und wenn ich Lust auf hemmungslosen, wilden Sex mit einem Typen habe, der genau dasselbe sucht, dann ist es eben so.« Meine Stimme zitterte vor unterdrückter Wut, aber ich war noch nicht fertig. Noch lange nicht. »Keine Ahnung, ob dieses übergriffige Verhalten in eurer Familien-DNA verankert ist, aber Karla und du, ihr solltet beide lernen, dass andere Menschen sehr wohl Entscheidungen für sich selbst treffen können. Auch wenn ihr es nur gut meint, gibt es euch noch lange nicht das Recht, euch über die Köpfe anderer hinwegzusetzen.«

Sprachlos starrte Kilian mich an. Einige Sekunden vergingen, in denen nichts passierte. Die Luft knisterte, mein Brustkorb hob und senkte sich in unregelmäßigen Abständen, und der rasende Zorn in mir ließ meine Hände zittern, die ich zu Fäusten ballte. Wenn es etwas gab, worauf ich absolut allergisch reagierte, dann waren es vor allem zwei Dinge: wenn mich jemand bevormundete oder hinter meinem Rücken private Informationen weitergab.

»Okay.« Kilian atmete tief durch und fuhr sich mit einer fahrigen Bewegung durch sein dichtes schwarzes Haar. »Du hast recht. Es tut mir leid, ich hätte nicht über dich hinweg entscheiden sollen. Aber die beiden haben über dich geredet, als wärst du …« Er schüttelte den Kopf. »Egal. Ich verstehe deinen Punkt.«

»Gut.«

Langsam breitete sich in seinem Gesicht ein Lächeln aus, das einerseits zerknirscht, andererseits irgendwie unschuldig wirkte. »Tut mir leid, dass ich dich so auf die Palme gebracht habe. Aber gleichzeitig freut mich das auch, denn ich hab es vermisst.«

»Was vermisst?«

»Dein Feuer.«

Mit diesen Worten ließ er mich etwas verdattert zurück und ging wieder hinein. Ich blickte ihm hinterher und fragte mich, was zum Henker das gerade gewesen war. Den Anzugträger konnte ich nach Kilians Auftritt vergessen, also machte ich das Beste aus dem restlichen Abend und verteilte fleißig Pasteten und vegetarische Häppchen. So gut es ging, blendete ich alles aus, was Manu mir an den Kopf geworfen hatte.

Als ich nach einiger Zeit erneut eine Runde durch den Raum drehte, wo auch die Bar war und sich inzwischen die meisten Gäste aufhielten und fleißig an ihren Getränken schlürften, fiel mir Oxana auf, eine weitere Servicekraft von *Leckerste*. Sie war hübsch, mit symmetrischen Gesichtszügen und einem niedlichen Schmollmund. Jetzt lehnte sie am Spülbecken und sah unter gesenkten Wimpern zu Kilian auf. Es fehlte nicht viel und sie hätte gesabbert. Von einem subjektiven Standpunkt aus betrachtet, konnte ich das durchaus nachvollziehen. Aber zum Glück urteilte ich völlig objektiv.

Auch er schien von ihren Avancen nicht abgeneigt zu sein, denn er hatte den Kopf interessiert zur Seite gelegt und betrachtete sie mit einem so hungrigen Ausdruck, dass man förmlich das Prickeln zwischen ihnen spürte.

Oh, die Rache war mein! Wenn ich heute Abend nicht mehr zum Zug kam, sollte er auch keinen Spaß haben. So einfach war das.

Mit einer Selbstverständlichkeit, die an Dreistigkeit grenzte, schob ich mich zwischen die beiden und legte meine Hand besitzergreifend auf Kilians Bizeps. Ich konnte förmlich spüren, wie sich die Muskeln unter meinen Fingerspitzen anspannten, und setzte mein strahlendstes Lächeln auf, das selbst Brie Konkurrenz gemacht hätte.

»Oh, *Schatz*«, flötete ich, ahmte seinen Tonfall von vorhin nach und registrierte zu meiner Genugtuung, wie Oxana einen Schritt nach hinten trat. Aus Karlas Flüsterpost-Gerüchteküche wusste ich, dass sie genauso allergisch auf

Fremdgeher reagierte wie ich auf Über-den-Kopf-hinweg-Entscheider. »Elyas meinte, dass ich in einer halben Stunde abhauen kann. Wir treffen uns dann zu Hause, ja?«

Ich klimperte noch einmal theatralisch mit den Wimpern und verzog mich dann. Natürlich nicht, ohne die Gelegenheit zu nutzen und ihm über die Schulter hinweg die Zunge herauszustrecken, während er mir mit ungläubiger Miene hinterherstarrte.

Als ich ein paar Minuten später wieder eine Runde gedreht hatte und an der Bar ankam, konnte ich mir den selbstzufriedenen Gesichtsausdruck nicht verkneifen.

»Das hatte ich wohl verdient«, meinte er säuerlich, nachdem ich mich grinsend neben ihn gestellt hatte.

»Ich gebe zu, das hat mich durchaus beflügelt. Daran könnte ich mich gewöhnen.«

Kilian schüttelte den Kopf. »Bloß nicht. Aber mit so viel überschüssiger Energie könntest du morgen früh genauso gut mitkommen.«

Stimmt. Daran hatte ich nicht mehr gedacht. Morgen war Sonntag und er hatte mich neulich schon zu einer »Überraschung« eingeladen, die selbst die Achterbahnfahrt in den Schatten stellen würde.

Eisklotz, hallte es plötzlich in mir, was zu einer Kurzschlussreaktion in meinen Synapsen führte.

»Ist es denn besser als Matratzensport?«, hörte ich mich fragen, bevor ich meine Gedanken wieder kontrollieren konnte.

»Gar nicht so weit davon entfernt«, erwiderte er geheimnisvoll.

Provozierend schaute ich ihm in die Augen. »Also gilt das Angebot noch?«

»Selbstverständlich.«

»Dann bin ich dabei.«

Überraschung spiegelte sich auf seinen Zügen, die er jedoch schnell wieder verbarg. »Okay. Morgen früh, acht Uhr. Ich hole dich ab.«

Für einen Sekundenbruchteil bereute ich die Entscheidung, doch das hielt nicht lange an. Egal, was es war, ich würde über meinen Schatten springen. Vielleicht war der Schlussstrich mit Manu genau der imaginäre Tritt in den Allerwertesten, den ich gebraucht hatte. Vielleicht sollte ich den Absprung schaffen und einen neuen Weg einschlagen, bevor es zu spät war. Bevor aus dem *Vielleicht* ein *Nie* wurde und ich all die verpassten Entscheidungen bedauerte.

Und vielleicht, ganz vielleicht, war Kilian genau die richtige Person, die mir dabei helfen konnte.

Kapitel 7

Ich lag die komplette Nacht wach, während mein Hirn zu verarbeiten versuchte, was heute alles geschehen war. Ich war durcheinander und verwirrt, aber ich vergoss nicht eine Träne. Nicht eine einzige. Das sagte auch schon alles, was man über meine Beziehung zu Manu wissen musste. Ich hatte bereits vor Monaten den emotionalen Absprung geschafft – oder war nie auf eine tiefere Ebene gelangt.

Mit fetten Augenringen und einem steifen Nacken schwang ich mich schließlich in den frühen Morgenstunden aus dem Bett. Im Bad machte ich mich frisch, band meine Haare zu einem losen Pferdeschwanz und begnügte mich damit, mir die Wimpern zu tuschen und etwas Eyeliner zu benutzen. Anschließend packte ich meine Sportasche und zog mir eine schlichte Jeans, ein Top und einen gemütlichen Hoodie an.

Gähnend schlich ich in den Flur, um Karla und Brie nicht zu wecken. Wobei ich mir bei Brie nicht sicher war, ob sie bei Toni übernachtet hatte, denn es war verhältnismäßig ruhig im anderen Zimmer gewesen und ich hatte nicht von den Ohrstöpseln Gebrauch machen müssen. Nicht, dass ich mich beschwerte. Ich war froh, dass sie ihren Spaß hatte.

Nur die Geräusche mussten nicht unbedingt durch die Wände direkt neben mir dringen. Schon gar nicht nach den Ereignissen von gestern.

Im Wohnzimmer flackerte der große Bildschirm und Karla saß auf dem Sofa, eine Tasse mit dampfendem Kaffee vor sich stehend, die Füße angewinkelt. Verwundert schielte ich zu der großen Standuhr im Flur: 6:55 Uhr. An einem Sonntag.

»Warum bist du denn schon wach?«, fragte ich, woraufhin sie mir einen kurzen empörten Blick zuwarf, der meine Frage eigentlich überflüssig machte. Ah, Formel 1. Wenn es etwas gab, wofür Karla ihre rechte Hand hergeben würde, war es der Rennsport, insbesondere die Königsklasse.

»Rennstart in Suzuka«, erklärte sie jetzt überflüssigerweise.

Einen Augenblick lang zögerte ich, weil ich ihr die Vorfreude auf das Rennen nicht verderben wollte, doch dann ließ ich die Bombe einfach platzen: »Ich habe mich von Manu getrennt.«

»Was?« Ruckartig setzte sich Karla auf und schaltete die Vorberichterstattung auf stumm. Mit kreisrunden Augen, die hinter ihrer dunklen Brille wie zwei riesige grüne Scheinwerfer wirkten, starrte sie mich an.

»Ich habe gestern mit Manu Schluss gemacht«, wiederholte ich und war selbst verwundert, wie klar ich mich anhörte. Als würde ich über das Wetter sprechen.

»Wieso das?« Karla schüttelte den Kopf. »Nein, Moment, streich die Frage. Ich weiß, dass es in den letzten Monaten schwierig war. Aber … du hast gar nichts erzählt.«

»Das tue ich jetzt.«

»Und wie geht's dir damit? Alles okay?«

Ich ließ die Frage einen Herzschlag lang auf der Zunge zergehen. Wie ging es mir eigentlich?

»Ehrlich gesagt, gut. Also nicht schlecht. Nicht schlechter, als ich erwartet hätte. Ein bisschen so, als hätte ich einen riesigen Ballast abgeworfen.«

»Wow.«

Deprimiert senkte ich den Blick. »Ja. Schlimm, es auszusprechen, oder?«

Im ersten Moment brachte ich es nicht über mich, schlecht über Manu zu reden und Karla einzuweihen. Sie hatte ihn schon immer gern gemocht und er war während der letzten Jahre ein Teil meines Lebens gewesen. Ich fragte mich, wieso ich mich so in ihm getäuscht hatte. Auf der anderen Seite war sie meine beste Freundin. Sie sollte die Wahrheit erfahren.

»Er hat mit Vikki geschlafen.«

Mit einem Satz fuhr sie vom Sofa hoch. Entrüstet klappte sie den Mund auf und wieder zu, war wahrscheinlich zum ersten Mal in ihrem Leben wirklich sprachlos.

»Wie bitte?!«, knurrte sie dann.

Resigniert zuckte ich mit den Schultern. »Er hat es mir gesagt, als ich Schluss gemacht habe.«

Zusammen mit einigen anderen unschönen Dingen.

»Das ist … mir fehlen die Worte. Was für ein Arsch. Und wie mies von ihr, da einfach mitzumachen. Dabei habe ich sie ganz anders eingeschätzt. Aber gut, ihr wart ja beide eher unglücklich in letzter Zeit.« Sie riss die Arme hoch und wedelte damit herum, als würde sie Pizzateig formen. »Boah, ich könnte an die Decke gehen! Was fällt ihm eigentlich ein! Ich dachte, er ist einer von den Guten, aber anscheinend ist er auch nur ein absoluter Mistkerl!«

Schweigend hörte ich mir Karlas Schimpftirade an, die wohl so ziemlich der Reaktion entsprach, die Manu auch von mir erwartet hatte. Bei dieser Vorstellung zog sich mein Herz einmal kräftig zusammen.

»Vielleicht habe ich ihn zu einem Mistkerl gemacht«, sprach ich den ersten Gedanken aus, der mir in den Sinn kam, bevor mir überhaupt bewusst war, was ich da von mir gab.

Karla starrte mich an, als hätte ich den Verstand verloren. Dann schüttelte sie vehement den Kopf. »Nein. Sag so was nicht. Fang gar nicht erst an, dir das einzureden!«

»Und wenn es stimmt?«, protestierte ich. »Wenn ich wirklich schuld daran bin, dass sich der ruhige, liebevolle, fürsorgliche Manu in einen Typen verwandelt hat, der seine Freundin betrügt?«

Karla schluckte und hielt inne, ließ meine Worte wirken. Ihr Zögern dauerte nur den Bruchteil eines Augenblicks, aber das reichte aus, um die plötzliche Übelkeit von gestern wieder aufsteigen zu lassen. Mir wurde schwindelig, und ich setzte mich auf den Rand des Sofas.

Verdammte Kacke.

Ich war ein kaltherziges Biest. Wann war ich ein kaltherziges Biest geworden?

»Nein. Nein, das bist du nicht.«

Ich musste den Gedanken laut ausgesprochen haben, denn auf einmal saß meine beste Freundin neben mir und griff nach meinen Händen, die sich anfühlten, als würden sie gar nicht zu mir gehören.

»Du hast gezögert.«

»Weil ich das erst einmal sacken lassen musste. Nicht, weil ich dir zustimme.«

»Okay. Aber warum habe ich dann keine Ahnung, wer Vikki eigentlich ist? Und wieso kennst du sie? Manu hat recht. Ich habe mich nicht geöffnet. Ich konnte nicht … ich …«

»Du wolltest auch nicht. Und das ist völlig in Ordnung so. Das macht dich nicht zu einem *kaltherzigen Biest*, sondern zu einem sensiblen Menschen, der spürt, wenn ihm die richtige Person gegenübersitzt. Eine Person, der du dich anvertrauen und bei der du völlig loslassen kannst. Das war bei Manu nicht der Fall, aber damit meine ich nicht, dass die Beziehung mit ihm grundsätzlich falsch gewesen wäre.« Sie hielt inne und rang nach den richtigen Worten. »Mir gegenüber hast du dich immer geöffnet und auch Brie hast du in relativ kurzer Zeit ins Herz geschlossen und ihr viel von dir erzählt. Mit Manu war es anders.«

»Meinst du?«

»Ja.« Karla sah mich wild entschlossen an. »Du bist großartig, so wie du bist. Etwas eckiger und kantiger vielleicht und schwieriger zu greifen, aber trotzdem großartig. Lass dir bloß nichts anderes einreden, nur weil er seinen Schwanz nicht in der Hose lassen konnte.«

Die direkte Wortwahl meiner Freundin zauberte mir ein schiefes Lächeln auf die Lippen. »Danke. Ich bin froh, dass ich dich habe.«

»Ich bin auch froh.«

Zweifel nagten an mir. »Und manchmal frage ich mich, weshalb.«

»Weil du immer da bist. Für mich einstehst. Mir die Augen öffnest, wenn ich mal wieder jede Barriere einreiße und viel zu schnell vorpresche.«

Meine Mundwinkel zuckten. Ja, manchmal schoss sie

über das Ziel hinaus, aber im Grunde liebte ich sie, genau so wie sie war. »Stimmt.«

Dann schien ihr aufzugehen, dass ich ebenfalls zu einer unmenschlichen Uhrzeit auf den Beinen war, denn auf einmal sah sie mich ganz verwundert an.

»Wieso bist *du* eigentlich schon so früh wach? Konntest du nicht schlafen?«, wollte sie wissen.

Ihre Frage wirkte wie eine kalte Dusche und ich zog die Beine an, weil ich nicht wusste, wie ich ihr erklären sollte, was mein Plan für den heutigen Morgen war.

»Also …«, begann ich drucksend. »Du wirst das jetzt wahrscheinlich für total seltsam halten, aber dein Bruder holt mich gleich ab. Er will mir irgendwas zeigen, wo ich mich körperlich betätigen kann. Mehr weiß ich allerdings auch noch nicht.«

Karlas dunkle Augenbrauen wanderten hinter der Brille in die Höhe, als hätten sie ein Eigenleben entwickelt.

»Okay«, meinte sie dann gedehnt.

Ich wartete, doch das blieb ihr einziger Kommentar. Stattdessen richtete sie den Blick auf den Bildschirm, wo gerade die Einführungsrunde zu Ende war. Das Rennen würde gleich starten.

»Ich hatte mit einer anderen Reaktion gerechnet.«

»Einem sarkastischen Spruch?« Ihre Lippen teilten sich zu einem Lächeln. »Den spare ich mir. Keine Ahnung, ob es so etwas wie eine Trauerzeit nach einer Trennung gibt, aber ich will mich lieber an die allgemein geltenden gesellschaftlichen Konventionen halten. Und laut ihnen steht eindeutig fest, dass ich dir besser nicht sagen sollte, was mir bei den Worten *körperliche Betätigung* im Zusammenhang mit euch eingefallen ist.«

Empört starrte ich sie an. »Wie bitte? Kilian und ich? Nur über meine Leiche.«

Karla lachte und boxte mir spielerisch gegen die Schulter. »Mir ist schon klar, dass du nichts mit ihm anfangen willst. Das wäre angesichts eurer Vorgeschichte … echt schräg. Es sei denn, du bist eine Gottesanbeterin und frisst ihn nach dem Sex auf.« Sie erschauderte kurz.

Ich fragte mich ernsthaft, wie ihr Gehirn funktionierte, doch in diesem Moment fügte sie grinsend hinzu: »Hat es etwas mit der Wette von der Wiesn zu tun?«

»Wette?«, wiederholte ich, doch dann fiel mir ein, dass wir den Grund für die Achterbahnfahrt zu unserem kleinen Geheimnis gemacht hatten. »Ach so. Ja. Genau«, flunkerte ich. »Er geht davon aus, dass ich mich nichts traue und ich will ihm das Gegenteil beweisen.«

»Verstehe. Solange du danach wieder so zufrieden wirkst wie am Wochenende, kann mein Bruder dich von mir aus in einen Raumanzug stecken und zum Mond schießen.« Ihre katzenhaften Augen funkelten spöttisch hinter den Gläsern. »Ich mache uns gleich nach dem Start noch einen Cappuccino. Mit Karamellsirup und ein bisschen Zimt?«

»Das klingt ja fast so himmlisch wie der Pumpkin Spice Latte neulich«, murmelte ich verträumt und ein wenig erleichtert uber den abrupten Themenwechsel.

»Oh, glaub mir, das ist noch besser.« Dann blickte sie wie gebannt auf den Bildschirm, wo die Ampeln nacheinander auf Rot sprangen und schließlich mit kurzer Verzögerung erloschen. Zischend sog Karla die Luft ein, als ein dunkelblauer Wagen in der ersten Kurve ausbrach und drei weitere Fahrzeuge rammte, die mit laufendem Motor stehen blieben. Mit vor Schreck geweiteten Augen beobachtete ich, wie einer der Rennwagen über die Auslaufzone hinaus in die Absperrung krachte. Als der Fahrer nicht ausstieg und die Session abgebrochen werden musste, knibbelte Karla angespannt an ihrem unlackierten Daumennagel herum und murmelte irgendetwas vor sich hin, das sich wie »Komm schon« anhörte. Dann zeigten die Livebilder nicht mehr das völlig zerstörte Auto, sondern wie die anderen Wagen in die Boxengasse zurückkehrten. Kein gutes Zeichen.

Doch kurz darauf gab es Entwarnung. Der Fahrer war unverletzt und es wurden Wiederholungen vom Unfall gezeigt, was Karla vor Erleichterung aufseufzen ließ.

»Puh. Meine Nerven.«

»Ich weiß echt nicht, weshalb du dir das antust.«

Karla lächelte. »Weil es nichts Faszinierenderes gibt.«

»Wenn du das sagst.«

Mein Blick huschte wieder zur Uhr. In einer halben Stunde würde mich Kilian abholen. Mit jeder Minute, die verging, wuchs meine innere Anspannung, weil ich nicht wusste, was mich erwarten würde. Normalerweise plante ich alles durch. Es gab keine unvorhergesehenen Überraschungen, alles unterlag festen Regeln und meinen eigenen Vorstellungen, von denen ich selten abwich.

Gedankenverloren spielte ich mit dem Anhänger um meinen Hals, den ich nie abnahm, nicht mal zum Duschen oder Schlafen, weil es ein Erinnerungsstück an Matilda war. Ich hatte eines der albernen Fotoautomatenbilder hineingesteckt, die wir ein halbes Jahr vor ihrem Tod geschossen hatten. Marie, Matilda und ich, überschäumend vor Glück, eingepfercht in eine Fotobox, Grimassen schneidend und kindisch, und dennoch der perfekte Moment.

Wenn man eine Person verlor, erinnerte man sich vermehrt an die guten Seiten und Tage. Nicht an die Augenblicke, in denen mich Matilda mit ihrer rechthaberischen Art und ihrem absolut überdrehten Perfektionismus zur Weißglut gebracht hatte.

Dasselbe würde mit Manu passieren. Irgendwann würde ich vergessen, wie beschissen unsere Beziehung zu Ende gegangen war. Wir passten einfach nicht zusammen und hatten dennoch so lange aneinander festgehalten. Manchmal war zu zweit einfacher als allein.

»Hier.« Mit einem mitfühlenden Lächeln stellte Karla eine dampfende Tasse vor mich auf den rechteckigen Glastisch, den wir in einem Secondhandladen für Möbel gekauft hatten. Dann ließ sie sich wieder neben mir auf das Sofa plumpsen.

Blinzelnd hob ich den Kopf, nur um festzustellen, dass einige Minuten vergangen sein mussten. Der Duft von Zimt und Karamell stieg mir in die Nase. Ich hatte gar nicht mitbekommen, dass sie aufgestanden war und den Cappuccino gemacht hatte. Seufzend nahm ich einen Schluck, als es an der Tür klingelte.

»Dein Gast. Du darfst ihn gern begrüßen.«

Ich warf meiner besten Freundin einen bösen Blick zu, den sie jedoch ignorierte. Sie schaute einfach weiter auf den Bildschirm, aber ich registrierte trotzdem den Anflug eines ironischen Lächelns auf ihren Lippen.

Zu meiner Überraschung klopfte mein Herz plötzlich schneller, was ich auf die Aufregung vor dem Ungewissen schob. Als ich die Tür öffnete, nahm Kilian gerade die letzten Treppenstufen in das obere Stockwerk.

»Du bist zu früh«, begrüßte ich ihn, eine Hand am Türrahmen abgestützt.

»Ich wünsche dir auch einen zauberhaften Morgen«, erwiderte er unbekümmert. Obwohl er so schnell heraufgekommen war, schien er nicht im Geringsten außer Puste zu sein. Er trug einen schwarzen Hoodie und eine etwas weitere kurze Sporthose, sodass seine durchtrainierten, vom Sommer noch braun gebrannten Waden gut zur Geltung kamen.

»Bereit für unser kleines Abenteuer?«

Ich sah die Herausforderung in seinem Blick aufblitzen und spürte, wie sich etwas in mir zum Kampf bereit machte. Vielleicht war es ja doch genau richtig, dass ich mich darauf eingelassen hatte.

»Willst du mir verraten, wo es hingeht?«

»Dann wäre es nur halb so witzig.«

»Witzig?«, fragte ich mit hochgezogenen Brauen. Jetzt kamen mir doch erste Bedenken. »Es hat doch nichts mit Höhen zu tun, oder?«

Kilian wirkte amüsiert. »Nicht direkt.«

»Also indirekt?«

»Lass dich doch einfach überraschen.«

»Das fällt mir etwas schwer«, gestand ich.

»Ich weiß«, sagte er zu meiner Verwunderung.

Als sich unsere Blicke trafen, war ich die Erste, die wegsehen musste, weil ich das Gefühl hatte, dass Kilian mit einer Lupe bis in mein Inneres schaute. Ich räusperte mich und ärgerte mich über die plötzliche Verlegenheit, die mich verunsicherte.

»Ich hole meine Sporttasche. Willst du reinkommen und noch einen Kaffee trinken oder so?«

Er schmunzelte. »Schon wieder so höflich? Das macht mir Angst.«

»Gewöhn dich besser nicht daran. Ich warte nur auf eine Gelegenheit, um dir all die kleinen Gemeinheiten aus unserer Kindheit heimzuzahlen«, drohte ich, woraufhin mich Kilian mit dieser unergründlichen Miene musterte, die er seit Neuestem öfter aufsetzte.

»Du denkst, *du* hast mir etwas heimzuzahlen?«, fragte er schließlich mit seinem typisch zweideutigen Tonfall, der einfach nur nervte, doch bevor ich ihm antworten konnte, tauchte Karla hinter mir auf und winkte uns beide herein.

»So gern ich eurem Geplänkel auch weiter lauschen möchte, die Nachbarn haben sicherlich Besseres zu tun. Also husch, husch, hinein in die gute Stube. Ich habe dafür sogar extra die Rennübertragung unterbrochen.«

»Suzuka?«, wollte Kilian wissen, der hinter mir die Wohnung betrat. So dicht hinter mir, dass ich seine Körperwärme wie einen Heizstrahler im Rücken fühlte. Er roch gut, frisch geduscht, zitronig und herb. Ich ertappte mich dabei, wie ich unauffällig in die Luft schnupperte, und beschleunigte meine Schritte.

»Jupp«, sagte Karla über die Schulter und schenkte ihrem Bruder in der Küche einen Kaffee ein. Ich ging zum Glastisch und holte mir meine noch fast volle Cappuccinotasse, auf der Chihiro mit Haku in seiner Drachengestalt abgebildet war. Figuren aus einem meiner liebsten Ghibli-Filme.

Kilian bemerkte es sofort. »*Chihiros Reise ins Zauberland*?«, fragte er. Dabei funkelten seine Augen, als hätte er gerade entdeckt, dass wir einen Wurf Hundewelpen im Wohnzimmer versteckt hielten.

»Ja«, sagte ich, ein wenig auf der Hut. Denn normalerweise verwendete Kilian meine Vorlieben gegen mich und ich war mir nicht sicher, ob mein Nerdherz das ertrug.

Er sah mich geradewegs an. »Deine?«

»Ja.«

»Cool.«

»Wohin entführst du Jojo eigentlich?«, hakte Karla neugierig nach und schlürfte an ihrem Cappuccino, bevor ich Zeit hatte, die Bedeutung seiner Erwiderung zu entschlüsseln.

Ich zog schmollend eine Schnute. »Das will er mir nicht verraten.«

»Richtig. Dir nicht. Aber Karla kann ich es ja sagen«, entgegnete Kilian feixend und beugte sich anschließend mit einem Grinsen zu seiner jüngeren Schwester, um ihr etwas ins Ohr zu flüstern.

»Hey!«, stieß ich empört aus, doch in diesem Augenblick brach Karla in schallendes Gelächter aus und hielt sich prustend die Hand vor den Mund.

»Okay. Jetzt glaube ich, dass du uns für einen Pole-Dance-Kurs angemeldet hast«, entfuhr es mir voller Misstrauen, woraufhin Kilians Blick aufreizend langsam über meinen Körper glitt.

»Bring mich nicht auf dumme Ideen«, sagte er zweideutig, und mir fiel auf, dass seine Augen jetzt beinahe grau schimmerten.

»Also?« Ich verschränkte die Arme vor der Brust und sah Karla an. »Was erwartet mich? Schlimmer als die Achterbahn kann es wohl nicht sein.«

Doch zu meiner Enttäuschung schüttelte meine beste Freundin energisch den Kopf. »Nein, nein, macht das mal schön unter euch aus. Ich widme mich wieder dem Rennen, ich habe sowieso schon genug verpasst.«

»Verräterin!«, rief ich ihr hinterher, als sie sich mit einem

Winken ins Wohnzimmer zurückzog. Ich gab mich geschlagen, trank meine Tasse aus und zuckte zurück, als Kilian plötzlich neben mir stand – so nah, dass ich die einzelnen Stoppeln an seinem Kinn zählen konnte.

»Rückst du einem immer so dicht auf die Pelle, Kohlhammer?« Ich setzte mein bestes Pokerface auf, was ihn jedoch nur dazu anstachelte, sich zu mir zu beugen, bis sich unsere Nasenspitzen fast berührten.

»Mal schauen, ob du immer noch so frech bist, wenn wir da sind.«

Adrenalin schoss durch meine Adern und noch ein Gefühl, das ich sehr lange nicht mehr gespürt hatte. Vorfreude? Seltsamerweise fühlte ich mich lebendig. Als ob ich gerade aus einem Jahrhunderte andauernden Schlaf erwacht war. Wach geküsst vom Leben. Ein zaghaftes Lächeln erhellte meine Züge und ich sah, wie Kilian bei dem Anblick überrascht blinzelte, als hätte er nicht damit gerechnet.

Herausfordernd funkelte ich ihn an. »Die Wette gilt.«

Kapitel 8

Zu meiner Überraschung fuhren wir mit der U2 einmal durch die halbe Stadt. Über den Hauptbahnhof, dann Giesing und Trudering, bis fast nach Riem, wo die Messestadt lag. Während der Fahrt unterhielten wir uns über Belangloses, was irgendwie komisch war. Wir kannten uns so lange und trotzdem war der Small Talk ein wenig hölzern. Unseren typischen Schlagabtausch hatten wir seit zehn Jahren perfektioniert, aber in einer stinknormalen Unterhaltung waren wir blutige Anfänger.

Als wir in Moosfeld ausstiegen, war ich immer noch absolut ahnungslos, was Kilian geplant hatte. Im Kopf ging ich sämtliche Sportaktivitäten durch, die in der Gegend möglich wären. Reiten? Nein, das passte nicht. Vielleicht gab es hier irgendwo einen Boxclub?

»Es wird dir Spaß machen«, sagte er in diesem Moment in meine Gedanken hinein und als sich unsere Blicke kreuzten, wurde mir bewusst, dass man mir meine innere Panik von der Stirn ablesen konnte.

Rasch straffte ich die Schultern. »Selbst wenn nicht, spielt das keine Rolle.«

»Warum hast du eigentlich doch noch zugestimmt?«,

wollte Kilian wissen. Seine Schritte waren lang, aber ich lief gern schnell, sodass ich keine Mühe hatte, mit seinem Tempo mitzuhalten.

»Weil du mich um meinen One-Night-Stand gebracht hast, warum auch sonst?«, erwiderte ich lapidar. »Und weil ich irgendwie den Wunsch danach verspürt habe.« Keine Ahnung, weshalb ich ihm das gestand.

Bei *One-Night-Stand* verzog Kilian kurz das Gesicht, als hätte er Zahnschmerzen, was mich zu dem Schluss kommen ließ, dass er sich die beste Freundin seiner kleinen Schwester nicht zwischen den Laken rollend vorstellen wollte. Ich konnte es ihm nicht verübeln.

»Den Arschlöchern hätte ich am liebsten eine reingehauen«, raunte Kilian jetzt. Sein ungehaltener Tonfall ließ mich aufhorchen und ich sah ihn verwundert von der Seite an, während er ausdruckslos geradeaus starrte.

»Ich dachte, das hätten wir geklärt«, erwiderte ich.

Er seufzte. »Eigentlich schon. Aber sie haben über dich geredet, als wärst du ein Stück Frischfleisch, das sie nur noch marinieren und anbraten müssen. Von allen Seiten.« Seine dunklen Brauen zogen sich wütend zusammen, als er die Erinnerung wieder aufleben ließ. »Ich hab die Vorstellung nicht mehr aus meinem Kopf bekommen.«

»Gibt es zu deinen und Karlas Metaphern eigentlich irgendwo ein Handbuch?«, fragte ich kopfschüttelnd. »Und ganz ehrlich? Du hast mich jahrelang *par excellence* gelehrt, wie ich mit solchen Idioten umgehen muss. Also hätte ich das schon selbst hinbekommen.«

»Hey, bezeichnest du mich etwa indirekt als Arschloch?« Theatralisch fasste er sich an die Brust.

»Das ist jetzt deine Schlussfolgerung«, antwortete ich

schmunzelnd. Im Grunde meines Herzens kannte ich auch die Wahrheit, denn Kilian trieb mich zwar zur Weißglut und wusste genau, welche Knöpfe er bei mir drücken musste, um mich auf die Palme zu bringen, aber er war kein schlechter Mensch.

»Gib es doch zu. Du warst nur sauer, weil jemand anderes mit mir spielen wollte«, neckte ich ihn, woraufhin er ein kehliges Lachen ausstieß, das in meinem Bauch vibrierte, weil es so tief und ungewohnt klang.

»Unsere Wortgefechte nennst du *spielen*?«, fragte er mit hochgezogenen Augenbrauen.

»Na ja, wenn jemand meine geistigen Kapazitäten bei einem ordentlichen Schlagabtausch ausschöpft, dann bist das doch wohl du, oder?«

Seine Miene hellte sich etwas auf, und er schenkte mir sein vertrautes Grinsen. »Da hast du ausnahmsweise recht.«

»Ausnahmsweise?«, erwiderte ich empört, was sein Grinsen nur noch mehr vertiefte.

Ein warmes Gefühl löste sich in meiner Brust, bis mir plötzlich aufging, was ich da tat. Ich lächelte und sagte Dinge, die mir einfach in den Sinn kamen – nicht, um ihrer Außenwirkung willen oder nachdem ich mir den Kopf darüber zerbrochen hatte, welche Konsequenzen sie haben würden. Was seltsam war. Weil mir das gar nicht ähnlich sah.

Wirklich nicht?, wisperte die Stimme in meinem Innern, doch ich stellte auf Durchzug.

Unser Weg führte uns immer tiefer in das Industriegebiet, das dem Gelände ähnelte, wo sich das Hauptgebäude von *Leckerste* befand. Überall sah ich Schilder von Unternehmen mit technisch klingenden Namen, die mir nichts sagten.

Vergeblich suchte ich nach einem Hinweis auf Kilians Überraschung, fand jedoch keinen.

»Wir sind da«, sagte er schließlich und bog zwischen Bäumen in eine weitläufige Einfahrt ein. Auf dem Parkplatz standen mehrere Fahrzeuge. Das Gebäude reihte sich in die grauen Fassaden des Industriegebiets, ging darin unter und wäre mir unter anderen Umständen wahrscheinlich gar nicht aufgefallen. *Superfly Air Sports* stand in weißer Farbe und einer modernen kursiven Schrift neben dem Eingang, über den Türen las ich *Departures*. Wörter, die meinen Magen nervös aufflattern ließen.

»Äh …« Mit dem Zeigefinger deutete ich auf den Namen. »Ich dachte, es geht nicht um Höhen?«

Kilian antwortete nicht. Seiner Miene nach zu urteilen, wollte er mich noch ein bisschen länger auf die Folter spannen.

Wir betraten eine leere Vorhalle, in der alles perfekt ausgeschildert war. Hinter zwei Glastüren entdeckte ich einen kleinen Restaurantbereich, von der Decke hingen schwarze modische Lampen. Dahinter erstreckte sich ein riesiges Indoorareal, das meine Nervenenden augenblicklich erzittern ließen.

»Eine … Trampolinhalle?«, krächzte ich und kniff die Augen zusammen, um alles besser erkennen zu können.

Die Halle selbst war verwaist und das rechteckige Schild mit den Öffnungszeiten deutete darauf hin, dass wir zu früh waren, aber ich entdeckte eine Gruppe von Mitarbeitern, die um den Tresen an der Seite herumstanden. Jetzt löste sich ein blonder, schlaksiger Typ aus der Truppe, ging durch die Glastüren und schlenderte auf uns zu. Er war ungefähr so alt wie ich.

»Hey, Leopold-Maximilian«, begrüßte Kilian ihn.

»Na, Arschgeige, riskierst wohl immer noch überall eine dicke Lippe, was?«

»Wenn mich nicht alles täuscht, ist das der Name in deiner Geburtsurkunde«, erwiderte Kilian zuckersüß, aber anhand seiner Mimik konnte ich entschlüsseln, dass die beiden sich entweder schon länger kannten oder einfach nur mochten.

»Wir können das auch auf der *Battle Bridge* ausdiskutieren, wenn du möchtest.« Sein Blick glitt zu mir und er begrüßte mich mit einem freundlichen Nicken, ehe er seine Aufmerksamkeit wieder Kilian zuwandte.

Der grinste breit. »Damit du wieder eine Abreibung kassierst?«

»Alternativ können wir auch unsere Zeiten im *Ninja Parcours* messen, was ist dir lieber?«

»Alles, um dich auf den Boden der Tatsachen zurückzuholen. Also überlasse ich die Entscheidung gern dir.«

»Du warst seit dem Sommer nicht mehr hier, es hat sich einiges getan.«

Ich verstand nur Bahnhof. *Battle Bridge? Ninja Parcours?* Sämtliche Poren fuhren ihre Schweißproduktion nach oben.

»Also fliegst du nicht mehr so schnell auf die Fresse?«

Leopold-Maximilian bleckte die Zähne. »Ach, halt's Maul! Hab gesehen, du warst in der Schweiz? Die Videos waren echt irre! Richtig heftig. Wenn ich den anderen nachher sage, dass du da bist, werden sie dich garantiert ausquetschen.«

»Dann sag es ihnen noch nicht.« Spielerisch boxte Kilian ihm gegen die Schulter. »Danke übrigens, dass es heute geklappt hat.«

»Für dich doch immer.« Er zog eine hellblonde Augenbraue hoch. »Wobei du mit diesem Dankeschön hättest anfangen können. Ich bin übrigens Max.« Mit einem Lächeln streckte er mir die Hand hin. »Auch wenn Kilian etwas anderes behauptet.«

»Jo«, antwortete ich und schüttelte ihm die Hand.

»Viel Spaß euch beiden. Wir öffnen in einer Stunde, also tobt euch ruhig aus.« Er sah wieder zu Kilian. »Du kennst ja den Weg.« Max salutierte und schlenderte dann davon.

Perplex starrte ich ihm hinterher und wandte mich dann an Kilian. Neugierde durchflutete mich und ich stemmte die Hände in die Hüfte. »Okay. Ich habe nur die Hälfte verstanden. Wovon habt ihr gesprochen? Was waren das für Begriffe? Und welche Videos? Und warum sind wir vor der Öffnungszeit da?«

Zum ersten Mal, seit ich Kilian kannte, huschte so etwas wie Verlegenheit über seine Züge, was ihn irgendwie jünger wirken ließ und etwas von dem Jungen aus meiner Erinnerung hervorzauberte.

»Das siehst du gleich«, erwiderte er mit einem schelmischen Leuchten in den Augen. »Und was die Videos angeht, die sind von den Sprüngen. Max habe ich über ein Parkour-Forum kennengelernt und ich lade immer mal wieder etwas auf Instagram hoch. Er war mir noch einen Gefallen schuldig, normalerweise ist es in solchen Hallen immer ziemlich voll.«

Ich runzelte die Stirn, denn Kilians Account war mir durchaus ein Begriff, aber Videos hatte ich dort noch nicht gesehen. »Hast du etwa einen zweiten Account?«

»Ja.«

»Und wie heißt du da?«

Er nannte mir den Namen, der mir tatsächlich fremd war. »Ist besser, wenn Karla keinen Wind davon bekommt. Sie macht sich auch so schon genug Sorgen«, fügte er noch hinzu.

Gedanklich machte ich mir eine Notiz und beschloss, zu einem anderen Zeitpunkt noch einmal nachzuhaken.

»Wollen wir loslegen?«, fragte er und ich wusste, dass es nun kein Zurück mehr gab.

»Klar.«

»Hier.« Aus seinem Sportrucksack zauberte Kilian ein paar schwarze rutschfeste Socken, auf denen das *Superfly*-Logo aufgestickt war. »Zieh die an, Schuhe brauchst du hier nicht.«

Als wir uns ein paar Minuten später vor den Umkleidekabinen trafen, vibrierte die Anspannung wie ein eigener Beat durch meinen Körper. Kilian sah aus, als wäre er in den Shorts und dem schlichten dunkelgrauen Sportshirt auf die Welt gekommen. Das würde ich ihm aber garantiert nicht auf die Nase binden. Er schien meine Unsicherheit zu bemerken, denn er musterte mich aufmerksam von der Seite, während wir uns in Richtung Halle aufmachten.

»Alles gut?«

Ich reckte das Kinn, weil ich mir vor ihm keine Blöße geben wollte. »Ja, klar.«

Ein leises Lächeln umspielte seine Mundwinkel. »Was anderes habe ich auch gar nicht erwartet. Also, wie du inzwischen mitbekommen hast, ist das eine Trampolinhalle. Auf rund viertausend Quadratmetern gibt es verschiedene … Stationen. Wir können klein anfangen und uns dann steigern.«

Wir kamen wieder am Foyer vorbei, wo gerade die Getränkekisten angeliefert wurden. An einer Station für Mitarbeiter war eine Reihe moderner Bildschirme aufgestellt, dahinter ging es über Schranken in die Anlage – für mich die totale Reizüberflutung. Es gab unzählige unterschiedliche Stationen: Trampoline, einen Parcours, überdimensionale Rutschen und ein Trapez, das über einem Schaumstoffbecken gespannt war. Ich traute meinen Augen kaum. Das war ein Riesenspielplatz für alle Altersgruppen.

»Normalerweise brauchen wir noch ein Armband, damit die Mitarbeiter sehen können, wann wir unseren Flug gestartet haben. Aber das ist eine Ausnahme, wir haben eine Stunde Zeit, um uns auszutoben. Danach können wir immer noch ein Ticket kaufen.«

»Hast du das schon öfter gemacht?«

»Ja, in Hannover gibt es auch solche Hallen. Ein Kumpel hat mich darauf gebracht und es ist ganz praktisch, um die Parkour-Technik in der Luft zu üben. Außerdem ist es eine gute Alternative für den Winter, wenn das Wetter nicht mehr mitmacht. Wollen wir im *Main Court* anfangen?« Kilian deutete auf mehrere große Trampolinflächen, die nebeneinander angeordnet waren. »Erst mal zum Aufwärmen?«

Ich schluckte den Kloß im Hals hinunter. Eigentlich war ich sportlich. Ich liebte das Laufen, um meinen Gedanken zu entfliehen und den Kopf freizubekommen. Aber das hier war etwas völlig anderes.

»Einfach machen«, spornte er mich an.

»Das sagt sich so leicht«, knurrte ich in seine Richtung, weil mir seine selbstgefällige Art plötzlich gegen den Strich ging. Wieso hatte ich mich bloß darauf eingelassen? Meine Gedanken fuhren auf einmal Karussell und ich ballte automatisch die Hände zu Fäusten.

Beinahe unmerklich fuhr ich zusammen, als er sich ohne Ankündigung zu mir beugte, bis sich unsere Augen auf gleicher Höhe befanden. Sein Gesicht schwebte direkt vor meinem und er sah plötzlich erstaunlich ernst aus. Beinahe fürsorglich – wobei ich das nicht wirklich mit dem Kilian zusammenbringen konnte, den ich aus unserer Jugendzeit kannte. Jeder Zentimeter meines Körpers war sich dieser überdimensionalen Nähe mehr als deutlich bewusst, was ich auf die Panik vor dem Trampolinspringen schob.

»Glaub mir, ich pisse mir vor jedem Sprung fast in die Hosen vor Angst. Auch wenn ich das niemals vor den anderen zugeben würde, jetzt weißt du es. Mach mit der Information, was du willst.« Ein schiefes Lächeln legte sich auf seine Lippen. »Aber genau das ist es, was mich daran so fasziniert. Dass du dich einfach fallen lässt, nur den Moment fühlst. Also, Wendl. Was hast du zu verlieren?«

Ja, was hielt mich davon ab, einfach Spaß zu haben?

Eisklotz im Bett. Emotionslos.

Ein Ruck ging durch mich hindurch und ich drückte Kilian einen Finger in die Brust, die sich wie Granit anfühlte. »Nichts. Aber du deine Eier, weil ich dich in die Tasche stecken werde.«

Kilian strahlte so viel Zufriedenheit aus, als hätte er gerade sein Lieblingsessen verdrückt. »So gefällst du mir.«

Meine Knie zitterten, als ich mir eine Fläche ausgesucht hatte, während Kilian sich auf dem Trampolin daneben warm sprang. Es sah so mühelos aus, wie er in die Luft glitt, als würde er mit dem Element verschmelzen. Ich selbst fühlte mich noch etwas ungelenk, als hätte man mir meine Gliedmaßen gerade erst angeschraubt. Also biss ich die Zähne zusammen und versuchte, seine Leichtigkeit zu imitieren.

»Du denkst zu viel nach«, rief er mir lachend zu.

»Woher willst du das wissen?«

»Weil du aussiehst wie einer dieser Cartoon-Charaktere, die sich ständig auf die Zunge beißen und grübeln.«

Grrrr!

»Du kannst mich mal, Kohlhammer!«

»Ach ja?« Er grinste provozierend und ließ sich ohne Vorwarnung auf den Po fallen, um dann wieder senkrecht in die Höhe zu fliegen. Es sah bescheuert und total kindisch aus, aber die pure Lebensfreude auf seinen Zügen stellte seltsame Dinge mit mir an. Mein Herz flatterte und mein Bauch schlug Purzelbäume, während ich mich an die Schwerelosigkeit gewöhnte. Zumindest redete ich mir ein, dass es daran lag.

Ich wollte meine Gedanken abschalten, aber das war leichter gesagt als getan. Immer wieder funkten sie dazwischen, befahlen meinem Körper, die Bewegungen auszuführen. Ich musste noch mehr auf das Gefühl vertrauen. Mir vertrauen. Einfach sein.

Kilian sprang immer höher, wirbelte durch die Luft wie ein Zirkusakrobat, ohne daran zu denken, wie er in diesem Moment aussah oder was ich von ihm denken könnte. Er schnitt Grimassen und riss die Arme in die Höhe.

Obwohl ich wusste, wozu er körperlich imstande war, sprach es für ihn, dass er nicht das Bedürfnis verspürte, vor mir mit irgendwelchen Kunststücken anzugeben. Wahrscheinlich würde er locker ein paar Backflips hinbekommen.

Aber er tat es nicht. Er machte sich für mich zum Affen, damit ich meine Scheu verlor.

Auch ich holte Schwung, drückte mein Gewicht in die Federn, sobald meine Füße den nachgebenden Untergrund berührten, und ließ mich treiben. Aus den Lautsprechern über unseren Köpfen dröhnte *Luftbahn* von Deichkind, was mich schmunzeln ließ, weil jemand anscheinend eine passende Playlist zusammengestellt hatte. Ein Jauchzen drang über meine Lippen, das von einem dämlichen Dauergrinsen abgelöst wurde. Ich fühlte mich befreit und glücklich, während mein Körper fleißig Endorphine ausschüttete.

»Das ist sogar viel besser als der verpasste One-Night-Stand«, rief ich lachend und ließ mich einfach auf den Hintern fallen. Dann balancierte ich wieder mein Gewicht aus, nahm zusätzlichen Schwung mit den Armen und ahmte Kilian nach, dessen athletischer Körper mit meinen Bewegungen harmonierte, als spielten wir dasselbe Lied.

»Dann hättest du wahrscheinlich mit dem falschen Typen einen One-Night-Stand gehabt«, behauptete Kilian mit einem machohaften Selbstbewusstsein, sodass mir sofort klar war, dass er sich damit selbst als besseren Kandidaten rühmen wollte.

»Dein Ego reicht bis zum Mond, Kohlhammer.«

»Ich spreche nur von fest erwiesenen Tatsachen.«

»Oh, Gott«, stöhnte ich und verdrehte die Augen. »Als hätte noch nie jemand in der Menschheitsgeschichte einen Orgasmus vorgetäuscht.«

»Dann müsste etwas in der Kommunikation gehörig schiefgegangen sein und das wäre irgendwie schade«, sagte er mit einer Ernsthaftigkeit, die mich überraschte. »Ich würde nie wollen, dass jemand irgendetwas vortäuschen muss. Sex soll Spaß machen und das funktioniert nur, wenn man wirklich loslässt.«

Das war nicht die Antwort, mit der ich gerechnet hatte. Meine Wangen glühten, aber das lag an der körperlichen Anstrengung. Garantiert.

Als sich unsere Blicke jetzt trafen, lag auf einmal ein Funkenflug zwischen uns. Aber vielleicht bildete ich mir das auch ein, weil ich seinen Blick kaum halten konnte. Immer sprangen wir auf unterschiedlichen Höhen. Um der Situation zu entkommen, ließ ich mich mit meiner kompletten Körperlänge und ausgestreckten Armen auf das Trampolin fallen, bis die Bewegungen kleiner wurden und ich schließlich liegen blieb. Mir war schwindelig vor Glück. Ein paar Atemzüge lang ließ ich das Gefühl einfach auf mich wirken, weil es so fremd und ungewohnt war.

»Wie, das war's schon?«, hörte ich Kilian fragen, dann tauchte sein Gesicht in meinem Blickfeld auf. Die schwarzen Haare hingen ihm fransig in die Stirn und er schien nicht im Geringsten müde zu sein.

»Ich bin bereit für die nächste Herausforderung.« Das war gelogen, aber das musste ich ihm nicht unbedingt auf die Nase binden.

»*Battle Bridge?*«

»Du hattest mich bei *Battle*, Kohlhammer.«

Ich ließ mich von Kilian auf die Beine ziehen, meine Finger verschwanden in seiner Hand, die mir auf einmal viel größer erschien. Die Berührung jagte einen Stromstoß durch mich hindurch und ich richtete schnell meinen Pferdeschwanz, um seinem Blick auszuweichen. Schweigend gingen wir zur nächsten Station, während ich darum bemüht war, mein Pokerface zurückzugewinnen.

Die *Battle Bridge* bestand aus einem Becken mit riesigen roten Schaumstoffteilchen, über dem man eine gepolsterte Stange angebracht hatte. Daneben gab es eine gigantische Box, in der sich überdimensionale blaue Handschuhe befanden, die fast so groß waren wie mein gesamter Oberkörper. Kilian fischte ein Paar heraus und reichte es mir, um sich anschließend selbst eins zu nehmen.

»Wir kämpfen mit den Dingern?«, wollte ich ungläubig wissen und stülpte mir den ersten Handschuh über.

»Klar.« Er wartete, bis ich den zweiten angezogen hatte, und machte ihn mir zu. »Wir können ja erst mal drei Runden ausprobieren und schauen, wie du dich schlägst.«

»Du meinst eher, wie *ich dich* schlage, oder?«

»Oder das.« Mit den Zähnen zog er den Klettverschluss seines Handschuhs zu, doch seine Augen funkelten wie zwei frisch polierte Edelsteine. Dann sprang er leichtfüßig auf den Schwebebalken, als wäre es die einfachste Sache der Welt.

Vorsichtig setzte ich einen Fuß vor den anderen, um ein Gefühl für meinen Mittelpunkt zu bekommen, besonders mit den beiden großen Handschuhen.

»Bereit?« Kilian hielt mir eine Faust hin, damit ich einschlagen konnte.

»Klar«, erwiderte ich, legte all meine Kraft hinein und schubste ihn vom Balken.

Kilian hatte den Angriff nicht kommen sehen und tauchte mit einem Lachen in den Schaumstoffteilchen ab. Als er wieder herauskletterte, sah er höchst entschlossen aus, was mir ein helles Kichern entlockte.

Verblüfft hielt ich inne. Wann hatte ich das letzte Mal gekichert?

»Ich würde sagen, eins zu null«, verkündete ich, sobald ich mich wieder gefangen hatte, während Kilian mir gegenüber mit erhobenen Fäusten erneut Stellung bezog.

»Ja, ja. Bereit?«

»War ich schon immer.«

»Dann los!«

Wie ein Boxer tänzelte er auf dem Balken vor und zurück, während ich seine Bewegungen studierte und probehalber in die Luft schlug. Als Kilian gerade nach hinten wich, täuschte ich einen Angriff vor, machte sofort einen Satz zurück und tat so, als müsste ich erst mein Gleichgewicht wiederfinden. Ich war richtig stolz auf meine schauspielerischen Fähigkeiten. Sofort kam er hinterher, doch ich holte mit einem Bein aus und versetzte ihm einen seitlichen Kick, sodass Kilian ein zweites Mal baden ging. Seiner verdutzten Miene nach hatte er erneut nicht damit gerechnet.

»Wow. Du hast mich eiskalt erwischt«, brummte er ungläubig, als er ein zweites Mal aus dem Becken kletterte.

»Ich weiß nicht, was du meinst«, erwiderte ich mit Unschuldsmiene, konnte aber nicht verhindern, dass sich meine Lippen zu einem Lächeln kräuselten.

»Du hast nur so getan, als könntest du nicht das Gleichgewicht halten.«

»Ich war fünf Jahre im Kinderballett.«

Ungläubig schüttelte Kilian den Kopf. »Das hatte ich tatsächlich vergessen. Aber stimmt, du bist immer mit deinem weißen Fahrrad ins Nachbardorf gefahren.«

»Das weißt du noch?«

»Ja. Und jetzt mach dich bereit. Ich muss meinen Rückstand aufholen!«

Die nächsten zwei Runden gingen an ihn, weil er sich

nicht zurückhielt, was meinen Ehrgeiz umso mehr anstachelte. Der letzte Kampf war relativ ausgeglichen und ich war froh, dass Kilian keinen Rückzieher machte und mir keinen Frauenbonus schenkte, sondern fair und erbarmungslos kämpfte. Schließlich ging ich ein drittes Mal baden, aber das störte mich zu meiner Überraschung nicht im Geringsten. Im Gegenteil. Das war völlig in Ordnung so.

Kilian zeigte mir noch zwei weitere Stationen – die *Zip-Out*, eine Seilrutsche, an der man sich festhalten musste, und den *Bounce Run*, einen Trampolin-Parcours, der so viel Spaß machte, dass ich ihn gleich zweimal absolvierte. Danach war die Stunde auch schon vorbei und ich schweißgebadet.

Nach einer kurzen Pause kauften wir uns eine weitere Stunde in der inzwischen gefüllten Halle und machten da weiter, wo wir aufgehört hatten, bis ich völlig platt war und jeden Muskel und Knochen in meinem Körper spürte, als hätte ich eine dreistündige Thai-Massage hinter mich gebracht.

»Das war …«, setzte ich an, als wir uns auf den Weg zu den Umkleidekabinen machten, doch mir fehlten tatsächlich die Worte.

»Absolut genial?« Kilian verschränkte die Arme vor der Brust, eine Geste, die meinen Blick unweigerlich auf seinen Bizeps lenkte. Hastig riss ich meinen Blick davon los und sah ihm ins Gesicht.

»Ja«, gestand ich. »Es hat wirklich viel Spaß gemacht.«

»Wir können das gern wiederholen, wenn du magst«, schlug er vor.

Ich zögerte, denn ich ahnte, dass dies ein Scheideweg war. Wenn ich mich dafür entschied, würde sich aus den Kabbeleien und den Wortgefechten etwas entwickeln, das sich ein bisschen wie eine Freundschaft anfühlte. Und ich wusste nicht, ob ich das wirklich wollte, schließlich war er immer noch Kilian, Karlas Bruder. Der Junge aus meiner Kindheit, den ich nie ausstehen konnte. Damals war er arrogant und rechthaberisch gewesen, hatte mich mit seinen Sprüchen und nervigen Kommentaren auf die Palme gebracht.

Zum ersten Mal seit langer Zeit zermarterte ich mir jedoch nicht den Kopf, welche Konsequenzen meine Entscheidung nach sich ziehen würde, sondern nickte lächelnd. »Gern. Das würde mich freuen.«

Kapitel 9

Die nächsten zwei Wochen waren vollgestopft mit den ersten Vorlesungen und Kursen des neuen Semesters, sodass der Sonntag im *Superfly* relativ schnell in den Hintergrund rückte. Ich hetzte von einem Termin zum nächsten, versauerte im Hörsaal und fuhr hinaus zur Fakultät für Biochemie nach Großhadern, wo ich so ziemlich allein herumhing. Obwohl es inzwischen mein drittes Semester war und ich bisher alle Leistungsnachweise relativ zufriedenstellend bestanden hatte, fehlte mir die wirkliche Leidenschaft für das Studium. Möglicherweise war das der Grund, weshalb ich noch keinen echten Anschluss gefunden hatte. Oder lag es daran, dass ich mich nicht richtig darum bemühte?

Kein Wunder, wenn du eigentlich etwas ganz anderes machen möchtest, dröhnte die Stimme in meinem Kopf, die ich mal wieder ignorierte, wie immer, wenn sie sich zu Wort meldete.

Die Stunden an der Uni waren zähflüssig wie schwarzes Pech und zogen mich herunter, sodass meine Laune bereits nach zwei Wochen wieder im Keller war. Wie sollte ich ein ganzes Semester durchstehen?

Als dann auch noch ein Paket von Manu ankam, das meine restlichen Klamotten und ein paar Bilderrahmen beinhaltete, gab mir das den Rest. Kein einziges geschriebenes Wort. Keine Nachricht auf meinem Handy. Nicht, dass ich etwas in der Art erwartet hätte, dafür war die Trennung zu unschön gelaufen, aber ein Teil von mir hatte gehofft, dass wir unsere Beziehung auf eine zivilisierte Weise beenden konnten.

Weil ich von morgens bis abends mit Unikram beschäftigt war, meldete ich mich bei *Leckerste* auch zu keiner Schicht, sodass ich erst wieder Mitte Oktober für einen ganzen Tag auf der *Expo Real* eingeteilt war, der größten Immobilienmesse Europas, die in München stattfand. Karla arbeitete an fast allen Messetagen dort, denn *Leckerste* war an zehn verschiedenen Ständen mit der kompletten Belegschaft vertreten. Zu dem fest angestellten Mitarbeiterstamm waren einige zusätzliche Servicekräfte über Subunternehmen angeworben worden.

Die WG war dadurch total verwaist und die Isolation – getrennt von meiner besten Freundin und unserer neuen Mitbewohnerin Brie, die neben der Arbeit viel Zeit mit Toni und ihrem Vater verbrachte – schlug mir etwas auf den Magen, sodass ich mich in jeder freien Minute mit Sport ablenkte, was mich aber nur nervte.

Einzig Marie meldete sich in regelmäßigen Abständen, was ich auf ihr großes Mamaherz schob. Auch meine Eltern schrieben mir verdächtig oft Nachrichten, also hatte Marie ihnen gegenüber vermutlich etwas geäußert. Aber das war auch süß. Wir waren eine Familie. Wir hielten zusammen. Obwohl bei dem Gedanken an sie etwas in mir bröckelte. Meine jahrelang aufrechterhaltene Fassade?

Als hätte mein Vater meine Gedanken gehört, rief er

mich Donnerstagabend an, als ich gerade meine Unterlagen für die Uni abgeheftet hatte. Fein säuberlich, mit den passenden farbigen Trennregistern. Unordnung erfüllte mich mit einer inneren Unruhe, die mich in den Wahnsinn trieb.

»Hey, Kleines, wie geht's dir?« Papas Stimme klang genauso kratzig wie meine eigene. Aber er hörte sich tatsächlich besorgt an.

»Gut so weit.«

»Wie ist das Studium gestartet?«

»Auch gut.« Das klang nicht sehr überzeugend, aber nach der Woche fehlte mir die Kraft für eine glaubhafte Lüge.

»Macht es dir denn … noch Spaß?«

»Sollte ein Studium denn Spaß machen?«, fragte ich zurück, weil ich es nicht übers Herz brachte, ihm zu sagen, weshalb ich mich überhaupt dafür entschieden hatte. Aber das liebte ich an ihm, er kam immer gleich ohne Umschweife zum Punkt.

»Im Zweifel schon. Du redest doch seit Jahren davon, Biochemie zu studieren und irgendwann in die Forschung oder den Pharmaziebereich zu gehen.«

Ich biss mir auf die Innenseite meiner Wange. Wenn er eins und eins zusammenzählen würde, käme er darauf, vor wie vielen Jahren genau ich mich dazu entschlossen hatte.

»Ja.«

»Aber es gefällt dir nicht?« Wieder dieser sanfte Unterton, der mir das Gefühl vermittelte, nicht älter als fünf zu sein. Manchmal war es schön, wieder in die Kinderrolle zurückzufallen, jetzt kam es mir wie das genaue Gegenteil vor.

»Doch, schon …« Ich zwang mich, einmal tief durchzuatmen und meine brodelnden Gefühle wegzusperren, wie ich es während der letzten Jahre auch immer gemacht hatte.

Auf meinen Lippen erschien ein Lächeln, das nicht wirklich dorthin gehörte. Als hätte ich zwei Schuhgrößen zu klein übergestreift. Zum Glück sah er mich nicht, sonst hätte er meine Falschheit womöglich enttarnt. »Ich habe es mir nur nicht so aufwendig vorgestellt. Es ist sehr zeitintensiv und jetzt ist so ein bisschen die Anfangseuphorie verflogen.«

»Das ist völlig normal.« Erleichterung schwang in seiner Stimme mit und prompt meldete sich das schlechte Gewissen, weil ich ihn so leicht hinters Licht führen konnte. »Du bekommst das Studium nicht geschenkt, aber du hast während der Schulzeit schon so hart dafür gekämpft. Deswegen bin ich mir sicher, dass sich die Arbeit auszahlt.«

Ja, auch wenn es schon damals nicht mein Thema gewesen ist.

»Mhm …«

»Willst du am Wochenende mal wieder vorbeikommen? Deine Mutter fragt auch schon nach dir …«

Trotz der Gewissensbisse schaffte ich es abzulehnen. »Ich arbeite morgen den ganzen Tag, das wird mir etwas zu viel«, wich ich aus, auch wenn ich wusste, dass ich meine Eltern nicht ewig hinhalten konnte. Ich war schon viel zu lange nicht mehr zu Hause gewesen.

Wir redeten noch ein paar Minuten miteinander und schließlich legte ich mit einem mulmigen Gefühl auf. Wie immer, wenn ich in eine Rolle schlüpfte, die eigentlich nicht meine war.

»Bist du so weit?«, rief ich ungeduldig, meine Jeansjacke unter den Arm geklemmt, und klopfte zur Unterstreichung meiner Worte einmal gegen die Badezimmertür, hinter der sich Karla verbarrikadiert hatte. Es war sechs Uhr am Freitagmorgen und wir mussten einmal quer durch die Stadt, einen Parkplatz vor dem Messegelände suchen und an unserem Stand auf der *Expo Real* sein, bevor es um halb acht mit der ersten Kaffeerunde losging. Brie hatte gestern wieder bei Toni übernachtet, weswegen wir sie später dort treffen würden.

»Entspann dich«, tönte es durch die Tür. »Ich hab gestern einen Parkplatz direkt neben der Messe ergattert und war fünfzehn Minuten später dran.«

»Das lag garantiert nicht an deinem Parkplatzglück, sondern an deiner Fahrtechnik. Du bist bestimmt wieder durch die Stadt geheizt.«

»Schuldig im Sinne der Anklage.« Ein breites Grinsen zierte ihren hübschen Schmollmund, als sie endlich aus dem Bad herauskam. Ihre braunen Haare waren entlang des Scheitels zu zwei Zöpfen geflochten und sie trug Kontaktlinsen, die ihre Augen wie wildes Efeu leuchten ließen.

»Solange du noch nicht dein Staatsexamen bestanden hast, nutzt du wohl alle Möglichkeiten, das Gesetz zu brechen«, fügte ich hinzu, streifte mir meine schwarzen Sneaker über und schulterte meinen Rucksack, in dem ich ein Wechseltop, meine Arbeitsschuhe und eine Wasserflasche verstaut hatte.

Kurz darauf düsten wir in Karlas altem VW Golf durch die verschlafene Innenstadt, wo noch nicht einmal der Berufsverkehr so richtig erwacht war. Ihr Fahrstil ließ sich am besten mit ihrem Charakter vergleichen: ungezügelt und wild, wobei ich mich niemals unsicher fühlte. Sie fuhr, als wüsste sie jede Sekunde, was sie tat, während ich so selten hinter einem Steuer gesessen hatte, dass ich es an zwei Händen abzählen konnte. Die Notwendigkeit eines Autos erschloss sich mir irgendwie nicht, solange wir in der Innenstadt wohnten – die Großeinkäufe und IKEA-Ausflüge einmal ausgenommen. Oder die Trips in die Berge, die ein paar Leute aus der Uni manchmal machten, aber auf die ich lieber verzichtete, obwohl ich früher so gern Ski gefahren war.

Wie angekündigt, fand Karla einen Parkplatz nur eine Querstraße von der Messe entfernt und ihr triumphierender Blick hielt an, bis wir durch die Drehkreuze getreten waren und uns direkt auf den Weg zu unserem Messestand machten. Es war ein hübscher, recht großer Stand mit zwei Ebenen, was immer kostspielig war, aber auch etwas Ruhe mitbrachte, weil man nicht permanent mit der Hektik der Messe konfrontiert wurde. Zu meiner Überraschung ging Karla weiter, als ich die Wendeltreppe ansteuerte, unter der sich auch eine kleine, eingelassene Abstellkammer befand.

»Bist du nicht auch hier eingeteilt?«, fragte ich sie verwundert.

Meine beste Freundin schüttelte den Kopf. »Nein, muss rüber zur Immobilienfirma *Hagemann*. Dort sind zu viele externe Mädels und ich darf die Oberglucke spielen.«

»Moment, was?« Meine Mundwinkel sanken automatisch nach unten. Ich hatte mich auf unseren Messetag gefreut, da wir uns in den letzten Tagen kaum zu Gesicht bekommen hatten. »Ohne dich macht es nur halb so viel Spaß.«

»Ich springe gern als adäquater Ersatz ein«, erklang in diesem Augenblick eine vertraute Stimme hinter mir.

Als ich den Kopf hob, kam Kilian gerade die Treppe herunter. Sein sehniger Oberkörper steckte bereits in einem *Leckerste*-Hemd und er hatte sich die Haare frisiert, sodass sie ihm nicht in die Stirn fielen. Für die Uhrzeit wirkte er erstaunlich frisch und sein Lächeln war genauso einnehmend wie sonst auch, wurde aber eindeutig spitzbübisch, als sich unsere Blicke trafen.

»Ich kann dir auch gern in deinen Pausen den Nacken massieren. Oder dich mit Sprüchen nerven. Je nachdem, was du lieber hast.«

»Solange ich in der Zwischenzeit nicht dein Ego streicheln muss«, konterte ich und fragte mich, weshalb ausgerechnet *er* heute hier war. Ehrlicherweise hatte ich keine Ahnung, ob er schon die ganze Woche da gewesen war oder auch nur am Wochenende arbeiten würde. Die Vorstellung löste ein nervöses Ziehen in meinem Bauch aus.

»Dann bist du ja in den besten Händen. Kilian ist der Einzige, dem ich einen ordentlichen Schlagabtausch mit dir zutraue«, flötete Karla. Sie verabschiedete sich kurz von uns und eilte zu ihrem Messestand, der nur ein paar Gänge entfernt war, wenn mich nicht alles täuschte.

Kilian streifte meine Schulter, als er an mir vorbeiging, wahrscheinlich war er auf dem Weg zu den Mitarbeitertoiletten.

»Na, Eisprinzessin, heute wieder in Bestform?«

Bei dem Wort *Eisprinzessin* versteifte ich mich automatisch und funkelte ihn böse an. Seine Augen weiteten sich vor Überraschung.

»Hab ich dir irgendwas getan?«, knurrte ich.

»Nein, ich wollte dir aber auch nicht auf den Schlips treten.« Der Ausdruck in seinen Augen verwandelte sich in Sorge, was mich noch mehr aufbrachte, also verbarrikadierte ich mich hinter meinem Pokerface und ließ ihn einfach stehen, um mich bei der Teamleitung zu melden.

Der Hospitalitybereich der Bank, für die ich heute eingeteilt war, befand sich im ersten Stock direkt oberhalb des

Messestandes und bestand aus einem langen Tresen, an dem einige Stühle standen, einer Art Balkon, wo mehrere Hochtische aufgestellt worden waren, sowie einem abgetrennten Bereich mit Sitznischen. Entlang der Theke hatten die Messebauer in warmer Holzoptik Regale für die verschiedenen Gläser, Kaffeetassen, Becher und das restliche Geschirr geschaffen, während dahinter die Küche lag, die von zwei Seiten zugänglich war.

Anabelle, die Personalleiterin von *Leckerste*, begrüßte mich mit einem warmen Lächeln, gefolgt von einer kurzen Umarmung. Sie duftete nach Passionsfrucht und ihr schulterlanges honigfarbenes Haar fiel ihr in warmen Wellen auf die eng geschnittene Bluse.

»Schön, dich wieder im Team zu haben«, sagte sie. »Du hast dich lange nicht blicken lassen.«

»Ja, es war viel zu tun«, erwiderte ich.

Anabelle neigte den Kopf. »Aber jetzt bist du ja wieder dabei.«

»Welcher ist denn mein Bereich?«

»Tisch eins bis sieben, der Plan hängt in der Küche. Frag am besten Ulla nach deiner Schürze, die gebügelten Blusen liegen auch in der Küche bereit. Wir haben direkt unter der Treppe noch einen kleinen Raum für Taschen und Garderobe. Personaltoiletten sind draußen vor der Halle, ist aber alles ausgeschildert. Und wie immer, wenn du eine Pause hast, bitte die Schürze ausziehen.«

Ich nickte, schließlich kannte ich das Prozedere nach über einem Jahr relativ gut und speicherte die weiteren Anweisungen ab, die Anabelle herunterrasselte.

»Übrigens, eine gute Freundin hat zwei Tickets für das Volkstheater übrig, falls du wieder Lust hast«, fügte sie zum

Abschluss hinzu, was mein Herz vor Freude schneller schlagen ließ.

»Wirklich?«

»Ja, ich kann sie dir gern geben, ich habe nämlich keine Zeit.«

»Für welches Stück denn?«

»*Die Vögel*.«

Sofort leuchteten meine Augen auf. Die Tickets waren seit Wochen ausverkauft, da die Aufführung in Stuttgart so gut angekommen war, was sich natürlich herumgesprochen hatte. Vielleicht war ein Theaterbesuch genau das Richtige, um mich mal wieder auf andere Gedanken zu bringen und mich aus diesem Loch zu ziehen.

»Das wäre toll! Wann ist die Vorstellung?«

»Nächsten Donnerstag.«

»Perfekt!«, antwortete ich begeistert und klatschte in die Hände, was für meine Verhältnisse in etwa einem Brie-ähnlichen brasilianischen Freudentanz durch unsere WG gleichkam.

»Gut, du bist morgen nicht noch einmal eingeteilt, oder?«

Ich schüttelte den Kopf. »Aber Brie, soweit ich weiß.«

»Prima, dann würde ich sie ihr einfach mitgeben.«

»Super, vielen Dank!«

»Nicht dafür, ich weiß ja, wie viel es dir bedeutet.« Anabelle zwinkerte mir zu und kurz war ich etwas verdutzt darüber, dass ihr meine Theaterleidenschaft aufgefallen war. Theaterbühnen übten schon seit meiner Kindheit eine große Faszination auf mich aus. Mit dem Kinderballett hatte es angefangen, später war ich in der Theater-AG der Schule gewesen, wobei ich mich ungern auf der Bühne als vielmehr dahinter aufgehalten hatte. Dieses Gewusel vor einer

Aufführung, das Adrenalin, das sich in dem magischen Moment entlud, wenn der Vorhang aufging, war mit nichts zu vergleichen. Meistens war ich Souffleuse gewesen, hatte in der Maske ausgeholfen und andere kleinere Arbeiten übernommen. Ich wollte nie selbst im Rampenlicht stehen, aber immer direkt daneben.

Kurz nach Matildas Unfall hatte sich das Thema allerdings irgendwie erledigt. Vielleicht lag es daran, dass Matilda meistens eine Rolle gehabt hatte und sich die Teilnahme an der Theater-AG ohne sie falsch anfühlte. Als hätte jemand anderes die Hausarbeit mit der tollen Note für mich geschrieben, als würde ich mich mit fremden Federn schmücken.

Als ich in die Küche kam, waren Brie und Toni bereits in die Arbeit vertieft. Sie richteten drei verschiedene Wraps mit unterschiedlichen Füllungen. Trauben, Ziegenkäse und eine Creme, die verdächtig nach Süßkartoffel aussah, standen bereit. Daneben waren schon einige weitere Zutaten wie Couscous, Tomaten und Gurken in der richtigen Portionsgröße vorbereitet worden.

Die Küche war länglich geschnitten und verlief an der kompletten Rückseite der Bar, durch eine Wand getrennt. Mehrere Abstellregale, in denen Geschirr, Kisten mit Kaffee und Kochutensilien untergebracht waren, boten ein wenig Privatsphäre und die Möglichkeit, sich für eine kurze Pause zurückzuziehen. Tills Reich befand sich an der gegenüberliegenden Wand und war durch eine lange Arbeitsplatte vom Gang getrennt, sodass der Chefkoch auch ein wenig Ruhe hatte, wenn es hektischer zuging. Und das würde es. Spätestens um die Mittagszeit. Vielleicht war es auch ein Schutz für die Serviceleute, falls Till mal wieder aus der Haut fuhr – allerdings hatte sich auch seine schroffe Art etwas verändert, seit Brie hier arbeitete. Zumindest dann, wenn sie in der Nähe war.

Bei meinem Anblick erhellte ein warmes Lächeln die Züge meiner Mitbewohnerin, was ihr braun gebranntes Gesicht leuchten ließ. Sie strahlte wie eine Sonne und die gute Laune schlug sich sofort auf meine Stimmung nieder, sodass ein Mundwinkel wie auf Befehl nach oben sprang.

»Guten Morgen«, flötete sie und warf mir eine Kusshand zu, während Toni sich zu einem kurzen Gruß hinreißen ließ, um sich anschließend wieder den Plänen für den heutigen Tag zu widmen. Er war erstaunlich früh dran, denn normalerweise kamen die Köche etwas später, weil um diese Uhrzeit nur Getränkebestellungen eintrudelten.

»Was macht ihr denn schon hier?«, fragte ich daher.

»Es soll ein kleines Frühstück für alle Mitarbeiter der Bank geben«, erklärte Toni, ohne aufzusehen, und richtete die weiteren Häppchen – Minibrezen, die mit einer hauseigenen Schicht Obazda und frischen Kräutern garniert wurden.

»Ah, verstehe.«

»Wie geht es dir?«, wollte Brie von mir wissen und steckte eine verirrte Locke unter eine Haarnadel, die ihre Frisur zusammenhielt.

»Wie geht es *dir*?«, wich ich ihrer Frage aus, weil ich auf keinen Fall über mich sprechen wollte. »Ich bekomme dich kaum zu Gesicht, seit du aus Brasilien zurück bist.«

Sofort überzog eine niedliche Röte ihre Wangen. Ihr Blick flog zu Toni, dessen Miene weicher wurde, sobald sie sich ansahen.

»Ich weiß, ich bin nicht gerade oft in der WG, aber das

ändert sich bestimmt auch wieder.« Sie strahlte. »Aber dafür geht es mir sehr gut.«

»Hat es denn für das nächste Semester geklappt?«

»Ja, wahrscheinlich, nur die Ausstellung des Studienvisums dauert noch etwas. Außerdem hilft mir mein Vater dabei, die ganzen Anträge auf Staatsbürgerschaft auszufüllen.«

Ich freute mich für sie. »Das klingt doch toll!«

Brie nickte lächelnd. »Ja, ist es wirklich.«

In diesem Augenblick kam Ulla durch die rechte Seitentür in die Küche, das rotblonde Haar zu einem Dutt zusammengebunden und komplett ungeschminkt. Auch ich hatte mich heute auf das Wesentliche beschränkt, was für die meisten wahrscheinlich schon zu viel Make-up gewesen wäre. Sobald wir unsere Uniformen anzogen, wurden Statisten aus uns, als würden wir unsere Identitäten und Persönlichkeiten mit unseren Alltagsklamotten ablegen. Wenn man im Service arbeitete, wurde man unsichtbar.

»Hey, schön, dich mal wiederzusehen«, begrüßte sie mich und zeigte mir anschließend, wo die anthrazitfarbenen Blusen lagen, auf denen das Firmenlogo aufgestickt war – der typische orangefarbene Kochlöffel in Notenschlüsselform.

Als ich mir zwischen zwei Abstellregalen meinen Pullover über den Kopf zog, kam jemand zur Tür herein und ich verhedderte mich in dem Stoff, der an den Handgelenken viel zu eng geschnitten war. Blind und mit über mir gekreuzten Armen stand ich da und betete inständig, dass niemand meinen kleinen Fauxpas beobachtete, schließlich stand ich etwas versteckt.

»Soll ich dir helfen?«, ertönte zu meiner größten Schande ausgerechnet Kilians Stimme unmittelbar neben mir.

»Das bekomme ich auch so hin. Danke für das Angebot.« Zum Glück schaffte ich es, meine Antwort so würdevoll wie möglich zu geben. Mein Nuscheln wurde vom Stoff verschluckt.

»Mhmm … Das klang, als würdest du dich nicht gerade über das Angebot freuen.«

»Gib … gib mir einen Moment«, flötete ich in einem viel zu süßlichen Ton. »Ich habe das absolut im Griff.«

Schnaubend zog und zerrte ich an den Ärmeln, hatte allerdings das Gefühl, mich immer mehr zu verknoten, als wären mir zehn zusätzliche Hände gewachsen, die allesamt aus dem Pullover schlüpfen wollten.

»Das sehe ich.« Kilian klang definitiv amüsiert und ich konnte mir das dämliche Grinsen auf seinem Gesicht genau vorstellen. »Wenn du so weiterzappelst, bekomme ich allerdings wesentlich mehr zu sehen, als dir wahrscheinlich lieb ist. Das Bauchnabelpiercing hatte ich ja schon fast wieder vergessen.«

Täuschte ich mich, oder verfärbte sich seine Stimme eindeutig dunkler? Augenblicklich hielt ich still und kam mir vor wie ein Fisch am Haken, der sich mit jeder Bewegung nur weiter ins Verderben stürzte. Ich ging meine Möglichkeiten durch und kam zu dem Schluss, dass ich wohl doch auf das Angebot eingehen sollte, ganz gleich, wie laut mein Ego *NEIN* schrie.

Also stieß ich mit einem tiefen Seufzen die angehaltene Luft aus. »Okay.«

»Okay was?«, wollte Kilian in einem unschuldigen Ton wissen. Der Mistkerl grinste dabei eindeutig! Ich konnte es an seiner Stimme hören.

»Hilf mir«, brummelte ich in den Pullover hinein.

»Ich habe dich leider nicht verstanden.«

»Hilf mir!«, wiederholte ich dieses Mal deutlicher, aber nicht weniger aufgebracht.

»Das klang aber nicht sehr nett.«

»Du kannst mich mal.«

»Sicher?«

»Kilian! Jetzt mach!«

»Bitte, lieber Kilian.«

»Bitte, lieber Kilian, sonst … ach, Scheiße.«

Das tiefe Glucksen, das er ausstieß, schoss direkt in meine Körpermitte und als ich seine Finger spürte, die meine Handgelenke befreiten, vergaß ich für einen winzigen Moment sogar das Atmen. Keine Ahnung, woran das lag. Vielleicht weil ich mich voll und ganz auf meine Sinne verlassen musste, sein Gesicht nicht sah, sondern ihn einfach nur fühlte. Wie behutsam er vorging, wie vorsichtig. Oder hing es mit der Art zusammen, wie seine Fingerspitzen über meine Haut strichen? Ich wusste es nicht, aber auf einmal entstand da eine Intimität, die mich irritierte. Gewaltig irritierte.

Weil er jetzt nicht mehr Kilian war, sondern ein Mann, der mich berührte.

Auf einmal war er ganz nah. Ich spürte seinen Atem auf meinem Scheitel, dann zog er mit einem Ruck und befreite mich von meinem Pullover. Tausend wirre blonde Strähnen, die sich aus meinem Zopf gelöst hatten, fielen mir ins Gesicht und als ich den Kopf hob und Kilian so dicht vor mir stehen sah, wurde mir plötzlich ganz heiß. Es fehlte nicht viel und er hätte mir fast über die Haare gewuschelt, so wie früher, als wir noch Kinder gewesen waren. Genau diesen Gesichtsausdruck hatte er aufgesetzt. Also reckte ich das Kinn noch etwas höher und starrte ihn herausfordernd an.

Ein Fehler, wie sich herausstellte. Wie von selbst sprang sein Blick auf mein Dekolleté, das in dem schlichten Tanktop, das ich meistens unter meiner Arbeitskleidung trug, besonders gut zur Geltung kam. Seine Augen verdunkelten sich, als er mir wieder ins Gesicht blickte und ich spürte, wie mein Mund plötzlich ganz trocken wurde. So hatte Kilian mich noch nie angesehen. Belustigt. Genervt. Wütend. Aber niemals so ... hungrig.

Meine Brustwarzen verhärteten sich und ich presste meine Schenkel zusammen, weil mein Unterleib auf einmal pulsierte. Es war völlig verrückt, was ein einziger Blick von ihm mit mir anstellte. Allerdings blieb ihm meine Reaktion nicht verborgen, denn sein Brustkorb hob und senkte sich in einem langen Atemzug und die Stille zwischen uns dröhnte so ohrenbetäubend laut, dass ich mir sicher war, dass jeder am Messestand mitbekam, was da gerade zwischen uns abging. Und dann ertappte ich mich auch noch dabei, wie ich mir wünschte, dass er mich noch einmal anfasste. Dass seine Hände tiefer wanderten, an meiner Hüfte entlang und …

Ogottogottogott.

Ich stoppte den Gedanken, bevor ich ihn zu Ende spinnen konnte, während sich meine Kopfhaut anfühlte, als wollte ein Ameisenvolk dort sein Nest bauen.

Räuspernd trat ich einen Schritt nach hinten, stieß mit dem Rücken gegen eines der Abstellregale und wusste auf einmal nicht mehr, wohin ich schauen sollte oder welche Funktion meine Hände hatten. Also schnappte ich mir eine Bluse und riss die Schutzhülle auf, ohne in seine Richtung zu sehen, weil ich mich so schämte. Himmel, wie peinlich! Er musste ja sonst was von mir denken.

»Bis … bis gleich«, hörte ich ihn murmeln. Brüsk und ein wenig distanziert.

»Mhmm«, antwortete ich nickend, während ich ihn und meinen rasenden Puls weiterhin ignorierte.

Irgendwie schaffte ich es, mich zu fangen und mein inneres Gleichgewicht wiederzufinden. Zu meiner Erleichterung schienen weder Toni und Brie noch Ulla etwas von dem kleinen Zwischenfall mitbekommen zu haben, denn sie behandelten mich wie vorher und warfen mir keine seltsamen Blicke zu. An der Theke bestellte ich mir einen Cappuccino und nahm ihn mit nach hinten zwischen die Regale, um noch einen Moment für mich zu haben.

Warum hatte ich so heftig auf Kilians Nähe, seine Berührungen reagiert? War ich so ausgehungert, weil ich seit Wochen nicht zum Zug gekommen war? Denn auch mit Manu war in der letzten Zeit vor unserer Trennung nicht wirklich viel gelaufen. Seufzend schloss ich die Augen. Das musste es sein. Eine völlig normale körperliche Reaktion auf eine männliche Präsenz.

Nur, dass diese männliche Präsenz einen Namen hatte und mir viel zu vertraut war.

Was zur Hölle war los mit mir?

Kapitel 10

Kilian und ich schafften es, so zu tun, als wäre nichts passiert, indem wir nur das Nötigste miteinander sprachen und sogar auf die üblichen Wortgefechte verzichteten. Vielleicht hatte ich mir die Spannung zwischen uns auch nur eingebildet … und das Kribbeln und Pulsieren zwischen meinen Beinen.

Oh, wow. *Du bist so was von fällig*, tönte die nervige Stimme in meinem Kopf, die ich mal wieder ignorierte.

Die ersten drei Stunden vergingen so schnell, dass ich erst bemerkte, wie durstig ich war und wie dringend ich auf die Toilette musste, als mich Brie mit einem besorgten Ausdruck darauf aufmerksam machte. Also klapperte ich meine Tische ab, fragte nach neuen Bestellungen und bat anschließend Ulla, für mich zu übernehmen, während ich mir eine kurze Pause gönnte.

Die frische, kühle Oktoberluft strömte in meine Lunge und der Strudel, in den mich das Messefeeling gezogen hatte, ließ etwas nach. Die Zeit raste und meine Fußballen pochten schon jetzt von den Strecken, die ich während der ersten Schicht zurückgelegt hatte. Ich wollte gar nicht wissen, wie es sich heute Abend anfühlen würde.

Ich schrieb eine kurze Nachricht an Marie, die sich nach der Sache mit Philipp und dem Beziehungsende mit Manu immer noch fast täglich nach meinem Wohlbefinden erkundigte, und kommentierte dann die frisch eingetroffenen Fotos der Zwillinge in unserer Familiengruppe.

»Da bist du ja«, trällerte Karla auf einmal, die von rechts durch die Tür ins Freie trat. »Mein Bruder meinte, du gönnst dir gerade deine erste Pause.«

Bei der Erwähnung von Kilian zog sich mein Herz automatisch zusammen, was ich auf die unangenehme Situation zwischen uns schob. Ich bemühte mich um eine möglichst neutrale Miene, in der Karla hoffentlich nicht allzu deutlich meine schreiende Panik ablesen konnte.

»Ja, das musste jetzt mal sein. Hast du Donnerstag eigentlich schon was vor?«

Karla runzelte die Stirn. »Nicht dass ich wüsste. Wieso?«

»Ich hätte Tickets für das Theaterstück, von dem ich dir erzählt habe. Das über Israel. Also, falls du Lust hast.«

»Total gern, bin dabei!«

Zufrieden lehnte ich mich zurück und ließ die milden Sonnenstrahlen auf mein Gesicht scheinen. »Perfekt.«

Wir nutzten die Pause, um ein wenig zu plaudern, während ich gleichzeitig die Erinnerung an den Moment mit Kilian in die hinterste Ecke meines Bewusstseins schob. Der kurze Vitamin-D-Schub schlug sich auch auf meine Laune nieder. Kurze Zeit später betrat ich wieder die Halle und stieg die Treppe nach oben in den Hospitalitybereich.

Als ich um die Ecke ging, saß die top gestylte Moderatorin, die von der Bank für sämtliche Messeveranstaltungen gebucht worden war, an der Bar und schlürfte mit gesenkten Lidern einen Latte macchiato, bloß um zwei Sekunden später kokett lachend ihre dunkelbraunen Haare über die Schulter zu werfen und mit Kilian zu flirten. Wie ich verwundert feststellte, ließ er sich darauf ein. Den muskulösen Unterarm auf den Tresen gestützt, tauschte er einen tiefen Blick mit ihr. So tief, dass mir selbst aus der Entfernung schwindelig davon wurde und ich ein Ziehen in der Bauchgegend spürte.

Klar, so war Kilian. Nichts anbrennen lassen. Nicht festlegen. Genauso bindungsscheu wie Karla.

Als ich mit abgewandtem Gesicht an den beiden vorbeilief, spürte ich, wie Kilian mich beobachtete. Kurze Zeit später band ich mir meine Schürze in der Küche um und stellte mich innerlich auf die zweite Hälfte meiner Schicht ein, die wesentlich anstrengender werden würde.

»Alles gut?« Brie tauchte neben mir auf und legte mir eine Hand auf die Schulter. »Du wirkst etwas neben der Spur.«

»Die ersten zwei Wochen an der Uni waren härter als gedacht. Und die Sache mit Manu hängt mir noch nach«, erwiderte ich, bevor ich darüber nachdenken konnte, und genau genommen entsprach das der Wahrheit. Ich hatte Brie bereits vor einigen Tagen eingeweiht und ihre Mimik wurde mitfühlend und weich.

»Falls du darüber reden möchtest«, bot sie mir an, aber ich schüttelte den Kopf.

»Nein, das ist lieb«, lehnte ich dankend ab. »Ich komme schon klar.«

Sie nickte. »Daran habe ich keinen Zweifel.«

Als ich wieder nach draußen ging und meine Tische übernahm, registrierte ich eine Gruppe Männer, die ich heute Vormittag schon bedient hatte. Augenscheinlich gehörten alle zur Bank, wie ich unschwer an den Anstecknadeln erkannte. Einer von ihnen war sehr groß, mit kurzen blonden Haaren und einem draufgängerischen Lächeln, das er mir jetzt schenkte, als ich zu ihnen kam, um die Getränkebestellung aufzunehmen. Sobald ich mit dem Kaffee zurückkam, musterte mich der Blondschopf von oben bis unten, als hätte er meine Unsichtbarkeit durchdrungen, und er verzog die Mundwinkel noch etwas breiter. Seine Kollegen waren in eine rege Unterhaltung vertieft.

»Jo?« Für einen Augenblick war ich irritiert, dass er meinen Namen kannte, doch dann fiel mir ein, dass ich ein Namensschildchen trug.

»Ja?«, fragte ich mit einem zaghaften Lächeln.

»Cooler Name.«

»Ist nur mein Spitzname«, erwiderte ich schulterzuckend und fragte mich, weshalb ich ihm das verriet.

»Daniel.« Mit schief gelegtem Kopf reichte er mir die Hand und erst jetzt ging mir auf, dass dies der Beginn eines möglichen Paarungstanzes war. Gleichzeitig kam mir Manus Aussage in den Sinn. *Eisklotz*.

Reflexartig spannten sich meine Muskeln an und ich zwang mich, an etwas anderes zu denken. Den Kerl vor mir, der mir anscheinend schöne Augen machte. Er sah gut aus, was nicht zuletzt an seiner einnehmenden Größe lag und an der Art, wie sich das weiße Hemd um seine breiten Schultern spannte.

Eisklotz? Womöglich war es wirklich an der Zeit, endlich ein wenig aus meinem Schneckenhaus herauszukommen. Etwas Neues zu probieren. Kilian hatte mir beim letzten Mal einen Strich durch die Rechnung gemacht, vielleicht ergab sich dafür heute etwas. Außerdem hatte mir der unvorhergesehene Vormittag im *Superfly* gutgetan und meine körperliche Reaktion auf Kilians Nähe sprach Bände. Karla würde jetzt sagen, dass ich *chronisch untervögelt* war – ich hätte es etwas diplomatischer ausgedrückt, auch wenn es auf dasselbe hinauslief. Eine unkomplizierte Sache. Locker, flockig, gedankenfrei.

Also lächelte ich kokett zurück und tauschte noch ein paar Worte mit Daniel, bevor ich zur Bar zurückkehrte, wo mich Kilian wachsam musterte.

»Ehrlich?«, wollte er von mir wissen und deutete in Richtung des Tisches, von dem ich gerade kam. Mit einem schnellen Blick stellte ich fest, dass die Moderatorin verschwunden war.

»Ehrlich was?«

»Hätte nicht gedacht, dass du auf solche Typen stehst.«

»Und wenn du von *solche Typen* sprichst, impliziert das was konkret?«

»So … geschleckt?«

Meine Augenbrauen sprangen spöttisch in die Höhe. »Wow, solche Vorurteile hätte ich gar nicht von dir erwartet. Aber nein, ich habe keine Ahnung, ob Daniel geschleckt ist oder nicht. Er arbeitet hier und läuft bestimmt nicht den ganzen Tag in Hemd und Anzughose herum. Letztendlich spielt das auch keine Rolle, ich will einfach –« Ich brach den Satz ab und biss mir auf die Zunge, weil ich beinahe zu viel offenbart hätte.

»Du hast recht. Aber mein *Vorurteil* hat einen Grund. Zufällig stehe ich nämlich schon die ganze Woche an der Bar und durfte den lieben langen Tag beobachten, was für ein schleimiger Mistkerl er ist.«

Empört klappte ich den Mund auf, aber Kilian war noch nicht fertig und fuhr einfach fort: »Tatsächlich hat er versucht, bei allen Servicemädels zu landen, inklusive Ulla, die er jetzt aber nicht mehr beachtet, nachdem er sie vorgestern abgeschleppt hat.« Kilians Stimme troff vor Zynismus.

»Vorsicht«, warnte ich ihn mit verengten Augen und verarbeitete gleichzeitig seine Aussage, die mir gehörig gegen den Strich ging. »Das Thema hatten wir bereits. Ich will meine Fehler selbst machen.«

»Also gibst du zu, dass er ein Fehler ist?«, fragte Kilian, während ich mir die ersten Espressotassen schnappte, auf mein Tablett stellte und die anderen Untertassen anrichtete: ein Stück Zimtgebäck, das ich akribisch immer an dieselbe Stelle schob, eine schmale Zuckerpackung unmittelbar daneben und einen kleinen Löffel, den ich perfekt ausrichtete.

»Jetzt, wo ich dank dir die zusätzlichen Informationen habe …«, erwiderte ich genervt und funkelte Kilian wütend an. Großartig. Keine fünf Minuten nach meinem Entschluss war der ganze Plan schon wieder dahin. Von wegen *unkomplizierte Sache*.

»Ich wollte dir nur eine kleine Warnung zukommen lassen, mehr nicht.«

War durch die Begegnung mit Philipp und die Trennung von Manu doch mehr aufgewirbelt worden, als es zunächst den Anschein hatte? Ich fühlte mich verloren. Als wäre ich zu weit hinausgeschwommen und hätte mich mit der Entfernung zum Ufer verschätzt.

Wer zum Teufel war ich eigentlich?

Nachdem ich meine Tische versorgt hatte, bat ich Ulla, noch einmal ein Auge auf meinen Bereich zu haben, band meine Schürze ab und ging hinunter in die kleine Kammer unterhalb der Treppe, wo unsere Rucksäcke und Sachen gestapelt waren. Es war eng und muffig und ich fand dank der zitternden Finger den dämlichen Lichtschalter einfach nicht. Als ich die Tür hinter mir schließen wollte, schob sich ein Arm dazwischen und Kilian presste sich durch den schmalen Eingang.

»Willst du lieber allein sein?«, wollte er mit einer trügerischen Ruhe wissen, aber statt einer Antwort brachte ich nur ein klägliches Kopfschütteln zustande.

Alles in mir zog sich schmerzhaft zusammen. Was für ein Scheißtag. Was für beschissene Wochen. Ich wusste nicht mehr, wo mir der Kopf stand, dabei hatte ich immer einen Plan. Immer eine Richtung, in die ich marschierte. Und normalerweise beschwerte ich mich nicht über solche Nichtigkeiten, suhlte mich nicht in Selbstmitleid.

Die kleine Kammer schrumpfte auf die Größe einer Konservenbüchse, sobald Kilian den Raum betrat. Er ließ die Tür einen Spaltbreit offen, sodass ein schmaler Streifen Licht ins Innere drang. Sofort umgab mich sein unverwechselbarer Duft. Ein bisschen Kindheit, etwas Vertrautes und gleichzeitig diese Männlichkeit, die mich verwirrte. Fröstelnd schlang ich die Arme um mich, rieb mir geistesabwesend darüber und starrte auf einen Punkt hinter ihm.

»Ich brauche dein Mitleid nicht.«

»Mitleid?«

Ein bitterer Zug legte sich um meinen Mund. »Ich weiß, was du von mir denken musst. Ich bin ein Eisklotz.«

»Ach ja? Dabei frage ich mich nur, weshalb du dich so in Zaum hältst, Prinzessin«, murmelte er mit belegter Stimme. »Und ich weiß zwar nicht, wer dir die Sache mit dem Eisklotz eingeredet hat, aber glaub mir, ich finde, du bist alles andere als das.«

Suchend hob ich den Blick und musste zu meinem Erstaunen feststellen, dass Kilian mich eingehend betrachtete, so intensiv, dass sich eine Gänsehaut auf meinen Unterarmen ausbreitete. Jetzt wirkten seine Augen dunkel wie die Nacht. Mein Herz geriet ins Stolpern, strauchelte, nur um dann in einem doppelt so schnellen Takt weiterzuschlagen.

»Du nennst mich doch sonst auch Eisprinzessin«, erwiderte ich und hörte die Resignation in meiner Stimme, die auch Kilian nicht verborgen blieb, denn seine Finger fanden mein Kinn und er hob es an, damit ich ihm in die Augen sah. Dort, wo er mich berührte, kribbelte jeder Millimeter Haut.

»Weil ich weiß, dass da dieses Feuer in dir ist. Ich versuche nur die ganze Zeit, es wieder herauszukitzeln.« Seine Lippen verzogen sich zu einem traurigen Lächeln und mein Herz füllte sich randvoll mit Schwere. »Manchmal habe ich das Gefühl, du hältst dich selbst zurück. Obwohl du das gar nicht müsstest. Du scheinst immer wieder Angst zu bekommen und ziehst dann diese Mauer hoch … diese … Eismauer.«

Oh, Gott. Das war zu viel. Zu intensiv.

Zu nah an der Wahrheit?

Ich schlug seine Hand weg. »Du kennst mich nicht mehr, Kohlhammer.«

»Das behaupte ich auch nicht. Aber ich habe dich mal verdammt gut gekannt.« Sein Blick war eindringlich, aber ich schaffte es, ihm standzuhalten.

»Ich bin nicht mehr die Person von früher.«

»Das ist mir durchaus bewusst.«

Bildete ich mir das ein, oder klang er dabei etwas wehmütig?

»Hat Manu das zu dir gesagt? Mit dem Eisklotz?«

Bei der Frage schrak ich zusammen, als hätte Kilian einen Elektroschocker ausgepackt und der forschende Ausdruck in seinem Gesicht wurde stählern. So ernst hatte ich ihn noch nie gesehen. Seine Nasenflügel blähten sich auf, während mein Herz immer schneller schlug.

Sanft, aber bestimmt packte er mich an den Schultern. »Joana, lass dir das nicht einreden, okay? Er ist ein Idiot, wenn er so etwas sagt. Ich bin …« Er räusperte sich, schien mit sich zu hadern. »Lass den Quatsch nicht an dich ran. Das eine hat mit dem anderen nichts zu tun.«

Meine Kehle war wie zugeschnürt, kein Ton drang über meine Lippen. Jeder Atemzug schmerzte in meiner Lunge, als hätte sie sich mit einem Gift gefüllt.

Luft.

Ich musste hier raus. Einen klaren Gedanken fassen. Mich wieder sammeln. Mein verwundetes Inneres zusammenflicken, damit ich funktionierte. Also tat ich das, was ich am besten konnte: Ich fuhr besagte Schutzwälle wieder hoch. Meine Mundwinkel hoben sich zu einem unechten Lächeln, meine Miene war gleichgültig, ein wenig hochmütig, ein bisschen spöttisch.

»Alles in Ordnung.«

Vielleicht hatte Manu ja doch recht und ich war absolut außerstande, glücklich zu werden, weil ich mich nie öffnete, helfende Hände ausschlug und mich nicht mit meinen Ängsten auseinandersetzte. Aber Scheiße noch mal, ich war einfach nicht bereit, irgendjemanden so nah an mich heranzulassen, dass er in meinen Abgrund blicken konnte. So nah an mich heranzulassen, dass ich tiefere Gefühle entwickelte. Denn sonst hätte ich mich womöglich mit dem Gedanken auseinandersetzen müssen, ihn verlieren zu können. Deswegen beschränkte sich auch mein Freundeskreis auf eine Handvoll Leute, um die ich mir schon genug Sorgen machte.

Enttäuschung huschte über Kilians Züge, als er den Rückzug bemerkte. Abrupt ließ er mich los, um einen Schritt nach hinten zu treten und mir Platz zu machen. »Okay, wenn du meinst.«

»Ja. Mach dir keinen Kopf.«

Mit wackligen Knien schob ich mich an ihm vorbei, unsere Schultern streiften sich, doch ich ignorierte es. Mein Körper war darauf trainiert zu funktionieren, wenn es darauf ankam, deswegen blendete ich alles aus. Das Gespräch, meine Offenbarung, die Wunde, die Manu und die Begegnung mit Philipp aufgerissen hatten. Mit geradem Rücken und gerecktem Kinn stieg ich die Treppenstufen nach oben und kehrte in die Küche zurück. Zu meiner Überraschung stand dort Karla und unterhielt sich mit Brie und Toni, der die letzten Vorbereitungen für das Mittagessen traf, das ich auch noch auswendig lernen musste.

»Anabelle meinte, dass wir bei euch etwas Kleines essen sollen«, erklärte sie mir, weil ich sie wahrscheinlich völlig verständnislos anstarrte. »Ah, Bruderherz. Wie läuft die Arbeit?«

Kilian hatte hinter mir die Küche betreten. Seine Worte kreisten in meinen Gedanken und ich versteifte mich automatisch.

»Kann mich nicht beklagen«, sagte er in einem neutralen Tonfall, während ich nach meiner Schürze griff, um seinem Blick auszuweichen. »Übrigens, ich mache eine Einweihungsparty an Halloween, falls du vorbeikommen willst. Ich würde mich freuen«, fügte er hinzu und sah dabei nicht in meine Richtung, sondern seine Schwester an, die sofort begeistert darauf ansprang.

»Klar! Wir kommen!«, rief sie euphorisch und neigte anschließend grübelnd den Kopf zur Seite. »Die Frage ist, was wir anziehen. Wir brauchen doch ein Kostüm.«

»Moment, von welchem *wir* redest du eigentlich?«, mischte ich mich ein.

»Na, unsere WG! Also, sofern ihr auch Zeit habt?« Karla wandte sich an Toni und Brie, die sofort zustimmten. »Und wenn das für dich auch in Ordnung ist?«, fragte sie Kilian.

Ich schielte in Kilians Richtung. Die Ernsthaftigkeit war wieder aus seiner Mimik gewichen und wurde von diesem schiefen, unbeschwerten Lächeln ersetzt. Als hätte es die Szene vor wenigen Minuten nicht gegeben.

»Klar, je mehr, desto besser.«

Unerwartet trafen sich unsere Blicke. Der Glanz in seinen Augen wirkte auf einmal stumpfer, dann sah er weg. Mein Herz machte einen aufgeregten Satz. War er enttäuscht? Traurig?

Keine Ahnung, was die Unterhaltung eigentlich gewesen war, aber es hatte sich etwas zwischen uns verschoben. Ob zum Guten oder Schlechten, würde sich erst noch zeigen.

Kapitel 11

»Jogginghose oder Ausgehkleid?«

Überrascht wandte ich mich zu Karla um, die an meiner Zimmertür lehnte, während ein fettes Grinsen ihr Gesicht pflasterte. Heute trug sie eine hoch geschnittene Boyfriend-jeans und ein weißes Hemd, das lässig an einer Seite in den Bund gestopft war. Ihre dunkelbraune Brille hatte sie gegen Kontaktlinsen getauscht, während ihr die dunkelbraunen Haare in hübschen Wellen auf die Schultern fielen.

»Was ist denn der Anlass?«, fragte ich und drehte mich mit dem Stuhl vom Schreibtisch weg, auf dem das Chaos ausgebrochen war. Normalerweise war mein schnuckliges Eckzimmer ein Paradebeispiel für Gemütlichkeit, jetzt spiegelte es mein Inneres wider. Überall lagen Klamotten herum, zwei leere Kaffeetassen standen auf dem Beistelltischchen neben meinem Bett, das ausnahmsweise nicht sorgfältig gemacht war, und selbst die beiden Areca-Palmen in den bunten Keramiktöpfen ließen die Blätter hängen. Dabei brauchte ich Ordnung wie die Luft zum Atmen. Während Karla das Chaos inhalierte und ihre Energie daraus gewann, lähmte mich Unordnung. Als ob sie mich in eine Zwangsjacke steckte, in der ich mich nicht mehr bewegen konnte.

Bis eben hatte ich über den Vorbereitungen für das organisch-chemische Praktikum gebrütet, das Montagfrüh in einem der Labore auf dem Unigelände in Großhadern stattfinden würde. Aber ehrlicherweise war ich nicht wirklich bei der Sache gewesen. Da ich heute nicht auf der Messe gearbeitet, sondern mich ganz um den Unikram gekümmert hatte, war mir eine weitere Begegnung mit Kilian erspart geblieben.

»Der Anlass?«, fragte Karla nun und überlegte kurz. »Gute Laune.«

Irritiert zog ich die Brauen zusammen. »Das verstehe ich nicht.«

Sie schnalzte ungeduldig mit der Zunge. »Wenn du dich entscheiden müsstest zwischen etwas trinken gehen und eine tolle Zeit haben oder auf dem Sofa mit Popcorn einen schnulzigen Film anschauen, was wäre es?«

Wie ich Karla kannte, war sie garantiert für Ersteres. »Ausgehen«, sagte ich daher prompt.

»Okay. Dann such dir was Schönes aus deinem Kleiderschrank und ab geht's! Ich persönlich wäre für dieses lilafarbene Kleid, das du letztes Jahr gekauft hast. Das an der Hüfte so heiß gerafft ist. Darin sehen deine Augen noch veilchenhafter aus.«

Ich blinzelte begriffsstutzig. »Ich dachte, es geht um dich?«

»Das habe ich nie behauptet«, antwortete sie, wackelte mit den Augenbrauen und machte dann eine scheuchende Bewegung in meine Richtung. »Also los, umziehen. Brie kommt auch gleich von der Messe. Wir haben dein Singledasein noch gar nicht gefeiert. Oder ausschweifend Trübsal geblasen. Deswegen hat Brie vorgeschlagen, dir die Entscheidung zu überlassen.«

»Ihr wollt mit mir ausgehen?« Zweifelnd betrachtete ich Karla und sah dann an mir herab. Ich steckte in einer grauen Jogginghose und einem viel zu weiten Shirt, das seltsam müffelte. Nicht meine Glanzleistung, aber wenigstens sah mich so niemand. Ich hatte mir meine Haare zu einem Fischgrätenzopf geflochten, mein Tages-Make-up saß sattelfest, aber ich war absolut nicht für einen Abend auswärts bereit.

»Oder unsere Abdrücke auf dem Sofapolster verewigen, ganz wie du magst. Jedenfalls waren wir beide der Meinung, dass wir uns um dich kümmern sollten. Du bist noch stiller als sonst und das ist kein gutes Zeichen.« Eine leise Sorge ließ ihre Züge weicher werden, selbst ihre Mundwinkel bogen sich nach unten.

Bei ihren Worten verengte sich meine Kehle vor Rührung. Brie war sowieso die meiste Zeit bei Toni, aber ich hatte auch Karla in den letzten Tagen erstaunlich wenig zu Gesicht bekommen, was nicht an ihr, sondern an mir lag. Denn ich hatte mich hauptsächlich in meinem Zimmer oder der Uni verbarrikadiert, war jedem klärenden Gespräch aus dem Weg gegangen, hatte mich ganz in mein Schneckenhaus zurückgezogen. Es tat gut, meine beste Freundin zu spüren.

»Okay. Gib mir zwanzig Minuten.«

»Yes!«, jubelte Karla und reckte eine Faust in die Luft. »Du wirst es nicht bereuen.«

Also schlüpfte ich in besagtes Kleid und frischte mein Make-up auf. Als Brie eintraf, tanzten wir zu *Save your Tears* durch die Wohnung, was die Stimmung augenblicklich in die Höhe schnellen ließ. Zwanzig Minuten später machten wir uns auf den Weg zur U-Bahn – aufgekratzt nach einem

Aperol Spritz und mit Bries brasilianischen Lieblingsliedern im Ohr. Zwischen Karla, die unablässig irgendeinen Stuss von sich gab, und Brie, deren gute Laune auf mich abfärbte, fühlte ich mich endlich mal wieder richtig wohl.

Für Mitte Oktober war es erstaunlich warm, was wahrscheinlich an der afrikanischen Brise lag, die den Weg in die bayrische Hauptstadt gefunden hatte. Deswegen trug ich über dem Kleid nur meine dunkle Lederjacke. Mit der U6 fuhren wir bis zur Implerstraße, um von dort aus zu der Location zu laufen, die Karla ausgesucht hatte.

»Willst du nicht endlich verraten, wo es hingeht?«, versuchte ich Karla das Geheimnis zu entlocken, wohin sie uns führte. Aber meine beste Freundin lächelte nur mysteriös und gab eine vage Auskunft, die so ziemlich alles bedeuten konnte.

Nach ein paar Hundert Metern kam die *Alte Utting* in Sicht und ein Strahlen breitete sich auf meinem Gesicht aus, als ich mich mit einem Lachen zu Karla umdrehte. »Heimatluft!«

Sie zwinkerte mir siegessicher zu. »Ich wusste doch, dass du jetzt ein Schiff brauchen könntest.«

Mein Herz füllte sich mit Glück. »Du bist genial!«

»Ich weiß.«

Verwirrt blickte Brie zwischen uns hin und her und dann wieder zu unserem Ziel. Ihr Gesichtsausdruck sprach Bände. »Ist das ein … Schiff auf einer Brücke?«

»Jap!«, antwortete ich euphorisch. »Der beste alte Dampfer der Welt. Zumindest hier in München.«

Der Anblick des Schiffes löste eine Kette von Emotionen in mir aus, allen voran unbändige Freude. Erinnerungen an eine Zeit wurden wach, als Karla und ich gemeinsam mit ein paar anderen Mädels aus unserem Dorf mit dem Fahrrad zu den umliegenden Seen gefahren waren, um dort die Boote zu beobachten und im Nebenfluss schwimmen zu gehen. Seit ich nach Matildas Tod mit meiner Familie nach Süddeutschland gezogen war, vermisste ich den stürmischen und weitläufigen Norden – die Luft, die Ruhe, den Stillstand der Zeit.

»Als ich nach München gekommen bin, hat einer der ersten Geburtstage von Laura – du weißt schon, Brie, unsere Mitbewohnerin vor dir – auf dem Dampfer stattgefunden und danach waren wir regelmäßig hier. Nur dieser Sommer war so voll und irgendwie haben wir es nicht hergeschafft. Aber das holen wir jetzt nach!«, erklärte Karla und hakte sich bei mir unter, während sie den anderen Arm bei Brie unterschob.

Gelächter und lose Unterhaltungen, gemischt mit den Klängen einer Live-Band, wehten zu uns herüber und die Lichterketten, die über dem Hauptdeck bis zum Bug gespannt waren, hauchten dem Schiff eine magische Atmosphäre ein.

»Und ob wir das nachholen«, murmelte ich mit seltsam kratziger Stimme und schluckte gegen den plötzlichen Kloß in meinem Hals an.

Das war genau richtig. Deshalb waren Freundinnen aus der Kindheit so wichtig. Karla kannte mich in- und auswendig, sie verstand mich, ohne dass ich mich selbst verstand. Sie konnte ein verschlossenes Lächeln wieder hervorzaubern. Aus einem grauen Tag einen perfekten Abend machen.

»Worauf hast du Lust?«

»Piratenbucht«, sagte ich, wie aus der Pistole geschossen.

»Oder nein. Crêpes am Heck und ein paar Getränke. Und dann schauen wir mal.«

Karla lachte. »Gut.«

Gemeinsam bahnten wir uns einen Weg vorbei an Grüppchen, die auf den verschiedenen Plattformen rund um die *Alte Utting* mit Cocktails und Bier die letzten Sonnenstrahlen des Tages genossen. Der Himmel über Sendling erstrahlte in bunten Abendtönen, ein älterer Herr mit schickem Lederhut, weißem Hemd und Lederhosen spielte Akkordeon, zwei Musiker stimmten mit der Gitarre ein und begleiteten ihn mit ihrem tiefen Gesang. Die Stimmung war ausgelassen, lullte mich ein und ließ die vergangenen Wochen verblassen. Wir fanden ein ruhigeres Plätzchen an einem Stehtisch an Deck, gaben unsere Bestellung auf und wenig später biss ich genüsslich in meinen Crêpe mit weißer Schokolade und Banane, ließ den Blick über die angrenzenden Bahngleise schweifen und fühlte mich endlich wieder ganz. Als hätte ein Teil von mir zuvor gefehlt.

Wir unterhielten uns über alles Mögliche und Brie brachte uns auf den neuesten Stand, was ihre Familie und die Beziehung zu Toni anbelangte, und wie immer kroch eine niedliche Röte in ihre Wangen, wenn sie von ihrem neuen Freund sprach.

Karla plapperte unablässig, wobei mich für einen Moment das Gefühl beschlich, dass sie heute ein bisschen zu gute Laune versprühte, was meistens der Fall war, wenn sie eigentlich etwas verbergen wollte.

Als sich ein Typ Mitte zwanzig mit braunem Wuschelkopf aus einer Männertruppe löste und auf uns zuschlenderte, zwinkerte mir Karla zu. »Wäre der nicht was für dich?«, wisperte sie, ohne dass es sonst jemand hören konnte.

Ich musterte ihn unauffällig. Mir gefiel die Art, wie er sich bewegte und mit seiner wilden Frisur und dem Bart wirkte er attraktiv. Aber irgendetwas störte mich. Ich konnte nur nicht sagen, was es war. Also schüttelte ich den Kopf und als er schließlich vor uns stehen blieb und uns in ein lockeres Gespräch verwickeln wollte, schaffte es Karla innerhalb weniger Minuten, dass wir Mädels wieder unter uns waren.

»Lächeln.« Wie aus dem Nichts zauberte Brie ihr Handy hervor und wir drückten unsere Köpfe für ein Selfie aneinander. Ich versank in Bries Lockenmähne, während Karla mit ihren glühenden Wangen und den strahlenden Augen wirkte, als hätte sie ein Glas über den Durst getrunken. Als ich das Foto sah, war ich erstaunt darüber, wie anders ich aussah. Gelöster, zufriedener. Ich war glücklich. Und das war schön, weil ich mir diese Augenblicke viel zu selten gestattete. Normalerweise konzentrierte ich mich auf meine Pflichten, verfolgte stur den Weg, den ich eingeschlagen hatte, ohne nach links oder rechts zu schauen. Mit Manu war das ähnlich gewesen. Verlässlich und sicher, so hatte ich mir die Beziehung immer vorgestellt. Aber ich hatte nie mein Herz geöffnet.

»Vermisst du ihn?«, fragte Karla in meine Gedanken hinein und an ihrem wissenden Blick erkannte ich, dass sie genau wusste, an wen ich gedacht hatte.

Zu meiner Überraschung schüttelte ich den Kopf. »Ehrlich gesagt nein. Kein bisschen.«

»Dann war es die richtige Entscheidung.«

Ich seufzte zustimmend. »Ich denke auch.«

»Wenn du mich fragst, hat er nie verstanden, wer du wirklich bist. Und wie du bist. Nämlich eine verdammt harte

Nuss, die es zu knacken gilt, aber er hat sich nicht darum bemüht.«

»Ihr und eure Sprichwörter«, murmelte Brie schmunzelnd dazwischen, während Karla fortfuhr: »Ich mochte ihn, er war nett und er war da, aber eben auch nicht mehr. Zwischen euch gab es keinen Funkenflug, kein Knistern. Oder es war nicht so eine tiefe Verbundenheit, aus der sich dann Liebe entwickelt hat, so wie bei Laura und ihrem Freund.« Sie zuckte mit den Schultern. »Jedenfalls glaube ich, dass du ohne ihn besser dran bist. Mal ganz davon abgesehen, dass er auch noch diesen Bockmist gebaut hat.«

»Was war eigentlich der Auslöser, dass du mit ihm Schluss gemacht hast?«, wollte Brie wissen und nippte an ihrem Cocktail.

Etwas in mir verkrampfte sich automatisch. »Ich habe den damaligen Freund von Matilda getroffen ... auf der Wiesn. Das hat mir irgendwie die Augen geöffnet. Oder etwas verändert. Ich weiß es nicht.« Es fiel mir schwer, dieses *etwas* in Worte zu fassen, weil ich mir selbst noch nicht richtig darüber im Klaren war.

»Das hast du gar nicht erzählt.« Ein leiser Vorwurf schwang in Karlas Erwiderung mit, doch das konnte ich nachvollziehen. Schließlich waren inzwischen schon einige Wochen vergangen und sie war meine beste Freundin.

»Es hat sich nicht ergeben. Es war Bries Geburtstag und falls ich dich erinnern darf, warst du anderweitig beschäftigt. Ich wollte die Stimmung nicht verderben und danach waren wir alle so eingespannt ... außerdem war ... Kilian da. Er hat mich abgelenkt.« Das war die Wahrheit und ich war selbst verwundert darüber, weil es gar nicht zu dem Bild passte, das ich mir über die Jahre von ihm gemacht hatte.

»Das kann mein Bruder verdammt gut.« Kopfschüttelnd trank Karla einen Schluck von ihrem Cocktail und plötzlich hatte ich das Gefühl, dass sie mich aufmerksam betrachtete. Als würde sie etwas ergründen wollen. Unruhig trat ich von einem Bein auf das andere.

»Wollen wir uns ein bisschen setzen?«, wechselte ich das Thema, weil mir nicht gefiel, in welche Richtung das Gespräch schipperte.

»Von mir aus gern«, erwiderte Brie.

Also machten wir uns auf den Weg zur Piratenbucht, die im hinteren Teil des Utting-Areals auf einem alten Bahndamm lag, umgeben von jahrhundertealten Ahornbäumen. Es herrschte eine wilde und freie Atmosphäre, überall standen alte Öllampen herum, die aus einem Indiana-Jones-Film stammen könnten, und mehrere Bierbänke und Holztische säumten den urigen Platz.

Die nächsten Stunden vergingen wie im Flug. Wir sprangen von einem Thema zum nächsten, lachten, lebten, genossen den Moment. Irgendwann musste ich dennoch gähnen und die Vernunft meldete sich in mir, schließlich war mein Tagesplan morgen randvoll und für das Labor konnte ich nicht gut genug vorbereitet sein.

Dabei war ich das immer. Perfekt vorbereitet.

Wieso ließ ich mich jetzt so treiben?

Eine Ahnung kitzelte am Rand meines Bewusstseins. War es wieder so weit? War der Zeitpunkt gekommen, an dem ich ausbrach? Mich für einen kurzen Augenblick dieser anderen Seite in mir hingab, die in mir schlummerte und die ich so selten nach außen kehrte?

Auf dem Heimweg hing ich ein wenig meinen Gedanken nach, während ich Bries und Karlas Diskussion über deutsche Sprichwörter und den Ursprung unterschiedlicher Wortkreationen lauschte.

Als ich schließlich in meinem gemütlichen Pyjama, abgeschminkt und mit einem zufriedenen Lächeln auf den Lippen, im Bett lag, schnappte ich mir mein Handy und tippte noch eine Nachricht an meine Schwester Marie, die sie wahrscheinlich erst morgen früh lesen würde. Schließlich brauchte sie mit zwei Kindern auch mal ein bisschen Nachtruhe. Aber ich hatte sie in den letzten Tagen viel zu sehr vernachlässigt, obwohl sie mir immer wieder geschrieben hatte.

Danke, dass du für mich da bist. Ich kann das nicht so gut, aber ich wollte dir einfach sagen, wie gern ich dich habe.

Ich schickte noch ein Herzchen-Emoji hinterher und wollte das Handy gerade an das Ladekabel stecken und den Flugmodus einschalten, als prompt eine Antwort kam.

Alles in Ordnung???

Ja, wieso?

Weil du nie so sentimental schreibst.

Ich schickte ihr das Selfie, das wir auf der *Alten Utting* geschossen und schon ausgetauscht hatten, und schrieb dazu: *Heute war einfach ein schöner Abend. Das hat mir bewusst gemacht, dass ich dir viel zu selten sage, wie wichtig du mir bist.*

Aber das weiß ich. Und du musst nicht gut darin sein, deine Gefühle zu zeigen. Dafür hat man eine große Schwester. Ich hab dich lieb, Küken. Schlaf gut!

Plötzlich verschwamm mein Sichtfeld und ich starrte auf die letzten Worte, während mein Herz schneller schlug und der Druck auf der Brust wuchs.

Küken. So hatte sie mich seit Ewigkeiten nicht mehr genannt, aber Marie war auch knapp zehn Jahre älter als ich.

Matilda war die Waagschale zwischen uns gewesen, der Kleber, der uns zusammenhielt, und nach ihrem Tod hatten Marie und ich uns verloren. Jetzt kam ich langsam in ein Alter, in dem ich meine älteste Schwester mehr wertzuschätzen wusste, trotzdem sprach ich es viel zu selten aus. Das musste sich ändern. Schließlich hatte ich bereits die schmerzliche Erfahrung gemacht, wie vergänglich alles war. Dass ein Lächeln, ein freundliches Wort, eine Umarmung von heute auf morgen das letzte Mal gewesen sein konnte.

Sofort bewegten sich meine Gedanken wieder in eine Abwärtsspirale. Um mich abzulenken, öffnete ich Instagram. Ich scrollte durch Reels, blieb an einigen Schminkvideos hängen, in denen jemand Halloweenlooks ausprobierte und stolperte über Tutorials von ausgebildeten Maskenbildnerinnen. Mein Bildschirm war die einzige Lichtquelle in meinem Zimmer, aber ich war fasziniert von dem, was ich sah und eine tiefe Sehnsucht stieg in mir auf.

Das brachte nichts. Das war ich nicht.

Ich hatte mich für ein Studium entschieden, das sicher war. Und für das sich auch Matilda entschieden hätte, wenn sie die Gelegenheit dazu gehabt hätte. Wenn ich ihr nicht die Möglichkeit dazu genommen hätte …

Und was ist mit dir?, wisperte die Stimme in mir, doch ich ignorierte sie wie immer und gab unbewusst Kilians Profilnamen in das Suchfeld ein. Keine neuen Bilder, der letzte Post war ein paar Wochen her und musste im Sommer in den Alpen entstanden sein. Er hatte der Kamera den Rücken zugekehrt, Basti, sein bester Freund, stand neben ihm. Dann fiel mir sein zweiter Account ein und der Name, den er mir im *Superfly* genannt hatte. Ich suchte danach und wartete, bis eine Bilderreihe auftauchte.

Beim Anblick der abstürzenden Höhen stockte mir kurz der Atem und ich starrte auf die Zahlen unter dem Video: 182.000 Aufrufe, 6.000 Likes und über 1.000 Kommentare. Jemand musste Kilian gefilmt haben, als er von der Klippe gesprungen war. War das eines der Videos, von denen Max im *Superfly* gesprochen hatte? Lauterbrunnental? Dort, wo er sich den Knöchel verstaucht hatte?

Sofort katapultierte sich mein Puls in die Senkrechte und jede Schweißdrüse schien auf einmal ihre Produktion hochzufahren. Kurz zögerte ich, dann klickte ich das Bild an, das sich sofort in einen Film verwandelte.

Wieder stand Kilian neben zwei anderen jungen Männern mit dem Rücken zur Kamera auf einer schmalen Plattform. Er trug einen roten Ganzkörperanzug, der wie ein etwas übergroßes Zelt an ihm klebte, einen Helm mit Kamera und einen unscheinbaren schwarzen Rucksack. Ich erkannte ihn an der Art, wie er sich bewegte und an den schwarzen Haaren, die an der Seite hervorlugten. Die Kameraperspektive sprang in schnellen, kurzen Schnitten zwischen dem unbeschreiblich schönen Ausblick und der Felskante hin und her. Insgesamt waren die Cuts gut gewählt und die Bildqualität ein Traum.

Keine Sekunde später war Kilian wieder zu sehen. Seine Füße waren nicht weit vom Rand der Plattform entfernt, er wandte den Kopf und grinste – dieses typische, unbeschwerte Kilian-Lächeln, hochzufrieden mit sich und dem Augenblick.

Dann veränderte sich seine Mimik. Ernst und konzentriert machte er zwei Schritte auf den Abgrund zu. Wieder ein Schnitt. Ein kurzes Luftholen, ein letztes Innehalten. Auch ich hielt unwillkürlich den Atem an, obwohl mein

Verstand wusste, dass er unten ankam. Schließlich war das ein verdammtes Video.

Er breitete leicht die Arme aus, wirkte in sich ruhend und strahlte dabei eine unglaubliche Gelassenheit aus.

Dann sprang er in die Tiefe.

Mit hämmerndem Herzen verfolgte ich den Kamerablick, der über die Plattform glitt, und sah ihm beim Fallen zu. Immer weiter und weiter, bis ich das Gefühl hatte, keinen Sauerstoff mehr in der Lunge zu haben. Endlich, nach einer halben Ewigkeit, öffnete sich der Fallschirm und er glitt zwischen den schroffen Felsformationen ins Tal hinunter.

Das Video endete. Und mit ihm auch meine Nerven. Zitternd schloss ich die App und ließ mich mit einem tiefen Seufzen ins Kissen sinken, starrte gedankenverloren an die Decke über mir, innerlich aufgewühlt und viel zu durcheinander.

Das war Kilian. Sein Leben, seine Leidenschaft. Kilometerweit von meiner eigenen Wirklichkeit entfernt, wie zwei Planeten in völlig unterschiedlichen Sonnensystemen, deren Umlaufbahn sich niemals kreuzen würde.

Als ich schließlich einschlief, spukten tausend verschiedene Eindrücke und Bilder in meinem Kopf herum. Das Letzte, woran ich mich erinnerte, war Kilians glückliches Lächeln kurz vor dem Sprung und das beklemmende Gefühl in meiner Brust.

Kapitel 12

Gehetzt stellte ich meine beiden Einkaufstaschen auf die Küchenzeile und begann, alles in den Kühlschrank zu räumen. Gleichzeitig behielt ich die Uhr im Blick, die mir im Nacken saß.

»Bin da! Sorry für die Verspätung!« Mein Ruf verhallte im Flur, aber wenigstens wusste Karla jetzt, dass ich wieder zu Hause war. Ich hatte dreißig Minuten, um mich umzuziehen und anschließend mit ihr zum Theater zu hetzen. Wie ich den Münchner Feierabendverkehr kannte, würde es schneller gehen, wenn wir mit der Tram oder dem Bus zum Volkstheater fuhren, das nicht weit von unserer Wohnung in der Nähe des Königsplatzes lag. Dort wollten wir eigentlich noch eine Kleinigkeit essen, bevor die Vorstellung begann, also würde ich mich beeilen müssen.

Die letzte Woche war viel zu schnell vorbeigegangen, aber nicht im positiven Sinne. Ich stand total neben mir, was sich nicht nur auf die geistige Anwesenheit in den Kursen und den Seminaren niederschlug, sondern insgesamt auf meine Stimmung. Der Sonntagabend in der *Alten Utting* war wie ein wunderbarer Höhenflug gewesen, der Aufprall danach dafür umso heftiger ausgefallen. Deshalb war das Theaterstück jetzt genau das Richtige. Und meine beste Freundin.

»Karla?«, rief ich in Richtung ihrer geschlossenen Zimmertür, die sich jedoch keinen Zentimeter rührte.

»Du kannst lange rufen, sie ist zur Arbeit gefahren.«

Mit einem Aufschrei fuhr ich auf dem Absatz herum, die Hand auf meine weiße Bluse gepresst, und starrte mit vor Schreck geweiteten Augen in Richtung Sofa. Dort lümmelte Kilian, die langen, muskulösen Beine an den Knöcheln gekreuzt, sein Handy in der Hand. Er schaute nicht in meine Richtung, sondern ausdruckslos auf das Display vor sich.

»Was machst du hier?«, fragte ich, während sich mein galoppierender Herzschlag erst nach und nach beruhigte. »Du hast doch deine eigene WG, oder nicht?«

»Ja, aber meine Mitbewohnerin hat einen neuen Freund und die beiden sind nicht gerade zurückhaltend. Genau genommen nehmen sie alles in Beschlag, was sich als Ablage eignet.«

Gegen meinen Willen stiegen Bilder vor mir auf und ich schüttelte energisch den Kopf, um sie wieder loszuwerden.

»Du bist doch auch nicht gerade ein Kind von Traurigkeit. Wenn man deiner Schwester Glauben schenken darf«, warf ich ein und machte damit weiter, die Einkäufe in mein Fach im Kühlschrank zu verstauen. Dabei fiel mir die Unordnung ins Auge, die Karla auf der Anrichte hinterlassen hatte. Der leere schiefergraue Teller voller Brotkrumen, das schmutzige Besteck, die ungespülte Tasse. Kurzerhand schnappte ich mir Lappen und Spülmittel und kümmerte mich darum.

»Das stimmt natürlich, aber ich schaffe es meistens, etwas diskreter zu sein.«

»Und das aus deinem Mund? Mr Jede-Frau-kommt-bei-mir-zum-Höhepunkt?«

Kilian gluckste belustigt. »Das hängt mir jetzt ewig nach, oder?«

»Darauf kannst du deine vier heiligen Buchstaben verwetten.«

»Na ja … Außerdem kann ich in meinen eigenen vier Wänden nicht so gut abschalten wie in eurer Jungfern-WG«, fuhr er nun fort. »Mit Karla ist es entspannt und du bist so ein Ruhepol. Glaub es mir oder nicht, aber ich komme in deiner Nähe total runter.«

»*Jungfern-WG*?« Es war das Einzige, was ich hörte. Aus meinen Ohren stieg dampfender Rauch, während ich das fertig gespülte Geschirr zum Trocknen in die Halterung stellte und mich schließlich zu ihm umdrehte.

»Brie einmal ausgenommen«, fügte Kilian schmunzelnd hinzu. Dann sah er auf und der Blick aus seinen schiefergrünen Augen traf mich mit voller Wucht. Die ganze Woche über hatte ich die Gedanken an ihn und das Echo des Base-Jump-Videos weit von mir geschoben, aber jetzt lag er auf unserer Couch, real und in Farbe, und nun prallte alles wieder auf mich ein, was mich vollkommen aus dem Gleichgewicht brachte. Erst dann ging mir auf, was er da anfänglich von sich gegeben hatte.

»Moment«, sagte ich lauernd. »Was meinst du mit *sie ist zur Arbeit gefahren*?«

»Eine Firmenfeier, sie hatte sich dafür eingetragen und ist vor zwanzig Minuten los, weil sie spät dran war.«

»Das kann doch nicht wahr sein«, entfuhr es mir und ich kramte nach meinem Smartphone, um eine wütende Nachricht an Karla zu schicken.

Wir wollten doch zusammen ins Theater. Und jetzt meint Kilian, du musst zur Arbeit???

Ein Häkchen. Und dabei blieb es. Wie immer, wenn sie ihr Handy in den Flugmodus schaltete, um sich auf den Job zu konzentrieren.

»Das glaub ich jetzt nicht«, murmelte ich und schickte eine Nachricht an Brie, um zu fragen, ob sie spontan Lust hätte, mich ins Theater zu begleiten.

Wir sind zum Essen bei meinem Vater eingeladen. Ist es ein Notfall? Ich kann das auch verschieben?, antwortete sie prompt.

Nur mein schlechtes Gewissen hinderte mich daran, auf ihr liebes Angebot einzugehen. Schließlich hatte sie neunzehn Jahre ohne ihren Vater gelebt. Erst im Sommer hatte sie zu ihm gefunden, da wollte ich nicht diejenige sein, die bei ihrem näheren Kennenlernen im Weg stand. Also lehnte ich dankend ab und wünschte ihr viel Spaß.

Ich schrieb noch an zwei Kommilitoninnen, von denen eine nicht reagierte und die andere ebenfalls keine Zeit hatte. Mit jeder Sekunde, die verstrich, fühlte ich mich leerer, ausgehöhlt wie der Käsekuchen, dessen Füllung Matilda zu Papas fünfundvierzigsten Geburtstag heimlich gegessen hatte, während der Rest wieder im Kühlschrank gelandet war.

»Was machst du?«, fragte Kilian jetzt. Er erhob sich mit einer fließenden Bewegung vom Sofa, schlenderte zu mir und lehnte sich an die Küchenzeile, was seinen gut gebauten Oberkörper optimal zur Geltung brachte und meine Augen förmlich dazu aufforderte, ihn zu betrachten. Was ich nicht tat. Aber ich musste mich dazu zwingen. Sein herber Geruch stieg mir in die Nase und ich seufzte geistesabwesend.

»Einen Ersatz suchen«, antwortete ich mit etwas Verzögerung und versuchte, mich nicht von seiner Nähe verunsichern zu lassen. »Eigentlich wollte sie mich ins Theater begleiten. Ich habe von Anabelle zwei Tickets für eine Vorstellung bekommen, die schon ewig ausverkauft ist.«

»Die Vögel?« Ein verschmitztes und viel zu attraktives Grinsen hüpfte über sein Gesicht.

»Ja?« Es klang wie eine Frage, was mich ärgerte. »Woher weißt du das?«

»Intuition.«

Ich verdrehte die Augen. »Und jetzt die Wahrheit, Kohlhammer.«

»Karla hat mir ihr Ticket versprochen.«

Misstrauisch verschränkte ich die Arme vor der Brust. »Sie hat *dir* ihr Ticket hinterlassen?«

»Richtig. Also wenn du nichts dagegen hast, begleite ich dich ins Theater«, bot er trügerisch ruhig an.

Ich konnte die Veränderung spüren. Ein weiterer Schritt in den Kaninchenbau. Ein weiterer Schritt, ohne zu wissen, was mich am Abgrund erwartete.

Ich öffnete bereits den Mund, um zu protestieren, doch dann hielt ich inne und überlegte. Eigentlich sprach nichts dagegen – außer, dass es Kilian war. Aber das war immer noch besser, als allein in dem dunklen Theaterraum zu sitzen. Ich wollte mich nach einem Stück austauschen, diskutieren, interpretieren, wollte das Gefühl teilen, das sich jedes Mal entlud, wenn die Lichter wieder angingen und man aus dieser Blase auftauchte. Deswegen – und nur deswegen – nickte ich schließlich.

»Okay. Moment. Ich ziehe mich nur schnell um«, sagte ich und verschwand in meinem Zimmer.

Ich entschied mich für eine schlichte schwarze Bluse und einen passenden Faltenrock, der bis knapp zu den Knien reichte. Dazu kombinierte ich eine blickdichte Strumpfhose und schwarze Ankle Boots sowie eine Lederjacke und eine Handtasche, in die ich das Wichtigste hineinstopfte. Dann tupfte ich noch ein paar Spritzer meines Lieblingsparfüms auf meine Handgelenke. Einfach nur so, zumindest redete ich mir das ein. Zum Schluss schlüpfte ich ins Bad, kämmte mir die Haare und steckte die vorderen Strähnen am Hinterkopf mit einer Spange zusammen.

»Du siehst hinreißend aus«, hörte ich Kilian sagen, als ich in den Flur trat.

Mein Mund verwandelte sich bei diesem schlichten Kompliment in eine Staubwüste, während seine tiefe männliche Stimme für warme Schauer sorgte. Langsam drehte ich mich um und sah ihn in der offenen Tür zum Wohnzimmer lehnen, das Handy in der einen Hand, die andere in der Hosentasche seiner dunklen Jeans vergraben.

Suchend hob ich den Kopf und fand Kilians Blick, der eingehend über mich hinwegglitt und jeden Zentimeter von mir zu scannen schien, als wollte er sich alles genau einprägen. Das dunkle Haar fiel ihm lässig in die Stirn und betonte seine hellen Augen, aber vor allem diese Musterung, sein intensiver Blick, durchrieselte mich. Kurz musste ich mein Hirn daran erinnern, wer da vor mir stand. Kilian. Karlas Bruder. Und normalerweise war er nicht nett. Kilian schenkte mir keine Komplimente. Aber diesen simplen Satz aus seinem Mund zu hören, ihn mit diesem ganz bestimmten Ausdruck im Gesicht zu sehen, machte etwas mit mir. Mein Herz flatterte nervös. *Nervös.* Dabei kannte ich ihn fast mein ganzes Leben, hatte noch nie das Gefühl gehabt, mich in seiner Gegenwart irgendwie anders verhalten zu müssen.

Plötzlich wurden meine Knie weich und in meinem Kopf sprangen sämtliche Alarmglocken an, schrillten und bimmelten in einer Lautstärke, dass sie selbst meinen tosenden Herzschlag übertönten. Ich fühlte mich, als sei ich dem großen bösen Wolf direkt in die Falle gegangen, straffte die Schultern und schluckte hörbar, während sein glühender Blick mich gefangen hielt.

»Wir sollten dann mal los.«

»Ja.« Himmel, er schnurrte fast! »Das sollten wir.«

Seine Mundwinkel verzogen sich jetzt eindeutig teuflisch. Ja, er war der Teufel in Person. Mein Puls raste und meine Handflächen wurden feucht. Kopfschüttelnd schob ich mich an ihm vorbei, roch sein Aftershave und spürte seine Nähe viel zu deutlich. Ich musste einen klaren Kopf bewahren. Unbedingt.

Als ich gerade erleichtert ausatmen wollte, schlossen sich seine schlanken Finger um mein Handgelenk und zwangen mich, stehen zu bleiben. Fast wäre ich zusammengezuckt, aber ich tat es nicht. Einige Sekunden lang rührte sich niemand von uns, ich hörte nur Kilians gleichmäßigen Atem, während der Hautkontakt elektrische Impulse durch meinen Körper sandte. Dabei fühlte ich mich seltsam entblößt.

Ob es ihm genauso erging? Ob er dasselbe empfand wie ich? Ob er das auch wahrnahm? Diese unsichtbare Verbindung zwischen uns, die viel tiefer ging als alles, was ich bisher gekannt hatte, gerade weil wir uns so lange kannten? Ich musste mir ins Gedächtnis rufen, dass er nicht der kleine Junge von damals war, sondern inzwischen ein Mann.

»Joana«, murmelte er und es wirkte, als wollte er noch etwas hinzufügen, aber die Worte schienen ihm auszugehen.

Ich schloss mit einem Beben die Augen.

Joana.

Nicht Jo. Nicht Jojo. Sondern Joana, wie mich kaum jemand nannte, nicht einmal meine engsten Freunde. Weil sie wussten, welche Wunden ich mit dem Namen begraben hatte, welche seelischen Schmerzen.

Etwas in mir brach auf und ich war mir nicht sicher, ob ich es näher ergründen wollte, denn ich war der Person, die diesen Namen trug, so fern, als würde sie auf einem anderen Kontinent leben.

Dann – endlich – dämmerte mir, weshalb er mir das Kompliment gemacht hatte. Weshalb er mit mir flirtete, diese Intimität zwischen uns heraufbeschwor.

Augenblicklich verspürte ich einen so heftigen Stich, dass ich überrascht nach Luft schnappte. Wie konnte ich nur so dämlich sein? Kilian dachte, dass er mich aufmuntern musste. Wegen der Sache mit dem Eisklotz. Wahrscheinlich gestattete es ihm sein Ehrgefühl als Karlas älterer Bruder nicht, dass ich mich deswegen schlecht fühlte, also wollte er meinem Selbstbewusstsein wieder etwas auf die Sprünge helfen. Das wäre typisch für ihn. Und so logisch.

Wow. Darauf hätte ich auch gleich kommen können.

Aber warum tat diese Erkenntnis dann so weh?

Obwohl ich mich anstrengte, konnte ich nicht verhindern, dass mir mein Gesichtsausdruck entglitt. Ich fühlte mich verletzlich. Also wandte ich schnell den Blick ab und entzog mich seiner Berührung.

»Gehen wir«, sagte ich überraschend kühl, öffnete die Haustür und wartete, bis er an mir vorbeigegangen war. Meine Wangen brannten und ich fühlte mich beobachtet, als ich die Tür abschloss und, ohne ihn anzusehen, die

Treppenstufen hinablief. Etwas zu schnell, ein bisschen hektisch. Irrte ich mich, oder wirkte er irritiert?

»Ich glaube, der schnellste Weg ist mit der Tram vom Hohenzollernplatz bis zur Theresienstraße«, sagte ich.

Kilian schien zu spüren, dass ich ihn auf Abstand hielt, denn er ging nicht auf die seltsame Stimmung zwischen uns ein, sondern schlenderte neben mir her. Zu meinem Glück – oder Pech – gab mein Magen ein knurrendes Geräusch von sich und ich schob meine Hand auf meinen Bauch.

»Sollen wir noch etwas essen, bevor die Vorstellung losgeht?«, fragte er erstaunlich ernst für seine Verhältnisse.

Ich schielte auf die Uhr. »Ja, das wäre nicht verkehrt.«

»Am Theater gibt es gleich um die Ecke eine *Gyoza Bar*, wirklich gut und nicht allzu teuer.«

Da mir *Leckerste* mein Gehalt bereits überwiesen hatte, beschloss ich, auf seinen Vorschlag einzugehen. »Von mir aus gern.«

Kurz wunderte ich mich darüber, dass er wusste, welches Restaurant in der Nähe lag, dann kam die Haltestelle in Sichtweite. Da die Tram bereits einfuhr, rannten wir die letzten hundert Meter, sodass wir gerade noch rechtzeitig einsteigen konnten, bevor sich die Türen wieder schlossen. Schwer atmend ließ ich mich auf einen freien Sitzplatz plumpsen, während sich Kilian mir gegenüber niederließ und nicht wirkte, als hätte er gerade einen Sprint hingelegt.

»Dafür, dass du so viel joggst, ist deine Kondition echt im Eimer«, kommentierte er das heftige Heben und Senken meines Brustkorbs.

Als Antwort zeigte ich ihm einfach den Mittelfinger, was ich unter anderen Umständen niemals getan hätte. Aber Kilian brachte augenscheinlich meine beste Seite zum Vorschein. Von meiner Reaktion überrascht, schlug ich mir die Hand vor den Mund, während Kilians leises Lachen an mein Ohr drang.

»Ich finde es super, wenn du intuitiv bist.« Irgendetwas an seinem Tonfall ließ mich aufhorchen, aber bevor ich mir weiter Gedanken darüber machen konnte, fügte er hinzu: »Wann warst du das letzte Mal im Theater?«

Ich überlegte einen Moment. »Ende August, als Laura wieder in München war.«

»Eure alte Mitbewohnerin?«

»Genau.«

»Ah. Welches Stück habt ihr euch angesehen?«

»*Romeo und Julia*, Sommerfestspiele am Schloss Nymphenburg. War total schön und romantisch, ich fand die Inszenierung großartig.« Bei der Erinnerung daran stieg ein warmes Gefühl in mir auf.

»Warum hast du damit eigentlich aufgehört?« Lässig streckte er seine Beine aus, wobei er mich nicht aus den Augen ließ.

»Womit?» Die Frage traf mich unvermittelt.

»Du hast früher so gern in der Theater-AG mitgemacht. Die Wochenenden im Sommer kurz vor den Aufführungen in dem stickigen Saal verbracht, keine Probe verpasst. Ich dachte eigentlich immer, dass du später mal beruflich in diese Richtung gehen würdest. Bio-Chemie sieht dir gar nicht ähnlich.«

Meine Augen weiteten sich vor Verblüffung. »Das weißt du noch?«

Kilian legte den Kopf schief und betrachtete mich sorgfältig. »Natürlich. Ich war schließlich dort. Ab und zu, wenn sich die Proben aus den unterschiedlichen Stufen überschnitten haben.«

Erinnerungsfetzen stiegen am Rand meines Bewusstseins auf, aber wie so vieles, was mit Matilda zusammenhing, hatte ich auch das wahrscheinlich verdrängt. Irgendwie teilte sich mein Leben in zwei Abschnitte. Einen Teil mit Matilda, einen Teil ohne sie. Und dazwischen schwamm diese graue Suppe.

»Was hast du denn in der Theater-AG gemacht?«, fragte ich. Schließlich war er drei Jahre älter und somit nicht immer in meiner Gruppe gewesen. Ich konnte mich nur an ein Jahr erinnern, in dem wir beide im Mittelstufentheater gespielt hatten. Genauso wie Matilda.

»Am Anfang hauptsächlich selbst gespielt, später habe ich bei der Regiearbeit geholfen.«

»Oh, gemeinsam mit Frau Sahler?« Ich hatte seit Jahren nicht mehr an die schrullige Lehrerin gedacht, die ihr halbes Leben in die Aufführungen gesteckt hatte. Egal welcher Jahrgang und welches Stück, sie war immer mit Herzblut dabei gewesen und das hatte sich auf alle Schüler übertragen.

»Ja.«

»Ich glaube, ich könnte nie mit einem Schauspieler zusammen sein«, platzte es aus mir heraus.

»Wieso nicht?«

»Weil ich es großartig finde, was sie auf der Bühne oder vor der Kamera leisten – aber ich hatte immer das Gefühl, dass sie einen Teil von sich in die Rolle geben. Dass sie nie bloß eine Figur darstellen, wenn du verstehst, was ich meine. Das macht die Schauspielerei so intim und persönlich und ich weiß nicht, ob ich einen Partner möchte, der so etwas mit Fremden teilt.« Stotternd brach ich ab und senkte den Blick. »Mann, das klingt doof.«

»Nein, überhaupt nicht.« Kilian sah mich so nachdenklich an, dass ich mich unter seinem Blick wie auf einem Seziertisch fühlte und mich fragte, was ihm durch den Kopf ging.

»Oh, wir sind schon da«, rief ich und sprang auf, während er dicht hinter mir folgte. Schweigend gingen wir nebeneinanderher, wobei er den Weg so zielgerichtet und sicher vorgab, als hätte er den Lageplan genau im Kopf. Die *Gyoza Bar* war ein unscheinbarer Imbiss, mit schicken Holzhochstühlen und grünen Kissen. Die meisten Tische waren besetzt, was wahrscheinlich an der guten Lage und dem angenehmen Wetter lag.

Wir entschieden uns beide für das Wantan-Suppen-Menü und fanden noch einen Platz in einer ruhigen Ecke. Das Essen kam schnell und schmeckte fantastisch. Unter anderen Umständen hätte ich es richtig genossen, aber wir hatten es eilig.

»Ich habe übrigens eines deiner Base-Jump-Videos gesehen«, sagte ich zwischen zwei Bissen, während ich versuchte, meine Gesichtsmuskeln unter Kontrolle zu behalten und bei den Bildern, die in mir aufstiegen, nicht in Panik zu verfallen.

»Wirklich?« Kilian wirkte überrascht.

»Ja, du hast mir doch im *Superfly* den Namen deines zweiten Profils verraten.«

»Und?« Kilian hatte aufgegessen und lehnte sich im Sitz zurück.

»Warum tust du das? Hast du keine Angst, dass …« Die Worte blieben mir im Hals stecken. Allein den Satz gedanklich zu formen, kostete mich enorme Überwindung, ihn auszusprechen wäre mein Untergang gewesen. Dafür bewegte ich mich auf viel zu dünnem Eis, was Kilian zu spüren schien.

»Angst nicht unbedingt«, antwortete er. »Ich möchte meine Grenzen austesten. Parkour hat dafür irgendwann nicht mehr ausgereicht. Über Basti habe ich ein paar Freunde kennengelernt, die seit Jahren Base-Jumper sind. Ja, es ist gefährlich und ja, es besteht ein extrem hohes Risiko, wahrscheinlich mehr als bei irgendeinem anderen Sport.« Er zuckte mit den Schultern. »Aber genau das macht es auch aus. Der Kick, das Adrenalin. Ich brauche das, um zu wissen, dass ich lebe.«

Was er sagte, klang total schlüssig. Gleichzeitig jagte es mir eine Scheißangst ein, weil es alles infrage stellte, was ich mir aufgebaut hatte. Meine Hände wurden taub.

»Was fasziniert dich so daran?«

»Der Gedanke, dass ich in diesem Augenblick alles aufgebe. Es gibt nichts Ehrlicheres.«

Auch wenn ich das Gefühl hatte, dass mir seine Antwort den Boden unter den Füßen wegzog, ließ ich sie einen Herzschlag lang sacken. Wir hatten schon einmal kurz darüber gesprochen, aber nachdem ich das Video mit eigenen Augen gesehen hatte, war es etwas völlig anderes. Nicht mehr so … abstrakt.

Ein Augenblick, der alles verändern konnte. So wie damals bei Matilda. Ich merkte, wie mir heiß wurde. Und kalt. Aber ich zwang mich, nicht gegen die Beklemmung in meiner Brust anzukämpfen, sondern ließ sie einfach wüten. Das half meistens.

Kilian bemerkte die Veränderung, wahrscheinlich konnte ich die Trauer nicht verbergen, die sich wie eine zweite

Haut über mein Gesicht stülpte, denn er beugte sich leicht vor und legte die Hände auf den Tisch, als wollte er mir näher sein. Eine tröstliche Geste.

»Das mit Matilda damals war etwas komplett anderes. Ein Unfall, an dessen Folgen sie nicht hätte sterben sollen. Ich bin mir des Risikos durchaus bewusst. Das kann man nicht vergleichen. Ich weiß, dass ich mit jedem einzelnen Sprung mein Leben aufs Spiel setze.«

Messerworte. Für einen winzigen Moment hatte ich verdrängt, wie gut Kilian über Matildas Tod Bescheid wusste. Sie war in seiner Jahrgangsstufe gewesen. Auf der Beerdigung hatte er nur zwei Reihen hinter mir gestanden, gemeinsam mit seiner Familie. Als Kind hatte ich die irrwitzige Vorstellung, dass es auf Beerdigungen regnen musste. Als würde der Himmel den Schmerz der Trauergäste mit einem Wolkenbruch unterstreichen wollen. Aber am Tag von Matildas Beerdigung war strahlender Sonnenschein gewesen, der sich auf den glitzernden Schneekuppen des Friedhofsgeländes gebrochen hatte.

»Außerdem hat man damals beim Skifahren noch keine Helme getragen wie heute. Und schon gar nicht mit fünfzehn, wenn man sich sowieso nichts sagen lassen will«, fügte er leiser hinzu.

Ich schloss kurz die Augen. Als ich sie wieder öffnete, löste sich die Schwere in meinem Brustkorb ein wenig. »Das war nur ein Gerücht an der Schule.«

»Was?«

»Sie hatte einen Helm auf«, erklärte ich und kämpfte gegen die unangenehme Übelkeit, die ohne Vorwarnung in mir aufstieg.

»Oh. Das wusste ich nicht.«

Ich schluckte. »Ich finde nur … Kannst du es denn verantworten, deine Familie und Freunde einfach … zurückzulassen, sollte dir etwas zustoßen?«

Kilian sah mich lange an, bevor er antwortete. »Lieber lebe ich ein kurzes Leben, das mir gehört und in dem ich absolut glücklich bin, als eins, das sich fremdbestimmt anfühlt und mich nicht erfüllt.«

Rums. Das saß. Volltreffer.

Die Angst legte sich wie eine eiserne Faust um meine Wirbelsäule, drückte meine Lunge zusammen. Keuchend holte ich Luft, drohte davonzugleiten, als ich die Berührung seiner Fingerspitzen auf meinem Handrücken spürte. Der Hautkontakt hielt mich in der Gegenwart fest, als hätte Kilian instinktiv gewusst, was seine Worte in mir auslösen würden, welche Dämonen der Vergangenheit sie heraufbeschwören würden.

Blinzelnd starrte ich ihn an. Hitze drang mir in die Wangen.

»Wir müssen los«, erklärte er ruhig und mit einem Blick auf die Uhr.

Ich nickte knapp, er löste seine Hand von meiner und stand auf, was ich ihm mit wachsweichen Beinen gleichtat.

Auf dem restlichen Weg schwiegen wir und ich brauchte die kurze Zeit auch für mich, um mich wieder zu sammeln.

»Was weißt du über das Stück?«, fragte Kilian schließlich, als wir am Theater ankamen. Die Sonne war vor wenigen Minuten untergegangen und die rosafarbenen Schleier tauchten den Münchner Abendhimmel in ein prächtiges Farbenmeer.

»Eigentlich nur, dass es um persönliche Schicksale vor dem Hintergrund des Nahostkonflikts geht.«

»Ich bin gespannt, wie du es findest«, antwortete er lächelnd und hielt mir die Tür zum Theater auf.

Als ich stehen blieb und ihn perplex anstarrte, legte er wie selbstverständlich eine Hand auf meinen Rücken, um mich hineinzuschieben. Die Berührung pulsierte durch meinen Körper, was mich daran erinnerte, dass er nur so nett war, weil er vermutlich Mitleid mit mir hatte. Also ermahnte ich mich, nicht zu viel in seine Gesten hineinzuinterpretieren und das Stück zu genießen. Schließlich freute ich mich schon die ganze Woche darauf.

Kapitel 13

Die Atmosphäre im Theater war großartig und das, obwohl wir spät dran waren und die meisten Zuschauer schon ihre Plätze eingenommen hatten. Ein ganz spezieller Zauber lag in der Luft. Wie ein schneeverhangener Weihnachtsmarkt im Winter. Oder der Augenblick vor dem ersten Kuss, verheißungsvoll, getränkt in intimen Wünschen.

Im Foyer gab ich meine Jacke ab und stellte fest, dass heute ein erstaunlich junges Publikum anwesend war. Wie ich wusste, hatte der Intendant in den letzten Jahren das Programm des Theaters und die Inszenierungen deutlich verjüngt, aber so viele Leute in meinem Alter hatte ich nicht erwartet. Die Polstersitze waren gigantisch, ich versank förmlich darin. Zu meiner Freude hatten wir eine gute Sicht auf die Bühne. Wir saßen relativ mittig. Ich mochte es nämlich nicht, wenn ich zu dicht an der Bühne saß. Wenn ich das Gefühl hatte, dass mich die Schauspieler sehen konnten, in mich hineinschauten, mich zu einem Teil des Schauspiels machten.

In den letzten Minuten war Kilian für seine Verhältnisse sehr still gewesen. Kein doofer Spruch, kein Seitenhieb, als wäre er in seine eigenen Gedanken vertieft.

»Du bist ja richtig handzahm. Muss ich mir Sorgen machen?«, flüsterte ich ihm zu, weil der Geräuschpegel langsam abnahm.

Ein Mundwinkel zuckte. »Du magst es also doch etwas härter?«

Ich verdrehte die Augen, musste aber selbst ein Grinsen unterdrücken. »Nein, es ist nur so irritierend, wenn du mal nicht mit Sprüchen um dich wirfst.«

»Vielleicht sind sie mir ausgegangen.«

»Dir?« Ich lachte. »Eher friert die Hölle zu. In dir steckt der Teufel höchstpersönlich.«

»Dann wären wir ja die perfekte Kombination«, scherzte er.

Bei seiner Bemerkung hüpfte mein Herz in die Höhe, sodass ich kurz sprachlos war und mir der Atem für einen anständigen Konter fehlte. Rasch klammerte ich mich an den Gedanken, dass er nur mit mir flirtete, weil er Mitleid hatte und mich aufmuntern wollte.

»Gut, womöglich muss ich mir erst einmal über etwas klar werden«, hörte ich ihn murmeln, den Blick auf die noch abgedunkelte Bühne gerichtet. Langsam wandte er mir den Kopf zu, während die Lichter ausgingen.

Plötzlich war ich mir seiner Nähe überdeutlich bewusst. Als hätte jemand ein direktes Spotlight auf uns gerichtet. Ich konnte die geschwungenen Konturen seiner Lippen erkennen, seine markante Kieferpartie, den dunklen Bartschatten. Und er roch immer noch so verdammt gut.

»Worüber klar werden?«, fragte ich leise.

»Ich bin mir nicht sicher, ob du das wissen willst«, erwiderte er geheimnisvoll. »Zumindest jetzt noch nicht.«

Bevor wir das Gespräch vertiefen konnten, ging das Licht

auf der Bühne an und die erste Szene setzte ein. Schon nach wenigen Minuten hatte mich das Stück in seinen Bann gezogen. Ein Flickenteppich aus Missverständnissen, Emotionen, Familie, Konflikten – und das alles in drei verschiedenen Sprachen, zwischen denen die Schauspieler mühelos hin- und herwechselten.

Ich tauchte immer tiefer in die Handlung ein, bis ich vergaß, wo ich saß und wer ich war. Welche Probleme ich hatte. Welcher Tag heute war. Es tat gut, einfach abzuschalten, ganz darin zu versinken. Es war ein anderes Gefühl als im *Superfly*, aber mindestens genauso befreiend. Das Stück war intensiv, nervenaufreibend und echt. Die Dialoge, die Art, wie die Familienmitglieder miteinander umgingen, das alles drang unter meine Haut und setzte sich dort fest. Die brodelnden Emotionen schwappten auf mich über, ich ertrank in der Darstellung der Schauspieler, die zum Greifen nah waren, ertrank in ihren Empfindungen, ihren Ängsten, ihrem Schmerz und schnappte atemlos nach Luft, als der erste Akt vorbei war und die Lichter über unseren Köpfen wieder ansprangen. Es dauerte einige Herzschläge, bis ich wieder aufgetaucht war.

»Wow«, drang es tonlos über meine Lippen. Ich fühlte mich ein bisschen schwebend, wie auf einer Wolke aus Zuckerwatte, und meine Wangen glühten.

»Ich wusste, dass es dir gefällt«, sagte Kilian, der mich von der Seite beobachtete.

»Ich liebe es.« Mein Herz klopfte immer noch wie wild von der letzten Szene und ich starrte auf die abgedunkelte Bühne, wo noch die weißen, großflächigen Papierwände zu sehen waren, die zum Bühnenbild gehörten und gleichzeitig als Projektionsfläche für die Übersetzungen dienten.

»Was genau?«

»Alles daran!« Ich versuchte, die Emotionen zu fassen. »Dass es in verschiedenen Sprachen erzählt wird, dass es kein Schwarz und Weiß gibt, dass die Grenzen verschwimmen und man alle Seiten nachvollziehen kann. Nein, nicht nachvollziehen, *nachfühlen*. Man fühlt richtig mit«, sprudelte es aus mir heraus und ich unterstrich meine Worte mit rudernden Armen. Als mir klar wurde, was ich tat, hielt ich inne.

Kilian schüttelte sacht den Kopf, seine Augen funkelten amüsiert. »Hör nicht auf.«

»Womit?«

»Zu sagen, was du denkst, ohne dir vorher darüber den Kopf zu zerbrechen.«

Ich erschrak, weil er mich doch so gut kannte. Denn genau das war mein Problem, das mich immer begleitete, mich lähmte, mich in den Schatten stellte. Mein komplettes Sein bestand aus einer Aneinanderreihung bereits getroffener Entscheidungen. Ich geißelte mich selbst, um ja nicht auszubrechen. Um kein Risiko einzugehen. Um das Leben zu leben, das Matilda vorbestimmt gewesen wäre.

»Willst du … willst du etwas trinken?«, brachte ich schließlich hervor, noch immer aufgekratzt vom ersten Akt und der Tatsache, dass Kilian mich durchleuchtete, als wäre es für ihn ein Kinderspiel. Als hätte ich nicht jahrelang sämtliche Mauern hochgefahren, damit genau das nicht geschah.

»Ja.« Wieder sah er mich so seltsam an und langsam fragte ich mich, was eigentlich in ihm vorging.

Draußen im Foyer herrschte dichtes Gedränge, die Stimmung war ausgelassen und ich schnappte einige Diskussionen und Unterhaltungen zu den einzelnen Szenen auf. Weil ich dringend auf die Toilette musste, bat ich Kilian, ein Wasser für mich mitzubestellen, dann stand ich in einer Schlange an, die sich nur im Schneckentempo verkürzte. Als ich schließlich wieder bei Kilian ankam, war die Pause fast vorbei.

Meine Kehle war wie ausgetrocknet und ich spülte das Wasser in wenigen Zügen herunter, bis nur noch ein kleiner Rest in der Glasflasche schwamm.

»Wie findest du denn das Stück?«, fragte ich ihn, denn bis jetzt hatten wir nur über meinen Eindruck gesprochen und seine Miene ließ keinen Rückschluss auf seine Gefühle zu.

»Ich mag das Stück sehr gern, auch wenn ich das Ensemble in Stuttgart einen kleinen Tick besser fand.«

Ich verschluckte mich an meiner eigenen Spucke und hustete so heftig, dass mir die Tränen kamen. Lachend klopfte mir Kilian auf den Rücken, bis ich mich beruhigt hatte.

»Du hast es schon gesehen? Wieso hast du das denn nicht gesagt?«

»Du hast nicht gefragt.« Er vergrub die Hände in den Hosentaschen und grinste wie ein kleiner Schuljunge, der etwas angestellt hatte.

»Ich kann doch nicht nach etwas fragen, von dem ich nichts weiß«, erwiderte ich vorwurfsvoll.

»Jetzt weißt du es.«

Ungläubig starrte ich ihn an, als wären ihm plötzlich die passenden Teufelshörner gewachsen. »Gibt es vielleicht noch etwas, das ich nicht weiß?«

»Kommt darauf an«, antwortete er geheimnisvoll.

»Muss ich die richtigen Fragen stellen, oder sagst du mir, was du damit meinst?«

In diesem Augenblick ertönte die Glocke und kündigte

den zweiten Akt an, weswegen er mir eine Antwort schuldig blieb. Also begaben wir uns auf unsere Plätze, während ich versuchte, aus Kilian schlau zu werden und ihm ein paar zusätzliche Informationen zu entlocken. Aber Fehlanzeige. Er ließ mich weiter im Unklaren.

Als die Lichter im Publikum wieder erloschen und die Schauspieler auf die Bühne traten, vergaß ich schnell unser Gespräch und spürte nur noch das Stück direkt vor mir. Bald war ich wieder Teil der Handlung und verfolgte atemlos, wie das Drama sich entfaltete, bis mir schwindelig wurde. Es war spannend, einnehmend und echt. Ich liebte alles daran und wusste, dass die Geschichte der Figuren noch lange in mir nachhallen würde. Gebannt verfolgte ich, wie die Familiendynamik weiter aufbrach, wie sich Konflikte entluden und immer schwerfälliger wurden, wie Brüche in Einzelteile zersprangen, die sich unter meiner Haut festsetzten.

Nach über drei Stunden war es vorbei. Mein Kopf schwirrte und mein Körper war noch immer gefangen in der Intensität des Stücks. Der Applaus ebbte ab, wurde leiser und verklang schließlich völlig. Geraschel, einsetzende Gespräche.

»Krass.« Etwas Besseres fiel mir nicht ein. Neben uns erhoben sich die Zuschauer, aber ich musste kurz sitzen bleiben, genau wie ein paar andere aus dem Publikum.

»Ich fand es auch wieder so stark.«

»Wann hast du es denn in Stuttgart gesehen?«

»Vor einem halben Jahr, bevor Basti und ich wieder in die Schweiz gefahren sind. Wir haben extra in Stuttgart übernachtet, weil ich unbedingt in dieses Stück wollte.«

»Was? Wieso?«

»Ich hatte gehört, dass es unglaublich gut sein soll und einfach anders. Auch wegen der verschiedenen Sprachen, die innerhalb der einzelnen Szenen wechseln. Es hat mich gereizt, wie das auf der Bühne umgesetzt wurde.«

»Und weshalb interessierst du dich so dafür?«

Kilian wollte gerade antworten, doch in diesem Augenblick ertönte eine angenehme weibliche Stimme: »Kohlhammer, wie cool, du bist auch gekommen!«

Als ich den Kopf wandte, entdeckte ich eine junge Frau etwa in meinem Alter. Sie hatte ein puppenhaftes Gesicht, mit riesigen dunklen Augen und schulterlangen schwarzen Haaren, die ihre Züge weich erscheinen ließen und sie trug eine Jeanslatzhose, die an den Knöcheln kürzer geschnitten war.

»Hey, Esther«, begrüßte Kilian sie. Er rieb sich über den Arm und wirkte leicht verlegen, was ihm gar nicht ähnlich sah.

Jetzt schaute sie zwischen uns hin und her und das Lächeln, das auf ihren Lippen lag, wurde noch eine Spur breiter. »Oh, tut mir leid, wenn ich euch bei eurem Date störe.«

»Wir haben …«

»Wir sind nicht …«, begannen Kilian und ich gleichzeitig, und ich spürte, wie mir auf einmal furchtbar warm wurde.

Natürlich war das der äußere Eindruck, den man gewinnen konnte, wenn man unsere Situation nicht kannte. Aber Kilian und ich auf einem Date war mindestens genauso wahrscheinlich wie für mich ein Sprung vom Fünf-Meter-Brett. Nämlich gar nicht.

Esther lachte und hielt sich dabei eine Hand vor den Mund. »Okay, doppelt Entschuldigung. Beziehungsstatus ungeklärt.« Bevor Kilian oder ich abermals protestieren konnte, zwinkerte sie ihm zu und sagte: »Wir sehen uns dann nächste Woche. Ich freu mich.«

»Ich mich auch. Grüß Yara von mir.«

»Richte ich aus. Euch noch viel Spaß.« Mit diesen Worten verabschiedete sie sich, winkte noch einmal kurz und verschwand durch eine der Nebentüren aus dem Saal, der sich inzwischen merklich geleert hatte. Nur noch vereinzelt saßen Leute in den Reihen, unterhielten sich angeregt oder ließen noch das Stück auf sich wirken.

»Eine Kommilitonin von mir«, murmelte Kilian erklärend und fragte dann an mich gewandt: »Wäre eine Arbeitsstelle hier nichts für dich?«

Sehnsucht stieg in mir auf. »Es wäre toll, mal wieder ein bisschen Theaterluft schnuppern zu können, also hinter der Bühne. Ich vermisse dieses Kribbeln vor einer Aufführung, auch wenn ich selbst nie gespielt habe. Ich war gern Teil der Inszenierung«, gestand ich und war selbst erstaunt darüber, wie leicht mir die Worte fielen, denn damit offenbarte ich mein tiefstes Inneres. Jenen Part, den ich eigentlich vor mir selbst verschlossen hielt, aus Angst, damit Wünsche loszutreten, die ich nicht erfüllen konnte. Aber wenn Kilian mich fragte, fühlte es sich ganz natürlich an, mit der Wahrheit herauszurücken, diese verborgenen Wünsche an die Oberfläche zu zerren.

»Okay.« Er stand auf und sah auffordernd auf mich herunter.

Verwirrt erhob ich mich aus meinem Sitz. »Okay … was?«

»Okay, wir machen das jetzt.« Die Fragezeichen, die auf meiner Stirn aufleuchteten, mussten ziemlich eindeutig sein, denn er fügte hinzu: »Einen Blick hinter die Kulissen werfen.«

»Wir können doch nicht einfach …«, begann ich zu protestieren, doch Kilian nahm meine Hand und zog mich durch eine der Seitentüren, die hinter die Bühne führten. Meine Beine schienen mir nicht mehr zu gehorchen, denn sie folgten ihm mühelos, leisteten keinen Zentimeter Widerstand. Obwohl die rationale Seite in mir gegen die Abenteuerlust anschrie, die mich ohne Vorwarnung durchströmte. Adrenalin schoss durch meine Venen und mein Puls beschleunigte sich, als wir um die Ecke bogen und in einem Gang landeten, in dem wir eindeutig nichts zu suchen hatten.

Mein Gesicht glühte. »Wenn uns jemand erwischt, bekommen wir bestimmt Hausverbot.«

»Und wenn schon. Du hast doch gerade selbst gesagt, dass du ein bisschen Theaterluft schnuppern möchtest. Hinter den Kulissen.«

»Ja, aber doch nicht so!«, widersprach ich zischend, während mein Herz aufgeregt pochte. Meine Finger in Kilians Hand fühlten sich schweißnass an.

»Du hast aber genau jetzt die Gelegenheit.«

»Und anschließend kann ich mich hier nie mehr blicken lassen!«

»Vielleicht. Aber vielleicht erlebst du auch einfach etwas, das dir Spaß macht«, widersprach Kilian und grinste mich frech über die Schulter an, was ein Ziehen in meinem Bauch auslöste.

»Ein Abenteuer, das uns eine einstweilige Verfügung einbringen kann«, korrigierte ich ihn, sog allerdings alles auf, was uns hier erwartete. Auch wenn ich wusste, dass es wahrscheinlich falsch war. Die Flure wirkten hier nicht ganz so pompös wie der Eingangsbereich des Theaters, wie ein Zaubertrick, eine Illusion, die enthüllt wurde. Aber für mich ging damit keine Magie verloren, im Gegenteil.

»Wann hast du das letzte Mal etwas gemacht, das nicht nach Plan lief, Wendl?«

»Keine Ahnung«, antwortete ich.

»Siehst du. Und genau darin liegt das Problem. Du benutzt viel zu oft deinen hübschen Kopf, anstatt einfach mal etwas aus einem Impuls heraus zu tun. Aber das gehört zum Leben dazu.«

Hatte er mir gerade wieder ein Kompliment gemacht? Ich war mir nicht sicher.

»Ich möchte aber nicht unbedingt vorbestraft sein, nur um behaupten zu können, dass ich lebe.«

»Ein bisschen Nervenkitzel schadet dir nicht.«

»Und du könntest manchmal ein bisschen mehr nachdenken. Bevor du dich von irgendwelchen Klippen stürzt und deiner Familie damit einen Herzinfarkt bescherst, zum Beispiel.«

Mit einem Schlag wich das schelmische Funkeln aus Kilians Augen und seine Miene wurde ernst. »Da stimme ich dir zu. Ich bin manchmal etwas zu impulsiv. Aber im Grunde mag ich es so.«

»Wie oft hast du eigentlich dein Studienfach gewechselt?«

»Vicrmal.«

»Hast du Angst vor Beständigkeit?«

Die Frage schien ihn zu irritieren, denn er hielt kurz inne und warf mir einen schnellen Blick zu. »Wie meinst du das?«

»Keine festen Beziehungen, die Suche nach dem nächsten Kick, diese Rastlosigkeit, die dich umgibt. Ist das nicht auch eine Art Flucht?«

Jetzt hatte ich seine ungeteilte Aufmerksamkeit und sein

wachsamer Blick durchdrang jeden Winkel in mir. »Sprich weiter.« Seine Stimme klang wie grobkörniger Sand.

Ich hob die Schultern. »Ist mir nur aufgefallen. Mehr nicht.«

»Ja.« Wieder ein kurzer Seitenblick. »Ja, da hast du recht. Ich lege mich nicht gern fest, aus Angst, etwas zu verpassen. Aber ich denke, wenn ich das richtige Umfeld, die richtige Frau oder den richtigen Sport gefunden habe…« Er hob die Schultern. »Vielleicht ändert sich dann auch meine Einstellung, wer weiß das schon.«

Wir bogen um die nächste Ecke, wo mehrere Türen abzweigten. Wir mussten uns jetzt schräg hinter der Bühne befinden, was mich wieder ins Hier und Jetzt holte.

»Da sind bestimmt die Umkleiden und die Maske«, mutmaßte Kilian und deutete auf die Türen rechts. »Wollen wir Hallo sagen gehen?«

»Was?« Entsetzt blieb ich stehen und krallte mich so fest in seine Hand, dass es ihm bestimmt wehtat, auch wenn er nicht mit der Wimper zuckte. »Nein! Das geht doch nicht.«

Auf einmal näherten sich Schritte.

»Pst«, machte Kilian, öffnete die Tür zu unserer Linken und schob mich in den muffigen dunklen Raum, der nicht größer als eine Konservenbüchse war. Es war so eng, dass kaum zwei Leute hineinpassten, doch das störte ihn kein bisschen. Er presste sich eilig mit hinein und schloss die Tür hinter uns.

Wir waren in völlige Dunkelheit getaucht. Ich konnte weder seine Silhouette noch meine Hand vor Augen erkennen, die sich erst nach und nach an die tiefe Schwärze gewöhnten. Die einzigen Geräusche waren meine unregelmäßigen Atemzüge und das Dröhnen meines Herzschlags.

»Das war ein Fehler. Oh, Gott, ein riesiger Fehler«, wisperte ich. Panik überfiel mich, aber Kilian legte mir nur wortlos einen Finger an die Lippen, was mich sofort verstummen ließ.

»Da muss ich dir von meinem Standpunkt aus leider widersprechen.« Seine Stimme klang auf einmal wie Schmirgelpapier und erst jetzt wurde mir bewusst, dass mein Oberkörper gegen seinen stieß. Knisternde Funken setzten die Luft um uns in Brand, eine Weile sagte niemand von uns ein Wort.

Meine Gedanken überschlugen sich. Er hatte recht. Natürlich hatte er recht. Ich dachte zu viel nach, ich hatte mich in ein Leben gezwängt, das sich langsam nicht mehr wie mein eigenes anfühlte. Womöglich war es auch nie mein eigenes gewesen. Oder doch?

Der Moment zerbrach, als sich auf einmal die Tür öffnete und der grelle Lichtschein von draußen in die Kammer fiel. Blinzelnd entdeckte ich einen jungen Mann mit dunkelblondem Wuschelkopf, dessen Gesichtsausdruck von Verwirrung zu Überraschung wechselte.

»Was machst du denn –«, setzte er an.

»Sorry, wir haben uns verlaufen«, fiel ihm Kilian mit einem entschuldigenden Lächeln ins Wort und zog mich an dem Typen vorbei aus der Kammer. Alles in mir drehte sich vor Aufregung und ich war froh, dass Kilian sich nicht für die Maske oder die Umkleidekabine der Darsteller, sondern für den Weg zum Ausgang entschied. Ich warf einen Blick hinter mich und sah, wie uns der Typ mit offen stehendem Mund nachschaute. Ein albernes Kichern steckte mir im Hals. Das musste das Adrenalin sein. Oder meine Unzurechnungsfähigkeit.

Als wir schließlich im Foyer ankamen, waren meine Knie weich wie Butter. Um kurz durchzuatmen, holte ich erst mal meine Lederjacke aus der Garderobe, während Kilian am Holztresen lehnte und mich dabei beobachtete.

»Und?«, fragte er. »War es so schlimm?«

Meine Nerven hatten sich noch nicht hundertprozentig beruhigt, surrten und vibrierten, aber zu meinem eigenen Erstaunen fühlte ich mich total glücklich. Was nicht allein an dem großartigen Stück lag, sondern auch an der Tatsache, dass ich etwas Unerwartetes gemacht hatte. Etwas, das Joana früher getan hätte, vor Matildas Unfall. Bevor aus Joana Jo geworden war, weil sich der vollständige Name zu schmerzhaft anfühlte. Es war dasselbe Gefühl, das ich verspürt hatte, als ich mir kurz nach dem Tod meiner Schwester die Haare rot gefärbt hatte oder als später das Piercing und dann das Tattoo dazugekommen waren. Jedes Mal hatte mich dieses Wilde, Ungezähmte mitgerissen, das in mir schlummerte. Und genau das hatte mir so lange gefehlt.

»Nein, es war nicht schlimm«, erwiderte ich mit einiger Verzögerung und spürte, wie sich meine Mundwinkel von selbst in Bewegung setzten. »Ganz im Gegenteil.«

Kapitel 14

»Warum hast du mich noch mal dazu überredet mitzukommen?«, stöhnte ich, während ich mit meinen mörderisch hohen und durchsichtig schimmernden Pumps hinter Karla herstakste und gleichzeitig versuchte, in dem hellblauen Glitzerkleid nicht das Gleichgewicht zu verlieren.

Es war schon dunkel und wir waren viel zu spät dran, weswegen die meisten Parkplätze rund um den Gebäudekomplex, in dem Kilian seit Neustem wohnte, bereits belegt waren. Wir hatten nur gut einen halben Kilometer entfernt etwas gefunden und mussten den restlichen Weg zu Fuß hinter uns bringen.

Karla legte ein Tempo vor, um das sie jeder Marathonläufer beneidet hätte. Was angesichts des Skelettkostüms, das sich hauteng an ihren Körper schmiegte, und den weißen Sneakern kein Wunder war. Bei genauerer Betrachtung wurde mir bewusst, wie wenig Spielraum ihr Outfit der Fantasie ließ, aber sie sah darin verdammt sexy aus und genau das hatte sie sich auf die Fahnen geschrieben. »Schließlich laufen auf der Party bestimmt ein paar interessante Typen herum«, hatte sie gemeint.

Brie – als Biene mit voluminösem Bauch verkleidet – hatte mit ihren schwarzen Turnschuhen keine Probleme, mit Karlas Schritt mitzuhalten. Sie balancierte einen Teller mit selbst gemachten *Brigadeiros*, während Karla die traurigste Zimmerpflanze der Welt schleppte, unser Einweihungsgeschenk. Die leicht gelblich verfärbten Blätter hingen betrübt herunter.

»Meinst du nicht, wir hätten deinem Bruder etwas Schöneres besorgen sollen? Selbst wenn es Kilian ist?«, fragte ich, noch immer ein wenig irritiert.

»Mein Bruder versteht das«, versicherte Karla mir. »Er hat mir damals eine kaputte Spielekonsole geschenkt. Also darf er sich jetzt um Helmut kümmern.«

»Helmut?«

»In die Jahre gekommen, etwas verwelkt, mit vielen Lebensweisheiten bestückt. Ich finde, Helmut passt prima als Name. Hast du die Karte nicht gelesen?« Mit dem Kinn deutete sie auf den schlichten Umschlag, der zwischen den Halmen steckte.

Ich schüttelte den Kopf. »Dazu bin ich nicht gekommen, die Woche war so voll.«

Tatsächlich hatte ich so viel für die Seminare zu tun gehabt, dass ich mir nicht einmal Gedanken um das Nicht-Date mit Kilian gemacht hatte, das inzwischen eine Woche her war. Aber wahrscheinlich war das auch besser so.

»Ist das ein Running Gag zwischen euch?«, fragte jetzt Brie interessiert. »Hässliche Einweihungsgeschenke?«

»Jupp.« Karla nickte. »Die Spielekonsole konnte ich nicht einmal mehr an einen Sammler verkaufen. Immerhin lebt Helmut noch.«

»Die Betonung liegt auf *noch*«, murmelte ich und damit war das Thema gegessen.

In meinem Stoffrucksack steckten zwei Flaschen Rum, die wir unterwegs besorgt hatten. Die Blicke der Verkäuferinnen waren Gold wert gewesen. Eine hatte sogar ihr Handy gezückt und gefragt, ob sie für ihre kleine Nichte ein Foto von mir schießen dürfe. Ich war mir nicht sicher, ob sie ihrer Nichte damit ein paar schlaflose Nächte verpassen wollte, hatte jedoch zugestimmt.

»Deine Laune ist übrigens nur an diese Schuhe gekoppelt«, kommentierte Karla jetzt trocken, den Blick vielsagend auf die immer wieder hervorblitzenden Pumps geheftet. »Wer bist du eigentlich? Ich komme einfach nicht darauf …«

»Zombie-Elsa aus *Die Eiskönigin*«, erwiderte Brie wie aus der Pistole geschossen und höchst entsetzt über Karlas Frage. Anschließend schenkte sie mir ein strahlendes Lächeln. »Und sie sieht absolut umwerfend aus!«

»Das mit den Latexteilen hat bestimmt eine halbe Ewigkeit gedauert«, warf Karla ein.

»Insgesamt zwei Stunden«, seufzte ich und konnte mich gerade noch davon abhalten, mir ins Gesicht zu fassen. Eine Hälfte war in Elsa-Manier geschminkt: perfekte Grundierung, verschiedene lilafarbene Lidschatten, künstliche Wimpern und ein passender Lippenstift. Ich hatte mir sogar einen Teil meiner Augenbrauen abgeklebt, um sie optisch perfekt anzupassen. Die Ähnlichkeit war gar nicht so weit hergeholt und ich brauchte nicht mal eine passende Perücke. Die andere Gesichtshälfte hatte wesentlich mehr Zeit in Anspruch genommen, denn ich hatte mir extra ein paar Tage zuvor zwei Latexprothesen bestellt, eine sogar mit Würmern, um sie besonders realistisch auf die Haut einzuarbeiten. Mich hässlich und blutig zu schminken, hatte unglaublich viel Spaß gemacht. Jetzt sah eine Gesichtshälfte aus, als wäre ich einem Disneyfilm entsprungen, während die andere direkt aus einem Ruben-Fleischer-Film stammen könnte.

»Wir sind da«, verkündete Karla in diesem Augenblick und blieb vor einem hübschen Gebäude stehen, das Bries Augen zum Leuchten brachte, wie alles, was architektonisch irgendwie interessant war. Es reihte sich perfekt in die anderen Häuser ein und der Eingang befand sich, ähnlich wie bei unserem Haus, in der Garageneinfahrt. Links und rechts gab es einen Antiquitätenladen sowie einen Imbiss, auf der anderen Seite waren ein Bäcker und mehrere Boutiquen im Erdgeschoss untergebracht.

Unbarmherzig polterte mein Herz in meiner Brust und ich spürte, wie eine kribbelnde Nervosität von mir Besitz ergriff. Ich hatte Kilian seit unserer Verabschiedung vor der Haustür unserer WG nicht mehr gesehen und wusste nicht, wie er sich mir gegenüber verhalten würde.

Nachdem wir geklingelt hatten, ertönte der Summer und wir machten uns auf den Weg in den dritten Stock. Laute Musik hallte uns entgegen und an der Tür klebte ein Hinweiszettel mit einer Entschuldigung an die Nachbarn, was sicherlich nicht verkehrt war.

»Hey, hey … immer herein in die gute Stube«, begrüßte uns eine Hexe mit riesigem schwarzem Hut, der fast bis an die obere Türkante reichte. Ich hatte keine Ahnung, wer sie war, aber Karla schien sie zu kennen, denn sie umarmten sich.

»Lotte«, stellte sie sich vor und hob die Hand zum Gruß, während Brie und ich uns ebenfalls vorstellten. »Eine von Kilians Mitbewohnerinnen.«

»Wie groß ist die WG denn?«, fragte Brie neugierig und

schielte an ihr vorbei in den schummrigen Flur, in dem gigantische Spinnennetze hingen. Mehrere ausgehöhlte Kürbisse standen auf einer großen Kommode, selbst der hohe Spiegel war passend zum heutigen Tag dekoriert.

»Wir sind zu viert, es ist eine Fünf-Zimmer-Wohnung«, antwortete Lotte und winkte uns herein. Drei als Marvel-Helden verkleidete Gestalten schlenderten an uns vorbei. Deadpool zwinkerte Karla zu, was sie trotz des Make-ups sichtbar erröten ließ. Wahrscheinlich war ich die Einzige, die von ihren Fantasien wusste.

»Alle Türen, die geschlossen sind, sollen das heute Abend auch bleiben. Aber in Küche, Flur, Wohnzimmer und Gästetoilette dürft ihr euch nach Belieben austoben. Auf dem Balkon natürlich auch.«

»Prima.« Karla sah aus, als hätte sie sich beim Anblick der drei Typen ein Ziel gesetzt, was mir ein Lächeln entlockte.

In diesem Moment trat Kilian um die Ecke und unsere Blicke trafen sich, was meine Gesichtsmuskeln einfrieren ließ. Mein ganzer Körper reagierte auf ihn, als wäre er die verdammte Sonne.

»Was bist du denn? Ein Baum?« Karla musterte ihren Bruder mit zusammengekniffenen Augen, als er zu uns kam. Seine muskulösen Beine steckten in einer dunklen Strumpfhose, das grüne Kostüm wurde von einem braunen Ledergürtel zusammengehalten.

»Nein, *Robin Hood*«, korrigierte Brie und klatschte begeistert in die Hände, wobei die langen Antennen auf ihrem Kopf hin und her baumelten.

Auch ich schüttelte den Kopf. »Ich hätte auf *Peter Pan* getippt.«

Der Junge, der nicht erwachsen werden wollte. Das passte. Und wer hätte gedacht, dass eine Strumpfhose so verdammt sexy aussehen konnte? Dabei fiel mir ein, wie Karla noch Tage später ins Schwärmen verfallen war, nachdem ich sie einmal ins Ballett geschleppt hatte. Das hatte garantiert nicht an der Neuinszenierung von Schwanensee gelegen.

»Zehn Punkte für unsere Zombie-Prinzessin.« Kilian trat grinsend näher, um uns willkommen zu heißen, während ich immer hibbeliger wurde, was ich auf meine grundsätzliche Nervosität schob. Anders konnte ich mir das nämlich nicht erklären.

»Schick. Lebt der noch, oder darf ich ihn schon begraben?« Mit einem Kopfnicken deutete er auf Helmut.

»Ich bitte dich! Als ob wir dir eine tote Pflanze schenken würden«, echauffierte sich Karla und schnalzte mit der Zunge, was angesichts der aufgemalten Knochen in ihrem Gesicht wirklich komisch aussah.

»Zugetraut hätte ich es dir. Wollt ihr etwas trinken? Und kommt deine bessere Hälfte auch noch?«, fragte Kilian an Brie gewandt.

Sie nickte. »Ja, aber er braucht noch ein bisschen.«

Wir betraten die Wohnung. Aus einem Zimmer, in dem auch die drei Marvel-Jungs verschwunden waren, dröhnte irgendein Song, den ich nicht kannte. Die Wohnung war großzügig geschnitten, mit Parkettboden und hohen Decken ausgestattet und modern eingerichtet. Überall an den Wänden waren blutige Handabdrücke und auf fast allen Anrichten oder Fenstersimsen standen wirklich gruselige Dekoartikel, die mir unwillkürlich einen Schauder über den Rücken jagten. Hier nahm es wohl jemand besonders genau mit dem Motto.

»Wie viele Leute sind denn eingeladen?«, wollte Karla wissen, als wir die geräumige Küche betraten, in der es einen Hochtisch mit sechs Hockern gab.

»Keine Ahnung.« Kilian zuckte mit den Schultern. »Ich schätze dreißig. Könnten aber auch mehr sein. Ihr wisst ja, wie so etwas läuft.«

Wenn irgendwo eine Hausparty stattfand, sprach es sich schnell herum und irgendwer brachte immer jemanden mit, den man nicht kannte.

Innerhalb weniger Minuten hatten wir eine blutig aussehende Bowlemischung in der Hand, die mehr nach Alkohol als nach Fruchtgetränk schmeckte, und fanden uns im Wohnzimmer wieder. Beigefarbenes Sofa, ein großer Fernseher, ein gemütlicher Teppich. Auch wenn die schummrige Beleuchtung keinen großen Schluss auf die Einrichtung zuließ, sah es nett aus. Die meisten Möbelstücke waren zur Seite geschoben worden, sodass in der Mitte eine Art Tanzfläche entstanden war, wo sich bereits einige schaurige Gestalten zum Beat bewegten.

Brie wackelte wie eine professionelle Tänzerin mit ihrer Bienenhüfte und auch Karla sah aus, als hätte sie den Spaß ihres Lebens. Was sehr wahrscheinlich an Deadpool lag, der sie von hinten antanzte, nachdem sie schon eine Weile heftig miteinander geflirtet hatten.

Nur ich stand etwas unschlüssig in der Ecke und nippte an meinem Drink, bis das Glas irgendwann leer war. Ich wippte mit dem Kopf zum dröhnenden Bass, aber aus irgendeinem Grund packte mich die ausgelassene Stimmung der anderen nicht. Ich fühlte mich etwas fehl am Platz, also machte ich mich über das Büfett her. Es gab Blätterteigsnacks in Fingerform und kleine Geistermuffins, die richtig lecker schmeckten. Danach ging ich in die Küche, wo dichtes Gedränge um die abgedeckte Kochzeile herrschte. Dort stand auch Kilian, den Blick konzentriert auf mehrere mit Minze und Rohrzucker gefüllte Gläser vor sich gerichtet, während er sich mit Lotte über etwas unterhielt.

Sobald er mich entdeckte, erhellte sich seine Miene und ich fühlte mich auf einmal ganz leicht. Als ich zu ihnen trat, drehte sich Lotte zu mir um und musterte meinen Aufzug.

»Hammer Kostüm. Hast du dich selbst geschminkt?«

Ich nickte verlegen. »Ja.«

»Esther wird das bestimmt total feiern. Du musst ihr das nachher unbedingt zeigen.«

Der Name kam mir vage bekannt vor. Dann fiel mir die junge Frau aus dem Theater wieder ein. Mit einem fragenden Ausdruck drehte ich mich zu Kilian um, der auf einmal sehr beschäftigt zu sein schien. Jedenfalls sah er nicht mehr in meine Richtung.

Gut, es gab immer Zufälle.

»Esther?«, hakte ich dennoch bei Lotte nach.

»Sie und ihre Freundin Yara studieren an der Hochschule für Musik und Theater hier in München. Kilian kennt sie schon eine Weile.«

Okay. Jetzt konnte es doch kein Zufall mehr sein. Wieder schweifte mein Blick zu Kilian, aber er hatte mir inzwischen den Rücken zugewandt und verteilte zwei Cocktails an weitere Gäste, Joker und Harley Quinn.

»Ah, dann habe ich sie wahrscheinlich letzte Woche im Theater kennengelernt«, sagte ich zu Lotte.

Jetzt wurden Lottes haselnussbraune Augen groß und rund. »*Du* bist Jo? Die Joana?«, fragte sie perplex. »Ich habe mir dich ganz anders vorgestellt.«

Das war Kilians Stichwort. Bevor ich darauf antworten konnte, war er auf einmal wieder neben uns, legte wie selbstverständlich einen Arm um Lottes Schultern und sah aus, als würde er sie am liebsten erwürgen. »Du hast eindeutig zu viel von der Blutbowle getrunken. Und ich glaube, deine Anwesenheit wird im Wohnzimmer benötigt.«

Sanft, aber bestimmt, schob er sie weg, wobei er ihr noch einen wütenden Blick zuwarf. Mit einem entschuldigenden Lächeln verzog sie sich, während ich dastand und nicht so recht wusste, was ich von alldem halten sollte.

Mit einer Hand fuhr Kilian sich in den Nacken, er wirkte ein wenig befangen. »Lotte kennst du ja jetzt. Der Typ dahinten ist Gustav, dann wären da noch Daria und ihr neuer Freund Alex.« Er deutete auf eine Gruppe verkleideter Personen, die ich unter normalen Umständen wahrscheinlich nicht wiedererkennen würde. »Vier Leute unter einem Dach bedeutet viel Trubel. Aber ich finde, es ist eine willkommene Abwechslung zu der Chaos-WG mit Basti, der einen Staubsauger nicht von einem Wischmopp unterscheiden konnte. Geschweige denn wusste, wo das Zeug überhaupt steht.«

Anscheinend wollte er nicht darüber reden, was Lotte gemeint hatte, und ich wollte ihm nicht auf die Nerven gehen, also ließ ich das Thema auf sich beruhen und sagte stattdessen: »Außer die Mitbewohnerin, die sämtliche Möbel entweiht.«

Er lachte und wirkte erleichtert, dass ich ihn nicht ausfragte. »Das stimmt allerdings.«

»Ist das nicht eigentlich deine Einweihungsparty?«, wollte ich von ihm wissen und beobachtete ihn dabei, wie er die Limetten mit heißem Wasser wusch. Immer wieder kamen verkleidete Leute zur Bar, um sich ein neues Getränk machen zu lassen.

»Ja, wieso?«, fragte er über die Schulter hinweg. Der Lärmpegel war mittlerweile gestiegen, allein in der Küche befanden sich mindestens zehn Personen und die Songs aus dem Wohnzimmer drangen nur noch wie eine leise Hintergrundmusik bis zu uns durch.

»Weil du für alle die Cocktails mixt.«

Er drehte sich zu mir um und begann, sicher und routiniert die Limette zu schneiden. »Das macht mir Spaß. Außerdem bekommt so keiner mit, wie viel ich schon getrunken habe.«

»Und wie viel hast du schon getrunken?«

»Gar nichts. Ich trinke nicht. Oder eher selten. Das kommt auf den Anlass an, aber ich kann auch so Spaß haben.«

Mit dieser Offenbarung hatte ich nicht gerechnet. »Oh, wirklich?«

»Ich stecke eben voller Überraschungen.« Kilian lachte und beugte sich zu mir, sodass wir uns auf Augenhöhe begegneten. »Was darf es für dich sein? Oder willst du Nachschub?« Er deutete auf das leere Bowleglas in meiner Hand.

»Muss das ein guter Barkeeper nicht können? Ein passendes Getränk aussuchen, ohne die Vorlieben der Gäste zu kennen?«, frotzelte ich.

Spielerisch legte er den Kopf schief und musterte mich aus seinen hellen Augen, die heute aufgrund des Kostüms viel grünlicher wirkten als sonst. »Mai Tai Margarita, kommt sofort.«

»Oh, und wieso ausgerechnet der?«

»Süß und fruchtig, aber mindestens genauso säuerlich.«

Er sah mich direkt an, lange und intensiv. Ich fühlte mich

gesehen. Wirklich gesehen. Als würde er nicht nur Jo oder Jojo wahrnehmen, sondern bis zu Joana durchdringen.

»Hey, Kilian! Sorry für die Verspätung, wo darf ich mein Geschenk hinstellen?«, unterbrach eine männliche Stimme hinter mir den intimen Moment. Der Kerl, der sich in mein Sichtfeld schob, war im Gegensatz zu den anderen kaum verkleidet. Lediglich eine schmale Sonnenbrille saß auf seiner Nase, ansonsten war er komplett schwarz angezogen und trug einen ebenso dunklen Mantel.

Ich blinzelte, dann noch einmal, starrte ihn an, als würde ich mich täuschen, aber das tat ich nicht. Den Wuschelkopf hätte ich überall wiedererkannt. Das war der Typ, der Kilian und mich in der kleinen Kammer im Volkstheater erwischt hatte.

»Äh …«, machte ich.

Kilian seufzte tief. Die Situation schien ihm mehr als unangenehm zu sein, denn er trat unruhig von einem Bein auf das andere. »Jo, das ist Piotr, ein Kommilitone von mir.«

Mein Herz schlug ganz langsam und in mir breitete sich eine gefährliche Stille aus. »Kommilitone?«, fragte ich. »Was studierst du denn?«

»Theaterwissenschaften«, antwortete Piotr an Kilians Stelle und klopfte ihm auf den Rücken. »Und hätte ich gewusst, dass ihr beiden euch die Besenkammer ausgesucht habt, hätte ich euch selbstverständlich nicht gestört.«

Jetzt verstand ich gar nichts mehr.

Kapitel 15

Ich schäumte vor Wut. Nein, nicht nur das. Ich fühlte mich vollkommen verarscht und ehrlich gesagt auch ein wenig gedemütigt. War es eine Überreaktion? Womöglich. Aber Kilian hatte sich auf eine Weise über mich lustig gemacht, die mir wehtat. Erst die Sache mit dem Mitleid und jetzt das. Wahrscheinlich hatte er sich insgeheim halb krankgelacht, als ich mir hinter der Bühne vor Aufregung fast in die Hose gepinkelt hatte.

Sofort tauchten vor meinem geistigen Auge sämtliche Streiche auf, die wir uns in unserer Kindheit gegenseitig gespielt hatten. Eine alberne Geschichte, die irgendwann zu einem regelrechten Wettkampf ausgeartet war. Für einen kurzen Augenblick hatte ich den Gedanken zugelassen, dass er sich geändert hatte, aber anscheinend war das nicht der Fall. Ich war vor allen Dingen deswegen so tief verletzt, weil ich mich gut gefühlt hatte. Endlich wieder nach mir selbst. Wie die Joana von früher.

Schamröte stieg mir ins Gesicht, dennoch schaffte ich es irgendwie, eine neutrale Miene aufzusetzen und noch ein paar Worte zur Verabschiedung mit Piotr zu wechseln. Kilian beobachtete mich mit einem sorgenvollen Ausdruck, öffnete den Mund und wollte etwas sagen, aber ich ignorierte ihn gekonnt und verließ die Küche kurz darauf. Sollte er sich den süßen, fruchtig-säuerlichen Mai Tai doch sonst wohin schieben!

Unsere kleinen Zankereien hatten also ein neues Level erreicht und ich war nicht in der Stimmung oder in der Lage, eine Konfrontation mit ihm einzugehen, auch wenn es wahrscheinlich sinnvoll gewesen wäre. Aber mir fehlte einfach die Kraft, die Sache hier und jetzt auszutragen. Wahrscheinlich war die Party auch nicht der richtige Ort.

Als ich schließlich kurze Zeit später im Wohnzimmer ankam, tanzten Karla und Brie noch immer in der Mitte des Raumes, nur mit dem kleinen Unterschied, dass Toni inzwischen angekommen war und sich zu Brie gesellt hatte, während meine beste Freundin und Deadpool ganz ineinander versunken waren. Ich gönnte mir noch ein wenig Bowle und schloss mich ihnen an. Zum Teufel mit Kilian! Zum Teufel mit diesen Gefühlen!

»Du tanzt?«, rief mir Karla begeistert über die laute Musik hinweg zu, als sie mich bemerkte, und zog mich am Handgelenk zu sich. »Seit wann?«

»Seit heute!«

»Dann mag ich heute«, erwiderte sie lachend.

Wir ließen den Beat durch uns hindurchströmen und den Takt die Führung übernehmen. Am Anfang kam ich mir albern und ungelenk vor, weil ich es hasste, mich auf diese Weise zu bewegen. Ich hatte immer das Gefühl, dass es aussah, als könnte ich meine Gliedmaßen nicht koordiniert aufeinander abstimmen. Wie ein Roboter. *Ein Eisklotz*.

Die Wut in mir schwelte noch immer und ich nahm die ganze überschüssige Energie und legte sie in den Rhythmus hinein. Ich blendete aus, wie ungern ich eigentlich tanzte – einmal abgesehen vom Ballett, aber zum einen war das etwas ganz anderes, zum anderen schon Jahre her –, sondern tat es einfach. Egal, was andere von mir dachten. Egal, was ich selbst von mir dachte.

Irgendwann gesellte sich Captain America zu mir, der von einem Vampir abgelöst wurde. Aus dem Augenwinkel sah ich, wie Kilian kurz ins Wohnzimmer kam, aber dann wieder verschwand. Mein Herz dröhnte, doch ich redete mir ein, dass es nicht an Kilian lag. Schließlich sollte mich jemand, mit dem ich schon mein Leben lang stritt, nicht so verletzen können. Denn im Grunde bedeutete er mir nichts.

Nach einiger Zeit pochten meine Fußballen geschwollen in den Pumps und ich war furchtbar durstig. Mein Make-up fühlte sich ein bisschen klebrig an, aber ich wusste, dass es noch immer perfekt aussehen musste, weil ich meistens mit hochwertigen Produkten arbeitete. Dafür sammelte sich der Schweiß in meinem Nacken.

Ich brauchte dringend eine kleine Auszeit.

Also winkte ich meinen Mitbewohnerinnen kurz zu, die kein bisschen müde aussahen, und drängelte mich an gruseligen Gestalten vorbei zur Gästetoilette, die zum Glück nicht besetzt war. Auf dem Fenstersims standen Blutkerzen, Netze mit Riesenspinnen und mehrere Fledermäuse hingen von der Decke. Wie romantisch.

Draußen war die Stimmung immer noch ganz ausgelassen, aber da ich weder Lust hatte, Kilian zu begegnen, noch, ins Wohnzimmer zurückzukehren, beschloss ich, einen Abstecher auf den Balkon zu machen. Dort angekommen, stieß ich gegen einen Rücken und merkte schnell, dass ich nicht wirklich erwünscht war. Die zwei schaurigen Gestalten waren in einen innigen Kuss vertieft, der jeden Zombie von den Toten hätte auferstehen lassen.

»Sorry«, murmelte ich entschuldigend. Die beiden unterbrachen ihre Nummer nicht, aber sie schienen auch keine Zuschauerin gebrauchen zu können. Und ehrlich gesagt wollte ich auch nicht zusehen.

Deswegen ignorierte ich Lottes Belehrung von unserer Begrüßung und zog mich kurzerhand in das nächstbeste Zimmer zurück. Es war dunkel, aber dank des Mondlichts konnte ich trotzdem erkennen, dass es spartanisch eingerichtet war: Schreibtisch, Stuhl, großes Bett, ein Flachbildfernseher und ein Kleiderschrank. Es gab noch ein Regal, auf dem ein paar Bücher standen, gelbe Reclamhefte, wenn ich mich nicht täuschte, aber ansonsten fiel kaum etwas ins Auge.

»Hat dir Lotte nicht gesagt, dass alle geschlossenen Türen tabu sind?«, erklang eine tiefe Stimme hinter mir und ich fuhr auf dem Absatz herum. Trotz des dämmrigen Lichts aus dem Flur sah ich, wie Kilian in der Tür lehnte, lässig und viel zu selbstbewusst. Es war diese lockere Arroganz, die mich schier in den Wahnsinn trieb.

»Dein Zimmer?«, fragte ich und drehte ihm wieder den Rücken zu. Allein seine Anwesenheit brachte mein Herz zum Rasen.

»Hm-hm«, machte er zustimmend.

Ich hörte, wie er hinter mir den Raum betrat und sofort wirkte sich seine Präsenz auf mich aus. Ein Prickeln wanderte an meiner Wirbelsäule hinauf, gepaart mit einer Atemlosigkeit, die plötzlich jeden Winkel meines Körpers wie ein helles Licht erfüllte. Zu einem anderen Zeitpunkt hätte ich mich vielleicht der Illusion hingeben können, dass der Kerl hinter mir ein Fremder war, hätte mich vielleicht treiben lassen können, aber das ging nicht.

Vor allem deswegen, weil ich immer noch sauer war. Ziemlich sauer.

»Ich wollte mich entschuldigen.«

»Wofür konkret?« Ich konnte nicht verhindern, wie gekränkt ich mich anhörte.

»Ich hätte dir gleich sagen sollen, dass ich die Leute am Theater kenne. Aber du hattest bisher noch nie gefragt, was ich jetzt studiere, und ich dachte –«

»Was für eine tolle Gelegenheit, um Jo bloßzustellen«, fiel ich ihm ins Wort und drehte mich um. Mein Herz schrie, aber ich klang erstaunlich gelassen. Innerlich kalt. »Gratulation. Schon wieder etwas, das ich hätte einfach riechen sollen, hm? Gut, wie wir festgestellt haben, ist Beständigkeit nicht gerade deine Stärke.«

Er kreuzte die Arme vor der Brust. »Absolut richtig. Ich lege mich nicht gern fest. Weder bei Beziehungen noch in meinem Leben. Das Einzige, was ich gern mache, um ein Ventil zu haben, ist der Sport.«

»Stimmt, du springst von einem Extremsport zum nächsten«, höhnte ich viel zu bitter, was meinen Ärger noch weiter anstachelte. Im Grunde hatte es nicht nur etwas mit Kilian, sondern mit mir selbst zu tun, aber die Erkenntnis schob ich in den hintersten Winkel meines Bewusstseins, um mich damit nicht auseinandersetzen zu müssen.

»Heute wirst du der Eisprinzessin aber wirklich gerecht«, versuchte Kilian die Situation aufzulockern, doch seine Worte bewirkten genau das Gegenteil.

Ich zuckte zusammen, als hätte er mir eine Ohrfeige verpasst. Wow. Was für ein Tiefschlag.

»Joana.«

Ich hob den Kopf und sagte das Nächstbeste, was mir in den Sinn kam: »Warum hasst du mich so sehr, Kilian? Ist es, weil ich ein Ziel verfolge? Weil ich mein Leben ganz anders lebe als du deins?«, stieß ich atemlos hervor und fügte dann wütend hinzu: »Dieses Mitleidsgeflirte war echt schon eine Hausnummer, aber jetzt die Eisprinzessin auszupacken, setzt dem Ganzen wirklich die Krone auf!«

Einige Sekunden lang starrte Kilian mich mit weit aufgerissenen Augen sprachlos an, dann ging ein Ruck durch seinen Körper und er durchquerte das Zimmer in wenigen Schritten. Ich nahm seinen maskulinen Duft wahr, registrierte, wie sich seine Nasenflügel aufblähten, als er sich zu mir beugte, bis ich ihm direkt ins Gesicht sehen musste.

Ich wich nicht zurück. Keinen Zentimeter.

Die Luft füllte sich mit einer Intensität, die mir das Atmen erschwerte. Als wären wir in die Tropen katapultiert worden.

»Du glaubst, dass ich dich hasse?«, fragte er mit einem gefährlichen Unterton.

»Ja«, hauchte ich, noch immer vor Wut zitternd und mit zu Fäusten geballten Händen. »Sonst würdest du nicht ständig diese Sprüche bringen. Sonst würdest nicht so … gemein zu mir sein. Die Sache mit dem Theater beweist das eindeutig. Wie wahnsinnig witzig, meine Grenzen auszutesten. So warst du schon damals zu mir! Mich an mein Limit pushen, damit du hinterher darüber herziehen kannst!« Ich machte eine vage Handbewegung zwischen uns hin und her. »Du hast dich schon immer gern auf meine Kosten amüsiert. Herzlichen Glückwunsch, du hast es wieder einmal geschafft!«

»Falls du das wirklich denkst, bist du begriffsstutziger, als ich angenommen habe«, erwiderte er irritierend leise und sah mich einfach nur an, bis sein Blick tastend den Grund meiner Seele erreichte.

Wummernd hämmerte mein Herz gegen die Rippen, und die Welt um uns lud sich elektrisch auf. Gleichzeitig las ich so viele unterschiedliche Emotionen in seinem Blick, dass mir ganz schwindelig wurde. Entsetzen, Unglauben, Verwirrung, aber auch Entschlossenheit.

»Was hast du denn erwartet?«, schleuderte ich zurück. Alles in mir vibrierte vor Anspannung. »Wie hätte ich es denn sonst interpretieren sollen?! Du nennst mich wieder Eisprinzessin, obwohl du genau weißt, wie sehr mich die Sache mit dem Eisklotz getroffen hat. Du bist zu keinem anderen so hart, selbst bei Karla sparst du dir die Wortgefechte! Ständig liegen wir uns wegen Kleinigkeiten in den Haaren und du …« Ich brach stockend ab, als sich eine neue Emotion in seinen Blick schlich.

Rohes, wildes Verlangen.

Schockiert klappte ich den Mund zu, als Kilian mit beiden Händen mein Gesicht umfing, mich festhielt und wartete. Einige Herzschläge lang standen wir uns gegenüber und meine Sinne saugten den sanften Druck seiner Finger auf. Die Zeit zerfloss, schlagartig verpuffte die Wut und machte einem Gefühl Platz, das ich nicht benennen konnte.

»Eisprinzessin habe ich dich doch eben nur genannt, weil du dich als Zombie-Elsa verkleidet hast und ich dir etwas den Wind aus den Segeln nehmen wollte«, begann er mit einer Ernsthaftigkeit in der Stimme, die keinen Zweifel am Wahrheitsgehalt seiner Worte ließ. »Falls ich dich damit verletzt habe, tut mir das leid.« Er schüttelte den Kopf und stieß abgehackt die Luft aus. Sein warmer Atem strich über mein Gesicht, verursachte eine Gänsehaut auf meinen Armen.

»Fuck, Joana, du bist alles andere, aber bestimmt kein Eisklotz!«

»Oh«, machte ich und starrte ihn mit kreisrunden Augen an, bis die Bedeutung seiner Worte zu mir durchsickerte. Ein Kribbeln durchrieselte mich vom Scheitel bis in die Zehenspitzen. »Oh.«

»Und wenn du tatsächlich annimmst, ich flirte nur aus Mitleid mit dir, begreifst du rein gar nichts«, murmelte er heiser und beugte sich noch ein wenig näher zu mir, bis ich seinen Atem schmeckte und plötzlich den Wunsch verspürte, ihn einzuhauchen, zu verschlingen. Ein Pochen setzte zwischen meinen Beinen ein und ich spürte, wie mir die Situation entglitt.

Kilians Augen wirkten dunkler als sonst und ich genoss das Gefühl seiner Hände auf meinen Wangen. Ihre Wärme, ihre Stärke, ihre Sicherheit. Seine Lippen schwebten dicht über meinen, sodass ich sie fast berühren konnte. Aber er zögerte, als wartete er auf meine Einwilligung. Denn wenn er mich küsste, würden wir eine Grenze überschreiten, von der aus es kein Zurück mehr gab.

Meine Gedanken waren ein einziger Strudel. Alles drehte sich. Aber vor allen Dingen sah ich nur noch Kilian vor mir. Das Funkeln, das in seinen Augen tanzte. Das wilde Feuer, das in ihnen loderte. Die dunklen Bartstoppeln auf den Wangen. Mein Herz schlug mit seinem im rhythmischen Einklang, ich sah das heftige Zucken seines Pulsschlags und wollte darüberstreichen. Mit den Fingerspitzen, mit den Lippen, der Zunge.

Kilian. Kilian. Kilian.

Bevor ich wusste, was ich tat, kam ich ihm entgegen, bis sein Mund meinen berührte. Vorsichtig, suchend, erwartungsvoll. Seine Lippen waren weich und gleichzeitig fest. Er schmeckte nach Orange und Kokos und nach etwas anderem, das ich nicht zuordnen konnte. Aber ich mochte seinen Geschmack, ich mochte, wie echt sich dieser Kuss anfühlte. Echt und intensiv.

Der Druck seiner Finger verstärkte sich und ich machte einen Schritt auf ihn zu, während er mir ebenfalls entgegenkam, bis unsere Oberkörper aufeinanderprallten, als hätten sie nur darauf gewartet. Ich bog mich ihm entgegen, während er sanft an meiner Unterlippe knabberte. Wie von selbst krallte ich mich in den Stoff seines grünen Hemdes, fühlte seine festen Muskeln unter meinen Fingerspitzen und verspürte das dringende Verlangen nach mehr.

Mehr. Mehr. Mehr.

Also zog ich ihn näher zu mir, küsste ihn tiefer, wilder. Unsere Lippen teilten sich und ein Keuchen drang aus meinem Mund, als unsere Zungen gegeneinanderstießen. Die Hitze seines Körpers schlug auf mich über, während wir zügelloser wurden. Meine Füße bewegten sich von selbst, Kilians Hand wanderte tiefer, umfing meinen Rücken. Zielsicher lotste er uns durch den Raum, ohne den Kuss zu unterbrechen, bis ich gegen eine Wand stieß. Er musste sich hinter mir abstützen, um mich nicht mit seinem vollen Gewicht zu erdrücken. Neckisch saugte er an meiner Unterlippe und ich erzitterte unter ihm, unser Stöhnen erfüllte den ganzen Raum. Hitze explodierte in meinem Unterleib, ein heftiges Pulsieren, das mich völlig einnahm und alles auf den Kopf stellte. Meine Gedanken waren nur von einem Wunsch erfüllt: *Noch mehr.* Ich wollte jeden Zentimeter erkunden, alles von ihm. Wollte wissen, wie er sich anfühlte, wie er sich bewegte, welche Dinge wir gemeinsam anstellen konnten.

Atemlos lösten wir uns voneinander, mein Brustkorb hob und senkte sich in schnellen Zügen und sein Gesicht war nur einen Fingerbreit von meinem entfernt. Wir sahen uns einfach nur in die Augen, verharrten völlig regungslos, als müssten wir uns erst die Tragweite dessen bewusst machen, was passiert war.

Sacht lehnte er seine Stirn gegen meine und ein winziges, unscheinbares Lächeln zupfte an seinen Mundwinkeln, ein Lächeln, das in meinem Magen Purzelbäume schlug. Weil es so verdammt heiß und sexy zugleich war.

Damit hatte ich nicht gerechnet. Mit allem, aber nicht damit. Da war dieser Funke, dieses ganz spezielle Gefühl, das mich schwerelos werden ließ, in mir einen Hunger auslöste, den ich so noch nie erlebt hatte. Bevor ich wusste, was ich tat, gab ich mich diesem Gefühl hin, presste meine Lippen wieder auf seine, genoss die Kraft, die er ausstrahlte. Genoss alles an ihm.

Mit geschlossenen Augen legte ich den Kopf in den Nacken, als er sich von mir löste und mit federleichten Küssen an meinem Hals hinabstrich. Sein warmer Atem auf meiner Haut ließ mich erschaudern. Das Tasten seiner Finger brachte mich beinahe um den Verstand und ich schaltete meinen Kopf einfach aus. Fühlte, fühlte mit allen Sinnen.

Mit seinem Körper presste er mich noch enger gegen die Wand, sodass ich die mächtige Beule spürte, die sich gegen meinen Unterleib drückte. Der dünne Stoff zwischen uns tat sein Übriges und als ich an seiner Unterlippe knabberte, weil mir danach war, stieß Kilian ein kehliges Knurren aus, das in meiner Körpermitte brandete. Dann war sein Mund wieder über meinem, der Kuss fest und zugleich fordernd. Er vergrub seine Hand in meinem Haar und ich lehnte mich der Berührung entgegen. Ein paar köstliche Sekunden lang gab es nur uns.

Ich stöhnte. Vor Lust, vor Frustration. Da war zu viel zwischen uns. Zu viel Kleidung. Wie ferngesteuert schlüpften meine Finger unter sein Hemd, strichen über die feste Haut an seinem Bauch, die feinen Härchen, während sich ein Kribbeln durch meinen gesamten Körper zog.

»Oh, Entschuldigung.«

Kilian und ich fuhren schwer atmend auseinander und wandten uns der weiblichen Stimme an der Tür zu. Mein Herz hämmerte gegen die Rippen. Es war Esther, als Mumie verkleidet, aber ich erkannte sie trotzdem sofort. Ein schuldbewusster Ausdruck huschte über ihre fein geschnittenen Züge, an der Hand hielt sie eine andere junge Frau, mit schwarzen Haaren, die zu einer kunstvollen Frisur aufgetürmt waren. Sie hatte blutunterlaufene Augen und Fangzähne, die aus ihrem rot geschminkten Mund hervorlugten. Das musste Yara sein.

»Sorry, du meintest, wir können uns gern in dein Zimmer zurückziehen«, fügte Esther erklärend hinzu und ließ ihren Blick bedeutungsvoll zwischen Kilian und mir hin- und herschweifen. »Kein Date, mhm?« Dann zwinkerte sie, bevor sie die Tür wieder zuzog und uns allein ließ, während sich die Welt wieder weiterdrehte – und mit ihr mein Verstand zurückkehrte.

Shit.

Oh. Mein. Gott.

Meine Gehirnzellen erwachten wie ein alter Computer, der schwerfällig hochfuhr, zeitgleich machte sich Entsetzen in mir breit. Ich wäre weitergegangen. Ich hatte sogar ausgeblendet, dass wir uns auf einer verdammten Party befanden! Nicht nur das, meine Freundinnen wackelten nur wenige Meter entfernt im Wohnzimmer zur Musik und bekamen von meinem kleinen Aussetzer nichts mit.

»Denk jetzt bloß nicht nach«, flüsterte Kilian und machte dabei alles noch viel schlimmer, weil mich seine Worte endgültig in die Realität zurückkatapultierten. Der Aufprall war dumpf und heftig, ein Stich in meiner Brust.

Ich hatte Kilian geküsst.

Kilian hatte mich geküsst.

Der Bruder meiner besten Freundin.

Mein Erzfeind.

Der Kerl, mit dem ich meine halbe Kindheit gestritten hatte.

Was zur Hölle war da eben passiert? Und warum zum Teufel wollte ich mehr davon?

Das war ein Fehler. Ein riesengroßer Fehler, der in sämtlichen schrillen Neonfarben leuchtete. Panik schnürte mir die Kehle zu. Also tat ich das, was ich am besten konnte und mir etwas Zeit verschaffte: Mit einer gemurmelten Entschuldigung flüchtete ich aus seinem Zimmer und ließ ihn einfach stehen, ohne noch einmal über die Schulter zu blicken.

Kapitel 16

Als ich am nächsten Morgen in meinem Bett aufwachte, mit dröhnendem Schädel und einem viel zu trockenen Mund, brauchte ich einen Augenblick, um mich zu orientieren. Die Wimpern klebten wie mit Kleister beschmiert und ich spürte die letzten Reste der Latexprothesen wie ein zusätzliches Gewicht auf meinen Wangen, obwohl ich den Großteil in der Nacht noch abgelöst hatte.

Dann war es, als hätte mir jemand einen Eimer Wasser über den Kopf geschüttet. Mir wurde heiß und kalt gleichzeitig, ich schloss stöhnend die Lider und ließ mich in mein Kissen zurücksinken. Die Bilder der letzten Nacht blitzten vor meinem geistigen Auge auf, der Geschmack von Kilians Lippen auf meinen, meine eigenen Sehnsüchte.

Wow. Dieser Kuss war mir unter die Haut gegangen. Buchstäblich.

War das gestern wirklich passiert? Es hatte sich gut angefühlt. Verdammt gut. So gut, dass ich mir insgeheim wünschte, wir wären nicht unterbrochen worden, und das jagte mir fast noch mehr Angst ein als die Tatsache, dass es Kilian war, mit dem ich herumgemacht hatte. Weil ich keine Kontrolle über die Situation gehabt hatte, weil ich mich einfach dem Gefühl hingegeben hatte, den Wünschen und dem Verlangen. Wäre Esther nicht hereingeplatzt … Ein weiteres Stöhnen entwich mir und ich schwang mich aus dem Bett. Genug. Ich musste mich dringend zusammenreißen, sonst würde ich wie ein kopfloses Huhn durch die WG geistern.

»Guten Morgen«, flötete ich also, als mir Karla in der Küche begegnete. Ihre Haare standen wirr vom Kopf ab, ein Überbleibsel der Haarspraymassen, die sie gestern darin verteilt hatte. Sie steckte in einem übergroßen weißen Männershirt, das höchstwahrscheinlich ebenfalls ein Überbleibsel einer ihrer Errungenschaften war. Mit einem irritierten Ausdruck hob sie die Brauen und betrachtete meinen wenig vorteilhaften Aufzug von oben bis unten, während ich mir auf die Zunge biss. Seit wann flötete ich morgens eine Begrüßung?

»Alles in Ordnung? Du warst gestern Abend auch schon so seltsam.«

Genau genommen hatte ich nicht nur die Flucht aus Kilians Zimmer angetreten, sondern auch Karla mehr oder weniger zur Flucht aus der Wohnung gezwungen. Bries und Tonis Aufbruchsstimmung hatte mir in die Karten gespielt, trotzdem meldete sich das schlechte Gewissen bei mir. Aber ich konnte Karla unter keinen Umständen mit der Wahrheit konfrontieren. Ich wusste ja noch nicht einmal, ob ich damit unsere Freundschaft torpedieren würde! Und bevor ich es ihr erzählte, wollte ich mir erst einmal selbst im Klaren darüber sein, was das alles bedeutete. Ob es überhaupt etwas bedeutete. Und wie es weiterging.

OH, GOTT. ICH DENKE SCHON WIEDER ÜBER ALLES NACH.

»Äh …«

»Und du hast dich nicht abgeschminkt«, fiel sie mir verwundert ins Wort, die Augenbrauen verschwanden nun fast im Haaransatz. »Seit fünf Jahren habe ich das noch nie bei dir erlebt. Selbst als wir letzten Sommer die Absturzparty bei den Juristen hatten, standest du morgens um vier im Bad und hast dir sämtliche Make-up-Reste entfernt, damit du später nicht wie eine Leiche aussiehst.« Sie wedelte in meine Richtung. »Oder in deinem Fall wie Zombie-Elsa nach einer durchzechten Nacht.«

»Ich … äh …« Mir fiel keine vernünftige, geschweige denn passende Erwiderung ein, aber das schien Karla nicht zu stören.

»Wow, die Bowle muss dir ja wirklich zugesetzt haben«, murmelte sie kopfschüttelnd und widmete sich wieder der Kaffeemaschine.

»Ja … ja, genau«, nuschelte ich und schenkte mir ein Glas Orangensaft aus dem Kühlschrank ein. Seltsamerweise war es mir egal, wie ich aussah oder ob mir Schminkreste im Gesicht hingen. Karla hatte recht. Es gab keinen Tag, an dem ich nicht aus den Federn kam und mich direkt in Schale warf. Make-up war meine Ritterrüstung, mein morgendliches Ritual. Ich mochte es, mich hübsch herzurichten, weil es mir Spaß machte, aber auch, weil es sich wie ein Schutzschild anfühlte. Vor allem war es ein Motivationsschub, denn wenn ich mich schminkte, hatte ich einen Grund, mich tagsüber anzustrengen.

In diesem Augenblick öffnete sich die Tür zu Bries Zimmer und Toni stakste heraus, eine Hand in seinem blonden Haar vergraben, den Mund zu einem unterdrückten Gähnen verzogen. Außerdem trug er lediglich Boxershorts, sodass sein breiter, muskulöser Oberkörper deutlich zur Geltung kam. Was mich dazu veranlasste, meinen Blick abzuwenden, während sich Karla mit dem Kinn auf der Hand an der Küchenzeile abstützte und ihn beobachtete.

»Morgen«, brummte er verschlafen und verschwand in Richtung Badezimmer.

»Du hast wohl gar kein Schamgefühl«, sagte ich zu meiner Freundin, die mir ein freches Grinsen schenkte und den Kopf schüttelte. »Nee, nicht wenn es um ansehnliche Männer geht. Er ist zwar nicht mein Typ, aber eine Augenweide.«

»Was ist das? *Augenweide?*«, fragte Brie, die ebenfalls aus dem Zimmer kam. Perfektes Timing.

»Jemand, der schön anzusehen ist. Und Toni arbeitet hart für seinen Körper, so oft, wie er ins Fitnessstudio geht.«

Brie zuckte lächelnd mit den Schultern. »Anton weiß ja, dass wir uns die Räumlichkeiten teilen. Wenn ihm eure Blicke etwas ausmachen würden, könnte er sich auch etwas überziehen.«

Kurz darauf kehrte Toni aus dem Bad zurück. Dieses Mal war die »Augenweide« unter einem schlichten grauen Shirt versteckt, was Karla dazu veranlasste, eine enttäuschte Miene zu ziehen und Brie zum Kichern brachte.

Auf einmal füllte sich die Küche mit wuseligem Geplapper, das Gespräch sprang von einem Thema zum nächsten, sodass ich Mühe hatte zu folgen. Toni machte sich daran, ein Omelett für uns zu zaubern, Karla deckte den Esstisch und warf den Backofen an, während Brie ein bisschen Obst und Gemüsesticks vorbereitete. Und ich … ich fühlte mich völlig fehl am Platz.

Meine Gedanken schweiften ab und kehrten zu gestern

Abend zurück. Der Kuss war so verheißungsvoll gewesen. So intim und leidenschaftlich, so echt, ohne Zurückhaltung. Wir hatten alle Bedenken über Bord geworfen. Unruhig rutschte ich auf meinem Stuhl herum. So hatte ich noch nie jemanden geküsst und das erfüllte mich mit dieser Sprachlosigkeit, weil ich die Gefühle dahinter nicht richtig zu fassen bekam. Einen Kuss wie diesen hätte ich mir von einem One-Night-Stand erhofft, auch wenn ich noch nie einen gehabt hatte. Verdammt. Warum war es ausgerechnet Kilian gewesen?

»An wen auch immer du denkst, ich hoffe, du kommst voll auf deine Kosten«, unterbrach Karla lachend meine Überlegungen, und als ich mich umsah, merkte ich, wie mich alle anstarrten. Selbst Toni wirkte erheitert, während er die alberne Tinkerbell-Tasse an die Lippen hob, die in seiner Hand wie ein Kinderspielzeug aussah.

»Was?« Ich spürte, wie ich errötete.

»So, wie du vor dich hin seufzt«, meinte Karla und zwinkerte mir zu. »Man könnte meinen, du lässt gerade etwas Revue passieren.«

»Ach, lass sie«, sprang mir Brie mit einem mitfühlenden Blick bei und schob sich ein Stück des aufgebackenen Croissants in den Mund. »Vielleicht hat sie einen guten Grund, uns nicht alles auf die Nase zu binden.«

»Vielleicht … wenn der gute Grund mit ›Or‹ anfängt und mit ›gasmus‹ endet.«

Die Situation wurde mir sichtlich unangenehm. Räuspernd murmelte ich eine Entschuldigung und nutzte die Gelegenheit, mich im Bad frisch zu machen. Als ich mein Spiegelbild sah, erschrak ich. Karla hatte nicht untertrieben, vor allem, da ich im kalten Tageslicht noch Furcht einflößender wirkte als gestern Abend. Ich hatte dunkle Schatten unter den Augen, aufgesprungene Lippen und die Reste der Latexmaske sahen wirklich gruslig aus. Ein Wunder, dass die anderen während des kompletten Frühstücks nicht kreischend vor mir weggerannt waren.

Kurzerhand machte ich mich daran, das übrig gebliebene Make-up Schicht für Schicht zu entfernen, bis mein wahres Ich darunter zum Vorschein kam. Die veilchenblauen Augen, die ich von meiner Mutter geerbt hatte, der herzförmige Mund, die vereinzelten Sommersprossen und das kleine Grübchen am Kinn. Meine blonden, vom Sommer noch gebleichten Haare rahmten mein Gesicht ein, wirkten aber wie eine Perücke. Ein weiteres Versteckspiel. Doch da war auch dieser Glanz in meinen Augen, den ich schon so lange nicht mehr darin gesehen hatte, und in meinem Inneren klopfte die ungestüme Joana an. Die wilde Joana. Die Joana, die ich eigentlich immer gewesen war und die ich verloren hatte.

Mechanisch griffen meine Finger zu der Haarschere im obersten Fach des Waschschranks, wo Karla sie immer aufbewahrte. Anschließend flocht ich mir die Haare und band sie am unteren Ende mit einem Haargummi zusammen. Ich zögerte, aber nicht lange. Ich tat es, bevor ich mich selbst stoppen konnte.

Mit angehaltenem Atem schnitt ich mir die Haare ab. Auf einmal hielt ich den langen Zopf in der Hand und beobachtete, wie einzelne Strähnen bis zu meinem Kinn fielen.

Das war viel mehr ich. Joana. Jojo. Jo.

Mein Nacken kitzelte von dem plötzlichen Luftzug und ich straffte automatisch die Schultern, weil da dieses Gewicht fehlte. Aber es war nicht so, als hätte ich soeben einen

Fehler gemacht, sondern als hätte ich einer längst überfälligen Notwendigkeit nachgegeben.

»Karla?«, rief ich mit erstaunlich ruhiger Stimme, und als ich wieder einen Blick in den Spiegel warf, lächelte mir die fremde und doch so vertraute Frau darin entgegen. Ein paar fransige Strähnen fielen mir in die Stirn und es fühlte sich gut an. Wie eine Befreiung, als hätte ich jahrelang einen Ballast mit mir herumgeschleppt, der jetzt endlich im wahrsten Sinne des Wortes von mir abgefallen war.

»Jaaaa?«, erklang es aus dem Wohn-Essbereich.

»Gibst du mir die Nummer deiner Friseurin?«

»Ja, wieso?«

Ich holte tief Luft und trat aus dem Bad. Mit durchgedrückten Schultern ging ich den Flur entlang und um die Ecke, wo die anderen noch immer am Esstisch saßen und sich den Brunch schmecken ließen. Jeder Winkel in mir war erfüllt von einer inneren Ruhe, wie die See nach einem wilden Sturm, und ich fühlte mich gut. Endlich. Ich fühlte mich endlich gut.

»Weil sie mir womöglich noch etwas mit den Haaren helfen muss«, sagte ich und betrat den Raum.

Bries Mund klappte in der Geschwindigkeit einer Mausefalle nach unten, Karla verschluckte sich an ihrem Brötchen und Toni schaute mich an, als wäre ich auf einmal von den Toten auferstanden.

»Wow«, murmelte Brie ungläubig. »Du siehst … du siehst …«

»Megahammeroberaffengeil aus!«, fiel ihr Karla ins Wort. Energisch schob sie den Stuhl zurück, sodass er quietschend über das Echtholzparkett schlitterte, was den Vermietern sicher schlaflose Nächte beschert hätte. Dann kam sie auf mich zu und schloss mich in eine Karla-Umarmung. Eine Umarmung, die Bedeutung hatte und mein Herz wärmte, weil nur eine beste Freundin mich ohne Worte verstehen konnte. Karla war meine engste Vertraute, kannte jede meiner Schwächen.

Scheiße, tut das gut! Ein befreites Lachen löste sich aus meiner Kehle und ich vergrub meinen Kopf an Karlas Schulter, lauschte mit geschlossenen Augen auf meinen unregelmäßigen Herzschlag.

Nach langer Zeit war ich endlich wieder da.

Kapitel 17

Mit dem November kam der Regen. Es schüttete aus Kübeln, und der Himmel über München verwandelte sich in eine graue Brühe, die über der Stadt hing und jeden Winkel durchdrang. Die Fassaden der Häuser verloren ihren Glanz und meine Laune sank, während ich Vorlesungen abklapperte, ins Labor fuhr und brav meinem Studium nachging. Alles fühlte sich fremdgesteuert an, als würde ich mir vom Beifahrersitz aus selbst dabei zuschauen, wie ich etwas tat, das mich innerlich gar nicht erfüllte, sondern mich Stück für Stück weiter aushöhlte.

Ich beteiligte mich noch weniger an den Treffen anderer Studierender aus meiner Fachrichtung und unternahm fast nur etwas mit Karla und Brie. Sogar die Arbeit bei *Leckerste* war eine willkommene Abwechslung zum Unialltag, auch wenn ich mich dabei ertappte, wie ich jedes Mal nach Kilian Ausschau hielt oder die Listen nach seinem Namen durchsuchte. Aber nichts. Fast zehn Tage waren seit unserem Kuss vergangen und trotzdem schlief ich jede Nacht ein und fragte mich, ob er nur in der Hitze des Moments entstanden war oder ob er eine andere Bedeutung hatte. Steckte überhaupt etwas dahinter? Von einem objektiven

Standpunkt aus betrachtet, war Kilian durchaus attraktiv. Aber die subjektive Seite in mir konnte die tausend Warnlämpchen nicht ignorieren, die angesprungen waren. Wahrscheinlich hatte ich nur so heftig auf ihn reagiert, weil ich so lange nicht mehr diese Leidenschaft verspürt hatte.

Ich erwischte mich sogar dabei, wie ich auf seinem Instagramprofil nach neuen Updates suchte, aber Kilian war nicht der Typ für viele Stories oder Bilder. Tatsächlich gab es nur ein paar wenige Fotos. Auf einem stand er mit dem Rücken zur Kamera am Rand eines Abgrunds in den Bergen und blickte in die Ferne. Das Foto erinnerte mich wieder an sein zweites Profil, ich klickte darauf – und hielt unvermittelt den Atem an. Er hatte ein neues Video und zwei neue Bilder hochgeladen, die sich anfühlten, als hätte man meinen Kopf mit Eiswasser übergossen. Die Filmmitschnitte waren von seiner Helmkamera. Dasselbe Video, das ich bereits gesehen hatte, nur aus einer völlig anderen Perspektive.

Zwei Sekunden schien es, als würde die Welt stehen bleiben, dann sprang Kilian und der Blickwinkel drehte sich. Die schroffe Felsformation mit den vielen Sträuchern verwandelte sich in einen grünen Gebirgshang. Blauer Himmel, strahlender Sonnenschein. Kilians Kopf, der vom Helm verschluckt wurde. Und ein rasender Sturz in die Tiefe. Mein Herzschlag geriet ins Stocken, als er den Fallschirm zog und ich knibbelte nervös an meinem Daumennagel, während ich weiter gebannt das Video verfolgte.

Als es schließlich endete, stand mir der Schweiß auf der Stirn. Mir war schwindelig. Allein die Vorstellung, dass sich Kilian freiwillig dieser Gefahr aussetzte, jagte mir eine beschissene Angst ein, und das, obwohl er nur Karlas Bruder war. Also schob ich den Gedanken an ihn weit von mir und konzentrierte mich auf die Vorlesungen und Seminare, die ich rechtzeitig vorbereiten wollte. Karlas Küchenchaos beseitigte ich, ohne ihr Vorwürfe zu machen, denn die Arbeit lenkte mich ab.

Und so merkte ich nicht einmal, wie die Tage vergingen, weil mein täglicher Rhythmus aus perfektionierter, zwanghafter Ordnung, Lernen und Ablenkung in Form von mehreren historischen Romanen bestand, die ich bis spät in die Nacht verschlang.

Als ich an einem Mittwochnachmittag aus der U6 Richtung Garching-Forschungszentrum stieg und mir den kuschligen Wollschal umwickelte, bevor ich die Einkäufe im Jutebeutel weiterschleppte, spürte ich, wie mir die Blicke von zwei Mädchen folgten und sie die Köpfe zusammensteckten. Ihre Mienen wirkten freundlich und als ich noch einmal über die Schulter zurückblickte, sah ich, dass sie meine Frisur anstarrten. Vielleicht gefiel sie ihnen, aber selbst wenn nicht, war mir das herzlich egal. Ich hatte mich inzwischen an die kürzeren Haare gewöhnt. An das Gefühl des Windes im Nacken, die Leichtigkeit in meiner Bauchmitte. Außerdem liebte ich den Münchner Herbst, den Geruch von Regen in der Luft, die bunt gefärbten Blätter der ordentlich gepflanzten Bäume und den Geschmack von Pumpkin Spice Latte auf den Lippen. Besonders wenn Karla ihn morgens für uns zauberte, bevor wir uns auf den Weg in die Uni machten.

»Ich bin wieder da«, rief ich in den Flur, zog mir den Schal vom Hals und die Lederjacke von den Schultern. Ich trat um die Ecke ins Wohnzimmer, wo ich Karla und Brie vermutete – aber es waren nicht meine Freundinnen, die auf der Couch lümmelten, sondern niemand Geringeres als Kilian. Er hatte die langen Beine auf dem kleinen Holztisch abgelegt, irgendeine Serie flimmerte über den Bildschirm. Ich registrierte die legere Jogginghose, die er trug, genauso wie die leere Schüssel, in der noch ein Löffel hing und eine Milchpfütze verriet, dass er sich am Müsli bedient hatte.

Karlas Friseurin hatte das Beste aus meinem Selbstversuch gemacht, hier und da noch einige Zentimeter abgenommen und war ganz auf meine Wünsche eingegangen. Jetzt waren meine Haare frech geschnitten und sogar kürzer als Karlas Longbob.

Am liebsten hätte ich auf der Stelle umgedreht und wäre wieder aus dem Zimmer gestürmt, doch in diesem Moment wandte er den Kopf und entdeckte mich. Überrascht öffneten sich seine Lippen und ich fuhr mir nervös durch die neue Frisur. Der Kuss war jetzt ein paar Tage her, aber mein Herz – oder meine Nerven – hatten ihn immer noch nicht verarbeitet, geschweige denn bis ins kleinste Detail analysiert. Nein. Falsch. Ich hatte den Kuss bis ins kleinste Detail analysiert, wusste nur nicht, wie ich damit umgehen sollte.

»Du –«

Egal, was er hatte sagen wollen, er tat es nicht. Er kam gar nicht dazu, weil ich ihm das Wort abschnitt: »Ich weiß, es ist etwas ungewohnt.«

Ich konnte nichts dafür, aber ich klang verdammt schnippisch und meine Wangen fühlten sich plötzlich ganz heiß an. Verlegen wandte ich den Blick ab und ging in die Küche, um meine Einkäufe im Kühlschrank zu verstauen. Dabei drehte ich Kilian bewusst den Rücken zu, spürte aber, dass er meinen Hinterkopf anstarrte, als könnte er mich mit bloßer Willenskraft dazu bewegen, mich wieder umzudrehen. Mit fahrigen Händen räumte ich die Kühlsachen ein, mein Herz pochte wie verrückt.

Als ich endlich fertig war und mich schließlich umwandte, erschrak ich beinahe zu Tode. Kilian stand direkt vor mir. Da war höchstens ein Meter Abstand zwischen uns. Mit glühendem Blick starrte er mich an und ich hatte auf einmal das Gefühl, keine Luft mehr zu bekommen.

Trotzdem hob ich herausfordernd das Kinn. »Na los, spuck es aus.«

»Was meinst du?« Jetzt sah er mich fragend an.

»Was auch immer dir gerade durch den Kopf geht.«

»Und was sollte das deiner Meinung nach sein?«, wollte er leise wissen.

Ich zuckte etwas hilflos mit den Schultern und ärgerte mich gleichzeitig, dass ich mich in seiner Nähe so unsicher fühlte. So nackt und durchschaubar. »Das Übliche eben. Barbie mit Männerhaarschnitt. Oder wie hässlich du es findest. Oder dass du es für einen verzweifelten Trennungsveränderungsversuch hältst. Was nicht stimmt, ich wollte schon so lange …« Verärgert brach ich mein Gestammel ab und schloss den Mund.

Gott, war das erbärmlich.

»Moment …« Kilian verengte die Augen, während er mich eingehend betrachtete. »Du glaubst also, ich finde deine neue Frisur hässlich?«

»Ich –«

»Ich finde vielleicht einiges, aber garantiert nicht, dass dir die Frisur nicht steht.« Sein Adamsapfel hüpfte auf und ab, während er einen winzigen Schritt auf mich zu machte. Nur noch die Ecke der Küchenzeile trennte uns.

»Nein?« Ich flüsterte fast, weil ich meiner Stimme nicht traute. Kilians Nähe und sein Duft machten es mir unmöglich, einen klaren Gedanken zu fassen. So hatte er mich noch nie angesehen. So … *hungrig.*

Doch, widersprach die Stimme in meinem Kopf. *So hat er dich schon einmal angesehen. Auf der Halloweenparty.*

»Nein.« Ganz langsam schüttelte er den Kopf. Dann machte er noch einen Schritt auf mich zu, überbrückte die letzte Barriere zwischen uns. Ich wagte kaum zu atmen.

»Wie …« Ich schluckte. »Wie findest du es denn?«

»Ich finde, du siehst damit ganz zauberhaft aus.« Sein schräges Lächeln gab mir den Rest und ich hielt unwillkürlich die Luft an. »Ein bisschen magisch. Als hättest du Feenstaub abbekommen.«

Verdammt. Verdammt. Verdammt.

Was tat er da? Was taten wir hier? Wir hatten noch nicht einmal über den Kuss geredet, welche Wirkung er auf mich gehabt, welche schlaflosen Nächte er mir bereitet hatte. Und jetzt standen wir schon wieder voreinander und schon wieder war diese Spannung zwischen uns, die ein heftiges Ziehen in meinem Unterleib auslöste. In meinem Kopf tönten sämtliche Warnsirenen, als sich Kilian ein Stück zu mir herunterbeugte, einen Finger um eine der kurzen Strähnen wickelte und zwischen Zeige- und Mittelfinger rieb.

»Ich finde, du siehst sogar ziemlich heiß aus«, raunte er mir zu.

Heiß. Heiß. Heiß.

Hatte ich mich gerade verhört? Wie hypnotisiert starrte ich in Kilians Augen, die jetzt an eine stürmische See erinnerten.

Er räusperte sich. »Wie ein kleiner Pixie. Ein heißer Pixie.«

»Du machst dich nicht über mich lustig?«, fragte ich zweifelnd, weil mich die Situation überforderte.

»Das würde ich nicht wagen. Nicht, seit ich weiß, wie allergisch du darauf reagierst.« Ein Mundwinkel zuckte.

Ich atmete tief durch, zwang meine Lippen, einen Satz zu formulieren, und tat das, was ich schon vor Tagen hätte tun sollen. »Dieser Kuss auf der Party«, begann ich und stockte.

»Ja?«, fragte Kilian mit schief gelegtem Kopf und betrachtete mich so interessiert, als wollte er später ein Porträt von mir anfertigen.

»Ich … ich …«

»Du hast dir mal wieder viel zu viele Gedanken gemacht, habe ich recht?«

Das stimmte. Aber nur zum Teil. Der andere, viel wesentlichere Teil in mir hatte sich eine Fortsetzung ausgemalt. Ich war mir nur nicht sicher, ob ich ihm das gestehen konnte. Oder wollte. Oder wie das ging, wie zur Hölle ging das? *Hey, die Zungenakrobatik hat mich angetörnt, lass es uns doch noch einmal versuchen?*

Immer und immer wieder war ich im Geiste zu dem Moment zurückgekehrt, als sich unsere Lippen getroffen hatten. Und auch jetzt lenkte ich meinen Blick wie magisch angezogen auf seinen sinnlichen Mund, was Kilian selbstverständlich nicht verborgen blieb. Er wurde ganz still. Als hielte er den Atem an.

Ein warmes Gefühl breitete sich in meiner Brust aus, wurde mit jedem Herzschlag heißer, bis ich glaubte, innerlich zu verbrennen. Ich wand mich um eine Antwort, suchte nach den richtigen Worten, die mir jedes Mal entglitten, wenn ich nach ihnen greifen wollte.

»Oder …«, begann er und senkte die Stimme, während

sein Finger über mein Schlüsselbein wanderte, sodass ich unbewusst erschauderte. »Oder dir ging es wie mir, und du hast ständig daran gedacht. Tag und Nacht. Dir ausgemalt, wie es wäre, wenn Esther nicht hereingekommen wäre. Was wir getan hätten und was nicht …«

Meine Atmung wurde schwerer, verlangsamte sich. Ich schaffte es nicht mehr, Kilian in die Augen zu sehen, sondern brachte nur ein abgehacktes Nicken zustande.

»Vielleicht hast du gehofft, dass ich das hier mache«, wisperte er dicht an meinem Ohr und begann, an meinem Ohrläppchen zu knabbern. Meine Lider schlossen sich von selbst, als ich mich ganz auf die Berührung einließ. Weiche Lippen, die meinen Puls küssten. Immer und immer wieder. Ganz leicht nur, und trotzdem fühlte es sich wie ein Brandbeschleuniger an. Seine Hand glitt in meinen Nacken, wo sonst immer meine langen Haare gelegen hatten, und er begann mich zu kraulen, berührte mich auf eine Weise, die intim und gleichzeitig wunderschön war. Ich fühlte mich schön. Verstanden.

Ein Pulsieren erwachte in mir und ich versuchte, dem Gefühl zu entkommen – war allerdings machtlos dagegen, als Kilian mich dort küsste, wo eben noch seine Finger gewesen waren. Zentimeter für Zentimeter.

Ich unterdrückte ein Seufzen.

»Oder das …« Wie in Zeitlupe kehrte er zu meinem Gesicht zurück, hauchte mir verführerische Küsse auf den Mundwinkel, sodass ich meine komplette Selbstbeherrschung aufbringen musste, meine Lippen nicht einfach auf seine zu drücken. All meine Sinne tranken seine Nähe, wollten mehr, ihn anfassen, ihn spüren, erkunden, schmecken, mich berühren lassen.

Oh, Gott. Ja.

Ich wollte meine Nägel in seine Haut bohren, den Kopf in den Nacken legen und stöhnen. Doch ich stand nur da, wie zu einer Salzsäule erstarrt.

»Oder das …«, murmelte Kilian und fuhr mit den Fingern über meinen Körper. Unendlich langsam, viel zu verlockend.

Das war so ungewohnt, so fremd und neu, doch gleichzeitig fühlte es sich so richtig an. Genau das wollte ich. Mich einfach hingeben und mir nicht darüber den Kopf zerbrechen, was er von mir dachte, wie ich küsste, wie ich mich bewegte, wie ich stöhnte, ob ich stöhnte, ob ich kam oder nicht. Und seltsamerweise hatte ich den Eindruck, dass Kilian mich nicht auslachen, bewerten oder verurteilen würde.

Weil Kilian genau das verkörperte.

Kopf abschalten. Nicht nachdenken. Leben.

Ich hatte gedacht, dass nur ein namenloser Unbekannter dieses Verlangen in mir wecken könnte. Aber war das wirklich so?

Meine Lider flatterten, als ich seine Zähne an meiner Unterlippe spürte.

»Sag es. Sprich es aus«, forderte er sanft und sein warmer Atem kitzelte meine Haut, ließ eine Gänsehaut auf meinen Armen entstehen.

»Was?«, flüsterte ich zurück, dabei wusste ich, was ich sagen wollte, was ich brauchte.

»Das, was du willst.«

»Lass uns Sex haben.«

Ich hatte es gesagt.

Voller Entsetzen über meine eigenen Worte riss ich die Augen auf, doch dann beruhigte sich mein tosender Herzschlag und die Klarheit kehrte zurück. Der Nebel in meinem Hirn lichtete sich. Es lag auf der Hand. Es war die Lösung. Und so einfach noch dazu.

Kilian hielt inne, lehnte sich ein Stück zurück und betrachtete mich mit einem verblüfften Ausdruck. Meine Wangen glühten, mein Mund war wie ausgetrocknet, doch bevor ich einen Rückzieher machen konnte, sprudelte der Rest aus mir heraus: »Anscheinend funktionieren wir. Körperlich, meine ich. Warum … warum dann nicht das Ganze in die Horizontale verlegen? Ja, ich weiß, wir sind wie Katz und Maus und können uns im Grunde nicht leiden. Aber du spürst es doch auch, was auch immer das zwischen uns ist.« Ich schluckte hart und um die Ernsthaftigkeit aus der Situation zu nehmen, fügte ich hinzu: »Schließlich schuldest du mir auch noch zwei Orgasmen, wenn ich richtig gezählt habe.«

Für einen Sekundenbruchteil meinte ich, ein verletztes Aufblitzen in seinen schiefergrünen Augen zu entdecken, dann hoben sich seine Mundwinkel zu einem trägen Lächeln und es blieb nur noch ein spöttischer Ausdruck zurück. »Du hast recht, Prinzessin. Wir passen sogar verdammt gut zusammen.«

»Genau.« Ich nickte, fand neuen Mut. »Deswegen können wir das doch tun.«

»Was tun?«, hakte Kilian nach, obwohl er genau wusste, was ich meinte.

»Sex haben.« Es kostete mich enorme Überwindung, das Wort noch einmal auszusprechen. Mein ganzer Kopf fühlte sich an wie eine einzige wandelnde Glühbirne. »Ungezwungen. Ohne … Verpflichtungen.«

»Du meinst so etwas wie *Friends with benefits*?«

»Ich würde eher sagen *Frenemies with benefits*, aber ja.«

Kilian schmunzelte. »Oder das.« Sein Blick senkte sich auf meine Lippen. »Okay.«

»Okay?«, wiederholte ich mit viel zu hoher Stimme, was mich ärgerte, weil es mir gar nicht ähnlich sah. Das hier war immer noch Kilian. Oh, Gott. Es war Kilian, aber wahrscheinlich auch der einzige Kerl im gesamten Universum, dem ich genug vertraute, um das auch durchzuziehen.

»Es ist vielleicht eine bescheuerte Idee, eigentlich wollte ich ja einen One-Night-Stand, um …« Ich verschluckte die nächsten Worte, damit ich nicht zu viel offenbarte. *Den Eisklotz aus der Welt zu schaffen,* stolperte über meine Zunge und schaffte es nicht hinaus. »Ich will nichts Ernstes. Spaß haben. Einfach –«

»Keine Sorge«, unterbrach er mich. »Ich bin weder auf der Suche nach einer festen Beziehung noch will ich mein Herz verschenken. Im Gegenteil. Aber da ist … diese Anziehung zwischen uns. Also, ja.« Sein Lächeln bekam etwas Raubtierhaftes, als er mich nun gründlich musterte. »*Frenemies with benefits* klingt vielversprechend.«

»Vielleicht sollten wir Regeln aufstellen«, schlug ich vor, weil ich mir die Illusion nicht nehmen wollte, mich an etwas klammern zu können. Etwas, das mir Sicherheit gab oder zumindest das Gefühl vermittelte, ein wenig die Kontrolle zu behalten. Aber ging es nicht genau darum? Die Kontrolle abzugeben, nicht der Eisklotz zu sein, der nachdachte?

»Regeln?«, fragte Kilian mit hochgezogenen Augenbrauen, aber aus seinem Mund klang selbst das wie ein weiteres, prickelndes Spiel, das eine heißkalte Gänsehaut über meinen Körper wandern ließ. »Was schwebt dir denn vor?«

»Keine Ahnung«, stieß ich aus und fühlte, wie ich mich in eine Standheizung verwandelte. Ich war wirklich nicht dafür gemacht, Dinge offen anzusprechen. Das sah mir einfach nicht ähnlich. »Ich hatte noch keine Gelegenheit, darüber nachzudenken.«

»Sollen wir nicht einfach schauen, wie es sich entwickelt?«

Ich überlegte kurz. »Irgendwie würde ich mich besser fühlen, wenn wir Regeln aufstellen.«

»Gut. Dann habe ich ein paar Vorschläge«, sagte er eindringlich und mein Puls schnellte in die Höhe.

»Und die wären?«

»Nummer eins: Du machst es entweder ganz oder gar nicht.«

»Wie meinst du das?«

»Du hältst nichts zurück. Bist ganz du selbst. Keine Spielchen zwischen uns.«

Okay, das wollte ich auch. Also nickte ich. »Ich versuche es.«

Ein leises Lächeln legte sich um seine Lippen. »Damit kann ich arbeiten.«

»Und was sonst noch?«

Kilian sah mich einfach nur an und ich hatte den Eindruck, dass mir sein Blick unter die Haut ging, mich von innen heraus verbrannte. »Du teilst deine Vorlieben, was dir Spaß macht und was nicht. Vielleicht finden wir auch gemeinsam heraus, worauf du Lust hast. Es sollte keine Tabus zwischen uns geben. Ich will, dass du dich absolut wohlfühlst.«

Mein Kopf war auf einmal wie leer gefegt. Passierte das gerade wirklich? Führte ich gerade wirklich dieses Gespräch mit dem Bruder meiner besten Freundin? Erst nach und nach drangen seine Forderungen in mein Bewusstsein ein und hinterließen ein Echo, das mich ganz hibbelig machte. Noch nie hatte ein Kerl so offen mit mir geredet und ich merkte, wie sehr mir das gefiel. Ich hatte den Eindruck zu wissen, woran ich war. Und das mochte ich. Sehr.

»Einverstanden«, murmelte ich. Dann wurde mir etwas klar. »Also ist es keine einmalige Sache?«

Er hob die Brauen. »Willst du denn, dass es eine einmalige Sache ist?«

Ich überlegte blitzschnell. Das, was er bisher vorgeschlagen hatte, klang nach mehr. Nach Erfahrungen sammeln. Nach … Ausprobieren. Nach … Spaß.

»Wir können ja schauen, wie es sich entwickelt.« Meine Stimme klang schwer wie Honig.

»In Ordnung.« Kilian wirkte zufrieden. »Drittens: Du bist immer ehrlich. Du sagst mir, wenn dir etwas nicht gefällt. Wenn du etwas ausprobieren willst. Wenn ich mit etwas weitermachen soll oder nicht.«

Ich hatte das Gefühl zu fallen. Immer tiefer. Hinein in den Kaninchenbau, aus dem es kein Entrinnen mehr gab. Gleichzeitig war ich erfüllt von einer prickelnden Neugierde, die in Vorfreude umschlug. Das war ein Abenteuer. Und ich ging nie ein Wagnis ein, nie ein Risiko, probierte niemals etwas aus. Es wurde Zeit, dass sich das änderte.

»Okay. Einverstanden«, sagte ich und besiegelte damit unseren kleinen Deal. »Mir wäre es nur lieber, wenn wir … wenn wir zu dir fahren würden.«

»Wegen Karla?«

Ich nickte und senkte den Blick. »Auch. Aber vor allen Dingen glaube ich nicht, dass ich mich hier entspannen kann. Nicht auf die Weise, die …« Ich hielt inne, als Kilian mein Gesicht umfasste, während das Blut in meinen Adern zu kochen begann. Die Berührung sandte einen bittersüßen Schauer über meinen Rücken, die hoffnungsvolle Verlockung nach mehr.

»Alles gut. Du musst nichts erklären. Ich sagte doch, wir machen es so, wie es für dich passt. Hauptsache, wir sind ehrlich zueinander.«

Mir wurde augenblicklich leichter ums Herz, gleichzeitig schwirrte mir immer noch der Kopf. Worauf hatte ich mich da nur eingelassen?

Kapitel 18

Als wir in Kilians Straße ankamen und der wolkenverhangene Himmel die Abenddämmerung ankündigte, war ich ein reines Nervenbündel. Nicht, weil ich es mir anders überlegt hatte, sondern weil mir Kilians Präsenz überdeutlich bewusst war. Die Art, wie er sich zielsicher bewegte. Seine in sich ruhende, aber gleichzeitig so lodernde Ausstrahlung. Man hätte meinen können, dass die kühle Nachtluft und die Strecke zwischen den Wohnungen ein totaler Stimmungskiller waren, stattdessen spürte ich das Pochen zwischen meinen Beinen immer stärker, je länger sich das bedeutungsschwere Schweigen zwischen uns hinzog. Jede zufällige Berührung fachte das Feuer in mir nur noch weiter an, machte mich atemlos. Doch mit jedem Meter, den wir uns der Wohnung näherten, verfestigte sich auch die Gewissheit, heute einen Schritt zu tun, der völlig neu für mich war. Und nicht nur das, er hätte auch Auswirkungen auf die Beziehung zu Kilian. Auf eine verdrehte Art funktionierten wir nämlich so, wie wir waren. Das Krallenwetzen, die Sticheleien und kleinen Herausforderungen – trotzdem war da unweigerlich diese körperliche Anziehungskraft. Eigentlich konnte mir nichts Besseres passieren als Kilian.

Genau der Typ Mann, der nicht auf eine feste Beziehung aus war, sondern alles auf diese physische Ebene beschränkte. Was wollte ich eigentlich mehr?

Das Gewicht meines Rucksacks, in den ich noch ein paar Sachen gestopft hatte, drückte mir in die Schulter und mit jeder einzelnen Treppenstufe, die wir hinaufstiegen, spürte ich, wie mein Herz lauter und schneller schlug.

»Soweit ich weiß, sind alle unterwegs. Mit Ausnahme von Lotte vielleicht«, sagte Kilian jetzt und wandte sich mir halb zu, während er die Wohnungstür aufschloss. Seine Stimme klang kratzig wie ein ungeschliffenes Messer. Die Tür schwang auf. Allerdings machte Kilian keine Anstalten hineinzugehen, sondern ließ den Blick auf mir ruhen. Okay. Gut. Ihm ging es wie mir. Zumindest, wenn ich das teuflische Funkeln und das schnelle Heben und Senken seines Brustkorbs richtig deutete.

Mir wurde schwindelig vor Aufregung. Von der Art, wie er mich betrachtete, wie sich die Atmosphäre schlagartig aufheizte, weil er mich einfach nur ansah. Mehr nicht. Mehr brauchte es nicht.

Da war sofort wieder dieses Feuer, diese Leidenschaft zwischen uns. Diese Energie, die um uns herumschwirrte und mir die Luft aus den Lungen presste, das Gefühl, ganz tief zu fallen und gleichzeitig zu schweben. Ich fühlte mich leicht und schwerelos und unheimlich zufrieden. Das brauchte ich jetzt. Genau das.

Wie von unsichtbaren Fäden gezogen, überbrückte ich die Distanz zwischen uns, während Kilian eine Hand ausstreckte und mich an sich zog. Der Rucksack landete mit einem dumpfen Geräusch auf dem Boden, mein Rücken stieß gegen den Türrahmen, als er in meine Haare griff und mit einem gemurmelten Fluch seinen Mund auf meinen senkte. Automatisch schloss ich die Augen, verkeilte meine Finger in seinem Hoodie und bog mich ihm entgegen. Er schmeckte nach dem Schokomüsli, das er gegessen haben musste, und ich stöhnte, als Kilian den Kuss vertiefte. Seine Lippen waren fest und weich zugleich und ich erschrak über die Hitze, die in mir aufloderte, kaum dass sich unsere Zungen trafen. Ein spielerisches Necken, das ich mit meinem ganzen Körper erwiderte, indem ich meine Arme um seinen Hals schlang und meinen Oberkörper gegen seinen presste, bis nicht einmal mehr ein Stück Papier zwischen uns passte. Da gab es nur noch Kilian und zu viele Schichten aus Kleidung.

Wir stolperten in den Flur. Mit dem Fuß schubste ich meinen Rucksack hinein, der über das Parkett rutschte und vor der überfüllten Garderobe liegen blieb. Die Tür fiel hinter uns ins Schloss, aber das bekam ich nur am Rand mit, denn meine Wahrnehmung galt allein Kilian und den Dingen, die er mit seinen Händen anstellte. Sie strichen über meine Arme, den Rippenbogen entlang bis hinab zu meiner Taille und lagen dann unvermittelt auf meinem Hintern. Seine Handflächen umfassten meine Pobacken, dann drückte er einmal zu, was mir ein scharfes Japsen entlockte.

»Du hast keine Ahnung, wie lange ich das schon machen wollte«, raunte er erregt und ich konnte das Lächeln spüren, das sich in sein Gesicht geschlichen hatte. Doch meine Sinne waren wie benebelt, weshalb ich ihm eine Antwort schuldig blieb. Aus einem Instinkt heraus presste ich mich fester an ihn, spürte die leichte Härte, die sich gegen meinen Schoß drückte. Selbst durch die Jeans hindurch genoss ich seine Kraft, diese ganz bestimmte ahnungsvolle Verheißung.

Ungeduldig zog ich Kilian in Richtung seines Zimmers und er bugsierte mich hinein. Wieder eine Tür, die sich hinter uns schloss. Ich löste mich für einen kurzen Moment von ihm, als er Anstalten machte, die schwarze Deckenlampe anzuknipsen.

»Nicht«, protestierte ich kopfschüttelnd, denn dank der abendlichen Dämmerung konnte man nur noch unsere Silhouetten erkennen. Und ein Teil von mir ahnte, dass mich die Dunkelheit mutiger machen würde. Denn heute wollte ich mutiger sein. Ich wollte ganz ich selbst sein. Und ich wusste nicht, ob ich das schaffte, wenn man alles von mir sah. Jede Kerbe, jede Falte, jede Narbe. Innerlich wie äußerlich.

»Macht es … macht es dir etwas aus, wenn wir das Licht auslassen?«, wisperte ich an seinem Mund.

»Alles, womit du dich wohlfühlst, Prinzessin«, erwiderte er und ließ die Hand wieder sinken, wie ich erleichtert zur Kenntnis nahm.

Seine Bartstoppeln kratzten über meine Wange, gleichzeitig strich sein warmer Atem über meinen Hals, als er die Stelle küsste, an der mein Puls heftig klopfte. Dann verschluckte er mein Stöhnen mit seinen Lippen, erkundete meinen Mund. Intensiver, fordernder. Dass er gut küssen konnte, wusste ich inzwischen, aber das hier war etwas ganz anderes. Ich war süchtig danach, süchtig nach mehr.

»Oh, Gott«, fast schon gequält stieß ich die Luft aus, krallte mich etwas fester in den weichen Wollstoff.

Unvermittelt hob er mich hoch und ich schlang meine Beine um seine Hüfte. Er hielt mich mühelos, als wäre ich federleicht. Rücklings ließ er sich aufs Bett fallen, sodass ich auf seinem Schoß saß. Mit beiden Händen umfasste ich sein

Gesicht, fuhr mit der Fingerkuppe über die unrasierte Wange, zeichnete wie in Trance die Konturen seiner Lippen nach. Kilians Blick glühte, seine Augen glänzten im dämmrigen Licht wie zwei Kohlestücke, als ich mit dem Daumen gegen seine Unterlippe tippte, ganz leicht nur, aber er schien sofort zu verstehen. Auch wenn wir keine Worte austauschten, schien er instinktiv zu spüren, was mir vorschwebte, was ich ausprobieren wollte.

Ohne den Blick auch nur eine einzelne Sekunde von mir abzuwenden, beugte er sich vor und begann an meinem Finger zu saugen, was so verflucht sexy war, dass ich unruhig auf ihm herumrutschte. Prompt grollte er einen unterdrückten Fluch, sein heißer Atem mischte sich mit der Feuchte und sämtliche Muskeln in meinem Unterleib spannten sich an.

Ich stieß ein Keuchen aus, das irgendwie fremd klang, als hätte ich während der Karaoke-Nacht im *Molly Malone's* ununterbrochen Adele-Songs geschmettert. Also küsste ich ihn noch einmal, ließ mich gehen, verlor mich völlig in dem Moment. Unsanft vergrub ich meine Finger in seinem nachtschwarzen Haar, spürte die feinen Strähnen auf meiner Haut und zog ein wenig daran, was ihn schwerer atmen ließ. Ich neckte ihn, bewegte mich auf ihm. Genoss die Reaktionen, die mein kühner Vorstoß bei ihm hervorlockte. Das frustrierte Grunzen, den schnellen Pulsschlag.

Ungeduldig schob ich mein Becken vor und zurück und ärgerte mich darüber, ihn nicht richtig zu spüren, nicht genug. Mein Hirn war wie benommen, mein Körper voller Glückshormone und flatternder Endorphine.

»Shit, Joana«, brummte Kilian, als ich spielerisch an seiner Unterlippe saugte und mich noch tiefer gegen die Härte in seiner Hose drückte. »Mit dir fühle ich mich wie mit sechzehn.«

»Ist das das gut oder schlecht?«, fragte ich gedämpft.

Er lachte leise. »Verdammt gut.«

Kurz löste er sich von mir, sodass er mich besser anschauen konnte. Ich wich seinem intensiven Blick aus, den ich mehr wahrnahm als wirklich sah. Als würde er mich durchleuchten. Dabei trug ich noch alle Klamotten. Ein Umstand, den wir schnellstmöglich ändern sollten.

Als hätte er meine Gedanken gelesen, zog Kilian sich mit einer geübten Bewegung den Hoodie über den Kopf und ließ gleich darauf das dunkelgraue Shirt folgen, sodass seine Haare aufgewühlt abstanden. In meiner Erinnerung blitzten Bilder von Nachmittagen am See und im Schwimmbad auf. Damals war er fast schon zu dünn gewesen, doch mittlerweile hatte sich das geändert. Gierig sog ich seinen Anblick in mich auf und verfluchte in diesem Moment meine Entscheidung, das Licht auszulassen, denn jetzt hätte ich alles dafür getan, jeden Zentimeter von Kilians Körper zu inspizieren: die sehnigen Muskeln, die dunklen Brustwarzen, den feinen Pfad aus schwarzen Härchen, die im Bund seiner Hose verschwanden, die deutlich gespannt war. Unbewusst befeuchtete ich meine Lippen.

Kilian stieß die Luft aus. »Wenn du mich so ansiehst …« Er ließ den Satz unausgesprochen.

Sein Körper vibrierte, als stünde er unter Strom, als könnte er sich kaum noch zurückhalten. Ich lehnte mich vor, hauchte zarte Küsse auf seinen Mundwinkel, sah, wie sich seine Lider flatternd schlossen, und wanderte tiefer, die Halsbeuge hinab. Kurz zögerte ich, hörte jedoch, wie seine Atmung flacher wurde, als ich mich seinen Brustwarzen näherte, und ließ meine Zunge darübergleiten, knabberte ganz leicht daran.

»Heilige Scheiße«, hörte ich ihn stöhnen, registrierte, wie er den Kopf in den Nacken legte, sich mit den Unterarmen auf der Bettdecke abstützte und das Gewicht verlagerte. Davon ermutigt, biss ich etwas kräftiger zu, strich mit der Zungenspitze abwechselnd über beide Brustwarzen, bis Kilian zischend die Luft einsog. Meine eigene Erregung wuchs dabei. Wer hätte gedacht, dass es mir einen Höllenspaß bereitete, ihn so zu sehen? Denn aus einem unerfindlichen Grund genoss ich das Gefühl, das Zepter in der Hand zu halten, ich liebte es, dass *ich* diejenige war, die ihm Lust bescherte.

Langsam ließ ich mich von seinem Schoß gleiten, um mich aus meiner Jeans zu schälen. Ich zog die Socken, mein Oberteil und das Tanktop darunter aus, bis ich nur noch in meiner schlichten schwarzen Unterwäsche vor ihm stand. Sein Blick brannte Löcher in meine Haut, er schien jedes Detail einzufangen, verharrte einen Moment lang bei meinem Bauchnabelpiercing.

»Das Teil hat mir schon nach der Messe ein paar schlaflose Nächte beschert«, gestand er und überraschte mich damit ein wenig. Ein jungenhaftes, verwegenes Grinsen zierte seinen Mund, als sich unsere Blicke wieder trafen. Verlegenheit ergriff mich, während mich die kühle Luft umspielte, und jetzt war ich wieder froh darüber, dass er nicht jedes Detail erkennen konnte.

Langsam griff ich hinter mich, hakte den Verschluss des BHs auf und zog die Träger nach unten. Einen zögernden Herzschlag lang hielt ich beide Körbchen fest. Kilians Augen glänzten vor Erregung und er schluckte hörbar, als ich den BH auf den Boden fallen ließ. Am liebsten hätte ich meine Arme vor der Brust gekreuzt, zwang mich jedoch dazu, es nicht zu tun.

Mir kam die Sache mit dem Eisklotz in den Sinn, ganz plötzlich, ohne Vorwarnung. Aber eigentlich fühlte ich mich gut, nicht wie ein Eisklotz, sondern echt und lebendig und ein bisschen beschwipst wie an dem Abend auf der *Alten Utting*. Nervosität und Scham wechselten sich ab, ließen für einen jähen Augenblick eine distanzierte Nüchternheit in mir aufkeimen. Wie ein plötzlicher eisiger Windstoß, doch Kilian schien die Veränderung sofort zu spüren, denn auf einmal war er ebenfalls auf den Beinen. Direkt vor mir.

»Warte«, sagte er, zog sich mit einem Ruck seine Hose mitsamt Unterhose herunter und stand mir im nächsten Moment nackt gegenüber. Er hielt mir die offenen Handflächen entgegen, ein freches Grinsen auf den Lippen, das wie eine Welle alle Sorgen und Zweifel wegspülte. Er präsentierte sich so, wie der Teufel ihn geschaffen hatte. Viel zu attraktiv und unverschämt selbstsicher. Ich sah seine muskulösen und kräftigen Oberschenkel, hielt den Atem an und wagte es nicht, noch weiter nach oben zu schauen.

»Das ist nur fair«, verkündete er mit kehliger Stimme, die nun einige Nuancen tiefer geworden war. Ein bebendes Sommergewitter, das mir ein lustvolles Ziehen im Unterleib bescherte und mich doch einen Blick auf seine Erektion riskieren ließ, die sich gegen seinen Bauch aufgerichtet hatte. Ich sah alles – und war erstaunt, wie schön er war. Ich hätte vorher niemals das Wort *schön* dafür verwendet, aber ja, das war er.

Als ich den Kopf hob, bemerkte ich das schelmische Funkeln in Kilians Augen, mit einer Hand umfing er mein

Kinn, beugte sich zu mir und küsste mich. Warm und fest und weich und genau richtig. Meine Brustwarzen richteten sich auf, und zeitgleich spürte ich, wie feucht ich inzwischen war, was mich kurz aus dem Konzept brachte. Es war irritierend festzustellen, dass ich den Augenblick so sehr genießen konnte, ohne mir das Hirn darüber zu zermartern, wie etwas sein sollte, was ich tun musste, wie ich mich bewegte …

Ich tat es einfach.

»Nicht nachdenken«, murmelte Kilian heiser, griff in meinen Rücken, bugsierte uns zurück zu seinem Bett und drückte mich sanft nach hinten. Ich versank in der Decke, schob sie etwas zur Seite, sodass ich nur noch das Laken unter mir spürte, und keuchte auf, als Kilian meine Beine auseinanderschob und sich dazwischen positionierte. Nur noch ein winziger Stofffetzen trennte uns und ich konnte die Hitze spüren, die von ihm ausging, als er sich über mich beugte und mit der Zunge meine Lippen teilte. Seine Erektion rieb über meinen Slip, was meine innere Unruhe nur verstärkte. Den Wunsch nach *mehr.*

»Kilian«, drängte ich sehnsuchtsvoll, was ihn innehalten ließ.

»Ich glaube, du hast gerade zum ersten Mal meinen Namen verwendet.« Er grinste mich an, seine Armmuskeln zitterten vor Anspannung, weil er sein Gewicht anders abstützen musste, und sein Gesicht schwebte ganz dicht vor meinem. So dicht, dass seine Augen trotz des spärlichen Lichts wie zwei flaschengrüne Edelsteine leuchteten. »Ich glaube, das gefällt mir. Daran könnte ich mich gewöhnen.«

Wieder bewegte er sich über mir, immer und immer wieder, sodass sich sämtliche inneren Muskeln vor Vorfreude zusammenzogen. Dadurch entlockte er mir ein langes gestöhntes Keuchen, das tief aus meiner Mitte zu entspringen schien.

»Doch, daran kann ich mich auf jeden Fall gewöhnen.«

»Kilian.«

»Mhm?«

»Du redest … zu viel«, stieß ich hervor, bevor ich meine Lippen wieder auf seine presste, sein Lachen verschluckte, das in einen grollenden Laut überging. Ich spürte, wie Kilians Hand zwischen uns wanderte, über meinen Bauchnabel und das Piercing hinweg, sodass ich prompt eine Gänsehaut überall am Körper bekam. Ich sah, wie sich seine Pupillen vor Überraschung weiteten, als ich ihm zuvorkam und seine Hand in meinen Slip schob. Meine Wangen brannten, mein Herz schlug mir bis zum Hals, aber ich wollte mutig sein. Wollte … es versuchen.

»Gott, Joana«, hauchte er und küsste mich innig, während er die Finger vorsichtig zu bewegen begann. Mit einem unterdrückten Fluch stemmte ich meine Fersen in das Laken, bäumte mich auf und biss mir auf die Unterlippe. Das Gefühl war unbeschreiblich. Der immense Druck baute sich weiter auf und unser schwerer Atem vermischte sich, wir tranken dieselbe Luft, während ich lichterloh in Flammen aufging. Sekunden zerflossen zu Minuten, die mir vorkamen wie ein einziger Augenblick.

Ich stöhnte, als es mich ohne Vorwarnung erwischte. Ein heftiges Zittern erfasste mich, mein Brustkorb hob und senkte sich in einem unregelmäßigen Takt. Ich fühlte mich befreit und glücklich und zufrieden, alles gleichzeitig. Lächelnd lehnte ich mich zurück, konnte nicht glauben, was gerade passiert war. Als Kilian Anstalten machte, nach unten zu rutschen, presste ich meine Fußballen in seinen nackten Hintern und hinderte ihn so daran. Fragend hob er den Kopf, sein Blick war verhangen, seine Lippen von den vielen Küssen ganz geschwollen und das nachtschwarze Haar stand dermaßen sexy von seinem Kopf ab, dass ich ihn am liebsten überall berührt hätte.

Ich brauche ihn jetzt, will ihn ganz spüren.

Auch ohne Worte schien er zu verstehen, was ich wollte, und ich kam ihm zu Hilfe, indem ich die Daumen im Bündchen verhakte und den Slip abstreifte. In der Zwischenzeit raschelte es. Benommen registrierte ich, dass er zum Nachttisch griff, der auf der linken Seite vom Bett stand, ein kleines Päckchen herausholte, es öffnete und sich das Kondom überzog.

Keinen Augenblick später war Kilian wieder über mir, schob meine Beine auseinander, küsste meinen Mundwinkel und vertiefte den Kuss erneut. Das Gefühl war überwältigend, aber ich kämpfte gegen den Drang, die Augen zu schließen, wollte keine Sekunde verpassen. Dann füllte er mich ganz aus und bewegte sich in einem Takt, durch den der innere Druck erneut anstieg. Kilian ließ sich Zeit, auch wenn ich die Anspannung in seinen Schultern bemerkte, wie er sich auf mich senkte, ohne sich ganz hinzugeben. Als wollte er sicherstellen, dass ich voll auf meine Kosten kam, bevor er den Fokus auf sich richtete. Seine gesamte Aufmerksamkeit lag auf mir und das wusste ich zu schätzen. Ihm war es wichtig, weil er die Wahrheit kannte. Die Hintergründe.

Ein Beben durchlief mich und ich veränderte meine Position, um ihm entgegenzukommen, doch zu meiner eigenen Frustration drosselte er das Tempo.

»Schneller.« Ich klang nicht wie ich selbst.

»Schneller?«

Die geflüsterte Frage hing zwischen uns und ich drückte meine Fersen wieder in seinen Po, spürte, wie sich etwas in mir aufbaute, das mich fast um den Verstand brachte.

»Ja«, hauchte ich an seinem Mund.

Die Luft füllte sich mit dem Geschmack von Sex und Schweiß, und ich hatte mich noch nie wohler gefühlt, noch nie so bei mir angekommen. Kontrolliert bewegte er die Hüfte vor und zurück. Quälend langsam, nicht genug. Meine Nägel bohrten sich in seinen Rücken, hinterließen eine Spur aus roten Striemen.

»Bitte, Kilian«, flehte ich und biss mir auf die Lippe, um das Stöhnen zu unterdrücken, das meine Kehle hinaufkroch.

»Sag das noch mal«, knurrte er.

»*Bitte, Kilian.*«

Ein wilder Ausdruck flackerte in seinen Augen auf und endlich gab er nach, hörte auf, sich zurückzuhalten, sondern versenkte sich mit einer Intensität in mir, die mich beinahe über den Abgrund schubste. Jeder Stoß erhöhte den Druck in meinem Innern, ließ mich vor Überraschung aufkeuchen. Ich senkte den Blick, beobachtete das Spiel seiner Muskeln, wie er sich über mir bewegte, und ich genoss das Gefühl, das Kilian in mir auslöste. Seine Kiefer pressten sich aufeinander, ich merkte, wie er sich mehr und mehr anspannte, dann ging ein Beben durch ihn hindurch und sein Keuchen verlor sich in unserem Kuss.

Ich fühlte mich ausgelaugt und zufrieden, einfach vollkommen satt. Als hätte ich eine riesige Portion Vanillepudding verdrückt. Bei dem Gedanken daran entfuhr mir ein leises Lachen, während Kilian sich von mir herunterrollte. Er atmete schwer, schob einen Arm unter seinen Hinterkopf und starrte an die Decke.

Eine Weile lagen wir schweigend nebeneinander, gefangen in der Blase aus Befriedigung und Erschöpfung.

»Also …«, setzte er an, brach dann aber wieder ab. Anscheinend fehlten ihm die Worte.

Mir ehrlich gesagt auch.

»Ich hätte gedacht, wir probieren noch ein bisschen mehr aus, aber die Missionarsstellung hat es für den Anfang auch getan«, sagte ich schließlich.

Kilian richtete sich auf, um mich anschauen zu können. Ich grinste ihn verschlagen an.

»Im Ernst?«, fragte er mit hochgezogenen Augenbrauen. Inzwischen war es ganz dunkel draußen, sodass ich die Konturen seines Gesichts kaum noch ausmachen konnte.

»Das war ein Scherz. Keine Sorge, du musst dich in deinem männlichen Stolz nicht angegriffen fühlen. Ich habe mich keine Sekunde wie ein Eisklotz gefühlt.«

Ein weicher Ausdruck stahl sich auf seine Züge und ich spürte einen Kloß in meinem Hals, als Kilian sich unvermittelt vorbeugte und mir einen zarten Kuss auf den Mundwinkel hauchte. »Das war garantiert alles, nur kein Eisklotz. Und ich bin dafür, dass wir das ganz schnell wiederholen.«

Ich lächelte zufrieden. »Ich auch.«

»*One down, one to go* …«, murmelte er und ich gluckste, weil mir klar war, worauf er anspielte.

»Hast du Hunger?«, fragte er schließlich.

Wie auf Kommando knurrte mein Magen. »Und wie.«

»Okay. Du weißt noch, wo die Gästetoilette ist? Ich mach

mich im Bad kurz frisch und schau dann mal, was mein Kühlschrankfach hergibt.«

Kurz beschlichen mich Zweifel. Eigentlich war es nur eine lockere Sache. *Frenemies with benefits*. Sollte ich nicht besser gehen? Gab es dafür nicht irgendein Protokoll, an das man sich halten sollte? Andererseits hatte ich extra etwas Gemütliches zum Anziehen mitgenommen. Argh. Was war richtig?

Auch jetzt schien Kilian meinen inneren Kampf zu spüren, denn er schlüpfte in seine Boxershorts, fuhr sich ein paarmal durch seine Haare und sagte dann: »Keine Panik. Wir bleiben bei unserem Gefrotzel, wenn du das magst. Ich werde mich schon nicht in dich verlieben und mir das Haus am See mit dir ausmalen. An meinen Nicht-Plänen hat sich nämlich absolut nichts geändert.«

»Wie machst du das?«, fragte ich dumpf.

»Was meinst du?«

»Zu wissen, was mir durch den Kopf geht. Eigentlich dachte ich, dass ich nicht so leicht zu durchschauen bin«, murmelte ich und zog die dünne Decke über meinen Körper, weil ich mich plötzlich etwas entblößt fühlte.

»Du bist kein Buch mit sieben Siegeln, Wendl.« Kilian hob zwei Finger an die Schläfe und machte eine Verabschiedungsgeste. »Küche. In fünf Minuten. Ich geb dir einen Moment.«

Mit diesen Worten verschwand er durch die Tür und ließ mich und meine aufwirbelnden Gedanken zurück.

Kapitel 19

In besagtem Kühlschrankfach herrschte fast gähnende Leere. Ein geöffneter Joghurt, ein Sechserkarton mit Eiern, Hüttenkäse, Butter, eine Schale mit Champignons und eine Packung Milch.

»Tja …« Kilian schnalzte mit der Zunge und drehte sich mit einem entschuldigenden Lächeln zu mir um. Die Nähe zwischen uns brachte mich kurz aus dem Konzept, weil sie sich so natürlich anfühlte. Zum Glück hatte ich eine bequeme Stoffhose eingepackt und mir mein Tanktop und den Hoodie wieder angezogen, während Kilian schwarze Jogpants und ein schlichtes Shirt trug, das sich an seinen drahtigen Oberkörper schmiegte und mich unweigerlich daran erinnerte, was wir vor wenigen Minuten getan hatten.

Er schien dasselbe zu denken, denn ein verschmitztes Grinsen legte sich um seine Lippen. Mein Herzschlag geriet kurz aus dem Takt, und ohne dass ich es verhindern konnte, stieg mir die Röte in die Wangen.

»Hast du noch Nudeln da oder so?«, fragte ich, den Blick auf sein viel zu attraktives Gesicht gerichtet. Dabei war es nicht mal sein Aussehen, sondern seine Ausstrahlung, die mich so anzog. Als wäre er eine verdammte Glühbirne und ich eine Motte auf der Suche nach ein bisschen Abenteuer. Ich sollte nur nicht zu nah heranfliegen …

Er überlegte kurz. »Ja, ich glaube schon. Im Fach über dir müssten Linguine sein.«

Kurzerhand öffnete ich den Wandschrank, fand die Packung und holte sie heraus. Dann sah ich mich zum ersten Mal richtig in der Küche um. Für eine Vierer-WG war sie erstaunlich aufgeräumt, was höchstwahrscheinlich an dem Geschirrspüler lag, der gerade lief. Ganz im Gegensatz zu dem Spülbeckenchaos, das mir Karla regelmäßig hinterließ. Über dem Herd war ein kleines offenes Regal mit Gewürzen angebracht, direkt daneben befanden sich Kaffeefilter und verschiedene Teesorten. Dank des Hochtisches, auf dem eine Obstschale stand, der sechs schlichten Hocker und der einfachen Schwarz-Weiß-Fotografien verschiedener Metropolen an der Wand wirkte es gemütlich und wohnlich.

»Was ist mit Tomaten? Zwiebeln? Knoblauch?«

»Haben wir eigentlich immer da. Sonst würde sich *Nonna* vermutlich im Grab umdrehen. Moment.« Aus einem der Seitenfächer im Kühlschrank fischte er ein frisches Stück Parmesan. »Ich habe zwar nie viel hier, aber meistens sind es gute Produkte. Ich vermute, da hat meine *Mamma* einen viel zu großen Einfluss.«

Bei der Erinnerung an Kilians italienische Mutter, der zierlichen Frau mit den großen Rehaugen und dem herzlichen Lächeln, deren Umarmungen sich immer nach Zuhause anfühlten, wurde mir warm ums Herz. Karlas und Kilians Eltern waren ziemlich wundervoll. Bei ihnen war es immer laut und lustig, nie langweilig. Ständig wurde etwas gebacken, gekocht oder lautstark über etwas diskutiert.

Ich mochte das. Besonders die Spielenachmittage, die immer sonntags stattfanden, hatten eine bleibende Erinnerung hinterlassen.

Karla.

Meine Miene verdüsterte sich schlagartig und ich konnte nicht verhindern, dass mir ein leises Seufzen entfuhr. Was würde sie sagen, wenn sie von dem Deal erfuhr?

Großartig. Jetzt war das schlechte Gewissen da. Die ganze Zeit über hatte ich es ausgeschaltet, aber nun ging das nicht mehr. Wahrscheinlich würde ich heute die komplette Nacht wach liegen und darüber nachgrübeln, wie, wann und ob ich es meiner besten Freundin erzählen konnte.

»Sie würde es lieben«, sagte Kilian in meine Gedanken hinein. Er holte eine eisgekühlte Weinflasche aus dem Kühlschrank, um sie zu entkorken. »Ausnahmsweise hast du laut gedacht.«

Dem Etikett nach zu urteilen, war es ein italienischer DOCG-Wein aus der Toskana, aber es war nicht weiter verwunderlich, dass er auch bei Wein Wert auf Qualität legte. Lieber ein leerer Kühlschrank, als auf einen teuren Wein verzichten.

»Möchtest du auch?«

Ich nickte geistesabwesend, während sich in meinem Kopf ein Horrorfilm mit dem Titel *Wie ich eine Freundschaft zerstöre* abspielte, was mich umso nervöser machte. Wahrscheinlich war meine Reaktion etwas übertrieben, aber in allem, was ich tat, schwang auch die Angst mit, jemanden zu verlieren, der mir etwas bedeutete.

»Keine Sorge«, beruhigte mich Kilian mit Nachdruck. »Karla würde sich Namen für unsere Kinder ausmalen, auch wenn sie selbst nicht an die große Liebe bis ans Ende aller

Tage glaubt oder heiraten möchte. Dafür bin ich mir ziemlich sicher, dass sie nur darauf lauert, dich Schwägerin nennen zu dürfen, um jedem unter die Nase zu reiben, dass ihre beste Freundin nun auch mit ihr verwandt ist.«

»Oh, Gott«, entfuhr es mir, was Kilian dazu veranlasste, sich getroffen an die Brust zu fassen. Dann hielt ich inne. »Wobei … mit Karla verwandt zu sein, hätte bestimmt gewisse Vorteile. Ich müsste vor Gericht nicht gegen sie aussagen, zum Beispiel.«

»Das ist der erste Vorteil, der dir spontan einfällt?« Ungläubig schüttelte er den Kopf. »Das sollte mir vielleicht zu denken geben. Und nein, danke. Mir ist mein Freiraum nämlich auch sehr wichtig.«

»Warum?«

»Warum was?«

»Warum ist dir dein Freiraum wichtig? Ich meine, ich komme frisch aus einer Beziehung, aber du … Hattest du keine festen Beziehungen?« Das Wenige, das Karla erzählt hatte, wirkte blass und weit entfernt. Außerdem wollte ich es von ihm wissen.

»Doch, das schon. Die längste hat ein Jahr gedauert. Aber ehrlich gesagt hatte ich immer das Gefühl, mich ändern zu müssen. Um in eine Schublade zu passen, in die ich mich eigentlich nicht hineinzwängen wollte. Keine Ahnung.« Er zuckte mit den Schultern. »Es hat nicht richtig klick gemacht.«

»Verstehe. Sollen wir es Karla wirklich sagen? Und wann? Was ist, wenn sie es einfach so erfährt und dann sauer ist. Oder noch schlimmer, wenn sie nichts mehr mit uns zu tun haben möchte?«

»Du zerbrichst dir schon wieder über etwas den Kopf, worauf du keinen Einfluss hast. Karla ist meine Schwester, ich weiß. Und du bist ihre beste Freundin, ja. Wir kennen uns quasi unser Leben lang, aber im Grunde hatten wir keine großen Berührungspunkte. Selbst wenn wir in ein paar Wochen feststellen, dass diese Sache zwischen uns nicht funktioniert, ist es eben so. Es wird nichts an der Freundschaft zu Karla ändern.«

»Aber meinst du nicht, sie wäre sauer, wenn sie erst später davon erfährt?«, fragte ich vorsichtig.

»Was denn genau erfährt?« Kilian feixte und erinnerte mich dabei viel zu sehr an Karla.

»Dass wir beide … dass wir …« Wieder brachte ich es nicht über mich, die Worte auszusprechen, was ihm ein heiteres Lachen entlockte, das in meinem Schoß brandete. Wow, okay. Ich hatte geglaubt, dass die Wirkung nach dem ersten Mal etwas nachlassen würde, aber anscheinend hatte mein Körper beschlossen, das Ganze als eine Art Vorspeise zu werten.

Inzwischen hatte Kilian den Wein geöffnet und holte zwei Gläser aus einem schlichten Holzschrank.

»Vögeln?«, half er mir mit einem fetten Grinsen auf die Sprünge und reichte mir ein gefülltes Glas.

Mittlerweile hatte mein Kopf die Farbe einer überreifen Tomate angenommen. Mit zusammengepressten Lippen griff ich nach dem Glas. »Ja.«

»Ich schätze, das werden wir dann sehen.« Er prostete mir zu. »*Salute*.«

»Du planst nie etwas, oder?«, fragte ich und nippte an dem Wein, der fantastisch schmeckte. Fruchtig, aber nicht zu süß und angenehm kühl, genau, was ich jetzt brauchte.

Kilian zuckte mit den Schultern. »Eigentlich nicht. Ich lasse die Dinge gern auf mich zukommen.«

»Alles?«

»Meistens schon.«

Ich schluckte. Unglaublich. Er sagte das, als wäre es die einfachste Sache der Welt. Als würden an jeder Entscheidung nicht tausend Fragezeichen hängen, die es einem fast unmöglich machten, eine Richtung zu wählen. Zumindest ging es mir so.

Kilian tippte mir gegen die Nasenspitze. »Ich wette, das Fach in deinem Kühlschrank ist perfekt durchorganisiert. Den kompletten Wocheneinkauf strukturierst du nach Tagen und den jeweiligen Gerichten, sodass nichts weggeworfen werden muss. Und die Einkaufsliste ist wahrscheinlich genauso effizient aufgebaut.«

»Heißt?« Der Laut aus meinem Mund glich einem Knurren.

»Heißt, dass du in logischer Reihenfolge aufschreibst, was du zuerst in den Einkaufswagen legst, je nachdem, was du im Laden zuerst ansteuerst.«

Woher zum Teufel wusste er das? Ertappt funkelte ich Kilian an, was er mit einem zufriedenen Glucksen zur Kenntnis nahm. »*Case closed*.«

»Okay«, sagte ich, um das Thema zu wechseln, klatschte in die Hände und krempelte anschließend die Ärmel hoch. »Dann können wir ja loslegen.«

»Pasta?«

»Pasta«, antwortete ich und sah zu, wie Kilian die restlichen Utensilien zusammensuchte, während ich mich nach einem Schneidebrett, Messer und einer Pfanne umsah. Nach wenigen Minuten duftete es nach angebratenen Zwiebeln, Knoblauch, gewürzten Tomaten und Champignons. Das Wasser lief mir im Mund zusammen. Während die Linguine im Salzwasser kochten, deckte Kilian den Tisch, über dem keine richtige Lampe, sondern eine voluminöse Glühbirne hing. Zwar passten die Teller nicht wirklich zusammen, aber das störte mich ausnahmeweise nicht im Geringsten.

»Übrigens dachte ich, dass du nichts trinkst«, meinte ich zwischen zwei Bissen und ließ mir unser zusammengewürfeltes Abendessen schmecken, das meinen ausgehungerten Magen vor Glück jauchzen ließ.

Kilian sah mich über den Tellerrand hinweg an. »Nur zu bestimmten Anlässen. Und das heute ist reiner Genuss.«

Wieso klang das aus seinem Mund so verdammt anstößig?

»Mhm …«

Unsere Blicke trafen sich, sein Finger strich gemächlich über den Glasrand. Wie hypnotisiert verfolgte ich jede sinnliche Bewegung. Der Wunsch, wieder in sein Zimmer zurückzukehren, erwachte in mir, was ich gar nicht von mir kannte.

»Hey, ihr beiden«, durchbrach eine weibliche Stimme die aufgeladene Spannung in der Luft und ich merkte, wie ich auf Kommando errötete, was ich ein bisschen auf den Wein und die Kochdämpfe schob.

Im selben Augenblick betrat Lotte die Küche, auch wenn ich sie auf der Straße ohne die Halloweenverkleidung mit großer Wahrscheinlichkeit nicht erkannt hätte. Sie trug einen übergroßen weißen Rollkragenpullover und eine hellblaue Momjeans. Ohne Hexenhut und Schminke wirkte sie zerbrechlicher, die haselnussbraunen Augen sahen heute wie zwei riesige Scheinwerfer aus. Ich begrüßte sie mit einem freundlichen Lächeln, während Kilian die Hand hob.

»Wow, das duftet aber herrlich.« Sie schnupperte in Richtung Pfanne, die immer noch auf der niedrigsten Stufe köchelte.

»Bedien dich, wir haben genug übrig«, bot Kilian ihr an.

»Nein, nein … ich will euch nicht stören.«

»Du störst nicht«, erwiderte ich und meinte es auch so. Ich war neugierig auf Kilians Mitbewohnerin, wie und wer sie war. Und schließlich wollte ich auch wissen, was er ihr über mich erzählt hatte. Lotte holte sich einen Teller, setzte sich zu uns an den Tisch, zog ein Bein unter ihr Gesäß und verwickelte uns in stinknormalen Small Talk. Als es später wurde, kramte sie aus einer Schublade eine Streichholzschachtel hervor, um ein paar dicke Kerzen auf dem Tisch anzuzünden. Irgendwann kam noch Gustav, Kilians anderer Mitbewohner, herein, um sich eine Kleinigkeit vom Vortag in die Mikrowelle zu schieben. Die Küche füllte sich mit Leben, was schön war. Schön und entspannt.

Kurz nach Mitternacht beschloss ich, Lotte einfach anzusprechen. Direkt. Ohne Plan. Vielleicht war es auch der Wein, der meine Zunge löste.

»Sag mal«, begann ich und beugte mich etwas vor. »Was meintest du auf der Halloweenparty eigentlich damit, ich sei *die* Joana?«

Verlegenheit zuckte über Kilians Züge, was ihn irgendwie unschuldiger und jünger wirken ließ. Lotte sah etwas zerknirscht zwischen uns hin und her, während sie nach ihrem Weinglas tastete und um eine Antwort rang.

»Lotte ist so etwas wie unsere WG-Gesprächstherapeutin und normalerweise etwas diskreter«, sprang ihr Kilian bei und schoss einen zweideutigen Blick in ihre Richtung ab. Dann sah er mich an. »Ich hatte ihr von dir erzählt.«

Als würde das alles erklären.

»Bringt wohl der Berufswunsch mit sich«, fügte sie hinzu. »Aber ja, eigentlich rutscht mir so etwas nicht einfach heraus. Kilian hatte nur gemeint, dass ihr beiden eine explosive Vorgeschichte habt.«

Das war die Untertreibung des Jahrhunderts.

»Während der Schulzeit war er mein absoluter Erzfeind«, korrigierte ich und kreuzte die Arme vor der Brust.

»Nur während der Schulzeit?« Kilians Mundwinkel zuckten belustigt.

»Ehrlicherweise bis vor ein paar Wochen«, gestand ich und vermied es, ihn direkt anzusehen. Bei dieser Offenbarung hüpfte mein Herz höher, vor allem, weil mich Kilian mit einem unergründlichen Ausdruck beobachtete und ich das genau spürte. »Er weiß einfach, welche Knöpfe er drücken muss, um mich zur Weißglut zu treiben. Außerdem habe ich ihn immer für einen absoluten Kotzbrocken gehalten, der jeden bevormunden will.«

Lottes Augen weiteten sich vor Staunen. »Wow.«

Ich seufzte leise und trank noch einen Schluck Weißwein, während sich meine Wangen anfühlten, als hätten sie sich in eine Herdplatte verwandelt.

»Das mit dem Bevormunden kann ich durchaus nachvollziehen«, sagte Kilian jetzt und ich ahnte, dass er an die Sache mit dem verpatzten One-Night-Stand dachte. »Aber den Kotzbrocken musst du mir erklären.«

Sofort schlug mein Herz schneller, als witterte es die drohende Gefahr, die von dieser simplen Frage ausging. Ich wusste selbst nicht genau, wie er es immer wieder schaffte, aber in Kilians Gegenwart wurde ich dermaßen unausstehlich, dass ich mich selbst kaum wiedererkannte. Wahrscheinlich lag es größtenteils daran, dass er mit einer unangenehmen Mühelosigkeit meinen Schutzschild durchdrang, den ich mir nach Matildas Tod aufgebaut hatte. Er tat es, als wäre es ein Kinderspiel. Als durchschaute er mich und mein Verhalten, obwohl ich manchmal selbst nicht so recht schlau aus mir wurde.

Weil du keine Ahnung hast, wer du bist und was du eigentlich willst, flüsterte wieder diese Stimme in mir, die dank des Alkohols lauter geworden war. Nur mit Mühe konnte ich sie unterdrücken.

»Eigentlich war ich sogar ein richtiger Goldschatz in meiner Jugend«, fügte er noch hinzu, ohne mich aus den Augen zu lassen. »Meistens zumindest.«

Mir entfuhr ein ungläubiges Lachen. »Wer behauptet das? Meine Mutter? Die fand dich schon immer ganz reizend, obwohl du mir meine schönen Haare mit der Kinderschere abgeschnitten hast.«

Kilian lachte. »Das habe ich aber anders in Erinnerung«, antwortete er mit blitzenden Augen. »Du lässt den wesentlichen Teil der Geschichte gerade weg.«

»So?«

»Ja. Das war meine Rache dafür, dass du mich in die Pfanne gehauen hast.« Er sah kurz zu Lotte, die unsere Ausführungen gespannt verfolgte.

»Habe ich das?«

»Für die Sache mit Frau Stelbekker. Wir haben ihr einen Streich gespielt – mit den gestohlenen Federmäppchen –, und du hast es im Anschluss meinen Eltern verraten. Dafür habe ich zwei Wochen Hausarrest bekommen, direkt in den Ferien. Die damit gelaufen waren. Also habe ich dir das genommen, was dir in diesem Moment genauso viel bedeutet hat wie mir meine Freiheit.«

Ich schluckte, weil ich das verdrängt hatte. Alles davon. Wieder einmal musste ich feststellen, dass mein Gehirn nur den für mich relevanten Teil als wichtig abgespeichert und den kompletten Rest ausgeblendet hatte. Aber es stimmte. Dunkel blitzte Kilians jungenhaftes Gesicht vor meinem geistigen Auge auf, der enttäuschte Ausdruck und wie resigniert er gewesen war.

»Wow. Du hast recht. Das hatte ich gar nicht mehr auf dem Schirm. Tut mir leid, ehrlich.«

Kilian lächelte verständnisvoll. »Natürlich habe ich recht. Also? Kotzbrocken?« Er klang dabei kein bisschen gekränkt, sondern nur neugierig.

Ich schürzte die Lippen. »Na ja, du warst der große Bruder meiner besten Freundin und dadurch an sich schon sehr einschüchternd. Du hast mir die typischen Sprüche an den Kopf geworfen. Wir waren in deinen Augen einfach kleine Mädchen und das hast du vor allem mich spüren lassen. Außerdem war ich die Einzige, die du so hart angepackt hast. Jahrelang, sogar jetzt noch.« Ich zuckte mit den Schultern. »Ehrlich gesagt war ich immer davon überzeugt, dass du mich nicht ausstehen kannst.«

»Ach ja?« Verwundert hob er die Brauen und in seinem Tonfall schwang eine Zweideutigkeit mit, die schlagartig Hitze in mir aufsteigen ließ. »Ich hatte den Eindruck, das beruht auf Gegenseitigkeit.«

»Inwiefern?«, wollte nun Lotte wissen. Für einen kurzen Augenblick hatte ich sogar vergessen, dass sie mit am Tisch saß.

Ich wandte mich ihr zu, irritiert von der Eindringlichkeit, mit der mich Kilian auf einmal betrachtete. »Ich bekomme meistens die volle Bandbreite seines *Repertoires,* während er zu allen anderen immer nur freundlich ist. Deswegen bin ich ihm gegenüber einfach automatisch etwas kratzbürstiger.«

»Ist wohl die Macht der Gewohnheit, fürchte ich«, verteidigte sich Kilian und rieb sich in einer unschuldigen Geste über das stoppelige Kinn, was meinen Blick unweigerlich darauf lenkte und mein Kopfkino anspringen ließ.

Ein kurzes Schweigen entstand und Kilian und Lotte tauschten einen Blick, in dem etwas mitschwang, das ich nicht richtig zu fassen bekam. Als hätte ich etwas gesagt, worüber sie bereits gesprochen hatten.

»Ich glaube, ein bisschen Stänkern ist in dem Alter total normal und häufig übernimmt man Angewohnheiten, wenn man sich lange kennt«, sagte Lotte nun und ihr Lächeln wirkte auf einmal etwas gezwungen.

Irgendwie beschlich mich das Gefühl, dass sie einen wesentlichen Teil wegließ, aber ich wollte nicht herumstochern, also fragte ich stattdessen: »Was studierst du eigentlich?«

Sichtlich erleichtert sprang Lotte auf den Themenwechsel an. »Psychologie im vierten Semester. Ich würde gern in die forensische Psychologie.«

»Oh, klingt spannend. Wie kamst du dazu?«

Lotte grinste etwas gelöster. »Zu viele Crime-Podcasts. Eindeutig. Aber abgesehen davon habe ich gemerkt, dass es mir sehr viel Spaß macht, mich in andere Leute hineinzuversetzen. Das war bei mir schon als Kind so.«

Wir unterhielten uns eine Weile über die Vorzüge und Nachteile des Studiums und diskutierten über unsere liebsten Crime-Podcasts, bis unsere Weingläser leer waren. Kurze Zeit später hob Lotte den Handrücken an den Mund, um ein Gähnen zu unterdrücken, und verabschiedete sich von uns. Vielleicht spürte sie, dass Kilian und ich auch noch Redebedarf hatten. Die Stimmung hatte sich verändert, war ernster geworden.

Ich half ihm, die leeren Teller und die Pfanne abzuspülen, wobei wir nur das Nötigste miteinander sprachen.

»Du bist die einzige Person, der ich zutraue, mit meinen Sprüchen klarzukommen«, sagte er plötzlich in die Stille hinein.

Überrascht sah ich ihn an und für einen kurzen Moment vergaß ich sogar das Atmen. »Wie meinst du das?«

»Ich bin nur so hart zu dir, weil ich weiß, dass du meine Sparringspartnerin bist. Schon als wir Kinder waren, hatte ich das Gefühl, dass wir uns auf Augenhöhe begegnen, was mir bereits damals einen Heidenspaß gemacht hat. Deswegen – und nur deswegen – habe ich dich immer geärgert. Nicht, weil ich dich nicht leiden konnte.«

Ein paar Wimpernschläge lang beschlich mich das Gefühl, dass er noch etwas hinzufügen wollte, aber das tat er nicht.

»Oh«, erwiderte ich. Mit diesem Eingeständnis hatte ich nicht gerechnet, weil es so gut wie alles auf den Kopf stellte, was ich von Kilian angenommen hatte. Waren die ganzen Witzeleien und Sprüche auf meine Kosten nur entstanden, weil er wusste, dass ich nicht klein beigeben würde?

Das war … unerwartet.

Aber es fühlte sich nicht falsch an. Nur ungewohnt. Wie ein Lieblingspullover, den man nach Jahren der Schrankverdammnis wieder daraus befreite.

»Komm her.« Kilian nahm meine Hand und zog mich so ruckartig zu sich, dass ich unvermittelt gegen ihn prallte.

Sofort umfing mich sein maskuliner Duft, ließ meine Sinne taumeln.

»Inzwischen gibt es da etwas, das mir wesentlich mehr Spaß macht, als mir mit dir irgendwelche Wortgefechte zu liefern.« In seinen Augen lag ein dunkler Glanz, der meine Pulsfrequenz wie von selbst in ungeahnte Sphären katapultierte.

»Ach, wirklich?«, hörte ich mich schnurren. Jupp. *Schnurren.*

»Ja. Und ich habe vor, das noch eine Weile auszureizen.« Mit einem leisen Lächeln presste er seine Lippen auf meine, während er mich zielsicher in Richtung seines Zimmers schob. Er schmeckte nach Wein und Pasta und Kilian, noch besser als in meiner Erinnerung, auch wenn der letzte Kuss gerade erst ein paar Stunden zurücklag.

»Ich bin dir noch eine zweite Runde schuldig.« Für einen Sekundenbruchteil löste er sich von mir und sah mich prüfend an. »Falls das schon geht.«

»Wir können es ja versuchen«, wisperte ich an seinem Mund und kicherte, als er die Tür hinter uns schloss und sich mit einer schnellen Bewegung aus seinem T-Shirt schälte.

Ich ließ meine Finger über seine nackte Brust gleiten, spürte seinen schnellen und kräftigen Herzschlag unter meinen Handflächen. Dank der geöffneten Jalousien drang blasses Mondlicht ins Zimmer, ließ die Konturen von Schreibtisch, Bett und Schrank erkennen.

»Und vielleicht …« Ich nagte an meiner Unterlippe, zögerte einen Moment.

Seine Augen fingen meinen Blick auf, geduldig und ruhig, auch wenn ich das Gefühl hatte, dass es unter der Oberfläche schwelte. Ich konnte das Feuer in seinem Blut fühlen, was mich ganz hibbelig machte.

»Mhm?«

»Vielleicht können wir ja dieses Mal das Licht anmachen.« Vorsichtig schielte ich zum Nachttischlämpchen hinüber. »Also … das kleine?«

Als hätte ich gerade verkündet, dass Weihnachten und sein Geburtstag zusammenfielen, breitete sich ganz langsam ein zufriedenes Strahlen auf Kilians Gesicht aus. Mein Magen sackte vor Nervosität und Vorfreude nach unten, als er sich zu mir vorbeugte und seine Finger um meine Wangen schloss, die heftig glühten.

»Dein Wunsch ist mir Befehl.«

Kapitel 20

Während der nächsten Tage war mein Kopf voller Zuckerwatte. Klebrig und viel zu süß. Aber es kam mir auch vor, als würde ich auf Wolken gehen, was an dem neu entfachten Lebensgefühl lag, das die kurzen – oder langen – Treffen mit Kilian auslösten. Ich vernachlässigte sogar den Sport, ging weniger joggen als sonst, was schlicht daran lag, dass ich täglich Muskeln an Stellen spürte, von denen ich gar nicht gewusst hatte, dass sie existierten.

Ich fühlte mich frei. Befreit. Und das hing nicht nur mit der fehlenden Haarlänge zusammen, sondern vor allem mit der Tatsache, dass ich mich auf ein Abenteuer eingelassen hatte. Ein Abenteuer, das so ganz anders war, als ich es mir ausgemalt hatte. Aber womöglich war es deswegen umso perfekter. Wir taten einfach spontan, was uns in den Sinn kam. Eine Nachricht von Kilian mit den Worten *Ich krieg deinen Geschmack nicht von der Zunge* machte mich so scharf, dass ich mich stundenlang kaum noch auf etwas anderes konzentrieren konnte.

Die graue Wolkensuppe über München blieb, die Straßen füllten sich mit dem letzten traurigen Herbstlaub und auf dem Karls- und dem Marienplatz wurden die ersten Vorbereitungen für den Christkindlmarkt getroffen. Ich tauschte meine Übergangsklamotten gegen gemütliche Rollkragenpullover und Stiefel, die dem rauen Wetter standhielten. Die Wege zur U-Bahn wurden wesentlich unangenehmer, was am schneidenden Wind und dem ständigen Regen lag, aber das hinderte mich nicht daran, mindestens einen Abend in der Woche bei Kilian zu verbringen. Meistens begannen wir mit einem Rückzug in sein Zimmer, danach folgte gemeinsames Kochen, wir unterhielten uns, saßen mit den anderen Leuten aus der WG bei irgendeinem Gesellschaftsspiel zusammen oder zockten im Wohnzimmer Mario Kart, wobei ich im Gegensatz zu Karla leider völlig versagte.

Da Ende November auch Karlas Geburtstag war, der auf einen Donnerstag fiel, beschlossen wir im engeren Kreis, etwas gemeinsam zu schenken. Schnell fiel die Wahl auf eine Runde Go-Kart etwas außerhalb von München, um dann anschließend in der Stadt feiern zu gehen – im *Pigalle*, das schon lange auf Karlas Wunschliste stand und das sie schon Monate im Voraus reserviert hatte. Die umgestaltete Table-Dance-Bar hatte inzwischen so etwas wie Kultstatus erlangt. Mit den Stangen, den roten Polstersesseln und dem schummrigen Licht, das dem alten, gut erhaltenen Mobiliar eine verruchte Atmosphäre verlieh, war die Location der perfekte Ort für einen einundzwanzigsten Geburtstag. Zumal Karla ohnehin die halbe Stadt zu kennen schien, obwohl sie erst seit etwas über einem Jahr in München lebte. Aber so war Karla eben.

Dank zwei größerer Messen, zu denen ich mich nicht eingetragen hatte, liefen meine beste Freundin und ich uns in meiner ersten hormongesteuerten Zeit nicht über den Weg. Auch Brie bekam ich kaum noch zu Gesicht, denn sie war meistens bei Toni, der im Gegensatz zu uns anderen eine eigene Wohnung ebenfalls in Schwabing hatte.

Wie ich bei einem gemeinsamen Frühstück von Brie erfuhr, ging es mit den bürokratischen Hürden für die Beantragung ihrer deutschen Staatsbürgerschaft endlich voran, was mich sehr freute. Wir stolperten von einem Thema ins nächste, bis Brie mit einem panischen Blick auf die Uhr vom Sofa aufsprang und sich ihren Lederrucksack aus dem Zimmer schnappte.

»Oh, nein. Ich komme noch zu spät zur Arbeit! Das sieht Till gar nicht gern. Er ist nicht gerade gut gelaunt im Moment.«

»Wieso arbeitest du eigentlich doch wieder in der Küche? Ich dachte, im September hat der neue Azubi angefangen?«

»Der hat nach zwei Monaten das Handtuch geschmissen und auf die Schnelle wollten sie keinen Ersatz auftreiben, sondern haben mir eine Aushilfsstelle angeboten, bis ich mein Studium fortsetzen kann.« Sie stutzte. »Sagt man das so? *Handtuch schmeißen?* Ist eine deutsche Redewendung, oder? Ihr treibt mich damit noch in den Wahnsinn.« Wieder hielt sie inne, überlegte und schüttelte dann über sich selbst den Kopf. Irgendwie war Brie auf ihre Weise schon echt süß.

Ich merkte, wie meine Mundwinkel sich verschoben. »Ja, das stimmt.«

»Was hast du heute noch vor?«, fragte Brie, band sich ihre Locken mit einem durchsichtigen Gummiband zu einem Zopf und streifte sich ihre Windjacke über, die sie auf einem unserer letzten Shoppingtrips ganz wetterkonform ergattert hatte.

Netflix and chill, sobald ich bei Kilian bin.

»Ich muss noch ein praktisches Seminar vorbereiten, es

kann nämlich sein, dass sie Mechanismen, Synthesen der Edukte, Versuchsdurchführungen sowie H- und P-Sätze prüfen. Und dann sehe ich morgen echt alt aus.« Das entsprach sogar der Wahrheit. Und es wäre definitiv die sinnvollere Entscheidung, mich damit auseinanderzusetzen und mir nicht auszumalen, was Kilian mit seiner Zunge alles anstellen würde, sobald er mich aus meinen Klamotten geschält hatte.

Brie starrte mich an, als würde ich in Rätseln sprechen, also schüttelte ich mit einem offenen Lächeln den Kopf. »Vergiss es.«

»Okay, bis ganz bald«, verabschiedete sie sich, dann schien ihr noch etwas einzufallen, denn sie hielt kurz inne. »Übrigens tolle Idee mit dem Go-Kart, da wird sich Karla bestimmt freuen!«

»Auf jeden Fall.«

Brie hob die Hand zum Gruß, drehte sich um und verließ den Wohn-Essbereich unserer gemütlichen WG. Dabei fiel mein Blick auf ihren Rücken. »Ah! Der Rucksack ist total schön, das wollte ich dir immer schon sagen«, rief ich ihr noch hinterher, bevor sie mit einem unter den Arm geklemmten Regenschirm in die todschicken Lederboots stieg.

»Danke! Tschüss!«

Damit war sie verschwunden und ich blieb allein zurück. Um im morgigen Praktikum nicht völlig alt auszusehen, setzte ich mich tatsächlich an meinen Schreibtisch und arbeitete die Übungsaufgaben ab, bis mir der Kopf qualmte und es draußen bereits dunkler wurde – was schlicht und ergreifend daran lag, dass bald wieder der kürzeste Tag des Jahres auf der Schwelle stand. Seufzend notierte ich mir Nachfragen und schrieb in unsere Lerngruppe ein paar

Kommentare zur zweiten Aufgabe. Nach drei Stunden schmerzte mein Nacken wie nach einer Sporteinheit und meine Augen fühlten sich an, als hätte ich stundenlang eine einzige Stelle fixiert. Dafür hatte ich eine neue Nachricht von Kilian, die mich mit Vorfreude erfüllte.

Bin gerade noch im Superfly, weil das Wetter absolut bescheiden ist. Wäre gegen 19 Uhr okay?

Passt. Grüße an Leopold-Maximilian, schrieb ich zurück und erntete dafür ein lachendes Emoji.

Richte ich ihm aus. Er hat schon gefragt, wann du wieder hier aufkreuzt. Hast du Lust, nächste Woche zu gehen?

Gerne, tippte ich mit fliegenden Fingern zurück.

Übrigens spare ich mir heute die Dusche hier, damit wir uns schneller sehen können. Vielleicht hast du ja Lust, das gemeinsam nachzuholen? Die anderen sind alle nicht da.

Sofort begannen meine Wangen zu glühen und ich ließ den Kugelschreiber zwischen meinen Fingern hin und her schnellen, sodass die Spitze immer wieder auf die Papierunterlage tippte. Plötzlich lag ein freches Grinsen auf meinen Lippen. Ich fühlte mich kühn und verwegen, als ich in die Textzeile tippte: *Solange ich dich auch einseifen darf …*

Die Antwort erfolgte prompt: *Dann 18 Uhr. Und keine Sekunde später!*

Immer noch lächelnd steckte ich mein Handy wieder weg und versuchte, mich auf die nächste Übungsaufgabe zu konzentrieren, was mir kaum gelang. Als ich wenig später eine Pause machte, um mich mit frischem Koffein zu versorgen, wanderten meine Gedanken zu Kilian, der mein Leben in den letzten Wochen so sehr verändert hatte. Oder hatte ich es verändert, weil ich mich auf ihn eingelassen hatte?

»Also, wer ist der heiße Kerl, mit dem du dich durch die Laken wälzt?«

Vor Schreck fiel mir beinahe die Milchpackung aus der Hand, die ich gerade aus dem Kühlschrank gezogen hatte, um mir noch einen Cappuccino zu machen. Als ich die Tür schloss, stand Karla neben mir, ein schelmisches Funkeln in den grasgrünen Augen, die heute hinter einer randlosen Brille verschwanden. Ihre Haare hatte sie in hübschen Wellen frisiert, die ihr bis knapp auf die Schulter reichten, und sie trug einen dunklen Karorock zu einem schwarzen Oberteil, das an den Ärmeln eng geschnitten war und ihre zierliche Figur betonte.

Ich hatte sie nicht kommen hören.

»Wo kommst du denn her? Ich dachte, du wolltest bis heute Abend in der Bib sitzen?« Mein halbherziger Versuch eines Themenwechsels scheiterte kläglich.

»Du riechst nach Sex. Glaub mir, ich rieche das.«

Ich verzog das Gesicht, weil ich ihr lieber nicht auf die Nase binden wollte, wer für diesen Geruch verantwortlich war, was Karla hingegen misszudeuten schien.

»Im übertragenen Sinn natürlich«, fügte sie deswegen rasch hinzu und verdrehte die Augen. »Aber du hast diese ganz bestimmte Ausstrahlung. Das irritiert mich. Entweder ist der Kerl unglaublich gut, oder Manu hat einfach jahrelang etwas falsch gemacht.«

Wieder verzog ich das Gesicht, behielt jedoch meinen Kommentar für mich. Karla redete auch einfach weiter, als hätte sie mir gar keine Frage gestellt. »Und komm jetzt bloß nicht mit Sport oder viel zu tun in der Uni oder sonst einer fadenscheinigen Ausrede um die Ecke. Ich weiß genau, dass du hier mehrfach nicht übernachtet hast. Auch wenn ich zwischenzeitlich ebenfalls nicht da war, bekomme ich das durchaus mit.«

Panisch ging ich im Geiste sämtliche Antwortmöglichkeiten durch und spielte sogar mit dem Gedanken, einen Typen zu erfinden, doch als ich in Karlas begeistertes Gesicht schaute, brachte ich es nicht übers Herz, sie anzulügen. Sie war immer noch meine beste Freundin und nur, weil ich zu feige war, mit den Konsequenzen zu leben – dass sie eventuell sauer wurde und kein Wort mehr mit mir sprach –, war das noch lange kein Grund, ihr nicht die Wahrheit zu sagen. Also stellte ich die Tasse auf die Anrichte und spielte mit dem Silberreifen an meinem Handgelenk, den ich auf einer Flohmarkttour mit Karla vor ein paar Wochen aufgestöbert hatte und auf dem ein Rosenquarz steckte.

»Ich … ehrlich gesagt …«

»Es ist mein Bruder, stimmt's?«, fiel mir Karla ins Wort.

Ich nickte mit einem Knoten im Bauch und schaffte es immer noch nicht, sie direkt anzusehen, aus Angst, die mögliche Wut hinter der Frage in ihrem Blick zu erkennen. »Ja.«

»Wie lange schon?«

»Eine Weile …«

Für ein paar Sekunden schwiegen wir beide und ich hörte meinen tosenden Herzschlag wie Meeresrauschen in meinen Ohren widerhallen.

»Wurde auch mal Zeit«, sagte Karla schließlich. Ihr Tonfall war so trocken wie ein ausgestorbenes Flussbett. Dann schenkte sie sich einen Kaffee ein, völlig unbeteiligt, als hätte ich ihr nicht gerade offenbart, dass zwischen mir und ihrem Bruder etwas lief.

»Wurde auch … wurde auch mal Zeit?«, wiederholte ich verdutzt.

»Ihr beide seid in den letzten Monaten umeinander herumgeschlichen wie ein pheromongesteuertes Löwenpärchen.« Zur Unterstreichung ihrer Worte gestikulierte sie wild mit den Händen in der Luft herum und fuhr dann ungerührt fort: »Natürlich nicht bewusst, als du noch mit Manu zusammen warst. Dafür ist dein moralischer Kompass viel zu genau ausgerichtet, aber trotzdem hing da immer diese Spannung zwischen euch in der Luft.« Sie zückte ihr Handy und tippte mit einem viel zu zufriedenen Ausdruck eine Nachricht ein.

»Was … was machst du da?«, fragte ich, immer noch völlig überrumpelt. Ich hatte mit einer Standpauke gerechnet, vielleicht auch etwas Enttäuschung darüber, dass ich ihr nichts davon erzählt hatte. Aber Karla tat gerade so, als wäre es das Normalste auf der Welt, dass ich mit ihrem Bruder schlief. Und als hätte sie nicht eine Sekunde lang daran gezweifelt, dass es ohnehin so weit kommen würde. Ehrlich gesagt, wusste ich nicht, was mir mehr zu denken gab, die Tatsache, dass es ihr nichts ausmachte, oder dass sie es geahnt hatte.

»Brie schuldet mir neue *Pao de Queijo,* und du kannst deinen Hintern darauf verwetten, dass ich meinen Gewinn bald genießen werde.« Sie steckte das Handy wieder weg und rieb sich grinsend über den Bauch. »Diese brasilianischen Käsebällchen sind mein Orgasmusersatz, seit Khaleb nach Berlin gezogen ist und ich noch keinen adäquaten Nachfolger gefunden habe.«

Die Beziehung zu Karlas Ex-Freund hatte nur wenige Wochen gehalten, aber die Verabredungen zum Sex waren danach geblieben, denn beide hatten schnell festgestellt, dass sie in dieser Hinsicht gut harmonierten, auch wenn alle anderen Beziehungsebenen ein Sequel zu *Mr. & Mrs. Smith* darstellten. Was sie wohl dazu sagen würde, wenn sie das Kleingedruckte über Kilians und mein Arrangement erfahren würde?

Inzwischen hatte sie den Aufschäumer mit Milch gefüllt und hantierte geschickt damit herum, während ich ein wenig sprachlos danebenstand.

»Bist du denn gar nicht … böse?«

»Warum sollte ich?«

Ich runzelte die Stirn. »Weil es dein Bruder ist?«

Karla zuckte mit den Schultern, verteilte den Milchschaum in beide Kaffeetassen und träufelte anschließend wesentlich mehr Karamellsirup in meine Lieblingstasse. »Du wirkst seit langer Zeit endlich wieder glücklich, viel gelöster. Ich habe dich schon ewig nicht mehr so gesehen und fast vergessen, wie das war. Und wenn Kilian der Grund dafür ist, warum sollte ich etwas dagegen haben? Was für eine Freundin wäre ich, wenn ich meinen Stolz über deine Freude stellen würde?«

Sie hatte recht. Irgendwie fühlte es sich an, als wäre ich seit langer Zeit aus einem Dornröschenschlaf erwacht.

Insgeheim war ich inzwischen dankbar, Philipp begegnet zu sein. Es war wie eine Art Weckruf gewesen, ich hatte viel zu lange auf der Stelle gestanden. Auch mit Manu. Es war, als hätte ich endlich die Augen geöffnet. Aber da war noch dieser blinde Fleck in meiner Vergangenheit, den ich noch nicht genauer unter die Lupe genommen hatte. Matilda. Und meine Schuld an ihrem Tod. Mein Verdrängungsmechanismus hatte während der letzten Jahre wunderbar funktioniert, aber jetzt war er langsam abgeschliffen. Ich ahnte, dass mir allmählich die Zeit davonlief und ich mich dem schwarzen Loch in mir stellen musste.

Ein Kloß bildete sich in meinem Hals und ich versuchte energisch, gegen die Tränen anzukämpfen, die sich mit einem heftigen Juckreiz ankündigten. Damit hatte ich nicht gerechnet, obwohl Kilian es ja schon vermutet hatte. Bevor ich mir weiter darüber Gedanken machen konnte, zog ich Karla in eine feste Umarmung.

»Danke«, sagte ich schlicht.

»Wofür?« Karla löste sich von mir und schaute mich mit hochgezogenen Augenbrauen an.

»Dass du alles so lange mitgemacht hast.«

»Ach, papperlapapp.« Sie winkte ab. »Es gibt immer unterschiedliche Phasen im Leben. Außerdem hast du ja wohl auch mich ausgehalten. Und das ist nicht ohne. Ich weiß, ich kann manchmal etwas ›viel‹ sein.«

»Du bist genau richtig, so, wie du bist«, widersprach ich heftig, was Karla grinsend zur Kenntnis nahm.

»Siehst du, du nämlich auch«, antwortete sie auf einmal wieder ernst. »Solange du glücklich bist, ist alles andere egal. Hauptsache, du hast deinen Spaß.« Dann verzog sie angeekelt das Gesicht, als ihr ein Gedanke kam. »Nur erspar mir bitte die Details. Dein Sabber im Mundwinkel reicht völlig aus, ich muss nicht wissen, wie ausdauerfähig mein Bruder ist.«

Kapitel 21

Als ich an einem verregneten Dienstagmorgen zwei Tage vor Karlas einundzwanzigstem Geburtstag im Labor in Großhadern ankam, konnte ich das Gefühl nicht abschütteln, auf einer Raumstation gelandet zu sein. Alles war fremd und anders, die Abläufe gingen mir nicht so einfach von der Hand und ich konnte nur mit Mühe den Anweisungen von Dr. Höfner folgen, dessen Erklärungen wie unentzifferbare Hieroglyphen in meinem Gehirn ankamen. Genau genommen hatte mir das Seminar in Stereochemie bisher noch keine Probleme bereitet, aber als wir uns jetzt dem dreidimensionalen Aufbau der Moleküle widmeten, die die gleiche chemische Bindung und Zusammensetzung, aber unterschiedliche Anordnungen der Anatomie aufwiesen, brummte mir der Schädel vor lauter Fragezeichen. Und zwar gewaltig.

Das ganze Studium war wie ein viel zu kleiner Schuh, der plötzlich blutige Fersen hinterließ. Als hätte ich mich die ganze Zeit in etwas hineingezwängt, das mir eigentlich nie gepasst hatte. Das Gefühl, nicht hierherzugehören, verfestigte sich schon seit Wochen mit jedem Kurs und jeder Vorlesung, die ich besuchte. Alle Unterhaltungen waren gezwungen, jedes Lächeln auf meinen Lippen wie künstlich aufgemalt. Ich war zwar körperlich anwesend, aber mein Herz war nicht bei der Sache.

Die Erkenntnis brachte mich mittlerweile nachts um den Schlaf, auch wenn Kilian einen viel größeren Anteil daran trug. Meistens dann, wenn er neben mir lag, ich seine Körpernähe fühlte, meine Hand auf seiner Brust ruhte und ich seinen stetigen Herzschlag spürte, der mir die Illusion von Sicherheit vermittelte. Oder war es gar keine Illusion? Unsere Affäre machte etwas mit mir, das ich noch nicht wirklich in eine Schublade stecken konnte. Aber ich verbrachte gern Zeit mit ihm. Sehr gern.

Wie geht's dir, deinem Göttergatten und den Kindern?, schrieb ich an Marie, als ich in die U-Bahn stieg, um in die Innenstadt zu fahren, wo eine Firmenfeier für eine Kanzlei im *Filmcasino* stattfinden würde, einer wunderschönen Eventlocation. Endlich hatte ich mal wieder einen Catering-Einsatz, ausnahmsweise ohne Karla, die sich zu spät für den Service gemeldet hatte. Wie immer hatte Anabelle, die Personalleiterin, eine Liste mit dem Auftrag ein paar Wochen vorher herumgeschickt, damit wir uns rechtzeitig eintrugen. Darin waren die benötigten Stunden, der Ort und die Anzahl der Servicekräfte verzeichnet, sodass alle entscheiden konnten, ob sie sich anmeldeten oder nicht.

Nachdem Marie sich nach meiner Trennung von Manu fast täglich gemeldet hatte, war der Kontakt in letzter Zeit wieder etwas eingerissen. Was bei ihr schlicht an der Tatsache lag, dass sowohl Valentina als auch Linus hintereinander krank gewesen waren und sie deswegen kaum einen ruhigen Moment, geschweige denn mehrere Stunden Schlaf am Stück gefunden hatte.

Mein Handy klingelte und auf dem Bildschirm erschien der Name meiner Schwester.

»Ich dachte, bevor ich dir jetzt eine Sprachnachricht schicke, kann ich dich auch einfach anrufen«, begrüßte sie mich, während ich im Hintergrund die Stimme von Linus vernahm, der fragte, wer dran sei. »Tante Jojo.«

»Kommt sie uns Weihnachten besuchen?«

»Natürlich, wie jedes Jahr.« Das Lächeln in ihrer Antwort war nicht zu überhören. »Du kommst doch, oder?«, fragte sie mich.

»Sicher, ich habe euch viel zu lange nicht gesehen.«

»Das ist wahr. Wann wolltest du denn aufschlagen? Am zweiundzwanzigsten?«

Ich hörte, wie Linus nach einem Spielzeugauto fragte, dann wurde es wieder stiller bei Marie.

»Ehrlich gesagt habe ich das noch gar nicht mit Karla und Kilian besprochen, es sind ja auch noch ein paar Wochen bis dahin, aber wahrscheinlich schon.« Wie immer würden meine Eltern zwei Wochen früher hochfahren, auch wenn es ihnen schwerfiel, ins alte Haus zurückzukehren.

»Wieso solltest du denn mit Kilian darüber reden?«

Oh-oh. Marie hatte ihr sensibles Radar angeworfen und diesen ganz bestimmten Tonfall aufgefahren, was in etwa Karlas Spürnase gleichkam.

»Habe ich nicht erwähnt, dass Kilian ebenfalls nach München gezogen ist?«, wollte ich wissen, dabei hatte ich garantiert kein Sterbenswörtchen darüber verloren. Mit voller Absicht. »Ich gehe einfach mal davon aus, dass die beiden Weihnachten auch zu ihrer Familie fahren und würde mich ihnen anschließen.«

»Nein, von Kilian hast du nichts erzählt.« Jetzt hörte sich

Marie an, als hätte ich ihr verschwiegen, dass ich heimlich geheiratet und Kinder bekommen hätte. »Wie ist er denn so?«

»Nett.« Im nächsten Moment biss ich mir auf die Zunge und presste die Augenlider zusammen, denn damit hatte ich mir gerade ein Eigentor geschossen. Schließlich war meine Schwester über alles im Bilde, was in der Nachbarschaft abgegangen war. Daher kannte sie auch jede Geschichte, jeden blauen Fleck, wusste von jedem verheulten Nachmittag auf dem Dachboden, nachdem Kilian wieder irgendetwas angestellt hatte.

»Nett?« Marie spie das Wort förmlich aus. »Wir reden schon von demselben Kilian, der deine Kindheit so abenteuerlich gestaltet hat?«

»Ich war daran nicht ganz unschuldig.« Wenn man seiner Version der Dinge Glauben schenken durfte, aber davon ging ich aus.

Marie lachte. »Das stimmt, auch wenn du immer behauptet hast, er wäre an allem schuld. Bei den ganzen krummen Dingern, die ihr da gegenseitig gedreht habt. Es ist ein Wunder, dass die Häuser noch stehen und nicht abgefackelt sind. Und er ist jetzt nett?«

»Ja«, presste ich hervor. Kilian war nett. Mehr als das, er war aufmerksam, fürsorglich und ließ mir in den richtigen Momenten meinen Freiraum. Die Zeit mit ihm machte so viel Spaß, denn ich hatte das Gefühl, endlich ich selbst sein zu können.

»Und wie geht's dir?«, fragte Marie, wobei eindeutig ein bisschen Sorge in ihrer Stimme mitschwang.

»Gut«, erwiderte ich und meinte es auch so. »Mir geht's gut. Ich habe eine neue Frisur. Muss dir nachher mal ein

Bild schicken, hätte ich schon längst machen sollen. Aber ich bin einfach nicht dazu gekommen.«

»Wie ist es geworden?«

»Kurz.«

»War das wieder eine Kurzschlussreaktion? So wie die roten Haare damals? Dein Bauchnabelpiercing?«

Täuschte ich mich, oder hörte ich einen leichten Vorwurf aus ihren Fragen heraus?

»Ja, aber eine bewusste Kurzschlussreaktion. Es hat sich wie eine Befreiung angefühlt, die längst überfällig gewesen ist.«

»Okay.« Marie klang noch nicht ganz überzeugt, aber wer konnte es ihr verübeln? Ich hatte in den letzten Jahren einen Großteil meiner Energie darauf verwendet, allen etwas vorzumachen. Einschließlich mir. Ich hatte ihnen – und mir – wie ein gebetsartiges Mantra eingebläut, dass alles in bester Ordnung war. Es tat gut, endlich etwas zu ändern und wenn es nur ein Haarschnitt war.

»Hast du denn inzwischen einen Termin bei Frau Bansleben gemacht?«

»Noch nicht.« Gedankenverloren starrte ich auf die vorbeiziehenden Haltestellen. »Ehrlich gesagt weiß ich nicht, ob sie noch die richtige Therapeutin für mich ist. Ich würde gern mit jemandem arbeiten, der mich noch nicht kennt und sich ein neues Bild machen kann. Von mir, der Situation … Mit Frau Bansleben ist alles etwas vorbelastet.« Ich stockte. »Einfach, weil ich ihr gegenüber nicht ehrlich war.«

Marie atmete scharf aus. »Jetzt bin ich überrascht.« Ihre Stimme klang wie brüchiges Eis.

»Wieso?«

»Dieses Eingeständnis. Darauf warte ich schon eine gefühlte Ewigkeit«, antwortete sie und ich hörte ein leises Zittern in ihren Worten, als wäre gerade etwas Bedeutungsvolles geschehen. »Du willst dich wirklich darum kümmern?«

»Ja«, ich holte tief Luft, dachte nicht darüber nach, was ich als Nächstes sagte, sondern sprach das aus, was ich fühlte. »Es wird Zeit. Ich bin schon viel zu lange auf der Stelle getreten.«

Erschrocken stellte ich fest, dass die U-Bahn am Odeonsplatz gehalten hatte. »Mist! Können wir später darüber reden?«

»Ja, kein Problem, Küken.«

»Hab dich lieb.«

»Ich dich auch.«

Hastig sprang ich auf, rückte meinen Rucksack zurecht und verabschiedete mich knapp von Marie, die mir noch das Versprechen abnahm, mich bald wieder zu melden.

Ich wählte den Aufgang an der Ecke Brienner- und Ludwigsstraße und stieg mit dem Pulk an Menschen die engen unterirdischen Gänge hinauf. Draußen empfing mich ein Platzregen, der den Vorplatz der nördlichen Altstadtgrenze in ein Meer voller Regenschirme verwandelte, und ich ließ die kalte Novemberluft in meine Lunge strömen. Ich überquerte eilig die Hauptstraße, vorbei am Starbucks, der an den Hofgarten grenzte, und betrat das *Filmcasino* durch den Haupteingang, wo mich Elyas begrüßte und mir die Umkleiden für das Servicepersonal zeigte. Meine Haare waren komplett durchnässt, dabei hatte ich heute Morgen extra Locken hineingedreht, die jetzt nur noch einem feuchten Hundefell glichen.

Rasch zog ich mich um, band mir einen Zopf, so gut das mit den kurzen Fransen eben ging, und legte die Schürze um. Dann begrüßte ich die anderen aus dem Service, die sich ebenfalls bereits eingefunden hatten. Insgesamt waren fünfzehn Leute eingeteilt, Toni und Till kochten vor Ort, gemeinsam mit einer weiteren Köchin, die neu eingestellt worden war und deren Namen ich noch nicht kannte.

Die erste Etage der Location war in dunklen Tönen gehalten, passend zu der mahagonifarbenen Holzvertäfelung der Bar und den schwarz-braunen Vorhängen, die wunderbar zu der grünen Wandfarbe und den gemütlichen Ledersesseln passten, die in einer Ecke des weitläufigen Raums standen. Es gab mehrere Stehtische, die mit weißen Hussen überzogen waren, und die unzähligen, fast deckenhohen Palmen sowie die alten Werbetafeln aus den Zwanzigerjahren verliehen dem gesamten Etablissement eine noble und gemütliche Note. Es roch nach Regen und der Geschmack von warmer Milch und Espresso hing in der Luft.

Als ich Kilian hinter der voll ausgestatteten Bar erblickte, hob sich meine schlechte Laune von dem verpatzten Tag im Labor schlagartig. Er trug sein *Leckerste*-Hemd und bestückte die zusätzlich aufgebauten Regale hinter dem Tresen mit Cocktailgläsern. Kaum hatte er mich erblickt, verschwanden die gerunzelte Stirn und der nachdenkliche Ausdruck aus seinem Gesicht. Er schenkte mir ein Lächeln, das mich automatisch zum Strahlen brachte. Ich ging auf ihn zu und ließ mich in eine Umarmung ziehen, die eindeutig zu lange dauerte. Er duftete herrlich. Herb und zitronig und nach ihm selbst.

»Du bist heute auch da.«

»Ja.« Ich klang, als wäre ich gerannt. Aber ihn zu sehen,

ihn zu riechen, in seiner Nähe zu sein, machte mich atemlos. Ich trat einen Schritt zurück.

»Hast du gar nicht erwähnt.«

»Du auch nicht.«

Kilian grinste. »Touché. Ich dachte, du hängst auf deinem HighTechCampus herum.«

Sofort sanken meine Mundwinkel nach unten, als hätte er mit seinen Worten Gewichte drangehängt. »Erinnere mich bloß nicht daran«, stöhnte ich und ließ den Kopf auf meine Arme fallen, die ich auf der Theke abstützte.

»Warum?« Er machte sich daran, den Kühlschrank mit Limetten zu füllen, und prüfte gleichzeitig die Menge an Spirituosen.

»Es war die reinste Katastrophe. Ich hatte das Gefühl, am falschen Ort zu sein.« Das Eingeständnis kostete mich nicht viel Überwindung, obwohl ich mich normalerweise nicht so leicht öffnete. Nur bei Kilian war das anders. Vielleicht lag das auch an seinem Barkeepercharme.

»Weshalb studierst du eigentlich etwas, das dich nicht glücklich macht?«

»Das sagst ausgerechnet du?«, fragte ich anstelle einer Antwort. »Mr Ich-wechsle-meine-Studienrichtung-wie-Unterhosen?«

»Du magst es, mir Mr-Spitznamen zu geben, was?« Kilian legte den Kopf schief. »Erwischt. Ehrlich gesagt habe ich dafür auch eine halbe Ewigkeit gebraucht. Erst nach drei angefangenen Studiengängen bin ich letztendlich bei Theaterwissenschaften gelandet. Aber ob es das jetzt wirklich ist …« Er hob die Schultern. »Wer weiß. Jedenfalls ist es nicht verwerflich, etwas Neues anzufangen, herauszufinden, was man wirklich machen will.«

»Hast du denn keine Angst, dadurch einen Nachteil zu haben? Gegenüber anderen? Oder dich dadurch wie ein … Versager zu fühlen? Wie jemand, der es nicht schafft, etwas durchzuziehen? Eben weil du alle Möglichkeiten der Welt hast?«

»Der Fluch unserer Generation«, seufzte er. »Und meinst du, es sollte mir wegen des löchrigen Lebenslaufs etwas ausmachen?«, hakte er nach und ich nickte zur Bestätigung. »Vielleicht gibt es Personen, die mir daraus einen Strick drehen, aber lieber falle ich ein paarmal auf die Schnauze und finde meine Berufung, als mich von Anfang an auf etwas festzulegen, das mir absolut keinen Spaß macht.«

»Mhm.« Das leuchtete mir ein. »Und du hast noch keinen Plan für die Zukunft?«

»Nein, keinen richtigen. Wir leben nur einmal, und das sollten wir auskosten. Jeden Tag.« Er sah mich direkt an. »Eigentlich weißt du das am besten.«

Für einen Wimpernschlag versetzten mir seine Worte einen dumpfen Stich, aber bevor ich weiter darauf horchen konnte, fuhr Kilian fort: »Auch die Arbeit … insbesondere die Arbeit, die wir irgendwann dreißig, vierzig Jahre lang machen werden. Wenn da keine Leidenschaft mitspielt, warum sollte ich mich damit abmühen? Dann backe ich lieber kleine Brötchen und genieße andere Dinge im Leben. Freunde, Familie, Sport, gutes Essen, die Gesellschaft von Menschen, die mir etwas bedeuten.«

So hatte ich es bisher noch nie gesehen. Tief in meinem Inneren wusste ich, weshalb ich etwas studierte, von dem Matilda schon als Jugendliche geschwärmt hatte. Es war das schlechte Gewissen, das wie ein dorniger Stachel in meinem Herzen saß und alles vergiftete, woran ich Freude empfand.

»Jojo?«, ertönte in diesem Augenblick Elyas' Stimme, was mich daran erinnerte, dass gleich die Besprechung stattfinden würde. Auf wackligen Beinen entfernte ich mich von Kilian, weil mir plötzlich etwas klar geworden war. Meine Atmung beschleunigte sich und mein Sichtfeld wurde enger, wie so oft, wenn ich eine Panikattacke bekam. Doch dieses Mal war es anders. Dieses Mal kämpfte ich nicht dagegen an, sondern ließ das ermüdende Gefühl von Machtlosigkeit zu, als wäre es natürlich. Als würde es zu mir dazugehören.

Und irgendwie tat es das auch.

In der Küche hatten sich bereits alle versammelt. Zuerst sollte das *Flying Buffet* starten, das heute ausschließlich aus fleischlosen Häppchen bestand, die mir das Wasser im Mund zusammenlaufen ließen. Pilzsalat mit karamellisiertem Ziegenkäse. Quarkcreme mit Himbeerschaum. Blätterteigpastetchen gefüllt mit Tomatenmousse. Walnuss-Mangosalat im Gläschen. Till hatte sich wieder einmal selbst übertroffen und ich ratterte im Kopf alle Speisen herunter, um mich an etwas zu klammern, das nicht mit Matilda zusammenhing und mich in eine Abwärtsspirale schicken konnte. Keine Ahnung, wie ich das schaffte. Aber es klappte erstaunlich gut. Während Elyas mit angenehmer, ruhiger Stimme den heutigen Ablauf erläuterte und die Besonderheiten erklärte, wurde ich innerlich immer stiller. Ausgeglichener.

Toni verzog die Lippen zu einem schiefen Lächeln, als er mich bemerkte, und mir fiel auf, wie sehr er sich in den letzten Monaten verändert hatte. Er lächelte mehr, wirkte zugänglicher und verwickelte mich auch öfter einfach mal in ein Gespräch, was er vor einigen Monaten niemals getan hätte. War das Bries Einfluss? Bestimmt.

In den nächsten zwei Stunden war ich damit beschäftigt, kleinere Runden durch den Raum zu drehen, während die Live-Band Jazzlieder spielte, die mit der Atmosphäre verschmolzen. Immer wenn ich an der Bar vorbeikam, herrschte dort ein buntes Treiben, als würden Kilian und Pete, der zweite Barkeeper, Einladungskarten für die Oscars und nicht einfach nur Cocktails verteilen.

»So nicht«, blaffte Till die neue Servicekraft an, die mit hochrotem Kopf den Hauptgerichtteller fester umklammerte und eine Entschuldigung murmelte. Mit einem Handtuch wischte er sich über die Glatze, auf der sich winzige Schweißperlen gebildet hatten, sein Gesicht war von Anspannung gezeichnet. Wie immer ging es in der Küche hektisch zu, die Zeit entwickelte ein Eigenleben, das mich jedes Mal an die Emsigkeit in einem Ameisenhügel erinnerte.

Aufgrund des geringen Platzes zwischen Ausgabe, Küchenregalen und Kochzeile herrschte eine drückende Enge, die anstrengte und an meinen Reserven zerrte. Aber ich liebte das Gefühl, am Ende eines langen Arbeitstages ins Bett zu fallen, jeden Muskel im Körper zu spüren und zu wissen, dass ich etwas geleistet hatte.

Trotzdem war ich froh, als Elyas mich kurz vor Mitternacht in die erste richtige Pause schickte und ich nutzte die Gelegenheit, um auf die Toilette zu gehen und kurz frische Luft zu schnappen. Auf dem Rückweg kam ich an der Bar vorbei, wo Kilian in eine angeregte Unterhaltung mit einer Brünetten in einem Jeanskleid und Lederstiefeln vertieft war. Sie saß auf einem Hocker, rührte in ihrem Cocktailglas und warf ihm immer wieder schmachtende Blicke zu. Kilian grinste über etwas, das sie sagte, und ich verspürte einen kurzen, aber heftigen Stich von Eifersucht. Was mir eigentlich nicht zustand.

In diesem Moment wurde mir bewusst, dass wir niemals darüber geredet hatten, ob unser Deal exklusiv war oder nicht.

Es war sein gutes Recht, auch mit anderen zu flirten, so war er eben auch. Ein bisschen draufgängerisch, locker, nie um etwas Festes bemüht. Kilian war nicht der Typ für eine ernsthafte Partnerschaft, dafür lebte er zu sehr im Moment. Das hatte er selbst gesagt. Und ich kam frisch aus der Beziehung mit Manu und suchte auch nicht nach einer festen Bindung. Warum also fühlte es sich dann an, als hätte mir jemand einen Stoß in den Magen versetzt, wenn ich darüber nachdachte, dass er sich auch für eine andere interessieren könnte?

Unsere Blicke trafen sich und was auch immer er in meinem Gesicht las, ließ ihn in seiner Unterhaltung innehalten. Ich rang mir ein Lächeln ab und ging zurück in die Küche. Als ich die Schürze gerade wieder umgebunden hatte, tauchte Kilian in der Tür auf und nahm die engen Räumlichkeiten mit seiner kompletten Präsenz ein. Schnell sah ich mich um, aber alle waren in ihre Arbeit vertieft. Toni richtete gerade noch ein paar Nachspeisen für das Mitternachtsbüfett her, Till war rauchen gegangen und zwei junge Frauen aus dem Service standen auf der anderen Seite der Küche und unterhielten sich.

»Du hattest Pause?«, fragte Kilian, als er schließlich unmittelbar vor mir stehen blieb, sodass ich den Kopf heben musste, um ihm in die Augen zu sehen. Täuschte ich mich oder lag da der Anflug eines selbstzufriedenen Lächelns auf seinen Zügen?

»Ja, endlich. Elyas meinte, es wird wohl bis kurz nach zwei gehen, und er wollte mir wenigstens fünfzehn Minuten gönnen.«

»Ich bin dann auch fertig.« Er machte noch einen Schritt auf mich zu, bis uns kaum noch eine halbe Armlänge trennte, und senkte die Stimme. »Willst du danach noch mit zu mir?«

»Fragst du mich, weil die Brünette nicht möchte?« Bevor ich es verhindern konnte, lösten sich die Worte von meiner Zunge und ich riss erschrocken die Augen auf.

»Bist du etwa eifersüchtig?« Kilian beugte sich ein Stückchen näher zu mir und stützte sich mit einer Hand am Regal hinter mir ab.

Dezent umfing mich sein männlicher Duft und ich musste mich zusammenreißen, nicht die Augen zu schließen und an seinem Hals zu schnuppern. Seine Lippen schwebten dicht an meiner Ohrmuschel, sein Atem sandte mir ein Prickeln über die Wirbelsäule. Verstohlen schaute ich mich um, aber niemand schien von uns Notiz zu nehmen, dafür schirmte mich Kilians Oberkörper von unserer Umgebung ab.

»Nein!« Gott, ich klang wie eine bockige Dreijährige!

»Wirklich nicht, Joana?«, wollte er wissen.

Beim Klang meines vollen Namens aus seinem Mund passierte etwas. Womöglich lag es an der Art, wie er meinen Namen aussprach. Oder wie er mich dabei betrachtete. Als wüsste er etwas von mir, das mir selbst nicht bewusst war.

»Ich … teile nur einfach nicht gern«, gestand ich zu meiner eigenen Verblüffung. Wie schaffte es dieser Kerl nur, mir immer meine Gedanken zu entlocken? Ich holte kurz Luft und fügte hinzu: »Wir haben nie darüber geredet und eigentlich –«

»Nein«, fiel mir Kilian ins Wort. »Du hast recht. Wir haben nicht darüber gesprochen. Aber ich kann dir versichern, dass ich auch nicht gern teile. Auch wenn wir nur *Frenemies with benefits* sind.«

Gegen meinen Willen begann ich, wie ein Honigkuchenpferd zu grinsen. Gleichzeitig ignorierte ich das plötzliche Herzklopfen, schließlich war ich eine Meisterin des Verdrängens. Kilian, der keine Gefahr scheute, der von Klippen sprang und nie ein Abenteuer ausließ. Wir waren so grundverschieden, dass ich mir nicht sicher war, ob wir zusammenpassten. Ja, der Sex war großartig. Und ja, ich wollte mehr davon. Aber eine Beziehung kam unter keinen Umständen infrage. Niemals.

Kapitel 22

Am Morgen von Karlas Geburtstag dekorierte ich gemeinsam mit Brie das Wohnzimmer. Wir hängten superkitschige Girlanden und ein buntes *Happy-Birthday*-Schild auf. Trotzdem stand ich pünktlich um 10:30 Uhr in der Theatinerstraße, um im *Maelu* drei vorbestellte Törtchen abzuholen, die gerade erst aus der Konditorei angeliefert wurden. Die sündhaften Köstlichkeiten stellten sogar Bries Kochkünste in den Schatten und waren das Einzige, wofür Karla morden würde. Allerdings wusste ich, wie knapp bei Kasse sie meistens war und wie selten sie sich diesen Genuss gönnte. Also hatte ich die Törtchen zu einem Teil unseres Geschenks gemacht.

Da Karla an ihrem Geburtstag nicht vor elf Uhr aufstehen wollte, schaffte ich es gerade rechtzeitig wieder nach Hause, als sich auch schon ihre Zimmertür öffnete und sie in einem gemütlichen Schlabberlook in den Flur tapste. Die Haare standen ihr noch zu Berge und sie wirkte etwas verschlafen, aber als Brie und ich ein schiefes Geburtstagsständchen anstimmten – Brie auf Portugiesisch, ich sang auf Deutsch –, erhellte sich ihre Miene und ein dickes Grinsen tauchte in ihrem Gesicht auf.

»Alles Liebe, du Zwerg«, gratulierte ich und schob noch ein paar Glückwünsche hinterher, bevor ich sie in den Arm nahm und fest drückte.

»Wo warst du denn schon? Joggen? Einkaufen? Du siehst aus wie aus dem Ei gepellt.«

»Es ist elf Uhr, was hätte ich denn seit heute Morgen nicht schon alles machen können?«, hielt ich dagegen und erntete dafür eine herausgestreckte Zunge.

Sobald ihr Blick auf den dekorierten Geburtstagstisch und die hübsche Verpackung ihres Lieblings-Confiserie-Cafés fiel, führte sie einen Freudentanz auf und umarmte mich gleich noch einmal. »Der perfekte Start in den Tag! Schokoladentörtchen zum Frühstück!«

»Du meinst Mittagessen«, warf ich ein.

»Wir können ja auch einfach einen Brunch daraus machen«, schlug Brie vor, was wir prompt in die Tat umsetzten. Zum Glück gab unser Kühlschrank mehr her als Kilians, sodass ich einen gewaltigen Hunger hatte, bis endlich Rührei, verschiedene Aufstriche, Käse und Obst in kleinen Schüsseln verteilt waren. Genüsslich schlugen wir uns die Bäuche voll und krönten den ausgiebigen Brunch mit den *Maelu*-Törtchen, die eine wahre Geschmacksexplosion auf der Zunge waren. Karla pustete die Geburtstagskerze aus und machte sich dann fertig, weil wir noch in die Uni mussten – sie als Vorbereitung auf eine anstehende Vorlesung und ich zu einem Seminarblock auf dem Campus in Großhadern.

Als ich schließlich am frühen Abend wieder in die WG zurückkehrte, drang Gelächter in den Flur, sobald ich die Wohnungstür öffnete und meinen Rucksack an die Garderobe stellte. Im Wohnzimmer empfing mich der Duft nach Schokoladenkuchen mit einer milden Zimtnote, während jeder Sitzplatz belegt war und sich der Raum anfühlte, als hätte jemand einen Ofen angeschmissen. Überall summte und brummte es. Ich entdeckte ein paar Mitstudierende von Karla, Pete und Toni von *Leckerste*, die gemeinsam mit Brie in der Küche standen – wo auch sonst? –, aber auch Laura, unsere ehemalige Mitbewohnerin, die offenbar extra mit ihrem Freund Julian aus Nürnberg angereist war. Sie trug eine schlichte Jeans und ein schwarzes Oberteil, das zwar etwas weiter geschnitten war, jedoch ihre Rundungen trotzdem betonte.

»Was machst du denn hier?«, fragte ich sie überrascht, weil sie sich in der WhatsApp-Gruppe eigentlich abgemeldet hatte.

»Wow! Deine Haare sehen in echt noch viel schöner aus«, erwiderte sie anstelle einer Antwort und schloss mich in eine feste Umarmung. Sie roch herrlich nach diesem einzigartigen frischen Parfüm, das mich immer an Sommer und Cocktails erinnerte, und ihre dunkelbraunen Haare kitzelten meine Nase.

»Danke«, antwortete ich verlegen, als ich mich von ihr löste. »Wie schön, dass ihr gekommen seid! Damit habe ich wirklich nicht gerechnet.«

Laura sah großartig aus. Sie hatte dieses unverwechselbare Strahlen im Gesicht, das nur Frischverliebte trugen, dabei war sie seit über einem Jahr mit Julian zusammen.

»Spontane Planänderung. Ich konnte das Referat für morgen doch noch tauschen und mache mal blau. Es ist schließlich Karlas einundzwanzigster Geburtstag! Hallo!?«

»Karla weiß auch nicht, dass du kommst?«

Sie schüttelte den Kopf. »Nein, das soll eine Überraschung werden.«

»Habt ihr denn schon einen Schlafplatz?«

»Ehrlich gesagt noch nicht.«

Ich schielte in Richtung Sofa und blickte dann zu Julian, der in eine rege Unterhaltung vertieft war und mit seinen knapp zwei Metern die komplette Liegefläche für sich einnehmen würde. Unwillkürlich verzog ich das Gesicht. Das würde eine ziemlich unangenehme Nacht werden.

»Wenn du bei mir schläfst, könntest du ihnen dein Bett anbieten«, tönte in diesem Augenblick eine tiefe Stimme unmittelbar neben mir. Gleich darauf spürte ich, wie sich ein Arm um meine Schulter schlang.

Beim Klang von Kilians Stimme, gepaart mit seinem Geruch und dem Gewicht seines Armes, durchrieselte es mich siedend heiß und ich brauchte keinen Spiegel, um zu wissen, dass ich knallrot anlief. Schließlich hatte ich Laura noch nichts erzählt. Sie wusste zwar von der Trennung von Manu, aber nicht, was danach passiert war. Entsprechend wanderte ihr Blick ungläubig zwischen Kilian und mir hin und her, um dann zu dem Arm zurückzukehren, der so ein wohliges Kribbeln in meinem Bauch auslöste.

»Hey, Laura, schön dich zu sehen.«

»Ja … dich auch.« Sie klang wie ein Baby, das gerade erste Sprachübungen absolvierte.

Kilian grinste auf mich herab. »Und was hältst du von meiner Idee?«

»Guter Vorschlag, hat mich nur etwas überrumpelt«, antwortete ich in demselben Tonfall, was Laura dazu veranlasste, noch verblüffter aus der Wäsche zu schauen.

»Kaum bin ich ausgezogen, schon verpasse ich die spannendsten Dinge. Jetzt braucht nur noch Karla einen festen Freund und ich falle völlig vom Glauben ab!«

»Wir sind nicht –«, setzte ich zur Erklärung an, doch genau in diesem Augenblick trat Julian dazu und begrüßte uns überschwänglich, was zur Folge hatte, dass ich die Situation nicht aufklären konnte. Kilian schien sich daran nicht im Geringsten zu stören. Stattdessen behielt er seinen Arm genau dort, wo er war. Und aus unerfindlichen Gründen machte mir das ebenfalls überhaupt nichts aus.

»Du und Kilian?« Mit kreisrunden Augen blinzelte Laura mich an, als wir wenig später ungestört auf der Dachterrasse standen und immer noch auf Karla warteten, die sich wahrscheinlich mal wieder mit irgendjemandem verquatscht hatte und deswegen zu spät kam. Es war zwar schweinekalt, aber die kühle Luft tat gut, um einen klaren Kopf zu bewahren. Und das musste ich in Kilians Gegenwart dringend versuchen, auch wenn mein Körper wie auf Knopfdruck jedes Mal *Paarungszeit* zu schreien schien, wenn er sich in meinem Dunstkreis bewegte. Und das war auf Dauer verdammt ermüdend.

Ich rang mir ein aufgesetztes Lächeln ab. »Äh, wie erkläre ich das am besten …«, begann ich.

»Also, ich hätte mein Leben darauf verwettet, dass DAS niemals passiert«, unterbrach mich Laura kopfschüttelnd, sodass ihre Doppelkreolen mit einem klirrenden Geräusch gegeneinanderstießen. »Eher würde ich mit einem Sechser im Lotto rechnen, dabei spiele ich nicht einmal. Ihr beide … zusammen. Wow.« Sie lachte ungläubig. »Ihr habt euch doch sonst immer die Augen ausgekratzt.«

»Das ist nichts Ernstes und wird es auch nie sein«, antwortete ich, verspürte dabei jedoch einen dumpfen Stich im Herzen. Als würde es mir körperliche Schmerzen bereiten, der Tatsache ins Auge zu blicken.

»Auch wenn ich mich damit nicht an meinen eigenen Rat halte: Sag niemals nie. Vielleicht wird aus einem *nie* ein *irgendwann* und ehe du dich versiehst, plant ihr eine gemeinsame Zukunft.«

Ich schüttelte vehement den Kopf. »Dafür sind wir viel zu verschieden. Kilian ist lebensmüde, zieht sein Ding durch, er will keine feste Beziehung. Und ich?« Selbst in meinen Ohren klang meine Stimme viel zu aufgekratzt. »Ich bin so strukturiert und durchgeplant, wahrscheinlich würde ich nach zwei Wochen völlig durchdrehen, weil er immer alles spontan entscheidet und ich … na ja … du kennst mich.«

Oder auch nicht gut genug.

Laura wirkte nicht überzeugt, aber sie wollte ich auch gar nicht überzeugen, sondern mein dämliches Herz, das manchmal viel zu schnell klopfte, sobald ich Kilian erblickte. Wahrscheinlich die einzig logische physikalische Reaktion darauf, dass wir unseren Deal in vollen Zügen auslebten.

»Oh, verstehe.«

Bevor ich weiter in peinliche Details gehen konnte, ertönte aus dem Wohnzimmer ein freudiger Schrei. Karla war soeben nach Hause gekommen. Es war unglaublich schön, sie dermaßen glücklich inmitten ihrer Freunde zu sehen. Aber als ich nach Kilian Ausschau hielt, konnte ich ihn nirgends entdecken. Erst nachdem ich die Sektgläser gefüllt und verteilt hatte, sah ich ihn am anderen Ende des Raumes stehen, wo er sich mit Toni unterhielt. Er schaute nicht in meine Richtung, aber an seinen Schultern konnte ich seine Anspannung sehen. Seine Miene blieb fast vollkommen ausdruckslos, als sich unsere Blicke schließlich trafen. Seltsam.

»Wo geht's hin?«, wollte Karla wissen, als wir uns alle anzogen und für die Kart-Bahn bereit machten, doch statt einer Antwort zauberte ich ein schwarzes Seidenband hervor, das ich extra für den Anlass in der kleinen Schneiderei unweit der Universität besorgt hatte.

Ich lächelte geheimnisvoll. »Lass dich überraschen.«

»Wow, wie genial ist das denn?«, rief Karla begeistert, als ich ihr die Augenbinde abnahm, die sie während der kompletten Fahrt zur Go-Kart-Halle getragen hatte. Dafür hatte sie mich sogar ans Steuer gelassen, was einem achten Weltwunder gleichzusetzen war, denn normalerweise ließ sie niemanden mit ihrem Golf fahren. Wahrscheinlich wäre nur ein Rennfahrer die Ausnahme. Und selbst da war ich mir nicht sicher.

Mit einem begeisterten Lächeln drehte sie sich zu ihren Geburtstagsgästen um, die wir auf drei Autos aufgeteilt hatten, damit wir rechtzeitig in Bergkirchen ankamen. Kilian war mit Toni und Brie mitgefahren, während Laura und Julian einen Platz auf der Rückbank in Karlas Auto gefunden hatten. Die anderen waren bei Pete eingestiegen.

Ich war mir Kilians Anwesenheit mehr als überdeutlich bewusst, versuchte aber, nicht allzu offensichtlich in seine Richtung zu starren, aus Angst, dass man mir ansehen konnte, was seine Gegenwart alles in mir auslöste.

Als wir das riesige mehrgeschossige Gebäude betraten, vibrierte der Boden, es roch nach Motoröl und Benzin und ein tiefes Röhren hallte durch alle Geschosse.

»Perfekt. Perfekt. Perfekt.« Karla hüpfte voller Vorfreude auf und ab. Ihr Strahlen reichte von einem Ohr zum anderen. »Das ist das beste Geburtstagsgeschenk überhaupt!«

»Ich weiß doch, was es dir bedeutet«, antwortete ich zufrieden.

Ein verträumter Ausdruck huschte über ihre Züge. »Oh, wow. Ich bin seit Jahren nicht mehr gefahren.«

»Dann kann es ja direkt losgehen, Schwesterherz. Ich wollte dir schon lange eine Retourkutsche für unser kleines Rennen vor drei Jahren liefern«, sagte Kilian und legte einen Arm um ihre Schultern. Das dunkle Haar war in den letzten Wochen wieder etwas gewachsen und fiel ihm in die Stirn, was ihm viel zu gut stand.

Ich zwang mich, meinen Blick abzuwenden, und meldete uns am Empfang an, wo uns ein hagerer Typ namens Georg in einem großen Extraraum mit Helmen, Sturmhauben und Handschuhen versorgte, die aussahen, als gehörten sie zum Equipment eines Horrorstreifens.

»Ich hoffe sehr, dass sie das Zeug desinfizieren«, hörte ich Laura neben mir murmeln und schmunzelte über ihren angeekelten Gesichtsausdruck. »Das ist ja eine einzige Keimzelle für Viren.«

»Es wird schon keine Pandemie deswegen ausbrechen«, warf Pete dazwischen.

Wenig später wurden uns verschiedene Karts zugeteilt. Ich bekam ein dunkelgrünes mit der Nummer 12. Während die anderen vor und hinter mir in ihre Karts schlüpften, zögerte ich.

Oh, Gott.

Als die Idee mit dem Kartfahren entstanden war, hatte ich nicht bedacht, dass ich ja selbst in so einem Ding sitzen musste. Es war eng und stickig und ich war mit mir allein. Vielleicht machte das für andere genau den Reiz aus, diese völlige Konzentration auf die eigenen Sinne, aber ich fühlte mich gefangen. Es gab keinen Ausweg, ich konnte nicht flüchten vor meinen Gedanken, vor mir und meinen Ängsten. Nicht, dass ich vorher die Wahrscheinlichkeit eines Unfalls und mögliche Verletzungen gegoogelt hatte, aber alle Sportarten, die in der Gefahrenbeschreibung weit oben standen, lösten in mir eine Urangst aus.

Wollte ich mich dem stellen? Ja, unbedingt. Die letzten Wochen hatten mich furchtloser gemacht und daran musste ich festhalten. Nicht umsonst hatte ich mich online nach einer psychologischen Betreuung umgesehen.

Unter dem Helm dröhnte mein Atem wie ein Pressluft-hammer in meinen Ohren und das Sichtfeld verkleinerte sich, als würde ich durch ein Teleskop blicken. Georg, der uns die Einführung und den Ablauf erklärt hatte, trat vor jedes einzelne Go-Kart, zog ruckartig an einer Art Schnur und hob einen Daumen vor jedes einzelne Helmvisier.

Ich nickte. Mein Puls beschleunigte sich, dabei hatte ich mich noch nicht einmal von der Stelle bewegt. Röhrend startete ein Fahrzeug nach dem anderen, bis mein Trommelfell vor Schmerz protestierte und sich mein Haar jetzt schon nass und verschwitzt unter der Sturmhaube anfühlte. Die ersten vier Wagen setzten sich in Bewegung, dann war ich an der Reihe und folgte der von Karla zuvor ausführlich beschriebenen Ideallinie, von der ich ungefähr so weit entfernt war wie von einem Besuch auf dem Mond. Immerhin fuhr ich nicht ganz so miserabel wie Laura, die gefühlt im Schneckentempo hinter mir herkroch und im Seitenspiegel immer kleiner wurde. Genauso wie Pete und Brie, die beide mehr bremsten, als das Gaspedal durchzudrücken. Dafür sah ich, wie sich Karla mit dem roten Helm ein hartes Duell mit Toni lieferte, der zwar einen ausgezeichneten Fahrstil an den Tag legte, allerdings auch gut vierzig Kilogramm schwerer war als Karla und somit Schwierigkeiten hatte, vor ihr zu bleiben. Auch Kilian fuhr halsbrecherisch schnell, bremste sehr spät und ließ seinen Körper gegen die g-Kräfte arbeiten. Jedes Mal, wenn ich ihn bei einem wilden Manöver sah, beschleunigte sich mein Puls bis in eine Frequenz, die nicht mehr auf einer Skala zu finden war.

Gleichzeitig tauchten vor meinem geistigen Auge die Videos von seinen Base-Jumps auf. Mir brach der kalte Schweiß aus. Was mir nicht gefiel. Ganz und gar nicht gefiel.

Nach den ersten drei Einführungsrunden startete das Qualifying in einer *Flying Lap*, wodurch wir alle die Chance bekamen, weitere zwölf Runden lang die beste Zeit zu erreichen, um so die Startaufstellung zu bestimmen.

Toni, Karla und Kilian fanden sich auf den ersten drei Plätzen wieder, was vermutlich daran lag, dass Karla zweimal auf Laura auffuhr, die zu spät aus dem Weg lenkte. Die erste Ampel sprang auf Rot. Die zweite, die dritte, die vierte und die fünfte.

Eine kurze Pause, ein Herzschlagmoment, der die Stille in meinem Inneren füllte, dann gingen die Lichter aus und ich gab Vollgas. Adrenalin jagte durch meinen Körper, meine Poren weiteten sich und jeder Knochen wurde von den heftigen Vibrationen durchgeschüttelt, aber ich fühlte mich fantastisch. Mit jeder Kurve gewann ich an Sicherheit, mit jeder gefahrenen Runde bekam ich ein besseres Gefühl für den Bremspunkt und die richtige Balance zwischen Kurven und der Beschleunigung auf der Geraden. Die Angst war vergessen.

Verdammt. Ich gab es nur ungern zu, aber das machte richtig Spaß!

Nach knapp dreißig Runden merkte ich, wie meine Konzentration nachließ. Durchgeschwitzt und völlig erledigt kam ich schließlich im Ziel an. Als Neunte. Immerhin war ich nicht das Schlusslicht.

Karla wurde tatsächlich Erste, machte sich also selbst das beste Geburtstagsgeschenk. Sie hielt sich aber zurück, es Toni unter die Nase zu reiben, der tatsächlich etwas mitgenommen aussah. Was bestimmt an seiner Größe und der zusammengefalteten Körperhaltung im Kart lag.

»Auf der langen Geraden hätte ich dich fast kassiert«, meinte er und fuhr sich mit der Hand durch das blonde Haar, das an den Seiten kürzer geschnitten war. Seine ozeanblauen Augen funkelten zufrieden.

»Träum weiter! Kurve zwei war dein Killer.«

»Eigentlich hättest du etwas langsamer machen müssen«, warf Kilian ein, was ihm ein entrüstetes Schnauben von Karla einbrachte.

»Wieso? Weil Boxer auch nicht richtig zuschlagen, wenn sie in einen Kampf geraten? Ach, komm schon. Ich bin seit Jahren nicht mehr Kart gefahren!«

»Aber du warst deutsche Juniormeisterin im Kart, das ist ein ganz klarer Vorteil.«

»Du bist nur angepisst, weil du nicht gewonnen hast. Und ich brauche jetzt was zu trinken«, verkündete Karla und schnappte sich die klebrige Getränkekarte von der Theke, die aussah, als würde sie im Motoröl ersaufen. Aber das schien meine beste Freundin nicht im Geringsten zu stören. Im Gegenteil, ihre Augen strahlten und ihre Wangen waren gerötet, während ihr dunkelbraunes Haar nass im Nacken klebte.

»*Pirchinger Bräu*«, las sie vor und tippte auf die Karte. »Das

Bier meines Herzens. Und das einzige, das mir wirklich schmeckt.«

»Tut mir leid«, meinte der Barmann, der es gehört hatte, und lächelte entschuldigend. »Das letzte Pirchinger habe ich gerade ausgegeben.«

»Wer trinkt denn das Gesöff?« Ein seltenes Schmunzeln huschte über Tonis kantige Züge. Er hatte einen Arm lässig um Bries Schultern gelegt. Die beiden wirkten so verliebt und vertraut, dass sich etwas in mir zusammenzog und ich mich abwenden musste. Sosehr ich den Deal mit Kilian mochte und es genoss, meine Vorlieben zu entdecken, war es nach wie vor *das*, was ich mir insgeheim wünschte. Die beiden bildeten trotz ihrer Gegensätzlichkeit eine Einheit.

Seltsamerweise erinnerte ich mich in diesem Moment daran, was ich auf der Wiesn empfunden hatte, als ich noch mit Manu zusammen gewesen war. Die Begegnung mit Philipp hatte mir in vielerlei Hinsicht die Augen geöffnet, ich war mir nur noch nicht sicher, ob es nicht schon längst zu spät war. Ob die Jahre in meinem Panzer nicht zu viele Spuren hinterlassen hatten.

»Die Truppe da vorn.« Mit einem Kopfnicken deutete der Typ hinter dem Tresen auf eine Männergruppe, die in einer Ecke um einen großen Tisch saß und sich über etwas gebeugt hatte, das wie ein Tablett aussah.

»Ist das nicht …?«, murmelte Karla und kniff die Augen zusammen, während sie fokussiert auf einen Punkt starrte, der sich mir nicht erschloss. In diesem Moment sah einer von ihnen in unsere Richtung und seine Miene erhellte sich, als würde er jemanden erkennen. Dann löste er sich aus der Gruppe und kam mit langen Schritten näher. Er war etwas kleiner als ich, aber das machte er mit seiner Wirkung wieder wett. Selbstbewusst bewegte er sich durch den Raum. Wie jemand, der genau wusste, was er tat. Sein dunkelbraunes Haar war raspelkurz geschoren und je näher er kam, desto mehr fiel mir auf, dass seine Augen fast schwarz wirkten. Er war attraktiv, aber eher auf den zweiten Blick, was wahrscheinlich an der rauen Ausstrahlung lag.

»Meyer!«, sagte er nun, sobald er uns erreichte, sodass sich Toni umdrehte, der mit dem Rücken zu ihm stand.

»Kiefer«, erwiderte er und wirkte überrascht.

»Kohlhammer.«

Die beiden hielten inne und wandten den Kopf gleichzeitig in Karlas Richtung, die unbeteiligt mit den Schultern zuckte, ein herausforderndes Leuchten in ihren katzenhaften Augen. Ich unterdrückte ein Kichern, das in meinem Hals kitzelte.

»Keine Ahnung, ich dachte, das ist so ein Vorstellungsritual und wollte nicht unhöflich sein.«

Ein, zwei Sekunden lang herrschte verwirrtes Schweigen, dann wandte besagter *Kiefer* seine Aufmerksamkeit wieder Toni zu und sagte: »Schön, dich mal zu sehen. Ist ewig her!«

»Ja. Bist du wieder in München?«

»Nur bis zum letzten Rennen der Saison. Nächste Woche geht's nach Abu Dhabi.«

Die beiden unterhielten sich noch eine Weile, während Karla aussah, als würde sie jeden Moment platzen. Aus irgendeinem Grund hielt sie sich jedoch zurück, was ihr überhaupt nicht ähnlich sah. Erst als sich dieser Kiefer wieder entfernte, drehte sie sich zu Toni um.

»Du kennst Henning Kiefer?«

Toni zuckte mit den Schultern. »Münchner Kreise. Ist wie ein Dorf.«

»Anscheinend.«

»Und wer ist Henning Kiefer?«, fragte ich, weil es sich anfühlte, als würden sie in einer fremden Sprache kommunizieren.

»Ein Formel-2-Fahrer, dieses Jahr neu dazugekommen. Aber bleibt diese Saison weit hinter seinem Potenzial zurück. Noch so eine Saison und das war's. In die Formel 1 schaffen es sowieso nur ein bis zwei Fahrer pro Jahr, wenn überhaupt.« Aus irgendeinem Grund klang sie dabei bitter.

»Eigentlich ist er aber –«, setzte Toni an, wurde jedoch von einem lauten Knall unterbrochen.

Brie war der Helm aus den Händen gerutscht.

Danach war das Thema schon wieder vergessen. Zumindest für den heutigen Abend.

Kapitel 23

Die Party im *Pigalle* sollte erst um Mitternacht starten, sodass wir noch genügend Zeit hatten, uns zu Hause zu duschen, umzuziehen und in Schale zu werfen. Ich entschied mich für einen Jumpsuit, der mein Dekolleté betonte, und passende Pumps, die ich bereits nach wenigen Minuten verfluchte, weil wir dieses Mal öffentliche Verkehrsmittel benutzten.

Als wir in der Location ankamen, waren die ersten Gäste bereits da und begrüßten Karla überschwänglich. Schnell herrschte eine lockere Ausgelassenheit, atemlos und voller Möglichkeiten, die nur darauf warteten, von uns wahrgenommen zu werden. Wir waren die Nacht, verschmolzen mit dem Abend, bis wir taumelnd zum Stillstand kamen.

Gemeinsam tranken wir ein paar Tequila-Shots, die Brie immer wieder organisierte, tanzten zur Musik aus wilden Bässen und schnellen Beats, lebten den Moment, ertranken in ihm. Es war mir sogar egal, wie meine Körperzuckungen ankamen. Das schummrig rote Licht und die Dekoration im *Pigalle* taten ihr Übriges, um die Stimmung anzuheizen. Mittlerweile hatten sich knapp sechzig Leute versammelt, um gemeinsam Karlas neuen Lebensabschnitt zu feiern.

Kilian verhielt sich den ganzen Abend komisch, ging auf Abstand und mied mich, wo es nur ging. Ich hatte keine Ahnung, was ich angestellt oder getan hatte, aber vielleicht wollte er in Karlas Gegenwart einfach keine allzu deutlichen Signale senden und das respektierte ich. Schließlich war sie immer noch meine beste Freundin und er ihr Bruder.

Irgendwann war ich so angetrunken, dass der Alkohol wie winzige Sektbläschen durch meine Venen sprudelte und ich nicht einmal mehr meine Schuhe zum Teufel wünschte.

Apropos *Teufel*. Suchend blickte ich mich nach Kilian um, den ich bis jetzt nur wenige Male zu Gesicht bekommen hatte. Meistens hatte er sich mit irgendwelchen Leuten zurückgezogen unterhalten, einmal war ich ihm kurz draußen begegnet, als er gerade wieder hineingehen wollte.

»Willst du auch eine rauchen?«, durchbrach Karla meine Gedanken und stützte sich neben mir auf dem Tresen ab.

Kopfschüttelnd lehnte ich ab. »Zum Alkohol? Nee, danke. Das überlasse ich gern dir. Aber dir wird doch dann eh nur kotzübel.«

»Ich habe heute noch nichts getrunken.«

»Was ist mit dem Tequila?«

»Bei mir war nur Wasser drin, ich wusste ja, dass ich noch rauchen will. Und keine Sorge, Julian ist nüchtern und passt auf uns auf, falls wir über die Stränge schlagen.«

»Dann bin ich ja beruhigt.«

»Du kannst aber auch schon einen Abflug machen …«

»Wieso das denn?«, fragte ich verwundert.

»Es ist mein Geburtstag und ich wünsche mir, dass meine beste Freundin voll auf ihre Kosten kommt.«

»Äh … wie jetzt?«

Karla verzog das Gesicht zu einer hilflosen Grimasse. »Da war ich jetzt wohl etwas vorschnell. Schnapp dir meinen Bruder, hau mit ihm ab und genieß deine Nacht. Oder deinen Morgen. Keine Ahnung, wieso ihr heute umeinander herumgeschlichen seid, als ob ihr euch nachher noch duellieren wollt. Ich hoffe, nicht meinetwegen. Also los, ab mit dir. Wir sehen uns morgen in der WG. Ich hab dich lieb.«

Lächelnd schloss ich sie in eine Umarmung, stellte ihre Mutmaßung jedoch nicht klar. Karla warf mir noch eine Kusshand zu und verzog sich nach draußen, wo sie bestimmt jemanden zum Rauchen fand.

Ich sah mich weiter um und erspähte endlich einen dunklen Haarschopf und das dazugehörige schwarze Hemd, das Kilian eine ganz neue Ausstrahlung verlieh. Er saß genau neben einer Stripperstange aus längst vergangenen Zeiten in einem der gigantischen Polstersessel. Wahrscheinlich war es der Tequila, der mich mutiger machte, jedenfalls setzten sich meine Beine wie ferngesteuert in Bewegung. Plötzlich schrie alles in mir, ihm näher sein zu wollen. Als hätte ich während der letzten Stunden einen körperlichen Entzug gemacht.

Langsam ging ich auf ihn zu, visierte ihn an und wartete, bis er mich bemerkte. Als er es schließlich tat, hatte ich das Gefühl, dass er am liebsten wieder weggeschaut hätte. Trotzdem verweilte sein glühender Blick auf mir. Verhangen und schwer. Wenn er mich ansah, fühlte ich mich stark und sexy und unfassbar wohl in meiner Haut. Weil er mir nie den Eindruck vermittelte, mich verstecken zu müssen. Auch jetzt nicht.

Ich bewegte mich gezielt durch den Raum, ohne ihn auch

nur eine Sekunde aus den Augen zu lassen. Mein Herzschlag dröhnte in meinen Ohren und der Alkohol in meinem Blut machte alles irgendwie leichter. Meine Hüfte schwang im Takt der Musik, während ich weiter auf Kilian zuging, der nun jede Bewegung förmlich aufsog.

»Hey«, sagte ich, die Hände links und rechts auf der Armlehne abgestützt, sodass sich unsere Gesichter auf Augenhöhe befanden.

Er starrte mich an, sein Blick senkte sich kurz auf meinen Ausschnitt, dann sah er mir wieder in die Augen.

»Meidest du mich heute Nacht?«

Ich sah, wie sich seine Brauen vor Anspannung verzogen. »Nein.«

»Bist du sauer?«

»Nein, bin ich nicht.« Er presste die Kiefer zusammen.

Oh, doch, er war sauer. Eindeutig. Es fehlte nur noch, dass es aus seinen Ohren qualmte.

»Gilt dein Angebot mit der Übernachtung noch, als du Laura freundlicherweise mein Zimmer vorgeschlagen hast? Falls ja, könnten wir los. Julian hat ein Auge auf Laura und Karla.«

Unschlüssig sah er mich an. »Bist du sicher, dass du …«

Bevor er den Satz beenden konnte, beugte ich mich ein kleines Stück näher zu ihm, bis sich unsere Lippen beinahe berührten. Den ganzen Abend war ich nicht in seiner Nähe gewesen und jetzt war sie wie ein Rausch. Kilian war ein Rausch, dem ich mich nicht entziehen konnte.

Ich hielt inne, wartete, fühlte, wie die Anspannung weiter in ihm wuchs, wie er unruhig wurde. Dann küsste ich ihn. Es sollte ein kurzer Kuss sein. Unschuldig, flüchtig.

Aber das war er nicht. Nein, ein Orkan fegte über uns

hinweg und riss uns von den Füßen. Ich ließ meine Zunge in seinen Mund gleiten, bis ich ihm ein tiefes Stöhnen entlockte. Kilian schmeckte nach süßen Cocktails, nach Orange, aber nicht nach Alkohol. Abrupt löste er sich von mir und ich richtete mich wieder auf.

»Okay. Lass uns abhauen«, sagte er beinahe schroff.

»Sollten wir uns nicht verabschieden?«

»Ich denke, das ist nicht nötig.« Mit einer schnellen Bewegung stand er auf und als sich seine Finger fest um meine schlossen, ließ er sie nicht mehr los.

Im Taxi veränderte sich die Stimmung, verwandelte sich von der aufgeheizten Atmosphäre der Table-Dance-Bar in ein schweigendes Martyrium. Ebenso verflog die brennende Leidenschaft, das Gefühl des Kusses, bis ich mir nicht mehr sicher war, ob ich ihn mir nur eingebildet hatte.

Als wir schließlich einige Zeit später Kilians Zimmer betraten, hielt ich es nicht mehr aus. »Was ist los?«, fragte ich direkt.

Durch die heruntergelassenen Jalousien drang kaum ein Lichtstreifen und ich war erleichtert, dass er nur die Nachttischlampe anknipste, während ich meine Handtasche auf seinem Schreibtisch ablegte und mir die Pumps von meinen gequälten Füßen streifte. Irgendwie wurde ich den Eindruck nicht los, dass ihn etwas störte. Etwas bewegte.

Als ich mich zu ihm umdrehte, sah ich, wie sich seine Nasenflügel blähten, während er tief ausatmete. »Ich kann es ehrlich gesagt nicht erklären. Ich hatte einfach nicht den besten Tag.«

»O-kay.« Abwartend verschränkte ich die Arme vor der Brust, was seinen Blick unweigerlich auf mein Dekolleté lenkte. »Erzähl mir davon.«

Doch Kilian schüttelte knapp den Kopf. »Nicht heute. Ich will … einfach nur in deiner Nähe sein. Dich spüren. Ist das in Ordnung?«

Seltsamerweise war es das. Für einen Sekundenbruchteil wirkte er, als wollte er etwas hinzufügen, doch als sich unsere Blicke erneut trafen, trat ein Glimmen in seine Augen.

»Mach den Knopf auf.« Seine Stimme klang abgehackt, scharf. Es war eine Aufforderung, in der so viel mehr mitschwang, sodass in meinem Hirn automatisch ein Schalter umgelegt wurde. Zack. Ich stellte auf Durchzug.

Kein Nachhaken. Kein Bohren. Das war auf einmal total nebensächlich.

Meine sensibilisierten Nerven fingen jede Veränderung auf, das leichte Öffnen seiner Lippen, seinen rasselnden Atem, die Art, wie sich seine Lider plötzlich senkten, sich alles von ihm einhundertprozentig auf mich konzentrierte.

»Bitte«, fügte er hinzu, auch wenn das nicht nötig war.

Ich wollte ihn, ich war süchtig danach, Zeit mit ihm zu verbringen. Selbst spontane Treffen machten mir nichts aus. Die Luft um uns herum wurde dick und schwer, denn Kilian musterte mich wie ein Raubtier seine Beute. Als würde er sich ausmalen, auf welche Weise er mich am besten erlegen konnte, um mich anschließend genüsslich zu verspeisen.

Sexy. Und verwegen. So fühlte ich mich in seiner Gegenwart. Stark und unbesiegbar. Wie eine Göttin aus einer dieser Parfümwerbungen, als hätte mich die Sinnlichkeit geküsst.

Gott. Wie. Verdammt. Kitschig.

Langsam, aber ohne zu zögern, ließ ich meine Finger zu den Knöpfen gleiten, öffnete den ersten, verharrte aber über dem Knopfloch. Er hatte mich den kompletten Abend ignoriert, jetzt wollte ich ihn auch ein wenig zappeln lassen. Ich zählte lautlos bis fünf, dann erlöste ich ihn. Ein Knopf nach dem anderen folgte, bis der Jumpsuit aufklaffte und mein schwarzer Spitzen-BH hervorblitzte.

Kilian schluckte hart. »Jo …«, krächzte er.

Keine Sekunde später war er bei mir, umfasste mein Kinn mit den Fingerspitzen und hob es an, bis sich sein wild brennender Blick in mich hineinfraß.

Ein Beben durchlief mich, als unsere Lippen aufeinanderprallten. Halt suchend krallte ich mich in seinem Hemd fest, zog ihn näher zu mir, während er mich gleichzeitig an sich presste. Ich spürte seine Muskeln, den kräftigen Herzschlag und seinen rasenden Puls. Der Alkohol in meinem Blut machte mich kühner, aber vielleicht war das auch einfach nur die alte Joana, die sich immer öfter an die Oberfläche traute. Ich legte meine flache Hand auf die harte Wölbung in Kilians Schritt und genoss sein Stöhnen, das heiße Luft in meine Mundhöhle strömen ließ.

Eine Hand landete an meinem Hinterkopf, die andere auf meinem Hintern und ich erzitterte. Unser Keuchen erfüllte den Raum, während ich jeden Quadratzentimeter von Kilian untersuchen wollte. Ungeduldig zerrte ich an seinem Hemd, er kam mir zu Hilfe und schälte sich heraus. Der Kuss war besitzergreifend, zügellos und echt, und er dauerte gerade so lange, um in mir ein heftiges Verlangen zu wecken.

Ein erstickter Laut entwich mir, als sein Handrücken über mein Schlüsselbein wanderte und er die Finger schließlich tiefer gleiten ließ, bis er wenige Zentimeter neben meiner Brust stoppte. Jetzt war ich diejenige, die am Haken zappelte. Die es kaum noch aushielt. Mehr wollte. Als Kilian sich von mir löste, waren seine Lippen geschwollen und gerötet von unserem Kuss.

Ich stieg aus dem Jumpsuit, ließ den Slip und den BH folgen und verspürte keine Sekunde das Bedürfnis, etwas vor ihm zu verstecken. Seine Kleidung verschwand fast genauso schnell und das Geräusch von knisterndem Folienpapier drang an mein Ohr.

Wir landeten auf dem Bett. Nackt, ineinander verschlungen. Sein Gewicht drückte mich tiefer in die so vertrauten Laken und ich öffnete mich für ihn, hob das Becken an, um ihm entgegenzukommen. Dieses Mal hielten wir beide nichts zurück. Mit jedem Stoß glitt er tief in mich, bis meine Muskeln vor Anspannung vibrierten und ich das Gefühl hatte, innerlich zu zerspringen. Die Dunkelheit des Zimmers füllte sich mit geflüsterten Worten und heiseren Lauten, die ihn nur noch mehr anstachelten. Er hauchte meinen Namen an meinen Lippen und sein Atem ging in einen Kuss über, von dem mir schwindelig wurde.

Als wir schließlich völlig erschöpft nebeneinanderlagen, war ich mir sicher, das halbe Haus aufgeweckt zu haben. Ich war erledigt, aber glücklich. Ich drehte mich auf die Seite und betrachtete im Licht der Nachttischlampe sein Profil. Mit den Fingerspitzen fuhr ich die Konturen seiner Gesichtszüge nach, Zentimeter für Zentimeter, bis ein tiefer Atemzug seine Brust hob und senkte und der Blick aus seinen Augen mich völlig unerwartet traf.

Kurz hatte ich das Gefühl, dass er etwas sagen wollte, aber er zögerte. Gleichzeitig fiel mir die Furche in seiner Stirn auf, er wirkte nachdenklicher als sonst.

»Komm her«, brummte er und zog mich in Löffelstellung

an sich, einen Arm um meine Körpermitte geschlungen, den anderen wie ein Kissen unter meinem Kopf gebettet. Es war das erste Mal, dass wir nach dem Sex nackt so richtig kuschelten, und ich ertappte mich dabei, dass ich es etwas zu sehr genoss, das Gefühl, in seinem Arm zu liegen. Als wäre dieser Ort mein Hafen, mein sicherer Hafen, an dem ich einfach sein konnte, wie ich war. Ein bisschen unsicher, völlig verkorkst, aber trotzdem einfach ich.

»Ich mag es, wenn man deine Sommersprossen sieht«, flüsterte er und vergrub seine Nase in meiner Halsbeuge. Ich antwortete nichts darauf, auch wenn sich kleine Glücksbläschen in meinem Bauch bildeten und blubbernd nach oben stiegen.

Eine Weile lauschte ich seinen regelmäßigen Atemgeräuschen, spürte seinen kräftigen Herzschlag in meinem Rücken und tastete nach meinem Anhänger. Die Stelle an meinem Hals war leer. Entblößt. Als würde etwas Entscheidendes fehlen. Etwas Wichtiges.

Schlagartig war ich nüchtern und hellwach. Wie vom Blitz getroffen fuhr ich hoch, während sich mein Brustkorb gefährlich verengte, als hätte ich ihn in ein viel zu schmales Korsett geschnürt.

»Was ist?«, murmelte Kilian verschlafen, seine pelzige Stimme mischte sich unter meine laute Atmung.

»Mein Anhänger!« Ich konnte die Panik in meiner Stimme nicht verbergen.

»Was?« Mit einem Ruck setzte sich auch Kilian auf und fuhr sich durch sein dichtes Haar.

»Was ist, wenn ich die Kette auf der Party verloren habe? Oder im Taxi? Oh, Gott … hoffentlich nicht! Wie soll ich den Anhänger dann wiederfinden?« Mittlerweile war ich aus dem Bett gekrochen und hatte mir mein Handy geschnappt. Kilian schwang sich ebenfalls aus dem Bett und warf mir sein Shirt zu, das ich mir dankbar überstreifte.

»Moment. Keine Sorge. Vielleicht haben wir ja etwas Glück.«

»Und was, wenn nicht?«, fragte ich und kämpfte gegen die Enge in meiner Brust.

»Es gibt kein *wenn nicht*«, verkündete Kilian ruhig und voller Überzeugung.

Sein Glaube war mein Anker und daran klammerte ich mich mit allen Kräften. Rasch zog sich Kilian eine schwarze Boxershorts über.

»Mist. Mist. Mist.« Mit der Handylampe bewaffnet, glitt ich über den Fußboden und durchsuchte sämtliche Abschnitte, aber mit jeder Sekunde, die verstrich, sackte mein Magen ein bisschen weiter nach unten.

Kilian half mir, indem er das Deckenlicht einschaltete und das Bett abtastete. Genauso gründlich, wie ich zwischen den achtlos auf dem Boden verteilten Klamotten suchte. Ich richtete all meine Sinne auf die Aufgabe, die verdammte Kette wiederzufinden. Sie musste hier sein. Sie musste.

»Hier!«

Kilians Ausruf ließ eine Welle der Erleichterung durch mich hindurchströmen und ich fuhr herum. Er kniete über meinem Kissen, in der Hand das Medaillon, das er triumphierend in die Höhe hielt. Auf wackligen Beinen kam ich näher und drehte ihm den Rücken zu, damit er es mir wieder umhängen konnte. Meine Hände zitterten unkontrolliert.

»Was habe ich gesagt?« Seine dicht an meinem Ohr geflüsterte Frage sandte ein Prickeln über meine Wirbelsäule. Ich war absolut machtlos gegen die körperliche Reaktion auf ihn. Jedes Mal war es wie ein verdammter Schlag in die Magengrube. Als würde meine Libido nur darauf lauern, von ihm erweckt zu werden.

»Danke«, erwiderte ich genauso leise. »Ich wüsste nicht, was ich ohne die Kette machen würde.«

»Wir hätten so lange danach gesucht, bis wir sie gefunden hätten. Und wenn wir ins Taxi gesprungen und wieder zurückgefahren wären.« Sein Tonfall klang so überzeugend, dass er mir ein winziges Lächeln ins Gesicht zauberte.

Manu hätte das nie gesagt, schoss es mir durch den Kopf, aber ich verbot mir jeden Gedanken in diese Richtung. Das war falsch. Und unangebracht. Kilian war wie wildes, unbezähmbares Feuer. Risikobereit. Abenteuerlustig.

Und ich? Ich war das nicht.

Warum wünschte sich dann ein Teil von mir, sich genau in diese Gedankenwelt zu stürzen? In ein Was-wäre-wenn-Szenario, obwohl ich doch ganz genau wusste, dass es aussichtslos war? Mich einmal darin zu verlieren, war das Dümmste, was ich tun konnte.

Als wir wieder nebeneinanderlagen und ich Kilians schweren Arm um meine Bauchmitte spürte, hatte ich mich endlich beruhigt.

»Danke«, flüsterte ich.

»Wofür?«, fragte er schlaftrunken.

»Dass du *du* bist.«

»Dann danke *dir*.«

»Und wofür?«

»Bei dir fühle ich mich einfach angekommen. Als würdest du alle Fleckchen dieser Welt, die ich noch bereisen möchte, in dir vereinen.« Ich spürte, wie er lächelte. »Mich ein bisschen erden. Ich mag das Gefühl.«

Mir war auf einmal schrecklich warm, während seine Atmung immer gleichmäßiger wurde. Ich hörte, wie er in den Schlaf glitt, während ich wach lag und die Wand anstarrte. Ich spürte seine Kraft im Rücken, war eingehüllt in seine Wärme und inhalierte tief seinen Eigenduft. Da fiel mir ein, dass ich ihn gar nicht mehr auf sein seltsames Verhalten angesprochen hatte.

Egal. Es würde sich noch eine Gelegenheit finden. Als ich schließlich selbst ins Land der Träume glitt, war das längst wieder vergessen und blieb es auch.

Kapitel 24

Anfang Dezember war die Luft während des Studiums fast völlig raus. Als hätte jemand eine Nadel in einen Ballon gestochen. Zurück blieb nur eine schrumpelige Hülle.

Einzig die kleinen Momente während der Schichten bei *Leckerste* konnten meine Stimmung aufheitern. Ich liebte es, wenn Kilian mir kleine Nachrichten auf die gebrauchten Cocktailuntersetzer schrieb, und ich genoss jede freie Minute mit den Mädels in der WG, sofern wir alle drei gleichzeitig da waren. Jetzt, wo das Wetter nicht mehr wirklich mitmachte, kuschelten wir uns öfter gemeinsam vor den Fernseher oder fuhren raus nach Erding, um dort einen Tag in der Therme zu verbringen. Wobei Karla den ganzen Tag rutschen wollte, während ich mich am liebsten in die Sauna zurückgezogen hätte. Nur Brie hielt passend zu ihrem Sternzeichen die Waage zwischen uns.

Es war arschkalt, verregnet und unangenehm windig. Kein Wunder also, dass ich mich nach einem weiteren langen Tag an der Uni auf ein selbst gekochtes Essen und Sex freute – was mir Kilian beides in Aussicht stellte. Seit Karlas Geburtstag hatte sich die Stimmung zwischen uns verschoben, auch wenn wir kein Wort darüber verloren.

Zu meinem absoluten Glück bekam ich in der Vorlesung über vertiefende organische Chemie, in der es um Carbonylreaktionen ging, meine Periode. Ausgerechnet, als ich mich auf den Weg zu Kilian machen wollte. Im Gegensatz zu Karla, die die meiste Zeit im Hauptgebäude verbrachte, hockte ich hier draußen in Großhadern und fragte mich einmal mehr, was ich hier eigentlich noch verloren hatte. Der Gedanke, dass etwas gehörig falschlief, verfestigte sich immer mehr.

Ich muss heute leider absagen, tippte ich an Kilian und erhielt beinahe sofort eine Antwort: *Alles okay?*

Bei jedem anderen hätte ich wahrscheinlich eine fadenscheinige Ausrede vorgeschoben, aber da Kilian darauf beharrt hatte, dass wir ehrlich miteinander waren, schrieb ich: *Monatliche Zwangspause.*

Ich bin noch mit ein paar Freunden trainieren, aber falls du möchtest, kannst du trotzdem gern vorbeikommen.

Ich zögerte mit einer Antwort. Bisher hatten wir uns immer verabredet, um miteinander zu schlafen. Ja, davor und danach hatten wir alltägliche Dinge miteinander unternommen, aber darauf beschränkten sich unsere Treffen. Ich war mir nicht sicher, in welche Dimension sich unser Deal bewegte, wenn wir unsere Beziehung nicht ausschließlich auf das Körperliche reduzierten.

Trotzdem nahm ich sein Angebot an. Ich fuhr einmal quer durch die Stadt. Zum Glück hatte ich meinen Regenschirm eingepackt, auch wenn der Wind ihn mir aus der Hand reißen wollte.

Zu meiner Überraschung öffnete Kilian mir die Tür, doch selbst sein verflucht sexy Anblick konnte meine Laune nicht verbessern.

»Ich dachte, du trainierst noch mit ein paar Freunden?«

»Planänderung.«

Als ich ihn nur fragend anschaute, fügte er hinzu: »Das hier war mir wichtiger. Lotte hat gestern Abend übrigens eine Gemüsesuppe für die ganze WG gekocht.«

»Hört sich gut an.« Ich hängte meine Jacke an die Garderobe und stellte den Regenschirm ab. Anschließend traten wir in die Küche, wo Kilian uns zwei Portionen aufwärmte, während ich es mir auf einem der Hocker gemütlich machte.

»Du siehst unglücklich aus.«

Erschrocken ließ ich den Löffel sinken und starrte Kilian an, der mich beobachtete. Ich wusste nicht einmal, woran es lag, aber unglücklich traf es ziemlich gut. Wahrscheinlich hatte es damit zu tun, dass sich etwas in mir geöffnet hatte, etwas, das ich so lange unter Verschluss gehalten hatte. Kilians Beobachtungsgabe zwang mich wieder einmal dazu, mich nicht vor der Wahrheit zu verstecken.

»Dir entgeht aber auch gar nichts. Bist du sicher, dass Lotte Psychologie studiert und nicht du?«

Kilian lächelte, doch der Ausdruck in seinen Augen blieb wachsam, als spürte er, dass ich mich nur nach einem Ausweg umblickte. Damit ich mich nicht mit meinen Gefühlen auseinandersetzen musste. Aber wahrscheinlich wäre das der richtige Weg, denn ich hatte mich jahrelang auf alle erdenkliche Arten versteckt.

Ohne Vorwarnung stiegen mir Tränen in die Augen. Meine Nase juckte und kribbelte und eine große Hitze staute sich in mir an. Ich war in einem absoluten Gefühlschaos.

Kilian bemerkt es, schob mit einem mitfühlenden Ausdruck seinen Stuhl zurück und breitete die Arme aus. »Komm her.«

Ich flüchtete mich in seine Umarmung, die genau richtig war, vergrub meine Nase an seinem Hals und ließ den Tränen freien Lauf. Behutsam strich er mit einer Hand über mein Haar, während die andere um meinen Rücken geschlungen war. Ich weinte so lange, bis sein schwarzer Pullover durchnässt war und mein Make-up auf meinen Wangen klebte.

»So habe ich mir den Abend nicht vorgestellt«, murmelte ich schließlich und zog einen Mundwinkel nach oben, mein kläglicher Versuch, ein Lächeln hinzubekommen. Es wurde eine Grimasse. Als hätte ein dreijähriges Kind sich vermalt.

»Wir sind völlig frei, was unsere Abendplanung angeht.« Kilian zog seine Hand zurück und aus irgendeinem irrwitzigen Grund wünschte ich mir insgeheim, dass er es nicht tat. Er raufte sich die Haare und schenkte mir ein schräges Kilian-Lächeln. »Willst du noch mal an die frische Luft? Ins Kino? Ich kann auch Max anrufen und fragen, ob sie noch geöffnet haben.«

»Leopold-Maximilian?«, fragte ich und spürte, wie das Lächeln echter wurde. »Dein Freund aus dem *Superfly*?«

Kilian nickte. »Ja.«

Ich schüttelte den Kopf. »Nein, das ist schon in Ordnung. Dafür müssten wir wieder durch die halbe Stadt fahren und ich bin … ziemlich k.o.«

»Möchtest du noch einen Nachtisch?«

Ich wusste es nicht. Ich wusste ehrlich gesagt gar nichts mehr und das verwirrte mich fast noch mehr als die Tatsache, dass ich hier auf seinem Schoß saß und mich ihm gegenüber so öffnete. Eigentlich hatte ich immer einen Plan, eine Richtung, in die ich schritt, war klaren Linien und Strukturen in meinem Leben gefolgt. Aber plötzlich fühlte sich das alles nicht mehr richtig an.

Verlegen glitt ich von seinem Schoß und zupfte am Saum meines Pullovers.

»Komm.« Wie selbstverständlich verschränkte Kilian seine Finger mit meinen, während er ebenfalls aufstand, und dieses neuartige Gefühl löste plötzlich wildes Herzklopfen bei mir aus. Mit weichen Knien folgte ich ihm durch den Flur in sein Zimmer.

Ich starrte auf unsere Finger, spürte die Wärme seiner Hand. Die Sicherheit. Die Ruhe, die mir die Berührung schenkte. Meist küssten wir uns nur, wenn es um Sex ging. Zwischendurch neckten und zankten wir uns nach wie vor. Aber diese ernsthafte, ehrliche Seite in unserer Beziehung war völliges Neuland für mich. Und es war noch dazu verdammt gefährlich.

Für mich. Meine Nerven. Mein Seelenheil.

Kilian bedeutete Gefahr, er lebte und atmete sie, war ein Teil von ihr. Und er wollte das nicht aufgeben, was er mir mehrfach unmissverständlich klargemacht hatte.

Schweigend ließ er mich los und schloss die Tür hinter uns.

»Was beschäftigt dich so?«, fragte er.

Ich sog meine Unterlippe zwischen die Zähne und kaute darauf herum. »Das Studium.«

»Macht es dir keinen Spaß mehr?«

»Das hat es noch nie.«

»Wirklich nicht?«, fragte er verwundert. »Karla hat behauptet, dass du schon seit der Schulzeit das Studium anvisiert hattest. Mrs Ich-plane-alles.« Er zwinkerte mir bei der Anspielung zu.

Ich seufzte leise. »Das stimmt, aber vermutlich aus den falschen Gründen.«

Kilian sagte nichts, sondern starrte mich nur abwartend an, also fügte ich zögernd hinzu: »Matilda wollte immer in die Forschung.«

Erkennen flackerte in seinem Blick auf und ein mitleidiger Zug legte sich um seinen Mund. Rasch schlug ich die Augen nieder, um der Intensität des Moments zu entfliehen. Plötzlich war mir furchtbar heiß, als hätte er die Heizung voll aufgedreht. Das Zimmer fühlte sich viel zu beengt und klein an, presste mir die Luft aus den Lungen.

»Und weshalb hast du dich dafür entschieden?« Sein Tonfall war trügerisch sanft, als wollte er mich nicht verschrecken. Trotzdem verengte sich mein Sichtfeld, als würden sich plötzlich Wände hineinschieben.

»Das ist … kompliziert.« Ich war noch nicht bereit, darüber zu sprechen. Denn sonst hätte ich mir noch viel mehr eingestehen müssen, als mir lieb war, als ich bewältigen konnte. Nicht jetzt. Ich musste zuerst eine innere Balance finden.

»Ist es denn auch dein Traum, in die Forschung zu gehen?« Seine Frage war ein vorsichtiges Herantasten, aber schon jetzt wehrte sich etwas in mir heftig dagegen.

Ich presste die Lippen aufeinander. »Ja.«

»Das hat sich aber eben anders angehört.«

Wieder diese Stimme. Verdammt. Warum hatte ich meine Klappe nicht gehalten?

»Vergiss es.«

»Hast du das Gefühl, Matilda gegenüber verpflichtet zu sein?«

Volltreffer.

Erschrocken riss ich die Augen auf und starrte Kilian an, dessen Mimik keinen Schluss auf seine Gedanken zuließ. Das Herz schlug mir bis zum Hals und ich schluckte mehrfach, da sich meine Zunge plötzlich ganz trocken anfühlte. Wie ein Fremdkörper.

»Nein«, wiegelte ich ab und schüttelte den Kopf. »Das ist es nicht.«

»Sicher?«, bohrte Kilian weiter und machte einen winzigen Schritt auf mich zu. Er umfasste meine Schultern, die Wärme seiner Finger drang wie ein glühendes Eisen durch den Wollstoff bis auf meine erhitzte Haut.

»Ja.«

Nein, schrie mein Blick.

Alle anderen hätten es mir vermutlich abgekauft, schließlich hatte ich meinen Schutzwall jahrelang perfektioniert. Aber Kilian schien die Veränderung zu wittern, mein kleines Zögern, das Unwohlsein, denn er verstärkte den Druck seiner Hände.

»Du musst nicht darüber reden, wenn du es nicht möchtest, aber ich habe den Eindruck, dass es dich beschäftigt. Und zwar schon ziemlich lange. Du wirkst unglücklich. Und du sollst wissen, dass du mir vertrauen kannst. Ich bin da, falls du reden willst.«

»Ich weiß«, seufzte ich, meine Arme hingen wie zwei Säcke links und rechts an mir herab und ich kratzte mit dem Daumennagel über meinen Handrücken.

»Warum studierst du Biochemie?«

»Weil ich es Matilda schuldig bin«, stieß ich aus und hob trotzig das Kinn, als mich unvermittelt Wut erfasste. Wut über mich selbst, die Situation, Kilians Beharrlichkeit.

»Scheiße, ohne mich würde sie vermutlich noch leben und deswegen ist es die einzig richtige Entscheidung, ihren Lebenstraum zu erfüllen!«

Erschüttert über meinen Ausbruch hielt ich inne, alles in mir wurde eiskalt. Das Eis drang vom Scheitel bis in meine Zehenspitzen, nahm jeden Zentimeter ein.

»Wie meinst du das?«

Bebend atmete ich aus. Jetzt war es ohnehin schon zu spät. Ich hatte es ausgesprochen. Die Wahrheit. »Du kennst die Geschichte von ihrem Unfall.«

»Ja«, antwortete er wie aus der Pistole geschossen. »Aber anscheinend weichen unsere beiden Versionen voneinander ab. Erzähl es mir.«

Stockend brach es aus mir hervor, als hätte ich all die Jahre nur auf diese Frage gewartet, als hätten sich all die Emotionen auf diesen Moment hin angestaut: »Wie du weißt, sind wir in den Weihnachtsferien nach Österreich zum Skifahren aufgebrochen. Matilda und ich waren etwa gleich gut und wir wollten meistens etwas länger unterwegs sein. Also haben wir uns für Talabfahrt entschieden, während die anderen mit der Gondel gefahren sind.« Ich stockte, denn plötzlich stiegen Bilder und Erinnerungen aus meinem Unterbewusstsein auf. Der Geruch von Kiefernnadeln, das Geräusch des knirschenden Schnees unter meinen Kufen, Matildas weißer Skianzug, der blaue Helm, unter dem zwei geflochtene Zöpfe hervorgelugten. »Dann ging alles ganz schnell. Die Strecke war ziemlich vereist, es war schon spät, aber noch nicht dunkel. Etwas dämmrig vielleicht. Jedenfalls hat sie eine Eisplatte erwischt und ist gestürzt, unmittelbar vor einem Steilhang. Ihre Skier haben sich verheddert … einer hat sich nicht richtig gelöst.« Meine

Stimme brach, ich kämpfte mit den Tränen. »Jedenfalls hatte ich sie aus dem Blick verloren. Und dann lag sie da. Als ich sie erreichte, war sie total benommen und durcheinander. Es hat einige Minuten gedauert, bis wir weiterfahren konnten.« Wieder machte ich eine Pause, denn die nächsten Worte fielen mir schwer, als wollten sie sich mit aller Macht an mich klammern, um nicht laut ausgesprochen zu werden. »Ich habe mich noch über sie lustig gemacht. Nicht bösartig, einfach so, wie ich damals war.« Ich sah Kilian in die Augen, der alles schweigend mitanhörte und keine Miene verzog. Seine Nähe hatte etwas Tröstliches, das mir die Kraft gab weiterzusprechen. Ich schloss die Augen. »Dass *sie sich nicht so anstellen soll, weil der Sturz nur halb so wild war.* Ich habe das damals nur gesagt, weil sie eigentlich sofort wieder auf den Beinen war. Also sind wir ins Tal gefahren. Sie klagte den ganzen Abend über Kopfschmerzen, aber wir haben den Unfall gar nicht erwähnt, auch beim Abendessen in der Hütte nicht. Und irgendwann hat sie sich entschuldigt und ist ins Bett gegangen.«

Kilian sah mich unergründlich an. »Und dann?«

»Na ja, den Rest kennst du«, erwiderte ich schulterzuckend und betont gleichgültig, auch wenn sich mein Inneres anfühlte, als wäre es von Säure durchtränkt. »Die Hirnblutung wurde nicht erkannt, sie ist einfach nicht mehr aufgewacht.«

»Und deswegen tust du dir das Studium an? Deshalb hast du das Gefühl, es deiner Schwester schuldig zu sein?«

»Sie kann es ja nicht mehr«, brauste ich auf und schüttelte den Kopf, denn Kilian schien nicht zu begreifen, worum es mir ging. »Hätte ich meinen Eltern von dem Unfall erzählt oder mich nicht darüber lustig gemacht, hätte Matilda bestimmt etwas gesagt. Aber so …« Ich löste mich von ihm und trat einen Schritt nach hinten, während ich die Arme in die Luft riss. »So hatte sie einfach keine Chance. Und es ist meine Schuld, dass sie nicht mehr lebt.«

Es war gesagt.

Die Wahrheit.

Seltsamerweise fühlte ich mich befreit. Als wäre eine riesige Last von meinen Schultern abgefallen. Dennoch pochte mein Herz voller Zweifel und Angst. Was er jetzt wohl von mir dachte? Schließlich hatte ich niemandem diesen Teil der Geschichte gestanden. Noch nicht. Weder Karla noch Frau Bansleben, meiner alten Therapeutin.

»Wir sind ehrlich miteinander, oder?«, wollte Kilian wissen.

Ich nickte zögerlich.

»Gut, dann nimm mir meine nächsten Worte bitte nicht übel, aber das ist der größte Bullshit, den ich je gehört habe.«

Perplex schaute ich in Kilians Gesicht, das ernst und hart geworden war.

»Du warst ein Kind, verdammt noch mal. Du hattest doch überhaupt keine Ahnung, was eine Hirnblutung eigentlich ist. Woher hättest du wissen sollen, was passieren kann? Wie kannst du dir das denn aufbürden und glauben, dass es deine Schuld ist, wenn es einfach nur ein unglücklicher Zufall und Unfall war?«

»Aber …«

Kilian schüttelte energisch den Kopf. »Nein, kein Aber. Vielleicht brauchst du Zeit, diese Tatsache anzuerkennen, aber du solltest damit anfangen, dich von diesen Zwängen zu lösen.«

Ich senkte den Kopf, weil sich sein Blick zu intim anfühlte. Als würde er alles von mir sehen und trotzdem nicht wegschauen wollen.

»Danke«, sagte ich und wischte mir über die Augenwinkel. »Danke, dass du dir das angehört hast. Aber ich möchte nicht mehr darüber reden. Nicht jetzt. Vielleicht später.«

»Okay.«

Bei dem nachdrücklichen Tonfall, der in diesem einen Wort lag, sah ich wieder auf. Kilian verstand mich. Ich hatte mich heute schon genug emotional geöffnet, zu mehr war ich physisch nicht in der Lage. Ich hatte keine Kraft für eine Diskussion, für eine andere Meinung. Dafür war kein Fünkchen Energie mehr übrig, ich fühlte mich vollkommen leer.

Der Ausdruck in seinen Zügen wurde beinahe zärtlich und der Anblick schnürte mir unwillkürlich die Kehle zu. Weil ich wusste, dass dieser Ausdruck einen anderen Grund hatte, als mein dummes, dummes Herz insgeheim hoffte.

»Weißt du was?«, fragte er in die Stille hinein. »Ich habe eine Idee. Etwas, das dir gefällt und dich ein wenig auf andere Gedanken bringt.« Auf einmal wirkte er entschlossen und steuerte rückwärts auf die Zimmertür zu. »Dafür muss ich nur kurz telefonieren. Es ist hier in der Nähe. Vertrau mir.«

Bevor ich protestieren konnte, war er verschwunden und ich blieb allein zurück. Nachdenklich ließ ich meinen Blick durch den Raum schweifen, bis er an der Wand hängen blieb, gegen die Kilian mich bei unserem Kuss gedrückt hatte. Diese Gefühlsachterbahn trieb mich noch in den Wahnsinn. Unschlüssig erhob ich mich und trat vor den einfachen schwarzen Spiegel, der neben dem weißen Holzschrank lehnte. Ein kurzer Blick reichte völlig aus, um festzustellen, wie abgekämpft und fertig ich aussah. In meiner Hosentasche fand ich noch ein Taschentuch und wischte mir damit die schwarzen Ränder unter den Augen weg. Anschließend richtete ich meine wilde Frisur, die aussah, als hätte ich in eine Steckdose gefasst. Als ich gerade die letzten Strähnen wieder an den richtigen Platz gezogen hatte, kam Kilian zurück. Er sah sehr zufrieden aus.

»Willst du mir verraten, wo es hingeht?«

»Okay, aber nur, wenn du wirklich Lust hast. Esther macht ein Praktikum im Kammerspieltheater. Ich habe sie gefragt, wir könnten einen Blick hinter die Kulissen werfen«, erklärte er und fügte hinzu: »Ganz offiziell natürlich.«

Ich schluckte und spürte, wie mich heftige Dankbarkeit bis an den Rand meines Herzens erfüllte. »Das wäre … wow … das wäre mega.«

Auf der Fahrt mit der U-Bahn in die Maximilianstraße schaffte es Kilian, mich auf andere Gedanken zu bringen. Ich fragte ihn über sein Studium aus und über sein Parkour-Training, und ehe ich mich versah, erreichten wir die teuerste Straße Münchens, in der sich Sportwagen und Limousinen reihten. Arabische Touristen verschwanden in einer Boutique, während eine Gruppe Mädchen Fotos vor einem der exklusiven Läden schoss.

Die Theatereingänge befanden sich direkt an der großen Straße, und Kilian kannte einen der Einlasser, der uns hineinwinkte. Drinnen erwartete uns Esther bereits.

»Na, ihr beiden Turteltäubchen, mal wieder auf keinem Date, hm?«

»Wir sind nicht …«

»Das ist nicht …«, begannen wir gleichzeitig, brachen dann jedoch ab, weil jede Erklärung überflüssig war.

Es blitzte schalkhaft in Esthers Augen, und mir wurde klar, dass sie uns nur ein bisschen aufziehen wollte. Sie schien alles ziemlich locker zu sehen. Warum sollten ein Mann und eine Frau auch nicht nur platonisch miteinander befreundet sein können?

Befreundet. Hatte ich das gerade wirklich gedacht? Wow. Der Sex musste mein Hirn wirklich vernebelt haben, wenn ich schon davon ausging, dass Kilian und ich nicht nur eine gute Partie im Bett abgaben. Aber was waren wir sonst, wenn nicht auch Freunde?

»Und ich habe heute Geburtstag, schon klar«, sagte Esther in diesem Moment und machte uns Platz. Sie trug eine hoch geschnittene schwarze Jeans und eine helle Jeansjacke, das dunkle Top darunter endete knapp oberhalb ihres Bauchnabels. Sie zwinkerte uns zu und ging voraus, durch mehrere Türen in das Innenleben des Theaters. Sofort saugten all meine Sinne die neuen Eindrücke auf wie ein Schwamm.

»Wir führen eines meiner liebsten Stücke auf. *Die Räuberinnen.*«

»Schillers *Räuber*?«

»Korrekt.« Sie zwinkerte mir schelmisch zu. »Lass dich überraschen, vielleicht ist das Stück ja etwas für dich. Übrigens meinte Kilian, dass du dich für die Maske interessierst, und ich habe mit Ricarda geredet, du kannst dich gern mal mit ihr unterhalten, falls du das willst.«

Überrascht sah ich zu Kilian, der abwehrend die Hände hob, als hätte er damit nichts zu tun. Mein Herz geriet ins Stocken. »Das wäre … wirklich toll.«

Als Ricarda entpuppte sich eine Frau Anfang dreißig, mit grau gefärbten Haaren und einem Nasenring. Ihr sonniges

Gemüt übertrug sich sofort auf mich und sie beantwortete lächelnd alle Fragen, die aus mir herausquollen – als hätte sie alle Zeit der Welt und würde nicht gerade mitten in der Arbeit stecken.

Lebendig. So fühlte ich mich. Von den Toten auferstanden.

Und womöglich war ich genau das.

Ricarda während des Schminkens über die Schulter schauen zu können, war ein riesiger Traum, der in Erfüllung ging. Zum ersten Mal seit langer Zeit verspürte ich so etwas wie aufrichtige, wahre Freude, die ganz tief in mir zu entspringen schien. Staunend beobachtete ich, wie Ricarda bei der jungen Schauspielerin mit den streng zurückgesteckten Haaren erst die Grundierung auflegte und dann mit unterschiedlichen Pinseln arbeitete, um schließlich den letzten Feinschliff einzuarbeiten.

Dabei plauderte sie abwechselnd mit der Schauspielerin und mit mir, denn sie bekam natürlich mit, wie unruhig ich von einem Bein auf das andere trat, um jede Frage loszuwerden, die mir auf der Zunge brannte: über die zahlreichen Techniken, die Art des Schminkens, wie sie vorging, welche Produkte sie benutzte, ob ihr der Job auch Spaß machte.

Irgendwann fiel mir auf, dass Kilian erstaunlich still geworden war. Verwirrt hielt ich nach ihm Ausschau und entdeckte ihn in einer Ecke, wo er an der Wand lehnte, die Arme vor der Brust verschränkt. Der Ausdruck in seinem Gesicht ließ mein Herz flattern. Irgendetwas war anders. Irgendetwas lag in der Luft. Aber vielleicht waren das auch nur die ganzen Glückshormone, die durch die Luft schwebten, weil ich endlich die Gelegenheit bekam, die Arbeit in der Theatermaske zu erleben.

Shit. Ich wusste, was Kilian damit bezweckte, was er mir hier zeigen wollte. Dass mein Traum vor meiner Nase schwebte und ich nur danach zu greifen brauchte.

Aber dafür hätte ich Matildas Wünsche hinter mir lassen müssen und ich wusste nicht, ob ich dazu imstande war.

»Das mit der Maske war sehr aufmerksam von dir. Also, dass du Esther gefragt hast, ob sie mit Ricarda spricht«, sagte ich, als wir das Theater wieder verlassen hatten. Draußen war es ungemütlich, aber es regnete zum Glück nicht. »Ich wollte schon immer mal sehen, wie dort gearbeitet wird.«

»Ich weiß. Es war damals ein großer Traum von dir.« Die Betonung lag auf dem *dir* und ich ahnte, worauf er anspielte, also zog ich den Kopf ein.

»Hey.« Warm und fest glitten seine Finger unter mein Kinn und hoben es an, sodass sich unsere Blicke kreuzten. »Es ist nichts Schlimmes dabei, eigene Träume zu haben.«

Sein Lächeln ließ mein Herz straucheln und ich wandte rasch den Blick ab, um nicht zu viel zu offenbaren. Mir selbst. Aber auch ihm. Besonders davor hatte ich eine Scheißangst.

»Mhm«, machte ich und ließ es dabei bewenden.

Keine Ahnung, warum plötzlich eine längst vergrabene Hoffnung in mir aufkeimte.

Kapitel 25

Mitte Dezember, kurz vor den Weihnachtsferien, zeigte sich der Wettergott gnädig und machte aus Wind und Regen einfach Schnee und Eis. Nur das Joggen war jetzt deutlich unangenehmer und ich beschränkte mich auf ein absolutes Minimum.

Dafür entwickelten Kilian und ich so etwas wie eine Routine, was schön, aber gleichzeitig auch beängstigend war. Die meiste Zeit verbrachten wir bei ihm, eigentlich ständig. Es fühlte sich seltsam an, wenn wir in unserer WG waren. Als ob der Deal dadurch ein anderes Label bekam, doch manchmal überraschte mich Kilian auch, indem er an einem freien Tag bei mir aufschlug, bevor wir uns wieder zu ihm verzogen.

So wie heute. Als ich nach einem langen Nachmittag im Labor nach Hause kam, fläzte Kilian mit ausgestreckten Beinen auf dem Sofa und aß uns mal wieder das Müsli weg.

»Ist etwa dein Kühlschrank leer?«

»Ausnahmsweise nicht, aber ich war in der Gegend, weil wir uns für eine Übungssession getroffen haben.«

»Parkour?«

Er nickte. Bisher hatte ich vermieden, mir weitere Videomitschnitte vom Base-Jumping anzusehen, weil mich der Gedanke lähmte, ihm könnte etwas zustoßen. Parkour war zwar auch etwas halsbrecherisch, aber im Vergleich zum Jumpen wie ein Spaziergang im Wald. Also beschäftigte ich mich lieber gar nicht damit. Und bisher fuhr ich mit meiner Vogel-Strauß-Taktik ganz gut. Es machte mir weniger aus, den Kopf in den Sand zu stecken, als ihm bei seinen halsbrecherischen Aktionen zuzusehen. Denn sonst hätte ich mich mit der alles verschlingenden Panik auseinandersetzen müssen, die jedes Mal in mir ausbrach, wenn ich an den Sprung in die Tiefe dachte, den ich auf seinem Account gesehen hatte.

Also tat ich, was ich meistens tat, um mich abzulenken: Ich trat auf ihn zu und ließ mich auf seinen Schoß gleiten. Sofort verschwand das schelmische Leuchten aus seinen Augen und machte einem hungrigen Ausdruck Platz.

»Okay. Vergiss Parkour«, murmelte er, als ich mich über ihn beugte, mit den Lippen seinen Mundwinkel streifte und mit den Fingern über seine unrasierte Wange fuhr.

»Das hört sich besser an«, schnurrte ich und kam mir vor wie die größte Betrügerin der Welt, weil ich ihn mit Sex davon abhalten wollte, seiner Lieblingsbestimmung nachzugehen.

Kilians Hände umfassten meinen Po, ich begann, mich auf ihm zu bewegen, vertiefte den Kuss und öffnete den Mund, um seiner Zunge Einlass zu gewähren. Ihn zu küssen war noch immer wie ein Strudel, der mich mitriss. Jedes Mal aufs Neue. Und trotzdem war da noch etwas anderes, etwas Größeres, das ich nicht genauer sehen wollte.

In diesem Augenblick öffnete sich die Wohnungstür und ich hörte zwei Personen hereinkommen. Mit einem Schlag verpuffte die ganze sexuelle Spannung, die sich schwer und träge zwischen uns breitgemacht hatte. Zurück blieb ein leises Pochen in meinem Unterleib, was furchtbar frustrierend war.

Eine der Stimmen gehörte eindeutig Brie. Unauffällig rückte ich von Kilian ab, dessen Miene so neutral wurde wie die weiße Wand hinter uns. Geraschel, Gemurmel, dann kam Brie in den Wohn-Essbereich. Ihre Miene wirkte entschuldigend und sie sah mitgenommen aus, was an dem abwesenden Ausdruck in ihren fein geschnittenen Zügen lag.

»Oh, hey. Ihr seid da.« Ihr Blick fiel hinter sich, offenbar hatte sie nicht mit unserer Anwesenheit gerechnet. Im Schlepptau hatte sie Toni, der ziemlich aufgewühlt aussah. Seine blutunterlaufenen Augen und die geknickte Haltung sprachen Bände und seine Haare standen ab, als wäre er ununterbrochen mit den Händen hindurchgefahren. Auch sein Mund hatte sich in eine harte Linie verwandelt. Eine knappe Begrüßung, dann waren sie in Bries Zimmer verschwunden.

»Das war … seltsam«, murmelte ich verwundert.

»Sah so aus, als wäre etwas vorgefallen«, erwiderte Kilian mit gerunzelter Stirn, dabei fiel mir auf, wie entspannt er war. Als hätte sich unser Gespräch nur wenige Augenblicke zuvor um unsere Lieblingsserien gedreht und nicht, als hätten wir gerade heftig auf dem Sofa herumgemacht. Ich dagegen fühlte mich, als würde ich immer noch unter Strom stehen.

Alles okay?, schrieb ich Brie und beobachtete Kilian, der vom Sofa aufstand, um die Keramikschale wegzuräumen. Keine Minute später vibrierte mein Handy und zeigte eine neue Push-Nachricht an: *Antons Oma ist gestern Nachmittag gestorben.*

Augenblicklich sank mein Herz.

Oh, nein. Mein Beileid. Wir verziehen uns gleich!

Das müsst ihr nicht! Wir wollten nur kurz meine Sachen holen.

Trotzdem …

Ich drehte mich zu Kilian um, der die Schale inzwischen abgespült hatte und mich fragend beobachtete. Ohne Vorwarnung hüpfte mein Herz bei seinem Anblick höher, was ich geflissentlich ignorierte. Nein. Das war eine körperliche Reaktion auf den absolut grandiosen Sex, den wir hatten. Nichts weiter.

»Können wir zu dir?«

»Okay.« Er lehnte sich mit der Hüfte gegen die Küchenzeile. »Möchtest du noch etwas einpacken?«

»Ja, mach ich«, antwortete ich, ging in mein Zimmer, nahm meine kleine Sporttasche und stopfte eine Jeans, Unterwäsche, Socken und meinen winzigen Reisekulturbeutel hinein, den ich immer griffbereit in einer Schublade in meinem Kleiderschrank verstaute. Dazu ein Wechseltop, einen Pyjama und eine Haarbürste. Fluchend fischte ich noch mein Ladekabel hinter dem kleinen Nachttisch mit der alten Lampe hervor, die mir meine Mutter zum Einzug geschenkt hatte.

Es klopfte leise an der Zimmertür, als ich die Tasche gerade schließen wollte, und ich warf einen Blick über die Schulter.

»Du weißt schon, dass du nicht auswanderst, sondern nur bei mir übernachtest, oder?«, wollte Kilian mit einem spöttischen Funkeln in den Augen wissen. Dann trat er neugierig ein und sah sich in meinen vier Wänden um.

Erst jetzt wurde mir bewusst, dass er in all der Zeit noch nie hier drin gewesen war. »Du bist das erste Mal in meinem Zimmer«, stellte ich überrascht fest.

»Du hast mich auch nie zu dir eingeladen«, erwiderte er augenzwinkernd und sah sich weiter interessiert um.

Er hatte recht. War das auch nur ein Schutzmechanismus von mir? Seine Präsenz hier stellte alles auf den Kopf.

Sofort fühlte ich mich auf eine seltsame Weise entblößt. Vor der Bilderwand über meinem Schreibtisch blieb er stehen und betrachtete die einzelnen Fotos. Manche davon waren mit einer Polaroidkamera aufgenommen worden und wirkten aus dem Moment gegriffen. Etwas, das ich bei den perfekt inszenierten Bildern auf Instagram und Co. so oft vermisste. Auf einem von ihnen waren Brie, Karla und ich zu sehen, wie wir im Bikini an der Isar lagen. Bries Haare waren noch nass und klebten ihr am Kopf, während mir die Sonnenbrille von der Nase gerutscht war und meine beste Freundin den Arm zu dem Typen hinter der Kamera ausstreckte. Aaron? Jesper? Ich wusste es nicht mehr. Aber ein kleines Lächeln stahl sich auf meine Lippen. Wir sahen aus wie drei Hühnchen, die bei unterschiedlichen Garstufen im Backofen gebrutzelt hatten, aber dafür wirkten wir glücklich.

»Das mag ich«, sagte Kilian unvermittelt und deutete auf ein Schwarz-Weiß-Foto, das ich nur hinzugefügt hatte, weil ich mich darauf wie *ich* fühlte. Nicht wie jemand, der eine Lüge lebte. Es war das einzige Foto von mir allein, das ich aufgehängt hatte. Karla hatte die Aufnahme in den Sommerferien vor zwei Jahren gemacht. Ich saß auf meinem schwarzen Fahrrad mit dem Flechtkorb, die Beine weit ausgestreckt, die langen Haare flatterten im Wind, links und rechts nichts als wilde Natur. Etwas an dem Bild ließ einen Knoten in meiner Kehle entstehen. War es das Gefühl von Freiheit, von einem Moment ohne Gedanken?

»Ja, das mag ich auch«, erwiderte ich nach einer Weile und löste den Blick von dem Foto.

»Bist du fertig?«

Ich nickte. »Wir können los.«

»Kann sein, dass Daria da ist«, verkündete Kilian, sobald wir in seine Straße einbogen. Sowohl Daria als auch Gustav hatte ich in den letzten Wochen kaum zu Gesicht bekommen.

»Sicher bin ich mir nicht. Aber die anderen sind heute auf jeden Fall ausgeflogen.«

Wir betraten den Hausflur und liefen die Treppenstufen nach oben. Er ging voraus und mit jedem Schritt verkeilte sich die bleierne Schwere in meinem Bauch etwas mehr, als würde mir eine Zahnwurzelbehandlung bevorstehen.

In den letzten Wochen hatte sich etwas verändert, ich konnte es spüren. Dabei war ich diejenige, die den Deal vorgeschlagen hatte. Die sich danach sehnte, einfach loszulassen. Aber da war noch etwas anderes. Diese Ungewissheit. Diese bohrenden Fragen in meinem Kopf, die immer lauter wurden und die ich nicht einfach weiter ignorieren konnte, wie ich es all die Jahre zuvor getan hatte.

Wer war ich? Wer war die Person, die sich auf all das eingelassen hatte? War das ich, Joana, oder wieder nur eine Flucht? Eine Flucht vor vergrabenen Ängsten?

Ich wusste es nicht. Das Gedankenkarussell nahm erneut volle Fahrt auf, drehte sich schneller und schneller, bis mir schwindelig wurde und meine Schritte aus dem Takt gerieten. Ich klammerte mich an das Geländer, um nicht zu wanken, und zwang mich, einen Fuß vor den anderen zu setzen.

Als wir die Wohnungstür erreicht hatten, drehte sich Kilian zu mir um. Irgendetwas in meinem Gesicht schien ihn stutzen zu lassen, denn er steckte den Schlüssel ins Schloss und kam mit zwei langen Schritten auf mich zu, um mich prüfend zu mustern.

»Alles in Ordnung?«

Ich rang mir ein Lächeln ab, wich jedoch seinem Blick aus, weil ich mich auf einmal so anders fühlte. Die prickelnde Stimmung von vorhin war jetzt endgültig verschwunden. Zurück blieb ein dumpfes Gefühl in meiner Brust, das sich wie ein Ballon ausweitete.

»Ja, ich …« Unsicherheit umspülte mich wie eine Felsbrandung, gleichzeitig merkte ich, wie meine Kehle enger wurde. Gott, wie erbärmlich. »Ich …«

»Hey, Pixie. Brauchst du etwas?« Das Schiefergrün seiner Augen leuchtete, als würde sich die Sonne darin brechen, und ich hob den Kopf etwas weiter, um ihn besser ansehen zu können.

»Ich …« Meine Atmung beschleunigte sich.

Oh, nein. Nicht hier. Nicht jetzt.

Ich hasste es. Hasste es so sehr, wenn mich die Kontrolle verließ und ich nicht wusste, wo oben oder unten war. Eine sorgenvolle Furche grub sich in Kilians Stirn, dann war er plötzlich verschwunden, um mich im nächsten Moment sanft durch die Wohnungstür zu schieben. Flur, rechte Tür. Hände, die mich bestimmt, aber vorsichtig aufs Bett drückten. Meine Knie zitterten, mein Blick verschwamm, wurde unklar, als wäre ich unter Wasser.

Lag es daran, dass Antons Oma gestorben war? Der Gedanke an den Tod? Nein, normalerweise löste das nicht so eine Reaktion in mir aus. Was war es dann? Die Tatsache, dass mir Kilian mehr und mehr unter die Haut ging und ich Angst um ihn hatte? Angst davor, ihn ebenfalls verlieren zu können?

Keine Ahnung. Aber es war da. Und es tat weh.

Gedämpft drangen Worte in mein Bewusstsein, aber ich konnte sie nicht wirklich greifen. Immer noch atmete ich schnell und hektisch. Und ich schämte mich, schämte mich so sehr, dass ich spürte, wie mir ohne Vorwarnung auf einmal die Tränen aus den Augen strömten.

Deswegen hatte ich mir eine Schutzmauer aufgebaut. Meinen Schutzschild, meine kühle Fassade. Damit niemand sah, wie schwach ich eigentlich war. Wie klein ich mich manchmal fühlte. Wie erbärmlich.

Jetzt weinte ich hemmungslos und bitterlich, weil sowieso alles egal war. Meine Schultern hoben und senkten sich wie bei einer Aufwärmübung und ich schlang die Arme um meinen Körper, um mir ein wenig Sicherheit zu geben.

Die ganze Zeit über sagte Kilian kein Wort. Er war einfach nur da. Ich spürte seine Nähe, seine Anwesenheit, wie ein Schatten, der mir nicht von der Seite wich. Seltsamerweise störte ich mich nicht daran. Es war nicht das erste Mal, dass ich in seiner Gegenwart alles fallen ließ und mich meinen Emotionen hingab. Etwas, das bei mir so gut wie nie vorkam. Und jetzt gleich mehrmals innerhalb weniger Wochen.

Irgendwann versiegten meine Tränen, wie ein Flusslauf, der plötzlich austrocknete. Erst da merkte ich, dass Kilian neben mir auf dem Bett saß, eine Hand auf meinen Oberschenkel gelegt hatte und beruhigend mit dem Daumen über den Stoff strich. Unbeholfen wischte ich mir über die nassen Wangen. Großartig. Ich musste aussehen wie nach einem Unterwasser-Shooting für eine Modezeitschrift, nur dass der Look eher einer Katastrophe glich.

»Ich habe das Gefühl, ich weine in letzter Zeit ziemlich oft.« Es waren die ersten Worte nach einer halben Ewigkeit.

»Vielleicht hast du einfach sehr großen Nachholbedarf.«

Fragend schaute ich Kilian an, der mir behutsam eine Strähne hinters Ohr strich. Die Geste war unschuldig und süß und ließ den Kloß in meinem Hals anschwellen.

»In den letzten Jahren hast du wenig Gefühle zugelassen. Zumindest kam es mir immer so vor, als würdest du sie unter Verschluss halten. Und ich habe den Eindruck, dass da gerade ganz viel an die Oberfläche gespült wird. Wahrscheinlich muss das alles einfach mal raus.«

Warum durchschaute er mich so gut? Bei ihm fühlte ich mich verstanden. Aber was gab *ich* ihm eigentlich? Ich nahm immer nur, absorbierte, hatte meine eigenen Päckchen zu tragen. Was tat ich für ihn?

»Ich sage dir jetzt, was mir zuerst durch den Kopf geht, wenn ich dich anschaue: Du bist wunderschön. Und das meine ich nicht bloß äußerlich oder oberflächlich betrachtet, sondern weil ich weiß, wer in dir steckt.«

An seinem Gesichtsausdruck konnte ich ablesen, wie ernst es ihm war, was mich innerlich aufjubeln ließ. Auch wenn ich mich gegen das Gefühl wehrte. Trotzdem errötete ich wie aufs Stichwort.

»Und du bist großartig, so, wie du bist, auch wenn du das meistens gar nicht mitbekommst«, sagte er in einem Tonfall, als würde er von einer allgemeingültigen Tatsache sprechen. Die Art, wie er mich dabei ansah, ließ mein Herz aufleuchten. Als wäre ich in seinen Augen etwas Kostbares, etwas Wertvolles. Ich fühlte mich auf eine Weise verstanden, die ich vorher nicht gekannt hatte, und spürte, wie mein Herz dabei halsbrecherisch schneller schlug.

»Danke«, flüsterte ich, nahm sein Gesicht in meine Hände und küsste ihn. Es war ein spontaner Kuss. Sanft. Vorsichtig. Ein Herantasten, weil ich nicht sicher war, ob wir gerade eine Art Grenze überschritten.

Bisher waren unsere Küsse leidenschaftlich gewesen, nur auf das Ziel gerichtet, miteinander zu schlafen. Keuchen, Verlangen, Atemlosigkeit – aber jetzt war es anders. Wie ein komplett neues Lied.

Unsere Lippen fanden sich suchend, immer und immer wieder. Zaghaft, fast schon unbeholfen. Als würden wir uns noch einmal kennenlernen. Mit jeder Berührung schmolz ich ein kleines bisschen mehr dahin. Und ein Teil von mir fragte sich, wie es möglich war, dass sich alles auf einmal so ungewohnt anfühlte, obwohl schon seit Wochen etwas zwischen uns lief.

Es kam mir vor, als wäre es das erste Mal.

Kilians Fingerspitzen strichen über meinen Rücken, ich streichelte ihn unter seinem Shirt, spürte seinen galoppierenden Herzschlag unter meinen Handflächen. Unsere Küsse verwandelten sich in etwas Verzweifeltes, als brauchten wir einander, als brauchten wir das hier. Ich schnappte nach Luft, als Kilian meinen Pullover hochschob und einen Pfad aus Küssen, Atem und Zunge auf meiner nackten Haut hinterließ – bis hinunter zu meinem Bauchnabelpiercing, an dem er innehielt. Dann wanderte er noch tiefer.

Verlangen explodierte in meinem Inneren, doch nicht das drängende, verzweifelte Verlangen, sondern das Gefühl, ihn in mir spüren zu wollen. Langsam, genüsslich. Ich hob mein Becken an und ließ mir von ihm die Jeans ausziehen. Der beige Slip folgte keine Sekunde später und ich bemerkte einen kalten Luftzug, bevor Kilian den Kopf senkte und ich seinen Mund spürte. Meine Lider schlossen sich von selbst, ich stemmte meine Fersen mit voller Kraft in die Matratze und biss mir auf die Unterlippe, um das Stöhnen zu unterdrücken, das sich in mir anbahnte. Mein Kopf bestand nur noch aus gesammelten Eindrücken, aus überquellenden Gefühlen, die sich wie rosa Wölkchen anfühlten. Mich schwerelos machten.

Als ich kam, war mir etwas schwindelig. Halb benommen registrierte ich, wie Kilian sich ebenfalls aus seinen Klamotten schälte, mir beim Ausziehen half und sich neben mich legte. Ich verspürte das dringende Bedürfnis, ihm dieselbe Freude zu verschaffen.

Seine Augenlider wurden schwer und träge, als ich ihn erkundete. Ich spürte, wie sich seine Muskeln anspannten, wie sein Körper auf jede Berührung, jede Bewegung reagierte. Ein Zucken, ein leises Stöhnen. Kilian atmete zischend die Luft aus, dann hüllten wir uns wieder in die Stille des Augenblicks.

»Komm her«, hörte ich ihn heiser murmeln und schob mich höher aufs Bett. Wir drehten uns in die Löffelposition, Körper an Körper, sodass seine Hitze auf mich überstrahlte. Wie selbstverständlich verschränkte er eine Hand mit meiner, während ich den Kopf drehte, um ihn küssen zu können. Fordernder, aber nicht weniger zärtlich. Am Rand meines Bewusstseins bekam ich mit, wie er sich ein Kondom überrollte, dann drang er auch schon in mich ein.

Das war kein neckendes Spiel. Er ließ sich Zeit, als hätte

der heutige Nachmittag die Gesetze unseres Deals ausgehebelt und uns neue Regeln verpasst. Ich öffnete mein Herz ein kleines Stückchen mehr, auch wenn ich Angst davor hatte. Angst davor, einen riesigen Fehler zu begehen.

Danach lagen wir schweigend nebeneinander, genossen die angenehme Körperwärme des anderen. Eine Weile sagte niemand von uns ein Wort.

»Hat die Kette eigentlich eine Bedeutung?«, fragte Kilian schließlich unerwartet. »Ich wollte nicht fragen, als du sie vor ein paar Wochen verloren hast, aber die Frage spukt mir schon eine Weile im Kopf herum.« Er stützte sich auf einem Arm ab und malte kleine Kreise um den Anhänger, der knapp unter meinem Schlüsselbein endete.

Automatisch schloss sich meine Hand darum und ein Gefühl von Wehmut stieg in mir auf, jedoch viel dumpfer als sonst. Wie ein fernes Echo, das immer leiser wurde.

»Ja. In dem Medaillon ist eines meiner Lieblingsfotos von Matilda, mir und Marie.«

»Vermisst du sie sehr?«

Ich überlegte einen Augenblick. »Ja. Aber nicht mehr jeden Tag. Und manchmal habe ich deswegen ein schlechtes Gewissen.«

»Weil du glaubst, dass du nicht glücklich sein darfst, weil dein Leben weitergeht und ihres nicht?«, wollte Kilian mit einer auffallend ruhigen Stimme wissen, als wäre ihm durchaus bewusst, wie tief diese Frage ging und wie vorsichtig er sein musste, um mich nicht noch mehr aufzuwühlen.

Wow. So treffend hatte es noch nie jemand formuliert, nicht einmal Karla. Oder Frau Bansleben.

»Woher …?«

Kilian lächelte mich an, aber es war ein trauriges Lächeln, ein bisschen schwermütig.

Mein Herz setzte bei diesem Anblick einen Schlag aus, um dann in einem doppelt so schnellen Tempo weiterzumachen.

»Ich kenne dich verdammt gut, Pixie. Nach Matildas Tod hast du dich komplett verändert. Davor warst du ein echter Wirbelwind, hast nicht nach links und rechts geschaut und einfach dein Ding durchgezogen. Danach war das nicht mehr so. Als hätte man dich in klebriges Pech getaucht.«

Plötzlich bekam ich es mit der Angst zu tun.

»Joana«, flüsterte er, und der Name riss mit einem Ruck alte Wunden auf.

»Jo«, murmelte ich. »Jo wäre mir lieber.«

Fragend hob er die Augenbrauen.

»Matilda hat mich immer Joana genannt. Sonst niemand.« Ich nestelte an der Bettdecke herum.

»Aber sie ist seit sieben Jahren tot. Findest du nicht, dass du ein Recht auf deinen Namen hast, ohne dich deswegen schlecht zu fühlen?«

Es schwang kein Vorwurf in seinen Worten mit, keine Verurteilung, trotzdem verspürte ich das Bedürfnis, mich zu verteidigen. Doch als ich den Mund aufklappte, drang kein Ton heraus. Als wären alle Wörter versiegt.

Im Grunde hatte er recht. Ich war mir dieser Tatsache auch durchaus bewusst gewesen, aber ich hatte nie hinterfragt, welche Konsequenzen Matildas Tod für mich hatte. Womöglich war nun auch dafür der Zeitpunkt gekommen. Ich musste diesen Teil von mir endlich akzeptieren und einen neuen Weg einschlagen.

Kapitel 26

»Wie verbringst du eigentlich Weihnachten?«, fragte ich Brie, die gerade einen kräftigen Schluck von ihrer Feuerzangenbowle nahm. Mit geröteten Wangen und leuchtenden Augen starrte sie alle paar Minuten verzückt in den Himmel, wo immer mehr Schneeflocken das Gelände vom *Tollwood* in ein verzaubertes Winterwonderland verwandelten wie auf einem kitschigen Postkartenmotiv. Also das, was sich Brie von ihrem ersten Winter in Deutschland erhofft hatte.

»Oh, das würde mich auch interessieren«, meinte Karla und hob ebenfalls ihre Tasse an die Lippen.

»Mit meinem Vater und seiner neuen Frau. Der Geburtstermin ist Anfang Februar, deswegen werden sie auch nicht wegfahren. Am Fünfundzwanzigsten bin ich bei Antons Familie. Und du?«

»Ich fahre bei Karla und Kilian mit und besuche meine Schwester, ihren Mann und die Kinder. Sie haben das alte Elternhaus bezogen. Das hatten wir bei unserem Umzug damals in den Süden nicht verkauft, sondern nur vermietet.«

»Oh, schön …« Sie zögerte, überlegte einen Augenblick

und fügte dann in einem um Neutralität bemühten Tonfall hinzu: »Was ist das eigentlich mit dir und Kilian?«

Ja, was war das eigentlich? In den letzten Wochen hatte sich eine Vertrautheit entwickelt, die nicht weit von einer Beziehung entfernt war. Im Grunde fehlte nur noch die Bezeichnung. Denn eigentlich benahmen wir uns wie ein altes Ehepaar. Allerdings wusste ich, dass er nicht an einer ernsthaften Beziehung interessiert war, das hatte er oft genug betont. Er wollte nicht in die Zukunft planen, an etwas festhalten, sondern schauen, wie sich die Dinge entwickelten. Wir waren so grundverschieden. In vielerlei Hinsicht. Andererseits ergänzten wir uns auch gut. Ich brachte etwas Ruhe und Struktur in sein Leben – angefangen mit der Tatsache, dass er seinen Alltag besser organisierte. Und Kilian? Kilian machte alles zu einem Abenteuer. Ein Abenteuer, das ich nicht beenden wollte.

Bevor ich antworten konnte, hielt Karla sich die Hände an die Ohren. »Lalalalala, keine Details.«

»Ganz ehrlich?«, warf ich ein und musste über die Absurdität ihrer Worte lachen. »Du hast dein Vorrecht auf *keine Details* verspielt, als du neulich dein Tinder-Date mitgebracht hast. DAS will ich bestimmt nicht noch mal sehen.«

Karla besaß sogar so viel Anstand, halbwegs zerknirscht zu tun, was angesichts der Wollmütze und des dicken Schals um ihren Hals irgendwie niedlich aussah. Selbst für ihre Verhältnisse. Wahrscheinlich hätte sie mir die Augen ausgekratzt, wenn ich das Wort *niedlich* zusammen mit ihrem Namen in einem Satz verwendet hätte, also behielt ich meine Gedanken lieber für mich.

»Seit du mit meinem Bruder abhängst, blitzt viel mehr von deiner Schlagfertigkeit durch, aber ich weiß noch nicht, ob ich das gut finden soll. Schließlich habe ich diese Position bisher konkurrenzlos eingenommen.«

Ich nahm noch einen Schluck von meinem Glühwein, der meine steifen und eingefrorenen Finger wärmte. Dabei konnte ich mir das kleine zufriedene Grinsen nicht verkneifen, das sich auf meinen Zügen ausbreitete. »Tut mir leid.«

Karla schnaubte. »Tut es dir kein bisschen.«

»Komm, ich zahle noch eine Runde«, schlug ich versöhnlich vor, woraufhin niemand Einspruch erhob. Ich brachte die drei Tassen wieder zurück an den mit Tannenzweigen und kleinen Holzfiguren geschmückten Stand, wo es herrlich nach Nelken, Orangen, Zimt und Rotwein duftete. Die Luft schmeckte nach Weihnachten, nach unerfüllten Wünschen und unzähligen Möglichkeiten. Ich mochte die Stimmung, die Geselligkeit auf dem *Tollwood*. Die unterschiedlichen Zelte wurden von bunten Strahlern beleuchtet, sodass sie in verschiedenen Farben schillerten. Überall gab es etwas zu entdecken, kulinarisch wie kulturell, trotzdem hatte es uns zu dem wahrscheinlich deutschesten Stand auf dem gesamten Gelände gezogen, was schlicht an Bries Begeisterungsfähigkeit für bayrischen Kitsch lag. Lächelnd nahm ich die neuen Getränke entgegen.

Als ich zum Tisch zurückkehrte, starrte Brie erneut in den Himmel und streckte die Zunge heraus. Wieder lag da dieser verträumte Ausdruck auf ihren Zügen, der mich an mein erstes bewusstes Weihnachten erinnerte. Wie ich mit Marie und Matilda vor dem großen Tannenbaum im Wohnzimmer saß, die Geschenke bestaunte und hoffte, dass der Weihnachtsmann auch im nächsten Jahr wiederkehrte. Zum ersten Mal seit einer langen Zeit verspürte ich bei dem Gedanken an meine Schwestern keine Magenschmerzen, sondern so etwas wie … Freude. Weil es eine schöne Erinnerung war. Eine Erinnerung, die man sorgsam aufbewahrte und hervorzauberte, wenn einem danach war. Und womöglich auch deswegen, weil ich mit Kilian so ausführlich über Matilda gesprochen hatte. Als wäre dadurch eine Art innerer Frieden eingekehrt. Spätestens nach Weihnachten würde ich mich um eine neue Therapie bemühen, denn anscheinend half es doch, in den eigenen Abgründen herumzuwühlen.

»Ich frier mir den Arsch ab und du würdest am liebsten Engelsfiguren in den Neuschnee malen«, murrte Karla in Bries Richtung und zog sich dabei die dicke Wollmütze tiefer in die Stirn.

»Engelsfiguren?«, fragte Brie verwundert.

Karla stellte ihre dampfende Tasse auf dem Holztischchen vor uns ab, das wir mit viel Mühe ergattert hatten, und machte probehalber ein paar Hampelmänner hintereinander. »Wenn du das im Schnee machst, kommen dabei Engel heraus. Mann, ich sollte dringend mal meine Mitgliedschaft im Fitnessstudio nutzen«, fügte sie noch hinzu.

»Ah, verstehe. Und apropos Schnee! Da fällt mir etwas ein.« Bries Augen begannen vor Vorfreude zu leuchten, als sie fortfuhr: »Antons Familie hat eine Hütte in Österreich, mitten im Skigebiet im Zillertal.« Bei der Betonung des Wortes brach sich Brie fast die Zunge ab. »Jedenfalls würde er gern seinen Geburtstag dort feiern, falls das Wetter mitmacht. Ist das zweite Wochenende im Februar. Die Hütte hat vier Schlafzimmer, zwei seiner Freunde, Markus und Moritz, kommen mit, und er dachte noch an euch beide? Eventuell auch Kilian, die beiden haben sich ja in den letzten Monaten angefreundet.«

Hütte. Berge. Österreich.

Ich erstarrte bei ihren Worten, gleichzeitig beschleunigte sich meine Atmung. Von wegen, ich hatte die Sache langsam im Griff. Allein der Gedanke daran, in einem Auto zu sitzen und die weißen Gipfel immer größer werden zu sehen, schickte meinen Magen auf Talfahrt.

»Alles okay? Du bist auf einmal so blass um die Nase?«

Sorge schwang in Bries Stimme mit und Karlas Gesicht tauchte in meinem Sichtfeld auf. Sie wirkte genauso besorgt, wie Brie klang, auch wenn sie versuchte, es zu verbergen.

Die Antwort blieb mir im Hals stecken. Keine Ahnung, was herausgekommen wäre, wenn ich den Mund geöffnet hätte. Also schwieg ich und kämpfte gegen die plötzliche Übelkeit an.

»Es liegt an den Bergen«, hörte ich Karla murmeln.

Ich schluckte. Einatmen. Ausatmen.

Zum Glück fand ich meine Stimme wieder. In mir herrschte vollkommene Stille, während um uns herum der Trubel weiterging. »Ich war … ich war seit Matildas Tod nicht mehr in den Alpen.« Zögernd ließ ich Brie an allem teilhaben. »Meine Eltern sind noch einmal hingefahren und haben sich an der Stelle verabschiedet, an der sie gestürzt ist, aber ich bin damals zu Hause geblieben. Weil ich es nicht übers Herz gebracht habe, dorthin zu fahren. Irgendwie … keine Ahnung. Schon allein die Vorstellung ist absolut beschissen.«

Bries Züge entglitten ihr. »Oh, nein, das wusste ich nicht. Es tut mir total leid!«

»Muss es nicht«, erwiderte ich mit einem verkrampften Lächeln und nahm noch einen Schluck von meinem Glühwein, der die Kälte verscheuchte, die in meine Glieder drang.

»Nein wirklich, sonst hätte ich das doch gar nicht zur Sprache gebracht.«

So absurd es klang, aber während der letzten Jahre hier in München war ich immer um die Einladung zum Skifahren herumgekommen. Aber was sprach eigentlich dagegen? Es war so viel Zeit vergangen und ich wollte mich der Vergangenheit stellen. Ich konnte sie nicht mehr ändern, aber ich konnte dafür sorgen, dass sie mir nicht meine Zukunft versaute, nicht wie ein dunkler Geist über mir lauerte und jeden meiner Schritte verfolgte.

»Ich würde gern mitkommen.«

Verblüfft starrten mich die beiden an. Als hätte ich eben verkündet, mir den Intimbereich pink zu färben, um damit für Aktfotos zu posieren.

»Bist du dir sicher?«

Ein kleiner Teil von mir wehrte sich mit Händen und Füßen dagegen, aber der wesentlich entschiedenere Teil war davon überzeugt, alles richtig zu machen. Ich musste lernen, mit der Realität zurechtzukommen. Ich konnte mich nicht länger unter einer Decke verstecken, aus Angst, dass mich nachts Monster überfielen.

»Ja, bin ich.« Zumindest hoffte ich das. Karla tauschte einen Blick mit mir und ich meinte so etwas wie Stolz in ihren Zügen zu entdecken. Sie war bei allem an meiner Seite gewesen und ich konnte diese stille Ausgeglichenheit nicht verleugnen, die mich nach meiner Entscheidung durchströmte.

Wir wechselten wieder das Thema, wie ich erleichtert zur Kenntnis nahm. Es war auch erst einmal alles gesagt.

»Da seid ihr ja«, tönte es kurze Zeit später neben uns.

Beim Klang von Kilians Stimme hüpfte mein Herz automatisch höher, ohne dass ich etwas dagegen unternehmen konnte. Er sah gut aus in seinem Wintermantel. Sein Haar glänzte feucht von den Schneeflocken und er hatte sich einen leichten Bart wachsen lassen, was ihn noch attraktiver machte.

Meins, dachte ich und lächelte dabei leicht debil. *Meins?* Hatte ich gerade wirklich mittelalterliche Ansprüche auf Kilian erhoben und damit Jahre an emanzipiertem Gedankengut in den Wind geschlagen? Anscheinend.

Schon bald waren wir in eine rege Unterhaltung vertieft und schlenderten schließlich weiter, bis wir eins der Zelte betraten, wo riesige bunte Lampions angebracht waren, die für eine gemütliche Atmosphäre sorgten.

Als ein kleiner Junge mit einem gewaltigen Plüschteddybär an uns vorbeisauste und so glücklich aussah, wie ein etwa Fünfjähriger mit einem gewaltigen Plüschteddybär eben aussehen konnte, durchzuckte mich ein kurzer, neidvoller Stich.

Großartig. So weit war es schon gekommen. Ich war eifersüchtig auf ein Kind.

»Okay.« Kilian war meinem Blick gefolgt, seine Miene nahm auf einmal entschlossene Züge an. »Dem machen wir jetzt ein Ende. Du kannst unmöglich heute Abend nach Hause gehen, ohne dass ich noch eine Kleinigkeit erledige. Warte hier.«

»Was –« Bevor ich die Frage aussprechen konnte, hatte er bereits auf dem Absatz kehrtgemacht und stolzierte mit langen Schritten davon. Nach ein paar Minuten starrte ich ungeduldig in die Richtung, in die er verschwunden war, bis ich schließlich seinen dunklen Haarschopf in der Menschenmenge entdeckte. Kilian wirkte höchst zufrieden, während er sich seinen Weg durch die Massen bahnte. Als hätte er gerade einen Achttausender im Alleingang bestiegen. Mein Herz klopfte ungestüm, eine Ahnung stieg in mir auf.

»Hier«, sagte er und blieb vor mir stehen.

Erst jetzt bemerkte ich, dass er mir etwas unter die Nase hielt – ein winziges graues Wesen mit der schlechtesten Verarbeitung, die ich jemals gesehen hatte. Die Nähte sahen aus, als würden sie jeden Moment aufplatzen, die Knopfaugen saßen völlig schief. Am scheußlichsten war jedoch der grelle gelbe Schnabel. Krumm und viel zu lang.

Ich verliebte mich sofort. Unsterblich.

Es war absolut perfekt in seiner absoluten Unvollkommenheit.

Genau wie ich.

Mit großen Augen starrte ich auf den kleinen Pelikan in seiner Handfläche, der mich anlachte wie ein verfrühtes Weihnachtsgeschenk. Ein Kloß bildete sich in meiner Kehle und ich hatte keine Ahnung, wie ich reagieren sollte. Ich hob den Kopf und spürte, wie sich ein seltenes echtes Lächeln in meinem Gesicht ausbreitete.

»Ich weiß, das ist jetzt kein Monsterteddybär in Lebensgröße, aber ein –«

»Danke«, unterbrach ich ihn rasch. »Das ist die schönste Überraschung seit Langem!«

»Gerne.« Seine Miene wirkte seltsam nachdenklich und ernst.

»Du hast dich daran erinnert, dass noch nie jemand etwas für mich gewonnen hat.« Mein Herz pochte ungestüm schneller, mischte sich mit einem irrwitzigen Hoffnungsfunken, der um mich herumtanzte. Ich strahlte ihn an, Dankbarkeit flutete jeden Winkel meiner Seele.

»Wie hast du das geschafft?«

»Zwanzig Euro und einige Wurfversuche«, antwortete er lapidar und schob die Hände in die Hosentaschen.

»Du hast für das Teil zwanzig Euro ausgegeben?«

Er zuckte mit den Schultern. »Deine Reaktion ist jeden Cent wert gewesen.«

»Du hast keine Ahnung, wie absolut genial dieses Geschenk ist. Weil es irgendwie so … herrlich unperfekt ist und dabei so liebenswert aussieht.«

Kilian hörte mir mit einer Mischung aus Faszination und Freude zu, doch als ich stockte, nahm er meine Hände in seine und sah mich direkt an. Fast genauso schnell ließ er mich jedoch wieder los, als hätte er sich an mir verbrannt. Sein Blick flackerte und er öffnete den Mund, als wollte er etwas sagen, doch er schwieg.

Was hatte das zu bedeuten?

Um seine Verlegenheit zu überspielen, schlug Kilian vor, eine Runde durch das nächste Zelt zu drehen. Wir schlenderten vorbei an Schmuckständen, altertümlich anmutenden Tuchherstellern und Souvenirläden. Es roch nach Weihrauch und Kräutern und Gras, und die Lichter der einzelnen Verkaufsstände funkelten an der Zeltdecke wie Sternenlichter.

Ich genoss das Gefühl, an Kilians Seite zu sein. Es hatte etwas Beständiges, auch wenn er so wechselhaft und damit das genaue Gegenteil von mir war. Vielleicht rührte meine Angst, ihn zu nah an mich heranzulassen, auch daher. Dass ich insgeheim wusste, wie es um ihn stand. Dass er Kilian war und niemals dieselbe Art von Beziehung eingehen würde wie ich.

Als wir langsam wieder zum Ausgang kamen, nahm die Menschenmenge zu. Es hatten sich Schneepfützen gebildet. Plötzlich bemerkte ich aus dem Augenwinkel eine Bewegung. Im nächsten Moment tauchte Kilian ab. Unfreiwillig. Die Füße flogen in die Luft, der Hintern landete, von der Gravitationskraft angezogen, auf dem Boden. Er sah aus wie eine Zeichentrickfigur, die auf einer Bananenschale ausgerutscht war.

Für einen Herzschlag herrschte Schweigen, dann sah er zu mir hoch, völlig verwirrt darüber, was eben geschehen war. Ohne es verhindern zu können, prustete ich los und schob aus einem Reflex heraus eine Hand vor den Mund. Ich lachte, bis mir die Tränen über die Wangen liefen und ich mir japsend den Bauch halten musste. Ich lachte, ohne mir Gedanken darüber zu machen, was Kilian oder sonst jemand von mir denken könnte. Völlig perplex saß er auf seinem Hosenboden und schaute entgeistert zu mir auf und dieser völlig leere Gesichtsausdruck sorgte dafür, dass ich mich gar nicht mehr einkriegte.

In der Zwischenzeit hatte sich Kilian wieder aufgerappelt und stand jetzt unmittelbar vor mir. Als ich den Kopf hob, trafen sich unsere Blicke, und die Intensität, mit der er mich musterte, jagte einen Stromstoß durch meinen Körper. Er starrte mich mit einer Mischung aus Faszination und Verwunderung an, als hätte er etwas entdeckt, das ihm vorher noch nie aufgefallen war.

»Was ist?«, fragte ich und grinste Kilian an.

»Du …«, sagte er heiser, löste sich aus seiner Erstarrung und schüttelte den Kopf. »Du bist perfekt.«

Er nahm mein Gesicht zwischen seine Hände und küsste mich. Für einen winzigen Augenblick blieb mir das Herz buchstäblich stehen, um dann doppelt so schnell weiterzuschlagen. Meine Finger krallten sich wie von selbst in sein Shirt und auf einmal hatte der Kuss etwas Verzweifeltes. Wir hielten uns aneinander fest, blendeten alles aus, bis die Welt um uns herum versank.

Das war keine *Ich-möchte-mit-dir-schlafen-Knutscherei*, sondern ein echter Kuss, der unter die Haut ging. Wie ein Tattoo, das man sich einritzte. Und ich war mir sicher, dass ich dieses Tattoo niemals entfernen lassen wollte.

Kapitel 27

Das bevorstehende Weihnachtsfest warf in diesem Jahr keinen Schatten auf meine Stimmung. Ich konnte es zwar nicht genau benennen, aber mich beschlich das Gefühl, dass es mit den Veränderungen der letzten Wochen und Monate zusammenhing.

Wir waren in aller Frühe losgefahren, sehr gut durchgekommen und hatten nur eine Pause gemacht. Kilian und Karla hatten sich mit dem Fahren abgewechselt, wobei ich mich immer wieder dabei ertappt hatte, auf seinen Hinterkopf zu starren und meinen Gedanken nachzuhängen.

Als mich Karla und Kilian vor meinem alten Elternhaus absetzten, in das Marie vor ein paar Jahren eingezogen war, verwandelten sich meine Beine nicht in Gummi und weder mein Puls noch mein Herzschlag spielten verrückt. Auch nicht, als ich das schmale Eisentor öffnete, meinen Koffer hindurchschob und an den fein säuberlich angelegten Beeten vorbeiging, die jetzt Winterschlaf hielten.

»Wie schön, du bist schon da«, begrüßte mich mein Vater an der Tür, während Weihnachtsmusik den Abend erfüllte.

Drinnen kam mir ein Schwall warmer Luft entgegen, zusammen mit dem Geruch nach Rotkohl mit Zimt und Zuhause. Es war ganz anders eingerichtet als in meiner Kindheit und ich war froh, dass Leon und Marie auch die Bodenfliesen durch ein Echtholzparkett ersetzt hatten. Auch wenn sie die Entscheidung manchmal bereuten – dank fliegendem Essen, umhergeworfenen Spielsachen und tobenden Zwillingen.

»Ich bin da.«

Meine Mama stand in der Küche, und da ich sie in den letzten Wochen nur über Facetime gesehen hatte, fühlte sich ihre Umarmung wie das größte Willkommensgeschenk an. Es tat auch gut, die vertraute Nähe meines Vaters zu spüren, der gerade den Rotwein entkorkte.

»Kleines, willst du auch einen Schluck?«

»Gerne.«

»Oh. Deine neue Frisur steht dir sehr gut«, sagte er und fuhr mit der Hand durch die kurzen Spitzen. »Richtig erwachsen, aber sehr schön.«

Verlegen nahm ich das Kompliment entgegen, auch wenn mir die Bekümmertheit nicht entging, die für einen Sekundenbruchteil in seinen Zügen aufblitzte. Wahrscheinlich, weil er an Matilda dachte, wenn er mich ansah.

»Ist das Weihnachtsessen nicht erst am Vierundzwanzigsten?«, fragte ich verwirrt, als ich den reich gedeckten Tisch im Esszimmer sah, bevor ich den Blick auf die vielen köchelnden Töpfe auf den Herdplatten in der rustikalen Küche richtete. Hinter dem Esstisch stand auch schon ein neuer Tannenbaum, der noch nicht geschmückt war, denn das machten wir der Familientradition gemäß immer alle gemeinsam.

»Ist es auch, das ist quasi nur ein Probelauf«, erklärte meine Mutter und sah mich aus ihren hellblauen Augen liebevoll an. Die Falten um Mund und Nase waren tiefer geworden, ihr Lächeln wirkte etwas trauriger, aber wenn sie mich ansah, war ihr Blick stets voller Liebe.

»Probelauf?«

»Neues Rezept. Wenn es nicht schmeckt, bleiben wir beim alten.«

»Dann gibt es unser Weihnachtsessen doppelt?«

»Sozusagen.«

»Also kugeln wir nach den Feiertagen alle zur Tür hinaus.«

»Das ist mein diesjähriger Anspruch«, mischte sich Marie ein, die gerade in die Küche trat, die kastanienbraunen Haare zu einem Pferdeschwanz nach hinten gebunden. »Gut siehst du aus«, sagte sie in meine Richtung und begrüßte mich mit einer herzlichen Umarmung. Ich genoss es, von ihr gehalten zu werden.

»Wo sind die Zwillinge?«, fragte ich, nachdem ich mich von ihr gelöst hatte.

»Oben. Leon versucht gerade, die Wogen zu glätten. Aber so, wie es sich vor zwei Minuten noch angehört hat, wird das eher nichts. Wir waren am Wochenende bei seinen Eltern und er hat die Toniebox wieder eingepackt, das Reiseset mit den Figuren allerdings nicht.« Marie verdrehte die Augen, jedoch nicht, ohne dabei warm zu lächeln.

»Wie gut, dass eines meiner Geschenke *Simba* und *Arielle* beinhaltet«, sagte ich.

Marie hob begeistert die Hände und meine Mutter stieß einen Seufzer der Erleichterung aus. »Damit ist Weihnachten gerettet. Vielleicht sollten wir die Bescherung vorziehen, damit sich das Haus nicht noch in einen Kriegsschauplatz verwandelt.«

»Wenn wir heute schon das Essen testen, weshalb nicht auch ein paar Geschenke dazu verteilen?«, erwiderte ich und erntete einen überraschten Seitenblick von meiner Schwester. Ich spürte auch, wie meine Mutter mich musterte. Was sehr wahrscheinlich daran lag, dass ich üblicherweise nicht so gesprächig war. Schon gar nicht hier. In diesem Haus.

Keine zwei Minuten später schleppte ich meinen Koffer ins Gästezimmer, das im ersten Stock lag und bereits hergerichtet worden war. Es war Maries altes Kinderzimmer, von dem aus man den besten Blick in den Garten hatte. Dort stand noch immer meine alte Schaukel neben dem Mirabellenbaum, auf dem Karla und ich stundenlang gesessen hatten. Und Kilian. Ein kleines Lächeln umspielte meine Lippen, begleitet von einem wohlig warmen Gefühl. Gleichzeitig wuchs da diese Angst in mir. Die Angst davor, ihn zu verlieren. Auf die eine oder andere Weise. Da war dieser kleine egoistische Teil in mir, der wusste, dass wir gerade eine Grenze nach der anderen überschritten, aber ich war absolut machtlos dagegen.

»Klopf, klopf«, durchbrach eine männliche Stimme meine Gedanken und als ich mich umdrehte, stand Leon in der Tür. Seit meinem letzten Besuch Ende September hatte er etwas an Gewicht verloren, ansonsten sah er genauso aus wie immer. Groß, blond, lächelnd. Es gab fast keinen Augenblick, in dem er nicht freundlich wirkte. Wie ein Teddybär, der zum Leben erwacht war.

»Schön, dass du schon da bist. Das ging jetzt doch schneller als erwartet. Wir hatten frühestens in einer Stunde mit dir gerechnet.«

»Karla«, sagte ich schulterzuckend.

Leon lachte. »Gut, das ergibt Sinn. Übrigens habe ich gehört, du hast eventuell das richtige Geschenk besorgt?«

»Ich bin doch gern die Retterin in der Not.«

Ertappt fuhr er sich mit der Hand in den Nacken. »Die einzige Aufgabe, die mir Marie aufgetragen hat, bevor wir bei meinen Eltern losgefahren sind. Schicker Haarschnitt übrigens. Steht dir gut.«

»Danke.« Ich lächelte, denn ich liebte jeden kurzen Zentimeter.

»Tante Jojo«, tönte es aus dem Flur. Keine zwei Sekunden später rauschten zwei dunkelblonde Wirbelwinde herein und stürzten sich auf mich. Ich drückte Linus, während Valentina aufgeregt um mich herumsprang und mir von ihrer Wunschliste für den Weihnachtsmann erzählte.

Für mich waren meine Nichte und mein Neffe das größte Geschenk. Ich hätte stundenlang mit ihnen spielen können. Bilder ausmalen, basteln, die Nasen an den frisch geputzten Fensterscheiben platt drücken und mit kindlicher Freude die Welt da draußen entdecken. Trotzphasen und plötzliche Wutanfälle einmal ausgenommen, waren sie wahre Engelchen.

Normalerweise hatten unsere Familientreffen immer etwas Melancholisches, als hätte jemand einen grauen Filter über unsere Welt gelegt. Grau und ein wenig heruntergekommen. Wir saßen zwar alle gemeinsam am Tisch, aber jeder von uns schien sich eine Glocke übergestülpt zu haben. Die Gespräche waren freundlich, aber ohne Substanz, da wir alle nicht das aussprachen, was uns wirklich beschäftigte. Matilda fehlte.

Also klammerten wir uns verzweifelt an einen Zipfel Normalität, obwohl diese selten eintraf. Doch heute war eine Ausnahme. Das Essen schmeckte fantastisch, die Stimmung war schön. Einfach … unbeschwert, ohne von einem Schatten belauert zu werden. Ich lachte viel und etwas zu laut, was mir einige verwunderte Blicke bescherte. Aber das störte mich nicht. Ich fühlte mich befreit und locker, nippte an dem Rotwein, den Papa mir eingeschenkt hatte, und genoss es einfach, im Kreis meiner Familie zu sein.

Jeden Augenblick leben.

War das Kilians Einfluss?

Als Leon schließlich Valentina und Linus ins Bett brachte, meine Eltern sich in das zweite Gästezimmer zurückgezogen hatten und nur noch der leichte Duft von gebratener Gänsekeule, karamellisierten Maronen und Rotkohl an das Festessen erinnerte, nahm mich meine Schwester ohne Vorwarnung in den Arm und drückte mich fest. Perplex ließ ich die Umarmung über mich ergehen und als sie sich wieder von mir löste, wirkte sie seltsam mitgenommen, fast schon sentimental. Die großen veilchenblauen Augen – das Einzige, was wir gemeinsam hatten – blickten mich liebevoll an.

»Bist du wieder schwanger?«, fragte ich misstrauisch und erntete dafür einen Stoß in die Rippen.

»Egal, woher das kommt, so gefällst du mir richtig gut.«

»Was meinst du?«, fragte ich dumpf.

Sie ließ mich los, umfasste meine Schultern und sah mich lange an. »Ich habe das Gefühl, ganz viel von der alten Joana durchblitzen zu sehen. Und das habe ich furchtbar vermisst.«

Ich biss mir auf die Innenseite meiner Wange und wich ihrem Blick aus, der sich wie ein Laserstrahl auf meine Seele richtete und alles zutage fördern wollte, was ich sonst so sorgsam unter Verschluss hielt. Dann fiel mir auf, wie sie mich genannt hatte, ohne dass daraus eine besondere Reaktion entstanden wäre.

Joana. Wie Kilian mich nannte, wenn wir miteinander schliefen. Oder uns in die Haare bekamen. Oder einfach nur miteinander redeten. Joana, der Name, den ich eigentlich gemeinsam mit Matilda begraben hatte und aus dem jetzt eine neue junge Frau gewachsen war.

»Er tut dir gut«, meinte Marie nun verständnisvoll in meine Gedanken hinein.

Ich zuckte ertappt zusammen, weil ich ihr weder eine Antwort gegeben noch mich sonst irgendwie geäußert hatte. Aber anscheinend erwartete sie das auch gar nicht von mir. Dann dämmerte mir, was sie da eben gesagt hatte.

»Wer tut mir gut?«

»Der Typ, der dafür sorgt, dass ich meine kleine Schwester wiederhabe, die endlich wieder sie selbst ist. Ich nehme nicht an, dass es an einer Therapie liegt? Dafür leuchten deine Augen etwas zu sehr.«

»Die Therapie werde ich noch in Angriff nehmen.«

»Gut. Was auch Zeit wird. Wir haben dich alle schrecklich vermisst, Jojo.« Maries Stimme brach, während sie sich eine Haarsträhne hinter das Ohr schob, die sich im Laufe des Abends aus ihrem Zopf gelöst hatte. Dann blinzelte sie heftig.

»Was … was meinst du damit?«

Ihre Unterlippe bebte und sie holte geräuschvoll Luft, als würden die nächsten Sätze ihr einiges abverlangen. »Ich hoffe, du reißt mir jetzt nicht den Kopf ab, aber wir haben uns alle mehr Sorgen gemacht, als du denkst. Ja, du warst in Therapie, und ja, du führst ein geregeltes Leben, aber du warst in den letzten Jahren irgendwie so unglücklich. Als müsstest du dich zu etwas zwingen, das sich nicht richtig anfühlt. Und wenn es jemanden in deinem Leben gibt, der dich wieder befreiter aufatmen lässt, dann bin ich einfach nur verdammt glücklich darüber.«

Unvermittelt schossen mir ebenfalls Tränen in die Augen und meine Kehle verengte sich gefährlich. Ein Zittern durchlief meinen Körper und ich starrte Marie an, die meinen verwirrten Blick erwiderte. So war das also? Falls sie das wirklich gedacht hatten, hatten sie es mich tatsächlich nie spüren lassen.

»Verrätst du mir seinen Namen?«

Ich zögerte, doch dann schüttelte ich den Kopf. »Noch nicht.«

Und vielleicht nie, schließlich war Kilian niemand, der sich auf eine feste Beziehung einließ.

»Ich habe ein paar Tage, um dich weichzukochen.«

»Da gibt es nichts weichzukochen. Wir führen keine Beziehung.«

»Ah, also … eine Affäre?« Marie lachte, als sie meinen verdutzten Gesichtsausdruck bemerkte. »Was denn? Meinst du, nur weil ich verheiratet bin, lebe ich hinterm Mond? Nee, gib mir drei Tage, dann weiß ich den Namen.«

Tatsächlich hielt ich durch. An Weihnachten füllte mich Marie zwar ab, allerdings reichte kein Glas der Welt aus, um mich zum Reden zu bringen. Auch nicht, als wir gemeinsam am Tisch saßen und auf dem großen Brett *Mensch ärgere Dich nicht* spielten, während mein Vater sich um die schmutzigen Kochtöpfe kümmerte. Im Hintergrund flimmerte *Der Prinz aus Zamunda* über den Bildschirm und die Stimmung war so locker und fröhlich wie seit Jahren nicht mehr. Es waren auch die Zwillinge, die eine ganz neue Art von Energie und Leben ins Haus brachten. Als würden sie es mit ihrer Wärme füllen.

Abends fiel ich ins Bett und entdeckte eine Nachricht von Kilian. Wir schrieben uns selten, da wir uns so oft über den Weg liefen. Jetzt hatten wir aber nichts ausgemacht und auch wenn ich ständig an ihn dachte, hielt ich mich zurück.

Ich liege in meinem Zimmer und vermisse dich.

Allein die Worte zu lesen, löste ein wohliges Prickeln in mir aus. *Ich dich auch*, schrieb ich daher nach kurzem Zögern zurück. Das war die Wahrheit.

Und ich vermisse deinen Geruch. Deinen Geschmack. Die Art, wie du dich an mich kuschelst, wenn wir beide nackt nebeneinanderliegen. Deine Beständigkeit. Ich vermisse dein ehrliches, lautes Lachen. Und wenn du deine Wahnsinnsbeine um meine Hüfte wickelst, damit du mich tiefer spüren kannst.

Der letzte Satz trieb mir die Schamesröte ins Gesicht, gleichzeitig kribbelten meine Fingerspitzen, als sie über das Display flogen. *Der Anfang war ja noch süß und unschuldig, aber wo kam denn der Schluss her?*

Zu viel? Okay. Dann eben anders: Sobald wir uns wiedersehen und ungestört sind, zeige ich dir, wie sehr ich dich vermisse.

Mit dem Versprechen konnte ich leben. Definitiv.

Kapitel 28

»Hallo«, rief ich vier Tage nach Weihnachten in den gemütlich eingerichteten Hausflur der Kohlhammers und wurde von Murmel begrüßt, dem alten Kater, der auf seinem Lieblingsplätzchen am geschmückten Eingangsfenster saß. Es roch nach Bratenfett und Zwiebeln, was meinen Magen knurren ließ. Wie jedes Jahr hatte mich Karla zu sich nach Hause eingeladen und auch wenn ich dieses Mal aus bekannten, männlichen Gründen lieber darauf verzichtet hätte – Karla hatte ihre Spürnase nämlich von meiner Mutter geerbt, und ich wollte unangenehmen Nachfragen aus dem Weg gehen –, konnte ich meiner besten Freundin die Einladung nicht abschlagen. Rasch zog ich mir die Stiefel und die Jacke aus und hängte sie an die Garderobe. Die Tür hatte einen Spalt offen gestanden, sodass ich einfach hindurchgeschlüpft war.

Das schmale Reihenhaus, in dem Karlas und Kilians Eltern wohnten, weckte Erinnerungen an meine Kindheit. Wie alles, was mit dem kleinen Dorf zusammenhing.

»*Ciao*, Joana«, flötete Frau Kohlhammer. Mit einem breiten Strahlen im Gesicht kam sie um die Ecke und hauchte mir links und rechts drei Küsschen auf die Wangen, während mich ihr vertrauter blumiger Duft umhüllte. »Karla hat gesagt, dass du jeden Moment eintriffst, deswegen habe ich die Tür angelehnt gelassen, weil ich gerade den Müll rausgebracht habe.«

Wie immer war Frau Kohlhammer kaum an Herzlichkeit zu überbieten und bombardierte mich sofort mit Fragen. Sie führte mich ins Wohnzimmer, wo Karla gerade im Schneidersitz ein kleines Kästchen zusammenbaute, Pinsel und Farbe neben sich, und dabei eine konzentrierte Miene aufgesetzt hatte. Als ich den Raum betrat, hob sie das Kinn.

»Ich brauche noch fünf Minuten, dann bin ich fertig.«

»Was soll das denn werden?«

»Ein Schmuckkasten für Brie. Du weißt doch, dass sie ihre Ohrringe immer in der kompletten WG verteilt, als wollte sie eine Schnitzeljagd damit veranstalten.«

Ich schmunzelte bei dem Gedanken. »Da hast du natürlich recht. Aber ist Weihnachten nicht schon vorbei? Ich hatte ihr mein Geschenk vor unserer Abfahrt ins Zimmer gestellt.«

Karla warf mir einen giftigen Blick zu, aber ihre Augen blitzten schelmisch. »Klugscheißerin. Ich habe es einfach nicht früher geschafft. Es ist nicht jeder so dermaßen strukturiert wie du. Ich habe sogar gesehen, wie du deinen Koffer gepackt hast. Das hätte eine eigene Netflix-Serie verdient.«

»Weihnachtsgeschenke pünktlich zu überreichen hat doch nichts mit strukturiert sein zu tun«, widersprach ich schmunzelnd, um sie ein bisschen zu ärgern.

»Hey. Hier in der Familie war das bisher nie ein Thema. Wir sind alle etwas chaotischer, aber seit du mit Kilian abhängst, scheint das auch auf ihn abzufärben. Neben den perfekt gewählten Geschenken hat er tatsächlich für alle eine Karte vorbereitet und sich dafür bedankt, dass wir so verständnisvoll in Bezug auf seine extremen Hobbys sind und wie viel wir ihm bedeuten, bla, bla, bla.« Sie schraubte weiter an dem Holz herum. »Du kennst doch meine Mutter, sie hat den ganzen Abend vor Rührung geweint. Ich hatte meine Gutscheinkarten nur in irgendwelche kitschigen und superflauschigen Socken verpackt und hätte sie Kilian am liebsten um die Ohren gehauen, weil er die Messlatte so hoch gelegt hat.«

Seltsamerweise stellten ihre Worte komische Dinge mit meinem Magen an. Hatte Kilian das nur geschrieben, weil ich ihm das vor einigen Wochen noch vorgeworfen hatte? Das war … sehr rücksichtsvoll von ihm, auch wenn es mir lieber gewesen wäre, wenn er gar nicht erst mit dem Base-Jumping angefangen hätte.

»Wieso soll ich nach drei Monaten so einen Einfluss auf deinen Bruder haben, während die letzten zwanzig Jahre Freundschaft zwischen uns offenbar völlig spurlos an dir vorbeigegangen sind? Ich meine, die Unordnung in deinem Zimmer oder in der Küche, wenn du mal Nudeln gekocht hast, ist wirklich eine Grenzerfahrung.«

Karla feixte. »Gute Frage. Nächste Frage.«

»Brie wird sich bestimmt freuen«, kam ich noch einmal auf das Geschenk zurück.

»Hauptsache, sie benutzt es auch, ich will nämlich nicht noch mal in diese spitzen Dinger hineintreten«, murmelte Karla verdrießlich, was mich endgültig zum Lachen brachte.

»Ich geh schnell auf die Toilette, bin gleich wieder da.«

»Ich laufe schon nicht weg«, antwortete Karla, ohne aufzublicken.

Auf dem Weg kam ich an Karlas und Kilians alten Kinderzimmern vorbei. Beide Türen standen halb offen, Kilian hatte die Nachttischlampe angelassen. Neugierig warf ich einen Blick ins Zimmer. Das große Bett war gemacht, auf einer kleinen Anrichte standen ein paar Pokale, wahrscheinlich vom Fußball damals. Ein schmaler Holzschreibtisch mit einem alten PC stand in der einen Ecke unter dem schrägen Dachfenster, der Kleiderschrank war komplett verspiegelt. Schräg gegenüber fiel mir eine Bilderwand ins Auge – insbesondere ein Foto stach heraus. Verwundert zog ich die Brauen zusammen. War ich das?

Kurz entschlossen betrat ich das Zimmer, auch wenn mir bewusst war, dass ich dadurch in Kilians Privatsphäre eindrang. Mit wild klopfendem Herzen blieb ich vor der Bilderwand stehen. Es waren Polaroidfotos und am Rand meines Bewusstseins blitzte etwas auf. Hatte er nicht so eine Kamera besessen?

Vorsichtig strich ich über das Bild und die krakeligen Worte darunter. Das war meine Handschrift. Es stammte von mir. Nur dass ich mich absolut nicht daran erinnern konnte. Weder an das Foto noch daran, den Text geschrieben zu haben. Beides wirkte so fremd und doch so vertraut, wie ein Lieblingslied, das man nach Jahren plötzlich wiederhörte und dessen Songtext man mitsingen konnte.

Sei immer du selbst und jag deinen Träumen nach – ich bin stolz auf dich! Joana

»Das war Weihnachten vor sieben Jahren«, erklang in diesem Moment Kilians Stimme hinter mir und ich zuckte ertappt zusammen. Als ich mich umdrehte, sah ich ihn am Türrahmen lehnen, die Arme vor der Brust verschränkt, während er mich mit einem unergründlichen Gesichtsausdruck beobachtete.

»Tut mir leid, ich wollte nicht –«, setzte ich an, doch er winkte ab.

»Mach dir keine Sorgen. Du bist hier immer willkommen«, unterbrach er mich.

Als sich unsere Blicke trafen, geriet mein Herz ins Stolpern. Einfach so. Aber da war noch etwas anderes, an das ich nicht zu denken wagte, aus Angst, dass es sonst zerbrach. Mit Manu war das anders gewesen, immer schon. Da hatte ich nie dieses Kribbeln im Bauch gehabt, nie aus vollem Hals gelacht oder mich einfach verstanden und gesehen gefühlt. Er war die sichere Variante, die logische Konsequenz, der Freund, den sich Matilda ausgesucht hätte. Matilda.

Was hatte Kilian eben gesagt? *Weihnachten vor sieben Jahren?*

»Oh.« Ich spürte, wie Kälte meine Glieder durchdrang und die angenehme Wärme verscheuchte, die sich in mir eingenistet hatte. »Das war …«

»Weihnachten, bevor Matilda gestorben ist, ja«, sprach Kilian meinen Gedanken aus, als hätte er ihn an meiner Stirn abgelesen. »Ich hab mir deine Worte immer zu Herzen genommen.«

»Habe … wirklich ich das geschrieben?«

»Mhm…« Sein Mienenspiel blieb undurchschaubar. Er sah aus, als wollte er noch etwas hinzufügen, doch er tat es nicht, und der Uhrzeiger über seiner Zimmertür tickte unnatürlich laut weiter, durchbrach das nachdrückliche Schweigen, das auf einmal entstand.

Verlegen rieb ich mir mit dem Daumen über das Kinn. »Das sieht mir gar nicht ähnlich.«

»Wirklich nicht?«

»Früher vielleicht. Aber jetzt?« Etwas befangen zuckte ich mit den Schultern. »Ehrlich gesagt weiß ich nicht wirklich, wer ich bin und was ich mag. Und wohin ich will.« Das Eingeständnis kostete mich enorme Überwindung.

»Musst du das denn wissen? Reicht es nicht, es nach und nach herauszufinden?«

»Theoretisch ja, aber …«

Kilian legte den Kopf schief. »Aber?«

Ich seufzte. »Dann fühle ich mich wie eine Versagerin.«

»Hältst du mich für einen Versager?«

»Nein«, antwortete ich wie aus der Pistole geschossen. »Du gehst einfach deinen Weg.«

»Vielleicht ist es an der Zeit, dass du das auch tust.«

Ich starrte Kilian an, musterte ihn, prägte mir jedes Detail seines Gesichts ein, den Schwung seiner Lippen, die Form seiner dunklen Augenbrauen, das Graugrün seiner Augen, den Verlauf seiner geraden Nase, selbst den kleinen Leberfleck auf der Wange, der unter dem Dreitagebart hervorblitzte.

Das hier war nicht länger nur ein Deal. Ich hatte mich darauf eingelassen, weil er ein Draufgänger war, unbeständig wie der Wind und genau der richtige Kandidat für eine lockere Affäre. Leise, aber sicher hatte sich Kilian auch in mein Herz geschlichen, in meine Gedanken, meinen Alltag. Wenn ich nachts einschlief, dachte ich an ihn. Wenn ich aufwachte, ebenso. Keine Ahnung, an welchem Punkt wir diese Abzweigung genommen hatten. Nein, wann *ich* diese Abzweigung genommen hatte. Aber es war geschehen.

Oh, Gott.

Die plötzliche Erkenntnis durchdrang mich wie ein Eisstrahl. Ich hatte mich tatsächlich in Kilian verliebt, den Bruder meiner besten Freundin, und dafür waren gerade mal drei Monate nötig gewesen. Ich hatte keine Ahnung, wie ich damit umgehen sollte, spürte die Überforderung bis in die Tiefen meiner Knochen.

Der rationale Teil in mir beschwor mich, die Sache zu beenden, bevor es zu spät war, bevor ich mein Herz endgültig an ihn verlor und er es mir irgendwann brechen würde. Ob bewusst oder unbewusst, spielte dabei keine Rolle. Ich musste die Reißleine ziehen, andernfalls wäre ich verloren. Aber da war noch die andere Seite, die sich mit allen Kräften dagegen wehrte. Noch ein kleines bisschen länger, noch ein kleines bisschen mehr …

»Ist was?«, fragte er und schenkte mir sein Kilian-Lächeln. Schief, schräg und absolut umwerfend. Tausend Schmetterlinge stoben in meinem Bauch auf, als er sich vorbeugte, sodass sein Duft mich umhüllte und meine Sinne verrücktspielen ließ.

»Vielleicht hast du recht«, murmelte ich als verspätete Antwort auf seine Frage und meine Stimme klang seltsam belegt. Als hätte ich nächtelang durchgebechert.

»Essen!«, durchbrach glücklicherweise der Ruf von Kilians Mutter den Augenblick, bevor ich mir weiter den Kopf zerbrechen konnte. Aber eins war sicher: Ich war viel zu nah dran, einen gewaltigen Fehler zu begehen.

Kapitel 29

Nach Weihnachten bei der Familie in der alten Heimat folgte Silvester mit Freunden in München. Wir hatten uns für eine Silvesterparty entschieden, die von *Leckerste* in einer Eventlocation namens *Weitblick* ausgetragen wurde und alles auffuhr, was das Herz begehrte. Cocktails, Tequila, köstliche Häppchen und eine bombastische Stimmung. Es war schön, zwischen Menschen zu feiern, die mir etwas bedeuteten.

Kilian und ich machten da weiter, wo wir aufgehört hatten, obwohl die nervtötende Stimme in meinem Kopf immer lauter vor den Konsequenzen warnte, wenn ich nicht bald aus dem Deal ausstieg. Doch dafür mochte ich Kilians Gesellschaft viel zu gern, genoss den Sex und ehrlicherweise auch die Reibereien zwischen uns.

Nach Silvester stand die Prüfungsphase an, weswegen es bei allen etwas hektischer zuging. Kilian bekam ich in der Zeit kaum zu Gesicht, was für meinen verwirrten Gemütszustand wahrscheinlich genau das Richtige war. Schließlich dachte ich schon längst über eine ernsthafte Beziehung nach, während er uns immer noch als lockere Sache betrachtete.

Irgendwie bekam ich es hin, mich auf die Prüfungen zu konzentrieren, mehr schlecht als recht und mit ständigen Bauchschmerzen. Insgeheim ahnte ich, dass es die letzte Prüfungsphase in diesem Studienfach werden würde. Was ich stattdessen machen wollte? Keine Ahnung. Aber in mir reifte der Gedanke, alles hinzuschmeißen. Etwas anderes auszuprobieren, etwas zu finden, das mich innerlich erfüllte und mich nicht auffraß.

Auch Karla und Brie waren mit Arbeit, Studium und anderen Dingen beschäftigt. Brie half Toni auch häufiger im Kinderheim oder fuhr selbst hin, um dort ihre Freizeit zu verbringen. Am einunddreißigsten Januar wurde sie große Schwester, weswegen wir zum Lernstress auch noch damit beschäftigt waren, Babygeschenke zu basteln, während Brie ganze stillfreundliche Menüs kochte, um sie der frisch gebackenen Mama vorbeizubringen und ihr so den Alltag zu erleichtern.

Die Zeit raste, jeder Tag endete, noch bevor ich überhaupt wusste, wie er begonnen hatte, und der Winter hatte München vollends im Griff. Schneestürme, eisige Kälte und wenige Sonnenstunden inklusive. Ein Kaiserwetter suchte man vergebens.

Nach den Prüfungen stand bereits Tonis Geburtstagswochenende an, das erste richtige Wochenende, an dem wir alle wieder zusammenfanden.

Karla und ich hatten uns als Geschenk auf ein Taschenmesser geeinigt, das ich in aller Eile noch schnell verpackte, da Karlas Versuche meistens dazu führten, dass man dachte, sie hätte das Geschenkpapier zusammengeknüllt, um es in den Müll zu schmeißen. Insgeheim war ich davon überzeugt, dass sie sich den Ruf der schlechtesten Einpackerin absichtlich erarbeitet hatte, um diese Aufgabe nicht mehr erfüllen zu müssen.

Am Freitag trafen wir uns in aller Frühe in der Dämmerung des anbrechenden Tages vor der Haustür der WG, um gemeinsam die Autos zu beladen und anschließend zusammen Richtung Österreich aufzubrechen.

Allein bei dem Gedanken daran krampfte sich meine Brust zusammen, Hitze kroch meinen Nacken hinauf. Eine kühle Berührung ließ mich zusammenzucken und als ich den Blick senkte, sah ich, wie Karla mir beruhigend über die Hand strich und mir anschließend ein wissendes, aufmunterndes Lächeln schenkte.

Ich war stark, wollte es sein, wünschte es mir. So sehr, dass es wehtat. Ich wollte frei sein, die Joana, die am Wochenende mit ihren Freunden in die Berge fahren konnte, einfach, weil ihr danach war. Keine Schweißausbrüche, keine Schnappatmung, kein Hyperventilieren.

Ich wollte *ich* sein. Jo. Jojo. Joana. Alle gleichzeitig und nicht getrennt. Kurz dachte ich an das Tattoo, das ich mir zu Matildas fünftem Todestag oberhalb des Rippenbogens hatte stechen lassen. Ein kleiner, schneeverhangener Berggipfel. Eines Tages wollte ich es anschauen und dabei nicht diesen aushöhlenden, dumpfen Schmerz empfinden, der aus jeder meiner Poren tropfte.

Und eines Tages sollte bald sein. Am besten jetzt.

Also reckte ich das Kinn, atmete tief durch und schenkte meiner besten Freundin ein Lächeln, für das Amazonen getötet hätten.

Toni und Brie trafen gemeinsam ein, während Markus von der westlichen Seite der Kaiserstraße auf unsere Gruppe zugelaufen kam, eine große Sporttasche und die Skier auf dem Rücken. Er war schlaksig und etwa so groß wie ich, mit einem freundlichen Lächeln und einer so netten Ausstrahlung, dass ich ihn auf Anhieb mochte. Brie wirkte noch etwas verschlafen und hatte ihre dunkelbraunen Locken zu einem Dutt aufgetürmt. Die Bräune des Sommers war fast gänzlich verblasst, wodurch ihre olivfarbene Haut auch ihren Schimmer eingebüßt hatte. Der Winter war unfair.

»Also, dass Kilian zu spät kommt, wundert mich jetzt nicht.« Karla sah sich fragend um. »Aber wo ist denn Moritz?«

»Hat abgesagt«, meinte Toni und wuchtete mit Markus das Gepäckstück in den Kofferraum seines BMWs, in dem es langsam eng wurde. »Ist am Mittwoch mit Hals- und Gliederschmerzen aufgewacht.«

»Oh, das tut mir leid«, erwiderte Karla und beäugte die prall gefüllte Reisetasche von Kilian, der in diesem Moment von der U-Bahn-Station aus auf uns zuschlenderte. Wie immer löste sein Anblick ein wahres Freudenfeuerwerk in meinem Bauch aus, das ich überspielte, indem ich eine möglichst unbeteiligte Miene aufsetzte. Trotzdem konnte ich nichts gegen das Lächeln tun, das sich auf meine Lippen stahl.

»Was hast du denn da alles drin?«, fragte Karla, sobald er uns erreichte. »Wir sind nur zwei Tage unterwegs und davon gefühlte zwanzig Stunden Ski fahren.«

»Nur das Wichtigste.«

Karla tat seine Antwort mit einem Schulterzucken ab. »Gut. Solange du jetzt nicht auch noch auf die Idee kommst, dich beim Fahren abzuwechseln.«

»Nee, dafür ist die Fahrtzeit eindeutig zu kurz.« Sein Blick wanderte in meine Richtung und die Intensität, mit der er mich betrachtete, löste ein Kribbeln aus, das von meinen Fingern bis in die Zehenspitzen reichte. »Hey.«

»Hey«, hauchte ich und hätte mir dafür am liebsten eine Ohrfeige verpasst. In den letzten Wochen hatte sich die Atmosphäre zwischen uns verändert. Was zuerst als leidenschaftliche Affäre begonnen hatte, war inzwischen zu etwas geworden, das ich nicht benennen konnte.

Karla quittierte meine Begrüßung mit einem simplen Augenbrauenheben, als zweifle sie an meiner geistigen Zurechnungsfähigkeit, und ich konnte es ihr nicht verübeln. Ich war mir ja selbst nicht mehr im Klaren darüber, was ich eigentlich wollte.

Kilian, tönte prompt meine innere Stimme, die ich geflissentlich ignorierte, obwohl mir bewusst war, dass ich dringend ein klärendes Gespräch führen sollte. Das war ihm gegenüber nur fair. Und mir gegenüber ehrlicherweise auch.

Keine Ahnung, wie Karla es schaffte, das Gepäck im Kofferraum und die Skier und Skischuhe in der Dachbox unterzubringen. Sie hatte das Teil vor zwei Jahren liebevoll *Mary Poppins* getauft, weil darin einfach alles einen Platz fand. Zu unserem Glück. Nur so viele Leute brachte sie nicht in ihrem VW Golf unter, sodass Markus bei Toni und Brie mitfuhr und Kilian sich bei uns auf die Rückbank quetschte, während er mir den Beifahrersitz überließ.

»Mist«, fluchte Karla, nachdem sie den Motor angelassen hatte. »Wir müssen noch tanken. Das habe ich gestern total vergessen. Aber vielleicht geht das auch kurz vor der Grenze, wir brauchen nämlich auch noch eine Plakette dieses Jahr.«

Ich sah, wie sich Karla ärgerlich auf die Lippe biss und in Richtung ihres Rucksacks schielte, in dem sich auch ihr Geldbeutel befand. Wahrscheinlich kalkulierte sie im Geiste ihre Ausgaben und den aktuellen Kontostand.

»Also, ich kann jetzt auch den Tank bezahlen und wir rechnen einfach hinterher ab«, meinte ich.

Das war wohl der falsche Vorschlag, denn ihre Miene wurde finster wie die Nacht. »Nee, passt schon. Ich bin die Fahrerin, ich zahle und dann rechne ich später ab.«

Ich öffnete den Mund, um zu widersprechen, doch ihr durchdringender Seitenblick ließ mich innehalten. Sie hatte das Kinn störrisch nach vorn gereckt und die Hände krampfhaft um das Lenkrad geschlossen. Ihre gesamte Haltung war ein einziger Abwehrmechanismus, als müsste sie sich unglaublich anstrengen, nicht die Krallen auszufahren und mich anzufauchen. Wenn Karla eines nicht verbergen konnte, dann ihren Stolz. Sie hasste es, immer und überall knapp bei Kasse zu sein – und noch mehr hasste sie es, wenn man sie bevormundete und deswegen Mitleid mit ihr hatte.

Je mehr wir uns den Alpen näherten, desto schlimmer wurde meine Nervosität. Ich versuchte, mich auf die Gespräche zu konzentrieren, merkte aber selbst, wie ich mit der Zeit immer stiller und stiller wurde. Die Wolken hingen tief in den Gipfeln, einzelne Schneehänge waren zu sehen und die Straßen wirkten grau und welk von der Nässe. Wenigstens wurde ich nicht mit einer traumhaften Winterkulisse konfrontiert, sondern mit der Trostlosigkeit eines typischen Anreisetages. Keine Ahnung, ob ich es anders verkraftet hätte.

Mit jedem zurückgelegten Kilometer wuchs die Enge in meinem Brustkorb, das Gefühl der Machtlosigkeit, als würde mich jemand nach und nach aus meinem Körper drängen. Aber das wollte ich nicht länger sein, die Person, die sich zurückdrängen ließ. Die Vorstellung, allein in der Hütte zu sitzen, während sich die anderen aufmachten, ließ meine Hände unkontrolliert zittern, sodass ich sie die ganze Fahrt über im Schoß gefaltet hielt.

Zum Glück hatte Brie keinerlei Erfahrung – und wollte das dieses Mal auch noch nicht ändern –, sodass ich nicht die Einzige war, die an diesem Wochenende nicht Ski fahren würde.

Immer wieder spürte ich Kilians prüfende Blicke im Nacken, gefolgt von Karla, die mich ab und zu von der Seite ansah. Jedes Mal hatte ich den Eindruck, dass sie etwas sagen wollte, es sich aber im letzten Augenblick anders überlegte.

»Alles gut?«, fasste sich Karla nach einer Weile schließlich doch noch ein Herz, wahrscheinlich, weil ich schweigsam nach draußen gestarrt und meinen Gedanken nachgehangen hatte.

»Ja, keine Sorge«, antwortete ich, um einen lebhaften Tonfall bemüht.

Im Seitenspiegel bemerkte ich Kilians zweifelnden Blick und starrte schnell wieder nach vorn, weil ich nicht wollte, dass sich jetzt wieder alles um mich, meine Ängste und Panikattacken drehte. Das ging mir ohnehin gehörig gegen den Strich. Dadurch stand ich viel zu oft im Mittelpunkt, ob ich wollte oder nicht.

Wir folgten Tonis BMW in eine gepflasterte und gestreute Einfahrt, die auf ein nettes Anwesen inmitten eines kleinen Wohngebiets führte. Die Hütte entpuppte sich als recht großes Haus, das sich über drei Stockwerke erstreckte. Tonis Großvater hatte es vor dreißig Jahren gekauft, mittlerweile wurde es aber von der ganzen Familie genutzt. Es lag in Zell am Ziller, unmittelbar neben dem ersten Lift, und war mit einem kompletten Hausstand eingerichtet, sodass wir zum Glück nur das Nötigste und die Einkäufe mitbringen mussten.

»Ich schlafe allein«, verkündete Karla, als wir den langen Flur betraten, der direkt in einen offenen Wohn- und Essbereich führte. Überrascht blieb ich stehen und sah sie von der Seite an.

»Was?«

Hinter mir schob sich Kilian samt unserer Koffer ins Haus. Weil ich mitten im Weg stehen geblieben war, prallte er fast gegen mich. Verwundert sah er zwischen uns hin und her.

»Was ist los?«

»Karla will allein schlafen.«

»Karla will euch vor allen Dingen nicht im Weg stehen. Es spricht doch absolut nichts dagegen, dass du auf deine Kosten kommst, während ich eben meine Party allein feiere.«

Schlagartig spürte ich, wie mir Hitze in die Wangen kroch, während Kilian aussah, als hätte er eine Zahnwurzelbehandlung hinter sich gebracht.

»Und ja, ich weiß, ich will nie Details von euch hören, aber mir ist schon klar, dass ihr im Schlafzimmer keinen Malkurs zum deutschen Impressionismus veranstaltet.«

»Ich kann doch nicht –«, protestierte ich, doch Karla unterbrach mich mit einem Kopfschütteln.

»Ach was. Brie schläft bei Toni, du bei Kilian und ich allein, zumindest heute Nacht. Wer weiß, vielleicht funktioniert das Après-Ski doch besser als gedacht.«

»Sicher?« Zweifelnd sah ich meine Freundin an, aber sie machte nicht den Anschein, als hätte sie irgendein Problem damit.

Toni und die anderen gesellten sich zu uns.

»Also, ich würde sagen, wir verteilen das Gepäck auf die Zimmer, ziehen uns um, besorgen euch noch die fehlende Ausrüstung und düsen dann auf die Piste. In zwanzig Minuten wieder hier unten?«

»Klingt perfekt«, kommentierte Markus den Plan und bezog eines der Zimmer im ersten Stock, während wir anderen uns auf das zweite Obergeschoss aufteilten.

Kilians und mein Zimmer war schlicht und groß, mit einem Kleiderschrank und einem weichen Teppich, auf dem ein kleiner dunkelbrauner Hocker stand.

»Ich freue mich auf das Wochenende.«

»Ich mich auch.«

»Geht es dir gut? Du hast während der Fahrt so angespannt gewirkt.« Kilian stand jetzt direkt hinter mir, und seine Nähe verursachte bei mir prompt eine Gänsehaut.

Ich wollte jetzt nicht darüber nachdenken oder genauestens sezieren, welche Wirkung die Berge auf mich ausübten, ich wollte vergessen. Also machte ich einen Schritt nach hinten und presste mich an Kilian, der seine Hände auf meinen Bauch legte. Dann wandte ich den Kopf und küsste ihn über die Schulter, suchte mit geschlossenen Augen seine Lippen.

»Zwanzig Minuten«, murmelte ich mit schwerer Stimme und spürte, wie sich meine Lider flatternd senkten, als Kilian mich am Hals küsste und seine Hände über meine Taille wandern ließ.

»Theoretisch reichen mir auch zehn, aber ich schaue mal,

was sich machen lässt«, erwiderte er und küsste mich dann, sodass mir meine Erwiderung im Hals stecken blieb und sich in ein leises Stöhnen verwandelte.

Nachdem alle ausgeflogen waren, blieben Brie und ich allein in dem großen Haus zurück, was mir gerade recht war. Es kostete mich enorme Überwindung, nicht ständig aus dem Fenster die Berge anzustarren, und mein Ruhepuls hatte die Frequenz eines Marathonläufers erreicht, aber ich klappte nicht zusammen und behielt auch meine Atmung im Griff. Ein Fortschritt. Vielleicht würde ich eines Tages auch wieder auf Skiern stehen können, denn das hatte mir immer große Freude bereitet.

Zu meinem absoluten Glück gab es in einem der großen En-Suite-Bäder auch eine Sauna, die Brie und ich anheizten, um dort zwei Durchgänge zu verbringen und die Muskeln zu entspannen. Es tat gut, einfach die Seele baumeln zu lassen und sich nicht mit dem Alltag herumzuschlagen.

Gegen Nachmittag begannen wir mit den Vorbereitungen für das gemeinsame Käse-Fondue, für das sich das komplette Zubehör in den stilvollen Holzschränken befand.

»Ist das jetzt eigentlich eine ernste Sache zwischen euch?«, fragte Brie beim Schnippeln des Gemüses, das wir vorher noch dünsten wollten.

Ertappt zuckte ich zusammen und konzentrierte mich vermehrt auf die Tomaten vor mir. Mein Herz pochte auf einmal viel zu schnell. »Was meinst du?«, wollte ich wissen, obwohl mir das natürlich klar war.

»Kilian und du? Das mit euch geht ja schon eine Weile und ich werde aus eurem Verhältnis immer noch nicht schlau. Bedeutet er dir etwas?«

Mir wurde schrecklich heiß, was nicht an dem Kaminfeuer lag, um das ich mich vor zwanzig Minuten gekümmert hatte. Ich versuchte es probehalber mit der Wahrheit. Was hatte ich schon zu verlieren?

»Ja. Irgendwie schon.«

»Weiß er das?«

Ich schüttelte vehement den Kopf. »Nein. Ich bin mir auch nicht sicher, ob das so eine gute Idee wäre.«

»Weshalb?«

»Weil ich nun mal ich bin. Und Kilian … Kilian. Wir sind einfach zu verschieden. Ich bin voller Ängste und Zweifel und er eben … nicht.«

»Ich glaube, du siehst das zu eng. Anton und ich sind ja auch sehr verschieden, aber genau das macht unsere Beziehung aus. Wir ergänzen uns. Und diesen Eindruck habe ich bei euch auch. Kilian wirkt etwas beständiger. Zumindest sehe ich ihn häufiger, und er reist nicht mehr ganz so viel durch die Gegend.«

»Das stimmt. Aber selbst wenn ich es ihm sage, würde das nichts ändern. Er will eigentlich keine Beziehung«, fügte ich hinzu und füllte die Tomaten in eine Schüssel.

Brie hielt in der Arbeit inne und musterte mich aus ihren bernsteinfarbenen Augen. »Wann hast du das letzte Mal mit ihm darüber gesprochen?«

»Vor ein paar Wochen«, gestand ich.

»Vielleicht hat sich seine Einstellung inzwischen geändert. Woher willst du das wissen, wenn du nicht mit ihm darüber redest?«

Brie hatte recht. Natürlich hatte sich Kilian mehrfach geäußert, und ich hatte mich letztendlich für den Deal mit ihm entschieden, gerade weil ich bei ihm nicht die Sorge gehabt hatte, dass sich die Sache verkomplizieren könnte. Dass jetzt ausgerechnet *ich* diejenige war, die sich in ihn verliebte, damit hätte ich im Leben nicht gerechnet. Wahrscheinlich war es wirklich das Beste, offen und ehrlich zu ihm zu sein. Ihm reinen Wein einzuschenken, auch wenn sich bei der Vorstellung, ihm meine Gefühle zu offenbaren, mein Unterleib verkrampfte.

Irgendwann, als es draußen langsam dunkel wurde, öffnete sich die schwere Eingangstür mit einem Quietschen, und Karla und Toni brachten einen Schwall kalte Luft herein, sodass sich die gemütliche Wohnzimmeratmosphäre merklich abkühlte. Sie hängten ihre Sachen an die Garderobe, während Brie gerade dabei war, die Teller für das Fondue anzurichten und ich den Hefeteig für die Dampfnudeln vorbereitete.

»Markus und Kilian fahren noch eine Runde«, teilte uns Karla mit, doch es war der Tonfall in ihrer Stimme, der mich hellhörig werden ließ. Aus einem unbestimmten Grund schlug mein Herz plötzlich schneller. Wie eine dunkle Ahnung, die sich in meine Gedanken schob.

»Wo sind sie hin?« Auch wenn ich selbst so lange nicht mehr gefahren war, kannte ich mich dennoch sehr gut aus. Ich sah, wie meine beste Freundin sichtlich hin- und hergerissen überlegte, ob sie mir die Wahrheit zumuten konnte, was den Gefühlssturm in mir nur verstärkte. Plötzlich saß die Angst lähmend in meinem Nacken.

»Sie wollten eine Runde abseits der Piste fahren«, meinte Toni nun, der wahrscheinlich keine Ahnung hatte, was er mit diesen Worten in mir auslöste.

In diesem Augenblick öffnete sich die Tür ein zweites Mal und Markus stand im Raum, die Wangen gerötet, das blonde Haar glänzend vor Schweiß. Als er unsere verdutzten Mienen bemerkte, blieb er stehen und runzelte die Stirn.

»Wow, ihr seht aus, als wäre gerade jemand gestorben«, witzelte er und zog seine Skijacke aus.

Bebend schloss ich die Augen und versuchte durchzuatmen. Als ich sie wieder öffnete, hatte sich Karla vor ihm aufgebaut und schaute ihm prüfend ins Gesicht. »Wo ist mein Bruder?«

Jetzt war Markus ehrlich verwirrt. »Ich dachte, bei euch? Er meinte, er nimmt die andere Abfahrt, damit er euch einholt. Ich wollte nicht noch mal fahren, weil bei mir die Luft raus war.«

Karla griff sich an die Nasenwurzel. »Okay. Großartig. Nein, er ist nicht hier. Typisch Kilian, wahrscheinlich hat er noch eine tolle Strecke entdeckt und musste unbedingt durchheizen.«

Mit jedem weiteren Wort verkrampfte sich mein Inneres etwas mehr. Ich merkte erst, dass ich laut nach Luft geschnappt hatte, als mich alle verwundert anstarrten. Schnell bemühte ich mich um ein Lächeln, das wieder in sich zusammenfiel, sobald mich keiner mehr beachtete.

»Keine Sorge«, raunte Karla mir zu, ohne dass es die anderen hörten, und der Druck ihrer Finger um meinen Oberarm hatte etwas seltsam Tröstendes. »Er taucht bestimmt gleich auf.«

Aber Kilian tauchte nicht auf.

Weder jetzt noch eine halbe Stunde später. Mit jeder Minute, die verstrich, wurde mir mulmiger zumute. Ich redete mir ein, dass es nur ein Zufall war. Dass er einfach länger brauchte, sich womöglich mit jemandem verquatscht hatte. So war Kilian eben. Er kam leicht mit Fremden ins Gespräch und hatte keine Scheu, neue Kontakte zu knüpfen. Eventuell hatte er auch jemanden getroffen, den er kannte.

Weitere zwanzig Minuten später klingelte Karlas Handy und ihrer angespannten Miene nach zu urteilen, machte sie sich inzwischen auch echte Sorgen. Als sie ans Telefon ging, war sie erstaunlich blass um die Nase, selbst das spöttische Funkeln war ganz aus ihren Augen gewichen, der Ausdruck in ihnen wirkte stumpf.

»Kohlhammer?« Sie nickte. »Mhmm…« Danach folgte eine Reihe von bestätigenden Lauten, während sie sich leicht abwandte. Sie redete nicht mit Kilian. So viel stand fest.

Das Grauen griff nach mir, zupfte und zerrte an meinem Bewusstsein, aber ich war noch nicht bereit, vom Schlimmsten auszugehen, klammerte mich an die Hoffnung, dass es ein böser Scherz des Schicksals war. Ein kleiner Spuk, keine Schauergeschichte.

»Und wo?«, hörte ich sie sagen. Geschäftsmäßig. Distanziert.

Mir wurde schlecht und ich hielt gleichzeitig den Atem an.

Dann legte sie auf, während gespannte Stille folgte.

»Kilian hatte einen Unfall.«

Kilian hatte einen Unfall. Mein Gehirn wiederholte den Satz in einer Dauerschleife, danach folgte nichts mehr. Ich sah zwar, dass sich Karlas Lippen bewegten, aber in meinen Ohren herrschte so ein Druck, dass ich kein Wort verstand. Es war, als hätte man meinen Kopf unter Wasser getaucht.

Nein. Nein, nicht Kilian. Bitte, bitte nicht.

Die Ungewissheit und die Angst, die plötzlich in mir aufwirbelten, brachten meinen Körper zum Beben. Alles zitterte wie Espenlaub, angefangen von meinen Händen bis hinab zu den Zehenspitzen. Nur am Rand registrierte ich, dass mich jemand am Arm packte. Ich hörte Wörter wie *Schock* und *Notfall*, konnte aber nicht bestimmen, wer das sagte. Stattdessen spürte ich, wie mich jemand auf das Bettende setzte und mich an den Armen festhielt.

Ich war wie gelähmt.

Kilian hatte einen Unfall. Das Blut rauschte in meinen Ohren, ein einziges gewaltiges Dröhnen. Gedämpft drang Karlas beruhigende Stimme zu mir durch und ich kam mir furchtbar egoistisch vor, denn Kilian war schließlich auch ihr Bruder. Doch der Tunnelblick hielt an, zehn Minuten, fünfzehn.

Ich brauchte eine geschlagene halbe Stunde, bis ich meine Stimme endlich wiederfand. Doch selbst jetzt hörte sie sich an wie brüchiges Eis: »Was ist passiert?«

Kapitel 30

Erst auf dem Weg ins Krankenhaus wurde mir bewusst, was wirklich geschehen war. Zwar hatte mir Karla erklärt und mehrfach betont, dass er sich nichts Schlimmes getan hatte, trotzdem kam es mir so vor, als hätte mir jemand den Boden unter den Füßen weggezogen.

Ich konnte das nicht. Nicht noch einmal. Vielleicht nie.

Die bloße Vorstellung, ihn verlieren zu können, trieb meine Verlustangst in unermessliche Höhen und nahm jeden Zentimeter von mir in Besitz. Jeder Schritt fühlte sich an wie in Blei gegossen. Als würden kilogrammschwere Gewichte an meinen Beinen hängen. Je näher wir kamen, desto mehr reifte ein Entschluss in mir heran. Anders ging es nicht. Anders würde ich es nicht aushalten.

Allein das Krankenhausgelände zu betreten, spülte eine Reihe von schmerzhaften Erinnerungen an die Oberfläche. Erinnerungen, die ich mit Mühe unter Verschluss hielt, aus Furcht, sie könnten mich verschlingen.

»Willst du zuerst zu ihm?«, fragte Karla, sobald wir die richtige Station erreicht hatten. Die anderen waren im Haus geblieben. »Oder sollen wir gemeinsam gehen?«

»Er ist dein Bruder …«

»Okay. Wenn ich mich vergewissert habe, dass es ihm wirklich gut geht und ich ihn für seine Aktion nicht lynchen muss, dann gebe ich euch ein wenig Privatsphäre.«

Zögerlich klopfte ich an die Tür und öffnete sie anschließend. Ich spürte Karla direkt neben mir stehen, was mir Sicherheit gab, meine Beine nicht zu Wachs werden ließ. Wie wild hämmerte mein Herz gegen die Rippen, als wir das Krankenzimmer betraten, in dem er lag. Sofort fing meine Nase den typischen Geruch nach Desinfektionsmittel auf, aber ich zwang mich, gegen die aufsteigende Übelkeit anzukämpfen, einen Schritt nach dem anderen zu machen.

Für Kilian. Ich tat es für Kilian.

Ich presste meine Nägel in meine Handflächen, bis es wehtat, denn der Anblick von ihm in diesem Krankenbett war fast zu viel für meine Nerven. Ich hatte das Gefühl, gleich umzukippen. Luft zu brauchen. Und Wasser. Und Abstand. Alles gleichzeitig.

Trotzdem blieb ich, wo ich war, und kam mir dabei unheimlich stark vor. Wie eine Kriegerin, die ihrem schlimmsten Albtraum ins Auge blickte.

Kilian lag im Bett, das Gesicht dem Fenster zugewandt, einen total friedlichen Ausdruck auf den markanten Zügen. Im Schlaf wirkte er so ruhig, nicht wie die überschäumende Flut, die ihn sonst umgab. Als hätte er meine Anwesenheit gespürt, öffnete er blinzelnd die Augen und wandte sich mir zu. Sobald er mich entdeckte, erhellte sich seine Miene, seine Gesichtszüge wurden weich.

Erleichterung, Unglaube, aber auch Angst flossen wie ein stetiger Strom an wiederkehrenden Emotionen durch mich hindurch, sodass ich nicht wusste, wo mir der Kopf stand.

»Wie ich sehe, hast du es ganz schnuckelig hier«, hörte ich Karla sagen und bemerkte aus dem Augenwinkel, wie sie sich im Zimmer umsah, während mein Blick wie hypnotisiert auf das Bett gerichtet war.

»Habe schon deutlich schlimmere Einrichtungen gesehen«, scherzte er, ohne mich aus den Augen zu lassen.

Ich registrierte, wie sich Karla mit einer gemurmelten Entschuldigung wieder aus dem Raum zurückzog. Als sich die Tür hinter ihr schloss, war es, als hätte sie uns in eine Blase aus Unsicherheit, unausgesprochenen Dingen und einer Schwere gesperrt, die mich komplett vereinnahmte. Zaghaft machte ich einen Schritt auf ihn zu, bis ich am Fußende seines Bettes stand. Mit seinem typischen Kilian-Lächeln winkte er mich zu sich und nahm meine Hand. Seine Haut fühlte sich glatt und kalt an, aber vertraut.

»Wie geht es dir?«, brachte ich schließlich hervor.

»Ziemlich gut, ehrlich gesagt. Sie wollten nur zur Sicherheit ein Auge auf mich haben, weil der Sturz wohl heftiger aussah, als er eigentlich war.«

»Ich bin umgekommen vor Angst«, sprudelte es aus mir heraus und es kostete mich enorme Kraft, meinen Blick nicht von seinem Gesicht auf die Schiene zu lenken, in der sein linker Arm lag.

»Gerade noch mal gut gegangen, was?«

Der Anblick seines schiefen Lächelns machte mich zum ersten Mal richtig sauer. Weil er hier lag, in diesem Bett, ansprechbar und leicht verletzt, obwohl der Sturz ganz anders hätte ausgehen können. Aber das schien ihm völlig egal zu sein. Darüber machte er sich keine Gedanken. Nein, er wollte nur weiter Abenteuer erleben, seine Grenzen austesten, bis sie überschritten waren. Höher, weiter, mehr.

Zitternd stieß ich die Luft aus, während die Sorge einem anderen Gefühl Platz machte. »Wie ist das denn passiert?«

»Ich wollte euch einholen und habe mir einen Weg durch den Tiefschnee gesucht. Normalerweise kenne ich das Gelände und kann es recht gut einschätzen, aber dieses Mal war es anders. Vereister. Ich kam unter dem Schnee auf eine Eisplatte. Und das war's. An mehr kann ich mich nicht wirklich erinnern. Einer der Männer, die mit mir dort entlanggefahren sind, meinte, mich hat es total hingehauen. Unter normalen Umständen wäre das echt zu einem Problem geworden.« Er schenkte mir ein weiteres schräg sitzendes Lächeln, das jedoch nur wie ein Brandbeschleuniger für meine hochkochenden Emotionen wirkte.

»Verdammt, Kilian, nimmst du eigentlich irgendetwas ernst?« Wütend starrte ich ihm in die Augen, versuchte das Brodeln in mir abklingen zu lassen, aber nichts half. Es kam mir vor, als würde ich mich im freien Fall durch eine Sturmflut kämpfen. Überall herrschte ein Tosen und Rauschen. Laut und intensiv. Und ich wollte, dass es aufhörte. Sofort.

»Was meinst du?« Ein fragender Ausdruck trat auf seine viel zu attraktiven Züge. Das Schelmische war daraus verschwunden, zurück blieb eine Härte, die mich innehalten ließ.

»Du hättest sterben können!« Die Worte auszusprechen brachte mich an meine körperlichen Grenzen und ich musste mich auf dem Bett abstützen, um nicht umzukippen.

So etwas wie Einsicht hüpfte über seine Züge, aber ich war noch nicht fertig. Als hätte man bei mir einen Korken gezogen und der Schaum musste erst noch entweichen.

»Du hättest sterben können und du hast dir nicht einmal

Gedanken darüber gemacht! Über die Konsequenzen! Für dich ist alles ein Witz!« Ich ließ seine Hand los und machte eine ausschweifende Geste. »Unsere Wortgefechte. Die Arbeit. Dein Studium. Wenn es dir nicht mehr in den Kram passt, haust du ab. Wechselst die Interessen, den Wohnort. Für dich ist alles ein Abenteuerspielplatz, besonders dein Leben. Verdammt, vor allem Letzteres!«

Kilian klappte den Mund auf, als wollte er mir widersprechen, doch ich schnitt ihm das Wort ab, denn ich hatte mich in Rage geredet. Es brach einfach aus mir heraus.

»Du nimmst alles auf die leichte Schulter und tust so, als wäre es ein einziges großes Spiel! Und weißt du, was das Schlimmste ist?« Ich holte zum letzten Schlag aus, machte eine kurze Pause und schöpfte Atem. »Du siehst gar nicht, dass du eigentlich der Witz bist, weil du nicht begreifst, dass das Leben nicht nur aus Spaß und tollen Momenten besteht. Es gibt auch Augenblicke, die sind verdammt schmerzhaft, und deswegen ist es hin und wieder nicht verkehrt, sich abzusichern. Sich für einen Weg zu entscheiden, der nicht aus Tausenden Kicks besteht, sondern etwas Bodenständiges zu wählen …«

Mein Herz raste, als ich erkannte, was ich da eben von mir gegeben hatte. Erschrocken schloss ich den Mund und blinzelte. Die Wut verpuffte schlagartig, als wäre ich mit all den hässlichen Dingen, die ich gesagt hatte, auch meinen Ärger losgeworden. Aber es war nicht der Ärger, sondern vielmehr meine Scheißangst, die da aus mir sprach, die Angst, ihn für immer zu verlieren, ihn nicht mehr halten, schmecken, riechen, atmen zu können. Nicht mehr zu hören, wie er meinen Namen raunt, wie er mich anlächelt, mich küsst, mich hält. Ich hatte eine Scheißangst davor, wieder allein dazustehen, ohne ihn, bei null anzufangen und in diese Dunkelheit zu gleiten. Oh, diese beschissene, beschissene Dunkelheit.

Und hier lag er, im Krankenhaus, weil ihm die Gefahr gar nicht bewusst war. Er riskierte alles. Uns. Sein Leben. Das war einfach zu viel für mich.

Kilian starrte mich an, als sehe er mich zum ersten Mal. Seine Miene wurde undurchdringlich, lediglich die Wildheit in seinen Augen war ein Indiz dafür, was meine Worte in ihm ausgelöst hatten. Jeder Atemzug zog sich quälend langsam in die Länge, brannte wie Feuer in meiner Lunge. Am liebsten hätte ich alles wieder zurückgenommen, aber gleichzeitig auch nicht. Die Empfindungen waren so widersprüchlich, dass ich meine Hände im Schoß faltete und nervös knetete.

»Du meinst also, für mich ist alles nur ein Witz?«, fragte er nach einer Weile, die mir wie eine halbe Ewigkeit vorkam. Seine Stimme klang kratzig, als hätte er Halsschmerzen.

Ich wich ein kleines Stück zurück, als Kilian sich aufsetzte. Uns trennte nur eine Armlänge und ich war mir seiner körperlichen Nähe überdeutlich bewusst. Ich spürte die Hitze seines Körpers, das heftige Heben und Senken seines muskulösen Brustkorbs und sah das Gewitter in seinen schiefergrauen Augen.

»Du denkst, ich halte das für einen Spaß? Ausgerechnet du?« Seine Augenbrauen zogen sich zusammen. »Wer von uns beiden lebt denn ein Leben, das gar nicht ihm selbst gehört? Wer von uns jagt denn dem Traum einer Toten hinterher? Weil es verdammt viel leichter ist, als das zu tun, was du wirklich willst, habe ich recht? Denn wenn du scheiterst, ist es nicht dein Leben, das in die Brüche geht, es sind einfach nur Matildas tote Träume.«

Stille.

Seine Worte trafen mich unvorbereitet. Keuchend sog ich die Luft ein, weil sich etwas in mir anfühlte, als würde es im nächsten Moment zerbersten. In meinen Ohren ertönte ein schriller Piepton, alles verlangsamte sich.

Verdammt, das tat weh.

Richtig, richtig weh.

Der Ausdruck auf seinem Gesicht wechselte von Entsetzen zu Panik, dann verwandelte er sich in pure Qual.

Unvermittelt schossen mir Tränen in die Augen und meine Nase begann heftig zu jucken. Zitternd wandte ich mich ab, wich vor ihm zurück, als hätte er mir eine Ohrfeige verpasst.

»Shit«, sagte Kilian und raufte sich die dunklen Haare. »Shit, Pixie, so war das nicht gemeint, du weißt –«

»Nein!« Ich schüttelte heftig den Kopf, schob mich weiter nach hinten, brachte Distanz zwischen uns, damit ich atmen konnte. Ich musste atmen, wollte atmen. »Du warst sehr ehrlich und sehr deutlich. Lass mich ...« Meine Stimme brach, die Tränen brannten jetzt immer heftiger und ich blinzelte energisch gegen sie an. »Gib mir einen Moment.«

»Joana«, murmelte Kilian heiser. »Es tut mir so leid. So war das nicht gemeint. Du *weißt*, dass das nicht so gemeint war.«

Ein Teil von mir wollte ihn anschreien, ihn von mir stoßen, ein anderer Teil, kleiner und unbedeutender, jubelte auf. Weil er recht hatte? Weil er die Wahrheit aussprach? Was gab mir das Recht, so hässliche Dinge zu ihm zu sagen, nur weil er einen anderen Lebensstil führte?

Aber genau das war doch der Punkt. Er hatte es selbst ausgesprochen und ich mit ihm. Wir waren zu verschieden. Er liebte das, was er tat. Jedes Mal wenn wir darüber geredet hatten, war diese Leidenschaft in seinen Blick gekehrt, begleitet von einer unbeschwerten Lebendigkeit, die ich sonst nur von den Zwillingen kannte.

»Ich weiß, es kommt jetzt vielleicht überraschend und es war eigentlich nicht so geplant ...«, begann er zögerlich und ein butterweiches Gefühl stieg in mir auf. Mein Brustkorb bewegte sich schnell, Hoffnung keimte in mir auf. Hoffnung für uns. Doch im selben Augenblick funkte meine rationale Hälfte dazwischen, mein Verstand setzte wieder ein.

»Der Deal ...«, druckste Kilian herum, sah mich voller Wärme an und machte wieder eine Pause.

Sprich es nicht aus, bettelte ich, obwohl ich mir eigentlich das Gegenteil wünschte. So, so sehr wünschte.

Aber es wäre eine Katastrophe. Wir beide wären eine Katastrophe, denn er verkörperte das, wovor ich mich am meisten fürchtete.

Schwermut zog mich in die Tiefe, aber ich begriff, was ich zu tun hatte, damit ich Kilian nicht weiter im Weg stand. Damit ich nicht zu Hause saß, während er sich von Felsen stürzte oder andere verrückte Dinge anstellte. Sein ganzes Ich war davon erfüllt und ich wollte nicht diejenige sein, die ihm daraus einen Strick drehte.

Die Erkenntnis drehte mir vollends den Magen um.

»Nein, mir tut es leid«, murmelte ich kopfschüttelnd, bevor Kilian weitersprechen konnte. Ich sah ihm fest in die Augen, um ihm zu zeigen, wie ernst es mir mit meinen Worten war. Dabei wankte meine Entscheidung gefährlich wie ein Schiff in der wilden See. Ich musste mich krampfhaft dazu aufraffen, meiner Stimme einen analytischen Klang zu verleihen.

Schau nicht genau hin. Schau nicht genau hin, beschwor ich Kilian in Gedanken, denn das, was ich tun musste, damit er wirklich glücklich werden konnte, brach mir in diesem Augenblick das Herz. Ein sauberer Cut. Hart und klar.

Das war die einzige Lösung für uns.

Alles in mir zog sich schmerzhaft zusammen.

»Es ist dein gutes Recht zu glauben, dass ich nur Matildas Träumen nachjage und wahrscheinlich stimmt das sogar ein kleines bisschen. Allerdings ist das nicht alles. Es sind auch meine Träume geworden.«

Lüge, Lüge, Lüge.

Er wollte protestieren, aber ich schnitt ihm mit einer Geste das Wort ab. »Ich bin aber, wie ich bin, Kilian. Ich bin nicht die Joana, die du einmal gekannt hast, und ich weiß nicht, was du da in mich hineinprojiziert hast.« Meine Stimme wankte, doch ich riss mich zusammen. »Das Mädchen mit den Sommersprossen, das sich Schrammen zugezogen hat und auf Bäume geklettert ist, um dich mit Äpfeln zu bewerfen … das gibt es nicht mehr.«

Kilian blickte mich mit einer Mischung aus Fassungslosigkeit und Entsetzen an, was alles nur noch verkomplizierte.

Mach es mir nicht noch schwerer, befahl ich stumm. Innerlich weinte ich bittere Tränen, doch irgendwie schaffte ich es, die Schultern zu straffen und weiterzureden. »Ich denke nur … ich denke, es ist das Beste, wenn wir an der Stelle auch unseren Deal beenden. Wir wussten beide, dass dieser Punkt irgendwann kommen wird. Und ich bin dir dankbar, weil es eine schöne Zeit war. Aber ich glaube, wir können jetzt wieder zu unserem alten Leben zurückkehren.«

Er wirkte gekränkt, und so etwas wie Verletzlichkeit huschte über sein Gesicht, doch dann wurde seine Miene ausdruckslos. »Meinst du das ernst?«

»Ja«, erwiderte ich mit fester Stimme, auch wenn alles in mir Nein schrie. *Nein, nein, nein.*

Wenn ich wollte, dass er mich komplett vergaß und mich wirklich innerlich losließ, musste ich noch einen Schritt weitergehen. In mir baute sich eine Barriere auf, als würde mich mein Körper an den nächsten Worten hindern wollen. Aus irgendeinem unerfindlichen Grund schaffte ich es jedoch, sie zu durchbrechen. Selbstzerstörung vom Feinsten.

»Wir hatten unseren Spaß. Das war schließlich alles, worauf es ankam, oder? *Frenemies with benefits*. Mehr nicht.« Ich lächelte und sah, wie etwas in seinen Augen erlosch.

Splitterherz. Auf einmal war mein Herz gebrochen.

Ich wollte mich in seinen Armen verkriechen, ihn spüren, ihn halten, ihm Trost spenden. Aber ich wusste, dass er seine Leidenschaft nicht aufgeben, seinen Wesenszug nicht ändern würde. Und das wollte ich auch nicht. Er sollte freie Entscheidungen treffen, weit weg von einer verkorksten Person wie mir, die ihn nur aufhalten, ihn ständig mit ihrer Sorge konfrontieren würde. Er sollte glücklich werden. Und ich wusste, dass er dieses Glück nicht mit mir an seiner Seite finden würde. Am liebsten hätte ich alles zurückgenommen, zurückgespult und von vorn angefangen. Aber es war die richtige Entscheidung, die logische, die beste. Für ihn. Für uns. Für mich.

Jeder Zentimeter meines Körpers schmerzte wie unter winzigen, andauernden Stromschlägen.

»Okay.« Kilians Miene wurde ausdruckslos und auch das Lächeln verwelkte. Ich wollte es jetzt schon wiederhaben. Meine Schultern sanken herab, als hätten sich zentnerschwere Gewichte darangehängt.

»Okay«, echote ich, seltsam gleichgültig, als wäre ich ein Roboter. Völlig emotionslos.

Verdammt. Ich liebte ihn. Ich liebte Kilian, wie man ihn nur lieben konnte. Gerade wegen seiner Art. Seiner Leichtigkeit, der Unbeschwertheit und allem, was zu ihm gehörte. Aber ich wusste auch, dass ich nicht mit dieser permanenten Angst um ihn klarkommen würde. Ich wäre ein nervliches Wrack, sobald er zur Haustür hinaus war, und erst dann wieder funktionsfähig, wenn er zurückkehrte. Wie sollte das funktionieren? Das ertrug ich nicht. Und das wollte ich Kilian auch nicht antun.

Außerdem war das eine sehr einseitige Geschichte. Ich hatte ja nicht den blassesten Schimmer, ob es ihm genauso ging wie mir.

Deshalb, und nur deshalb, gestand ich ihm nicht meine Gefühle. Was sollte das auch nützen? Es war alles gesagt.

Ich brachte noch ein knappes Nicken zustande, schaute aber nicht in seine Richtung, aus Angst, dass er mir die Wahrheit vom Gesicht ablesen konnte. Tränenblind stolperte ich in den sterilen Krankenhausflur, der nach Scheuer mittel und Seife roch.

»Alles in Ordnung?« Karla klang besorgt.

»Ja.« Ich mühte mir ein Lächeln ab und ließ mich neben sie auf den Stuhl im Besucherbereich fallen, wo es nichts weiter gab als einen plumpen Kaffeeautomaten und eine kleine Spielecke mit ein paar Büchern.

»Bin gleich wieder da.«

Ich nickte geistesabwesend, dann war Karla im Flur verschwunden. Die nächsten Minuten zogen wie unter einem Schleier an mir vorbei, ich bekam kaum Luft. Es war eine vernünftige Entscheidung, aber wieso war es dann so qualvoll? Wieso fühlte es sich so an, als würde ich einen riesigen Fehler begehen?

Shit.

Alles tat weh. Körperlich weh. Als würde mir mein Herz im nächsten Moment aus der Brust gerissen werden. Tausend kleine Nadelstiche kribbelten wie Säure in mir. Keine zehn Minuten später kehrte Karla wieder zurück und setzte sich neben mich.

»Euer Gespräch lief wohl nicht so gut, hm?«

Karlas mitfühlender Blick und ihre zaghafte Berührung an meiner Schulter ließen schließlich alle Dämme brechen. Schluchzend brach es aus mir hervor. Jede angestaute Emotion, jede unterdrückte Reaktion.

Ich weinte fast die komplette Rückfahrt zur Hütte.

Bei Manu hatte ich keine Träne vergossen. Jetzt war es, als wollte ich Karla und mich im Auto ertränken. Die Taschentücher, die sie mir alle zwei Minuten hinübereichte, gingen nach einer Weile aus, aber ich konnte einfach nicht aufhören zu weinen.

Im Haus ging ich wortlos an allen vorbei und rollte mich wie ein Igel in Karlas Bett ein, zog die Decke über den Kopf und überließ mich meinen Gedanken, die sich in einer Abwärtsspirale befanden. Erst nach und nach dämmerte mir, was geschehen war. Was er gesagt, was ich erwidert hatte. Ein Schlussstrich. Ich hatte einen Schlussstrich gezogen.

Ich liebe ihn tatsächlich.

Die Erkenntnis traf mich wie ein weiterer Faustschlag in

die Magengrube und ich zog schniefend die Nase hoch. Ich hatte mich in Kilian verliebt. Rückhaltlos, restlos.

Aber diese beschissene Angst, ihn zu verlieren, war einfach zu allgegenwärtig. Sie würde mich immer begleiten und lähmen, mich abschnüren wie ein Paket, mir keine Luft mehr zum Atmen geben.

Es ist sinnvoll loszulassen, redete ich mir ein, machte es zu meinem Mantra und wiederholte es mehrfach stumm, bis ich irgendwann selbst daran glaubte.

Wenn man jemanden liebte, dem man nur im Weg stand, war es das Beste, ihm seinen Freiraum zu geben, damit er seine Träume verwirklichen konnte.

Kapitel 31

Kilian wurde am nächsten Tag entlassen. Wie durch ein Wunder hatte er sich nichts gebrochen. Eine ausgekugelte Schulter, zwei geprellte Rippen, mehr nicht.

»Hey«, begrüßte er uns, als er gemeinsam mit Karla die Hütte betrat. Das schwarze Haar stand ihm zerzaust vom Kopf ab und das sonst so strahlende Leuchten in seinen Augen wirkte stumpf, als sein Blick auf mich fiel.

Ihn zu sehen trieb mir die Luft aus den Lungen. Ein hohler Schmerz füllte meine Brust, als mir bewusst wurde, dass ich ihm nie wieder nahkommen würde. Alles in mir schrie vor Protest und Sehnsucht auf, am liebsten hätte ich mich einfach in seine Arme geworfen und ihm die Wahrheit über meine Gefühle gesagt. Aber das ging nicht. Ich musste die Rationale sein, die diese Entscheidung für uns traf.

Also senkte ich den Kopf und murmelte ebenfalls eine Begrüßung, bevor er sich in unser Zimmer zurückzog. Mein Zeug hatte ich bereits am Abend nach der Rückkehr aus dem Krankenhaus zu Karla geräumt.

Es war besser so. Zumindest redete ich mir das weiterhin ein, machte es zu meinem persönlichen Leitspruch, bis er sich in mir verfestigt hatte.

Ich fühlte Bries mitleidsvolle Hundeblicke und Karlas hochgezogene Augenbrauen, was alles nur noch schlimmer machte. Wenn es nach mir ginge, hätte ich mich mit Schokolade und einem kitschigen Liebesfilm ins Bett verkrochen. Alles war besser, als Kilians Anwesenheit so dermaßen ausgeliefert zu sein.

Das Wochenende war durch die Auflösung des Deals gelaufen, was mir für Toni wirklich leidtat. Wir waren um eine fröhliche Stimmung bemüht, die aber alles andere als ausgelassen war. Aufgesetzt. Hölzern.

Kilian und ich schwiegen uns an, was mir fast noch schlimmer vorkam als die Worte, die wir uns gegenseitig an den Kopf geworfen hatten. Es herrschte Eiszeit zwischen uns und das schlug sich auch auf alle anderen nieder. Das schlechte Gewissen nagte an mir, aber Brie versicherte mir, dass es nicht so schlimm sei.

»Ich glaube, es ist besser, wenn ich schon früher zurückfahre. Dann habt ihr noch ein bisschen was von Tonis Geburtstag und könnt in Ruhe reinfeiern«, sagte ich zu Brie, die mir heftig widersprach.

Aber ich blieb stur. Niemandem war geholfen, wenn Kilian und ich weiter unter einem Dach wohnten und die Party killten.

Also besorgte ich mir trotz Karlas und Bries Protesten eine Rückfahrgelegenheit und verließ die Hütte mit meiner gepackten Tasche, bevor ich es mir anders überlegen konnte.

Als Karla am Sonntagabend in der WG aufschlug, hatte ich gerade eine Lasagne in den Ofen geschoben und mir Pocahontas angemacht. Disney half immer. Es war ein Allheilmittel für die schlechten Tage. Wie ein Löffel voll Zucker.

»Was hast du zu meinem Bruder gesagt?« Karla pfefferte ihre Sporttasche in die Ecke und kam in die Küche, baute sich in ihrer vollen, wenig imposanten Körpergröße vor mir auf und verschränkte die Arme vor der Brust.

»Was?« Ich klappte verblüfft den Mund auf. »Wie, was habe ich gesagt?«

»Er ist ein Häufchen Elend. So habe ich ihn noch nie gesehen. Total am Boden zerstört.«

Getroffen senkte ich den Blick. »Das tut mir leid. Ich habe … einfach unseren Deal beendet.«

»Magst du ihn denn?«, wollte Karla lauernd wissen.

»Ja.« Ich zögerte. »Sehr sogar.«

»Wo ist dann dein verdammtes Problem?«, zischte sie, und zum ersten Mal seit langer Zeit sah ich sie wirklich wütend. Ihre Brauen verengten sich.

»Ehrlich gesagt geht dich das nichts an«, erwiderte ich so einfühlsam wie möglich, auch wenn mir ihre Frage bitter aufstieß. »Das ist eine Sache zwischen Kilian und mir.«

Sie machte eine wegwerfende Handbewegung. »Ja, das ist mir durchaus bewusst. Aber du bist meine beste Freundin und er ist mein Bruder. Ausnahmsweise stehen die Dinge anders.«

Ich zog die Augenbraue hoch. »Das sehe ich anders. Und ich will nicht darüber reden. Nicht jetzt.«

»Argh!« In einer verzweifelten Geste riss Karla die Arme in die Luft. »Du kannst so verdammt stur sein! Das ist zum Mäusemelken!«

»Das sagst ausgerechnet du?«, fragte ich sie, während sie mich nur anfunkelte. Schwer atmend standen wir uns gegenüber und plötzlich wich die Luft aus mir. Was taten wir hier eigentlich?

»Gut. Tu dir keinen Zwang an. Sei unglücklich. Suhl dich im Selbstmitleid, obwohl du alles selbst in der Hand hättest.« Mit diesen Worten drehte sie sich um und marschierte in ihr Zimmer. Ließ mich, meine Lasagne und Pocahontas zurück, die plötzlich komplett ihren Wirkungszauber verloren.

Hatte ich mich falsch entschieden?

Nein, dachte ich. *Nur so können wir glücklich werden.*

Die nächsten zwei Wochen verbrachte ich in einer Blase aus Zeitlosigkeit, auch wenn die Uhren plötzlich verrücktspielten. Mal liefen sie so schnell, dass ich nicht wusste, wo die Tage blieben, dann verharrten sie plötzlich auf der Stelle, während ich verzweifelt nach einer Beschäftigung suchte. Ich mistete meinen Kleiderschrank aus, putzte die Schränke in der Küche und sortierte die Badezimmerablage neu. Ich kaufte sogar Pflanzen für die WG, obwohl unser Wohnzimmer schon wie ein Dschungel aussah. Die Aufträge von *Leckerste* lehnte ich alle ab, aus Angst, Kilian unverhofft über den Weg zu laufen.

Mit jedem Tag, der verstrich, durchdrang mich die Wahrheit etwas mehr. Ohne Kilian fehlte mir etwas im Leben. Es war wieder dieselbe gleichgültige Leere, die ich vor einem halben Jahr verspürt hatte, als er noch nicht nach München gezogen war. Nur jetzt konnte ich die Augen nicht mehr vor der Wahrheit verschließen, egal, wie fest ich sie zusammenkniff. Das Bewusstsein dafür, was bei mir alles schieflief, war viel zu präsent. Nicht Kilian war derjenige, der ein gehöriges Problem hatte, sondern ich. Ich war das verfluchte Problem.

Was wollte ich eigentlich erreichen? Wer wollte ich sein?

Was wollte ich tun? Kilian hatte recht. Bisher waren alle meine Ziele Matildas Ziele gewesen. Ihre Träume. Selbst Manu war in gewisser Weise das Produkt meiner Vergangenheit geworden, da er all das repräsentierte, was Matilda an einem Mann gemocht hatte. Beständigkeit, Ruhe, Gemütlichkeit.

Der Kontaktabbruch zu Kilian rieb etwas in mir auf und brachte das Fass völlig zum Überlaufen. Auch wenn ich wusste, dass es das Beste für ihn war. Ich wollte ihm nicht im Weg stehen, ihm kein Klotz am Bein sein, ihn nicht ständig verrückt machen, wenn Angst und Panik mich zu überwältigen drohten.

Aber das jetzt, dieser Schwebezustand, in dem ich mich befand, war auch nicht das Richtige.

»Mann, so schlimm habe ich dich fast noch nie gesehen«, stellte Karla trocken fest, als sie mich wie ein Trauerkloß zusammengekauert auf dem Sofa entdeckte, während ich meine Lieblingseissorte *Half Baked Brownies* in mich hineinschaufelte und mittlerweile von Disney auf *Stolz und Vorurteil* umgeschwenkt war.

»Mhm.«

Karla ließ sich neben mir auf das Sofa plumpsen. In den letzten zwei Wochen hatten wir uns kaum zu Gesicht bekommen, denn ich war ihr bewusst aus dem Weg gegangen. Einerseits, weil Karla auf ihre Weise recht gehabt hatte, auf der anderen Seite, weil ich ihren wissenden Laserblick nicht ertrug. Sie musterte mich von der Seite, zog ein Knie an und begann, an ihrem Daumennagel zu knibbeln. »Okay. Es reicht. Du leidest unter der Situation.«

Ich sah sie flüchtig von der Seite an, wusste genau, welchen ungeschminkten Anblick ich bot. Mit meinen fetten

Augenringen und den verwaschenen Make-up-Resten. »Stimmt.«

»Ich war vielleicht etwas zu hart zu dir. Du hast mich jetzt genug zur Seite geschoben und dich bemitleidet. Falls du es wissen willst: Kilian geht es genauso. Ich habe ihn noch nie so niedergeschlagen erlebt. Ich glaube, er vermisst dich genauso sehr wie du ihn.«

»Mhm …« Ich lechzte nach mehr Informationen, setzte aber eine neutrale Miene auf. Die letzten Tage hatte ich verdächtig oft auf seinen Profilen herumgelungert. Hatte mir sogar seine Videos angesehen. Die Sehnsucht nach ihm hallte im Einklang meines Herzschlags. Bumm. Bummbumm.

»Du hast recht. Ich habe dich weggeschoben, weil du mir meistens einen Spiegel vorhältst. Und das hätte ich im Moment nicht verkraftet.«

»Und jetzt geht das?«

»Ja.« Bevor ich es verhindern konnte, rutschte die nächste Frage über meine Lippen. »Wie geht es ihm? Und seinen Verletzungen?«

»Besser. Fast verheilt. Äußerlich zumindest. Aber innerlich …« Sie ließ die Worte bedeutungsschwer zwischen uns stehen und ich schluckte mehrmals, doch der Kloß in meinem Hals blieb.

»Gut.« Erleichterung durchströmte mich und ich fragte mich, ob es nicht ein riesiger Fehler gewesen war, den Kontakt so abzubrechen.

»Wieso hast du Schluss gemacht?«

Die Frage traf mich unvorbereitet, also sagte ich, was mir zuerst in den Sinn kam. »Wir waren nie zusammen.«

»Papperlapapp«, wiegelte Karla ab. »Haarspalterei. Also?«

»Weil es das Beste für ihn ist. Er … soll sich wegen mir nicht einschränken.«

»Und du magst ihn. Das hast du selbst gesagt.«

Ich schluckte, schloss die Augen und seufzte leise. Allein bei dem Gedanken an Kilian hüpfte mein Herz aufgeregt im Kreis.

»Ja«, wisperte ich. »Sehr sogar … Eigentlich ist es mehr als mögen.« Es war Karla, der ich es eingestand, rief ich mir ins Gedächtnis. Sie hatte ein Recht auf die Wahrheit.

»Wenigstens bist du dir selbst gegenüber ehrlich. Und weiß er das?«

Für jemanden, der nicht an Beziehungen und die Liebe glaubte, war sie erstaunlich feinfühlig und ging äußerst behutsam vor. Als wäre ich ein scheues Reh, dem sie sich annähern wollte.

Vehement schüttelte ich den Kopf. »Nein.«

»Willst du es ihm nicht sagen?«

»Nein.« Mein Kopfschütteln wurde heftiger. »Das würde nichts bringen.«

»Wieso nicht?«

»Weil es ihm gegenüber absolut unfair ist. Ich bin, wie ich bin. Außerdem weiß ich nicht, ob ich es aushalte, wenn ihm etwas zustößt.«

»Und deswegen verzichtest du auf dein mögliches Glück?«

»Ja«, gab ich kleinlaut zu und knetete meine Hände.

»Das ist verdammt feige, wie ich finde.« Ich wollte schon protestieren, doch sie redete einfach weiter: »In den letzten Monaten hatte ich den Eindruck, dass du dich verändert hast. Da war ganz viel von der alten Jojo.« Ein Knoten bildete sich in meinem Bauch, während Karla wild gestikulierend fortfuhr: »Deine Augen haben geleuchtet, du warst richtiggehend zufrieden. Dein Lachen. Shit, Jojo. Du hast so lange nicht mehr so befreit gelacht, hast dich nicht mehr hinter dieser kalten Maske versteckt. Du hast dich zwar noch geschminkt, aber es war nicht mehr … diese Kriegsbemalung. Es hat einfach nur deine Persönlichkeit unterstrichen. Du bist richtiggehend aufgetaut. Das war so schön zu sehen. Und jetzt wirkst du so niedergeschlagen und unglücklich.«

Gegen meinen Willen begannen meine Augen zu brennen. *Nein, nicht heulen. Jetzt bloß nicht wieder anfangen zu heulen!*

»Oder täusche ich mich?«

»Nein«, antwortete ich leise, weil ich meiner Stimme nicht traute.

»Trotzdem willst du wieder zu deinem Alltag zurückkehren, dich in dein Schneckenhaus verkriechen und so tun, als würde die Welt da draußen nicht existieren? Dabei könntest du alles ändern, einen neuen Weg einschlagen. Es ist dein Leben, Jo. Dein Leben! Du kannst damit tun und lassen, was du willst. Und wenn du morgen in ein anderes Land ziehst, um dort zu kellnern, oder am Arsch der Welt studierst oder, keine Ahnung, zum Work-and-Travel nach Australien gehst.« Sie hatte sich in Rage geredet. »Du hast viel zu lange einfach alles verschlafen.«

Nachdenklich blickte ich Karla von der Seite an, die so entschlossen aussah, wie ich es gern gewesen wäre. Ich stutzte. Gewesen wäre? Warum sprach ich im Konjunktiv, als wäre alles schon vorbei? Als wäre mein Leben schon vorbei, als könnte ich nichts mehr ändern? Warum kämpfte ich gegen mich selbst? Warum kämpfte ich nicht für mich?

Ja. Matilda war gestorben und auch wenn ich mir dafür jahrelang die Schuld gegeben hatte, so spürte ich doch tief in mir, dass es eigentlich nicht so gewesen war. Wenn mir jemand anderes die Geschichte erzählt hätte, wäre ich niemals so hart mit ihm ins Gericht gegangen. Hätte niemals geurteilt.

Weshalb also gestand ich mir selbst nicht ein, dass ich mir mein komplettes Leben aufgebürdet hatte, nur um Matildas Tod irgendeinen Sinn zu geben? Um sie weiterleben zu lassen, durch mich?

Verdammt. Karla hatte recht. Kilian hatte recht.

Es war nicht zu spät, wirklich bewusst die Dinge zu bekämpfen, die mich lähmten. Ich musste nur den ersten Schritt wagen, die Sache in Angriff nehmen, endlich etwas tun.

Ruckartig richtete ich mich auf und schloss Karla in eine stürmische Umarmung.

»Wofür ist das denn?«

»Dass du niemals ein Blatt vor den Mund nimmst.«

Ich stand auf.

»Was hast du vor?«

»Endlich mein Leben in den Griff bekommen.« Ich holte tief Luft. »Und um Kilian kämpfen, wenn es sein muss.«

Kapitel 32

Ich gab mir zwei weitere Wochen, um mein Leben umzukrempeln. Das Wichtigste zu erledigen, Weichen zu stellen, alles zu organisieren, damit ich Kilian nicht mit leeren Händen begegnete.

In der ganzen Zeit fühlte es sich an, als hätte ich mich selbst aus Ketten befreit, die sich um meine Seele gelegt hatten. Als ich Marie am Telefon auf den neuesten Stand brachte, ihr eingestand, was alles schiefgelaufen war und was ich ändern wollte, brach sie in erleichterte Tränen aus und wünschte mir viel Glück bei meinem Vorhaben. Ich war wie beflügelt und ausgewechselt. Frei. Endlich frei.

Dann stand ich vor seiner Haustür, mit wild klopfendem Herzen und ohne Plan, was ich wirklich zu ihm sagen wollte. Aber vielleicht war das genau der richtige Weg. Ich hörte auf mein Herz und nicht ausschließlich auf meinen Verstand. Und mein Herz vermisste Kilian, mein Kopf vermisste unsere Gespräche, ich vermisste ihn mit jeder Faser meines Körpers. Ja, es war egoistisch. Aber ich wollte egoistisch sein.

»Kilian, für dich«, rief Lotte in den Flur, nachdem sie mir die Tür geöffnet und mich mit einem überraschten Ausdruck begrüßt hatte. Dann biss sie sich so fest auf die Lippe, dass es aussah, als würde sie im nächsten Moment platzen. Anscheinend wollte sie etwas loswerden, hielt sich jedoch zurück.

»Viel Glück«, flüsterte sie noch in meine Richtung, dann verschwand sie im Flur, in dem keine Sekunde später Kilian auftauchte.

Mein Herz strauchelte. Verdammt, er sah sogar noch besser aus. Bei seinem Anblick wurden meine Knie weich, doch dann sah ich den abweisenden Ausdruck in seinen Zügen. Verständlicherweise. Ich hob das Kinn, stellte mich auf die größte Schlacht ein, die ich bisher mit ihm gekämpft hatte. Aber ich tat es für uns.

»Was gibt's?« Seine Stimme klang stählern.

Ich schluckte hörbar. Das würde nicht leicht werden. »Können wir reden?«

»Okay.«

Nachdem wir sein Zimmer betreten hatten, schloss er die Tür hinter uns und drehte sich zu mir um. Meine Hände zitterten, als ich hastig den Rucksack von meinen Schultern gleiten ließ und anschließend den gefalteten Zettel herausholte, den ich nicht fein säuberlich eingesteckt, sondern einfach hineingestopft hatte.

»Was soll das sein?«, fragte er misstrauisch, immer noch mit verschränkten Armen.

Das Zimmer wirkte kleiner als in meiner Erinnerung, aber ich ließ mich keine Sekunde von Kilian ablenken, dessen abweisende Ausstrahlung meine Hoffnungen zu zerschlagen drohte. Entschlossen hielt ich den ausgedruckten Gutschein etwas höher, sodass er die Überschrift entziffern konnte.

Ein überrumpelter Ausdruck huschte über seine Züge. Zweifelnd sah er mich an, starrte wieder auf das Blatt und musterte mich dann erneut, dieses Mal sehr argwöhnisch.

»Ein Fallschirmsprung aus einem Flugzeug?«

»Ich … will einige Dinge ändern.«

»Das freut mich für dich.« Verwirrt hob er die Brauen, doch sein Tonfall wurde sanfter. »Das freut mich sogar sehr, Joana. Aber was hat das mit mir zu tun?«

»Es tut mir leid«, sagte ich. »Ich habe … ich habe einfach eine Scheißangst, dich auch zu verlieren, und deswegen das Beste weggeworfen, was mir je passiert ist.« Ich kämpfte mit den Tränen.

Kilian wurde ganz still, regungslos verharrte er so dicht vor mir, dass ich nur die Finger ausstrecken musste, um ihn zu berühren. Vor Sehnsucht wurde mir schwindelig, aber ich zwang mich weiterzumachen. Kurz hatte ich sogar den Eindruck, dass er das Atmen vergaß. Aber jetzt gab es kein Zurück mehr, ich wollte es ihm sagen, unbedingt. Anders konnte ich nicht mehr in den Spiegel schauen.

»Ich möchte an mir arbeiten. Neues ausprobieren. Etwas wagen.«

Doch Kilian schüttelte den Kopf. »Mit einem Fallschirmsprung und ein bisschen Darüber-reden wirst du die Probleme nicht lösen können.«

»Hast du Gefühle für mich?« Oh, Gott, das lief in die falsche Richtung!

Die Frage schien ihn zu überraschen. Etwas von der harten Schale – von der Maske, die sonst immer *ich* getragen hatte – brach auf und ließ den echten Kilian hindurchblitzen. Den Kilian, in den ich mich verliebt hatte, der meine verkorkste Seite ausgehalten und toleriert hatte.

»Was tut das zur Sache?« Er klang kratzig und ausgelaugt.

»Sehr viel«, erwiderte ich voller Überzeugung. »Du wolltest im Krankenhaus etwas sagen, aber ich habe dich unterbrochen, weil diese Panik in mir alles zu verschlingen drohte.« Ich stockte, suchte nach den richtigen Worten. »Ich weiß, ich habe Mist gebaut. Weil ich abgehauen bin und nicht um dich gekämpft habe. Das hätte ich tun sollen. Aber dazu hat mir die Kraft gefehlt. Denn erst einmal musste ich um mich kämpfen.«

Zum ersten Mal, seit ich bei ihm aufgetaucht war, sah ich so etwas wie einen Hoffnungsschimmer über seine Züge wandern, doch noch immer blieb der Ausdruck in seinen schieferfarbenen Augen stumpf. »Was willst du damit sagen?«

»Ich musste um mich selbst kämpfen, weil ich mich unter Tausenden Schichten verloren hatte. Ich war nicht mehr die Joana von damals, sondern die Person, die Matilda gern gewesen wäre. Zumindest habe ich mir das jahrelang eingeredet und mich selbst, aber auch mein komplettes Umfeld, systematisch belogen. Angefangen von der Therapeutin bis hin zu meiner besten Freundin.« Ich holte tief Luft, während die nächsten Worte einfach aus mir herausbrachen: »Aber du hast immer schon einfach nur mich gesehen, stimmt's? Weil du das Mädchen von damals nicht vergessen hast. Das Mädchen, das dir Kontra gegeben, sich auf Dummheiten eingelassen und mit dir stundenlang über Gott und die Welt diskutiert hat. Aber gleichzeitig war ich nicht nur das Mädchen von damals, sondern die etwas kaputte Joana, und selbst die hast du akzeptiert.«

Nun konnte ich die Tränen kaum noch zurückhalten. Ich ballte die Hände zu Fäusten, unterdrückte das unkontrollierte Beben, das sich in meine Stimme schlich, und sah

Kilian weiter unverwandt an, während mein Herz raste. Gleichzeitig hangelte ich mich von einem Satz zum nächsten und ließ ihn einfach nicht zu Wort kommen, aus Angst, dass er mich abwies, mich fortschickte, bevor ich ihm all das mitgeteilt hatte, was mir so sehr auf der Seele brannte.

Es war sein gutes Recht, mich nicht zu wollen. Aber es war mein verdammtes Recht, ihm das auch alles zu sagen. Damit er verstand. Es ansatzweise nachvollziehen konnte.

»Und du hast dich nicht gemeldet, hast dich zurückgezogen und dichtgemacht. Weißt du, was ich glaube? Du hast auch Angst, und zwar vor der Zukunft. Davor, dich zu binden. Dich festzulegen. Ja, du hattest recht mit dem, was du über mich gesagt hast. Wenn ich falle, dann nicht tief, denn es sind nicht meine Wünsche und Träume, sondern Matildas. Aber das wird sich jetzt ändern.«

Kilian starrte mich unablässig an. Da war keine Gefühlsregung in seinem Gesicht und ich zwang mich weiterzureden, auch wenn mich der Mut zu verlassen drohte.

»Ich weiß, du wirst Dinge tun, die dich in Gefahr bringen. Aber ich will die Chance nicht verpassen, an deiner Seite zu sein, nur weil ich fürchte, dich zu verlieren. Wer weiß schon, was morgen ist? Oder übermorgen? Ich möchte nicht eines Tages aufwachen in einem Job, der mir keinen Spaß macht, mit einem Mann, den ich eigentlich nicht liebe, und einem Leben, das sich nicht wie mein eigenes anfühlt. Und weißt du, was das Schlimme ist? Einen Teil davon habe ich schon kennengelernt. Und dahin will ich nicht mehr zurück. Das hätte sich auch Matilda nicht für mich gewünscht.«

Mittlerweile liefen mir die Tränen über die Wangen. Ihr salziger Geschmack haftete auf meinen Lippen und ich schluckte.

»Ich habe mich in dich verliebt, auch wenn ich weiß, dass du keine feste Beziehung suchst. Aber ich gehe nicht so einfach weg. In den letzten Wochen und Monaten warst du für mich da, hast hingeschaut, wenn es sonst niemand getan hat.«

Weitere Tränen quollen mir aus den Augen, meine Stimme klang belegt, aber ich reckte das Kinn und sprach tapfer weiter. Für mich. Für uns.

»Du hast an mich geglaubt. Mir Mut gemacht, aus diesem Loch herauszukriechen.« Ich machte eine kurze Pause. »Jetzt glaube ich an uns. Daran, dass ich für uns beide mutig genug bin, bis du dich festgelegt hast. Und wenn es kein *wir* geben soll, dann muss ich mich damit abfinden. Aber ich will nicht ständig mit diesen Gedanken herumlaufen und bereuen, nicht mit dir geredet zu haben. Sonst würde ich mir immer Vorwürfe machen, mich ständig fragen, was hätte sein können ...« Meine Stimme brach und ich senkte den Blick, gleichzeitig krampfte sich mein Herz zusammen. Jetzt war es raus. Und es gab kein Zurück mehr.

Eine Weile sagte Kilian gar nichts. Völlig unbeweglich stand er da und mit jeder Sekunde, die verging, wurde ich fahriger, bis ich unruhig auf der Stelle trippelte. Bis ich das Schweigen nicht mehr aushielt.

»Das wäre der Zeitpunkt, an dem du deinen Senf dazugeben darfst, Kohlhammer«, brachte ich schließlich hervor und hob den Kopf. Was ich in seinen Augen las, war ein einziger Lichtblick.

Verwirrung, Freude, gemischt mit so viel Wärme und Zuneigung, dass mir ganz schwummrig wurde vor lauter Freude.

»Was willst du denn ändern?«

»Was?« Ich blinzelte. *Das* war seine Antwort?

Täuschte ich mich oder zuckte der Hauch eines Lächelns um seine Mundwinkel?

»Was willst du ändern?«, wiederholte er.

»Ich habe mit Esther gesprochen und sie hat mir die Kontaktdaten von Ricarda gegeben. Sie hat sich mit mir getroffen und wir haben uns ein bisschen über die Ausbildung zur Maskenbildnerin ausgetauscht. Was soll ich sagen? Es ist genau das, was ich machen möchte.«

Kilian hob abwartend die Brauen.

»Und wenn ich nach zwei Jahren feststelle, dass es doch nicht das Richtige ist, finde ich einen anderen Weg für mich. Wichtig ist nur, dass ich diesen Weg mit dir gemeinsam gehen möchte.« Ich hob die Hände, um meine Worte zu unterstreichen, spürte meinen flatternden Puls und die Angst, die sich an die Oberfläche drängte. Angst vor Zurückweisung, von ihm abgelehnt zu werden, ihn schon längst verloren zu haben.

»Vielleicht bin ich zu spät und du hast schon mit uns abgeschlossen. Was ich dir nicht einmal verdenken könnte. Aber ich habe mich in den letzten Monaten in dich verliebt und ich kann den Gedanken nicht ertragen, es dir nicht wenigstens gesagt zu haben.«

Ein Ruck ging durch seinen Körper, seine komplette Haltung veränderte sich. Kilian machte einen Schritt auf mich zu. Und noch einen. Sein Blick brannte sich in meine Augen, so eindringlich und mit einer solchen Intensität, dass mir schon wieder schwindelig wurde.

»Oh, Pixie, wenn du ernsthaft annimmst, dass ich nach sieben Jahren nicht auch noch ein paar Wochen aushalten kann, täuschst du dich aber gewaltig.«

Sein Eingeständnis schnürte mir die Kehle zu. »Du …«

»Und hast du gerade wirklich gesagt, dass du dich in mich verliebt hast?«, wollte er lauernd wissen.

Ich brachte nicht mehr als ein knappes Nicken zustande, gleichzeitig verwandelten sich meine Knie in Weichwachs. Noch ein Schritt, dann stand er unmittelbar vor mir, so nah, dass sein Atem über mein Gesicht strich.

»Gut«, sagte Kilian jetzt leise. »Mir geht es nämlich genauso.«

Mir stockte der Atem. Meine Gedanken wirbelten wild durcheinander, während mein Puls in die Höhe schnellte.

»Was?«

»Ich habe mich auch in dich verliebt«, sagte er voller Wärme. »Ehrlich gesagt wollte ich es mir nicht eingestehen. Keine Ahnung. Ich bin nicht gut in solchen Dingen. In Beziehungen schon gar nicht. Aber damals, als ich dich zufällig mit Laura über unseren Deal habe reden hören, habe ich schon gemerkt, dass sich etwas verändert.«

»An Karlas Geburtstag? Das hast du mitbekommen?«

»Ja.«

»Warst du deswegen so seltsam?«, fragte ich und erinnerte mich daran zurück, wie abwesend er gewesen war. Wie er Abstand gesucht hatte.

Er nickte. »Ich hatte eine ziemlich beschissene Angst vor diesem Gefühl, weil ich das so nicht kannte. Bisher zumindest nicht. Und als du mir in der Klinik dann all diese Dinge an den Kopf geworfen hast, wusste ich, dass ich sowieso keine Chance habe. Und das, obwohl ich dir dort schon sagen wollte, was ich für dich empfinde.«

Bei seinem Bekenntnis blieb mir vor Verblüffung der Mund offen stehen. »Das hast du gedacht?«

Er lächelte kläglich. »Anscheinend haben wir beide ein paar falsche Dinge angenommen. Wir sollten wohl zukünftig einfach ein bisschen besser miteinander kommunizieren. Falls du das willst.«

»Natürlich«, erwiderte ich prompt und spürte, wie sich ein echtes Lächeln auf meine Lippen legte.

Mit den Händen umfasste er meine Wangen und küsste mich. Zärtlich und langsam, als hätten wir alle Zeit der Welt, weil das Beste noch vor uns lag.

Keine Ahnung, wann und ob ich so etwas jemals gespürt hatte, aber mein Herz schmolz in diesem Augenblick. Ich dachte nur noch daran, wie fantastisch sich dieser Kuss anfühlte, obwohl ich nicht eine Sekunde lang geglaubt hatte, ihn je wieder zu küssen. In mir tobte ein tosender Orkan und ich hatte das Gefühl zu ertrinken. Ich ertrank in Kilian. Und ich wollte, dass dieses Gefühl ewig anhielt.

»Und was machen wir jetzt?«, fragte er mich mit einem spielerischen Unterton, sobald er sich von mir gelöst hatte.

»Keine Ahnung«, erwiderte ich.

Ungläubig starrte er mich an. »Wie? Kein Plan? Keine Idee?«

»Man braucht nicht für alles einen Plan.« Ich zuckte mit den Schultern, fühlte mich fast beschwipst vor Glück. Weil ich hier mit ihm war. Und das alles war, was wirklich zählte.

Ich. Er. Wir beide.

Ohne mich aus den Augen zu lassen, trat er auf mich zu und küsste mich stürmisch, bis mein Herz jubelte und ich mir wünschte, dass es niemals aufhörte.

Es war genau richtig so. Das Ende und gleichzeitig ein Anfang.

Danksagung

Es war ein Fest, wieder in die München-WG zurückzukehren, was vor allen Dingen an Joana und Kilian lag. Ich vermisse sie jetzt schon!

Danke an euch, ihr lieben Buchmenschen da draußen. Für eure Nachrichten, die Unterstützung, die lieben Rezensionen, eure Begeisterung und dafür, dass ihr der »Vielleicht«-Reihe in den Unmengen an Neuerscheinungen eine Chance gegeben habt. Das ist nicht selbstverständlich, und das weiß ich sehr zu schätzen! Wir lesen uns ganz bestimmt, wenn nicht auf Instagram, dann vielleicht über den Newsletter oder im nächsten Buch. Ich würde mich sehr freuen.

Mein zweiter Dank gilt dem kompletten Loewe-(Intense-)Team: im Speziellen Jeannette, Nicolai, Caro, Sina, Cara, Elena, Sara, Riecke, Jasmin, Carina, Jenny. Was ihr da auf die Beine gestellt habt, macht mich so glücklich und dankbar, und es ist so schön zu sehen, mit wie viel Herzblut wir da gemeinsam an einem Strang ziehen.

Danke auch an meine liebe Lektorin Franziska, die während dieser Affenhitze und mit einer Engelsgeduld das Lektorat mit mir durchgezogen hat. Danke auch an dich, liebe Sarah, für die Planung und den tollen Input, auch wenn du für den Großteil nicht mehr mit an Bord warst.

Lübbe Audio, die meine »Vielleicht«-Reihe zum Leben erwecken, und insbesondere Yeşim: Ich könnte mir keine bessere Synchronsprecherin wünschen. Jana Runneck, für die wunderschöne Illustration.

Meine Testleserinnen. Wow. Ich bin so unendlich froh, euch zu haben. Ihr kitzelt wirklich das Beste aus mir und dem Text heraus. Danke an Janika, Jessi, Jessy, Myri, Friederike, Lisa und Lisa (an dich auch danke für die ganzen psychologischen Hintergründe, das war Gold wert).

Meine liebsten Schreibfreundinnen. Ohne euch würde das alles nur halb so viel Spaß machen, und ich bin dankbar für euer offenes Ohr, die gemeinsamen Schreibrunden und unzähligen Nachrichten. Ganz besonders Anya, Julia, Kyra, Sarah, Ava, Lena, Nena, Michelle, Nina, Jana, Anabelle, Laura, Fabiola. Sorry, habe bestimmt jemanden vergessen!

So. Und in diese Danksagung packe ich dich extra rein, liebe Bianca. Schande über mein Haupt und danke für den tollen Blurb zu Band 1. Danke auch an dich, liebe Nikola, dass du für diesen Teil so schöne Worte gefunden hast!

Wie immer gilt mein größter Dank meiner Familie und meinen Freunden, die so viel Verständnis aufbringen und mich seit Jahren auf diesem ungewöhnlichen Weg unterstützen. Das Buch ist meiner Familie gewidmet, weil es diese Geschichte ohne euch nicht gäbe. Ihr habt das ermöglicht.

Karim, Gleiches gilt für dich. Eigentlich muss ich das hier nicht schreiben, aber es ist einfach so. Du hältst mir den Rücken frei und unterstützt mich an jeder Ecke. Ich bin so unendlich dankbar dafür, du bist mein *Partner in crime*, mein bester Freund und einfach mein Rückhalt. Danke! Und danke für das größte Glück der Welt!

Triggerwarnung

Liebe*r Leser*innen,

dieses Buch enthält Elemente, die triggern oder belastend sein können.

Diese sind:

Tod, Trauerbewältigung, PTSD

Ihr solltet das Buch also nur lesen, wenn ihr emotional mit diesen Themen umgehen könnt.